Jessica Koch

DEM OZEAN SO NAH

Rowohlt Taschenbuch Verlag

Veröffentlicht im Rowohlt Taschenbuch Verlag,
Reinbek bei Hamburg, Januar 2017

Umschlaggestaltung any.way, Hamburg,
nach einem Entwurf von Judith Jünemann
Umschlagabbildungen fica, mizlatic, angelp/vectorstock.com
Satz aus der Minion OT, InDesign,
Das Herstellungsbüro, Hamburg
Druck und Bindung CPI books GmbH, Leck, Germany
ISBN 978 3 499 29088 6

Für meine Eltern
Danke für eure Unterstützung und die Liebe zu meinem Sohn.
Ohne euch hätte ich dieses Buch niemals so schnell schreiben können!

Für Tina
Ich habe mein Versprechen gehalten.
Egal, was da kommen wird, ich bleibe bei ihm.

PROLOG, 1995

Die Hand auf seiner Schulter machte ihn nervös. Sie sollte Ruhe ausstrahlen und ein Gefühl der Geborgenheit erzeugen, aber das Gegenteil war der Fall.

Krampfhaft hielt er die Augen geschlossen und versuchte, zu jener Stelle im Gespräch zurückzukehren, an der er vor dieser Berührung gewesen war. Es gelang ihm nicht. Sein Herzschlag dröhnte so stark, dass es sich anfühlte, als würde ihn jemand zum elektrischen Stuhl führen.

«Ganz ruhig bleiben», sagte eine leise Stimme in der Dunkelheit. «Konzentriere dich nur darauf, wie es dir ergangen ist. Was hast du gefühlt?»

Hass. Brennenden Hass. Verzweiflung und Ohnmacht. Wut.

Er öffnete den Mund, um zu sprechen, aber es kam kein Ton heraus. Das Gewicht auf seiner Schulter verschwand.

«Ganz ruhig», wiederholte die Stimme. «Beschreibe mir dein Gefühl.»

«Hass», antwortete er. «Es gab nur Hass.»

«Hast du dich auch hilflos gefühlt?»

Ja. Aber das ging niemanden etwas an. Deswegen blieb er stumm. Allerdings konnte er nicht vermeiden, dass seine Lippe zu zittern begann.

«Es ist okay.» Die Stimme war hypnotisch. «Du kannst es mir sagen. Ich werde dich jetzt wieder anfassen, um dir zu zeigen, dass du nicht allein bist. Ist das in Ordnung?»

Nein! Ich WILL allein sein!

Er nickte kurz, weil er wusste, dass das von ihm erwartet wurde. Die Hand legte sich auf sein Knie.

Im selben Moment sprang Danny auf. Wortlos rannte er zur Tür, riss sie auf, stürmte den Flur entlang und die Treppe hinunter. Am Fußende prallte er mit einem Mädchen zusammen. Sie war so schockiert, dass sie das Gleichgewicht verlor und zu Boden fiel.

«Entschuldige.» Danny wollte ihr hochhelfen, doch sie ignorierte ihn, stand ruckartig auf, klopfte sich die Hände an der Jeans ab und musterte ihn dann eindringlich. Ihre Augen waren von einem so stechenden Grün, dass es Danny schwerfiel, seinen Blick abzuwenden.

«Macht nichts», sagte sie. Mit einer flüssigen Bewegung warf sie ihr langes, schwarzes Haar nach hinten. «Ich kenne das. Hab hier auch schon öfter die Flucht ergriffen.»

«Ehrlich?»

«Ja. Das letzte Mal, als sie von mir verlangt haben, mit einem leeren Stuhl zu sprechen und meinem inneren Kind zu sagen, dass ich nicht schuld bin.»

«Wie bitte? Klingt ja verrückt.» Danny musste sich ein Grinsen verkneifen.

«Ist es auch!» Das Mädchen tippte sich mit dem Zeigefinger an die Stirn. «Ganz ehrlich: Die hier brauchen die Therapie viel dringender als wir.»

Danny lachte. «Das Gefühl hatte ich auch schon öfter.»

Sie zuckte mit der Schulter. «Was soll's. Ich komm eh nur her, wenn ich Bock hab.»

«War nett, mit dir zu plaudern. Vielleicht treffen wir uns hier mal wieder.» Danny machte sich auf den Weg zum Ausgang und stellte fest, dass das Mädchen ihm folgte.

«Ich wollte auch gerade gehen», erklärte sie hastig. Danny hielt ihr die Tür auf und ließ ihr den Vortritt.

Kaum draußen, kramte sie in ihrer Hosentasche und holte eine selbstgedrehte, ziemlich große Zigarette hervor, die sie sich zwischen die Lippen steckte.

«Bei mir war es der Vater», sagte sie, während sie sich den Joint anzündete. «Und bei dir?»

«Auch.»

«Väter sind scheiße!» Sie nahm einen tiefen Zug. «Wo wohnst du? Was dagegen, wenn ich mich bei dir zum Essen einlade? Ich habe echt Hunger!»

Nur mühsam konnte Danny ein Seufzen unterdrücken.

«Ich wohne im Kinderheim. Von mir aus kannst du mitkommen.»

«Danke. Wie lieb von dir!» Das Mädchen strahlte. «Ich bin übrigens Tina!»

FEBRUAR 1998

Christina wusste, dass sie sich selbst belog. Dennoch war es für sie einfacher, genau das zu tun.

Es ist ein Job wie jeder andere auch …

Mit fest an die Brust gezogenen Beinen beobachtete sie, wie der Typ neben ihr ächzend aus dem Bett aufstand und seine Hose über dicke, picklige Oberschenkel zog. Es gelang ihm fast nicht, den Knopf über seinem Bauch zu schließen. Seine Wangen leuchteten rot, und auf seiner Stirn stand ein Schweißfilm. Die schwarzen Haare unter seinen weißen Armen waren lang und gekräuselt. Es schüttelte sie, als sie daran dachte, dass der fette Sack bis vor wenigen Minuten noch auf ihr gelegen hatte.

«Für dich», sagte er knapp und griff in seine Hosentasche. Das Päckchen mit dem schmutzigen Pulver landete auf der vergilbten Bettwäsche, die unerträglich nach Rauch stank. Schnell nahm sie es entgegen und kramte in ihrer Handtasche. Mit zittrigen Fingern beförderte sie einen verrußten Kaffeelöffel hervor, auf den sie etwas Zitronensaft schüttete. Dann leerte sie das Pulver dazu und hielt ein Feuerzeug darunter. Ungeduldig starrte sie auf die Mischung, bis sie sich endlich auflöste.

«In fünf Minuten bist du hier raus», befahl der Typ. «Ich weiß nicht, wann meine Alte kommt.»

Christina nickte und zog die Flüssigkeit in eine Spritze. Sie legte sich einen Gürtel um den linken Oberarm und wartete, bis die Adern hervortraten, um die Kanüle in die Vene stechen zu können.

«Scheiße», fluchte sie. Nach mehreren Versuchen wurde ihr klar, dass ihr das so niemals gelingen konnte. Die Nadel war einfach zu stumpf.

«Hast du Besteck da?», fragte Christina den glatzköpfigen Kerl, der gebückt an der Fensterbank stand.

Genervt drehte er sich zu ihr um. Er war gerade dabei, sich mit einem gerollten Papier eine Linie Koks durch die Nase zu ziehen.

«Sehe ich aus wie ein verschissener Junkie?» Mit einer schnellen Bewegung nahm er eine Streichholzschachtel und warf sie Christina zu. «Probier's hiermit und dann verschwinde!»

Christina nahm die Schachtel zwischen die Finger und rieb die Nadel an der Fläche, die zum Anzünden der Streichhölzer vorgesehen war. Anschließend stieß sie ruckartig die Spritze in ihren Arm und schaffte es, die Nadel durch die Haut zu stechen. Langsam drückte sie die Flüssigkeit in ihr Blut …

Noch bevor sie die Kanüle wieder herausziehen konnte, setzte die Wirkung ein. Wie mit einem Katapult wurde sie aus der Realität geschleudert, hinein in ein Meer aus Licht, Glückseligkeit und endlosem Frieden.

So also schmecken Farben …

Ein klatschendes Geräusch beförderte sie in die Realität zurück. Die Hand landete ein weiteres Mal in ihrem Gesicht.

«He, bist du taub? Nimm dein Zeug und verschwinde!» Am Arm wurde sie aus dem Bett gezogen und einmal quer durch die Wohnung geschleift. Ein kalter Wind schlug ihr ins Gesicht, als der Typ die Haustür öffnete und sie hinausbugsierte. Ohne nur einen Moment innezuhalten, zerrte er sie die Stufen hinunter auf die Straße, warf ihre Handtasche und ihre Jacke neben sie und kehrte eilig ins Haus zurück.

Christina zog die Spritze aus ihrem Arm und versuchte mühsam, sich aufzurichten, aber es gelang ihr nicht. Alles drehte sich, und ihr Magen rebellierte. Es war ihr egal, dass sie mitten auf den Gehweg kotzte. Angst machte sich in ihr breit. Sie wusste nicht, wo sie war, ihr Kopf drohte zu explodieren, und ihr war zu schwindelig, um aufzustehen. Irgendwie musste sie nach Hause kommen.

Nach Hause …

Sie fing hysterisch an zu schluchzen. Als ob man diesen Ort ein Zuhause nennen könnte. Aber es war allemal besser, als hier auf der Straße zu erfrieren …

Auf Knien krabbelte sie zur nächsten Kreuzung. An der Ampel standen eine ältere Frau mit einem rothaarigen Kind an der Hand und ein jüngeres, laut lachendes Paar.

«Helfen Sie mir!»

Niemand reagierte.

«Helfen Sie mir», schrie sie.

Der junge Mann drehte sich kurz zu ihr um und sah sie angewidert an. Dann sprang die Ampel auf Grün, und er lief mit seiner Frau über die Straße.

«Warum sieht die Frau so komisch aus?», fragte das Kind. Die ältere Dame ignorierte es und würdigte auch Christina keines Blickes.

Heiße Tränen brannten in ihren Augen. So war es schon immer gewesen. Niemand nahm sie wahr, niemand wollte ihr helfen.

Noch immer weinend, kauerte sie sich mitten auf der Straße zusammen.

Du bist selbst schuld. Du wolltest keine Hilfe, du bist abgehauen …

Sie konnte nicht mehr sagen, was sie dazu bewogen hatte, aus dem betreuten Wohnheim wegzulaufen, nachdem sie monatelang keine Drogen angerührt hatte. Wollte sie zu Maddox, in der Hoffnung, er würde endlich bemerken, was sie für ihn empfand? Oder war es wegen des Betreuers gewesen, der sie immer so lüstern anstarrte? Vielleicht lag es auch daran, dass sie die Enge und das geregelte Leben nicht ertrug? Es war überflüssig, darüber nachzudenken. Es gab Wichtigeres zu tun. Überleben. Irgendwie musste sie an eine Telefonzelle kommen. Jemanden anrufen, der sie hier abholte. Aber wen?

Danny.

Ein schmerzhafter Stich durchfuhr sie, als sie an ihn dachte. Vor sich selbst musste sie sich nicht rechtfertigen, aber wie sollte sie *ihm* erklären, warum sie nun schon wieder in der Gosse saß? So viel hatte er für sie getan – sie von der Straße geholt, in den Drogenentzug gejagt und ihr den Platz im Wohnheim besorgt. Aber das Entscheidenste war, dass er ihren Vater angezeigt hatte. Das hätte sie allein nie geschafft. Ihr Alter bekam nur sechs Jahre. Sechs Jahre dafür, dass er etwas in ihr zerstört hatte, was sich nie wieder zusammensetzen ließ. Sechs Jahre für eine ruinierte Kindheit und ein kaputtes Leben …

Schwankend kam sie auf die Füße und setzte sich in Bewegung.

Kaputtes Leben, dachte sie bitter. Es stimmte und dann auch wieder nicht. Ihre Vergangenheit war zerstört, aber ihre Zukunft konnte sie gestalten, wie sie wollte. Dass das ein Privileg war, wusste sie erst, seit Dannys Vater ihn vor eineinhalb Jahren angerufen und ihm Dinge gesagt hatte, die zu ungeheuerlich klangen, um wahr sein zu können. Kein Wunder, dass er in dieses Loch fiel, aus dem er sich nicht selbst befreien konnte. Aber sie war für ihn da gewesen. Zusammen mit Jörg. Doch Dannys Vormund hatte ihm nicht helfen können. Es war Christina gewesen, die ihm den Weg zurück ins Leben zeigte. Das erste und einzige Mal wurde sie gebraucht und hatte das Gefühl, etwas richtig zu machen. Trotzdem, vielleicht auch gerade deswegen, war sie, kaum dass Danny wieder stabil war, erst mal untergetaucht. Vermutlich weil sie das immer tat. Möglicherweise auch deswegen, weil sie es nicht ertrug, durch seine Anwesenheit ständig daran erinnert zu werden, dass sie wählen, sich für eine Zukunft entscheiden könnte, wenn sie stark genug wäre. Doch sie war nicht stark.

Noch immer liefen ihr Tränen die Wangen hinunter, als sie endlich eine Telefonzelle fand und mit eiskalten Fingern seine Nummer wählte.

«Ja?», meldete er sich.

Christinas Herz schlug ein paar Takte schneller. Für einen Moment dachte sie darüber nach, einfach aufzulegen.

«Danny!», schniefte sie ins Telefon.

«Tina?» Seine Stimme klang überrascht und sofort besorgt, eine Tatsache, die sie wütend machte.

Wieso denkt er, dass ich nicht auf mich selbst aufpassen kann?

«Ja, ich bin's. Ich brauche Hilfe. Mir geht's nicht gut, und ich weiß nicht, wo ich bin und wie ich nach Hause kommen soll. Schickst du mir ein Taxi, bitte?»

«Gib mir einen Anhaltspunkt, wo ich dich finden kann.»

Christina schüttelte den Kopf, ohne zu merken, dass er es nicht sehen konnte. «Schick mir ein Taxi. Die kennen sich aus.»

«Ich hol dich selbst ab», sagte er schnell. «Kannst du jemanden fragen, wo du bist?»

Wieder schüttelte sie den Kopf. Ihr wurde schwindelig davon, und das dumpfe Gefühl hinter ihren Augen verstärkte sich.

«Tina? Gib mir die Standortnummer der Telefonzelle, von der aus du anrufst. Und dann rühr dich nicht vom Fleck, bis ich bei dir bin!»

«Welche Nummer?»

«Die steht da irgendwo. Vermutlich genau vor deiner Nase.»

Christina sah sich träge um, bis sie fand, wonach sie suchte. Stockend las sie die Ziffern vor, die über dem Wählfeld in den Stahl graviert waren. Ihre Welt begann sich schneller zu drehen.

«Tina? Warte da. Ich hol dich.»

Nickend legte sie den Hörer auf die Gabel und kauerte sich dann in der Ecke des Telefonhäuschens zusammen. Christina fror erbärmlich und fiel in einen Dämmerzustand, während sie auf das Taxi wartete, das Danny ihr hoffentlich bald schicken würde.

Erst als sich jemand über sie beugte, wurde sie allmählich wach. Noch bevor sie die Augen öffnete, wusste sie, wer es war. Nur deswegen blieb sie ruhig. Niemand roch so gut wie Danny. Christina hätte ihn mit verbundenen Augen in einem vollbesetzten Kinosaal ausfindig machen können. Sofort fühlte sie sich wohl. Er war da. Alles in Ordnung.

«Komm, ich bring dich heim», sagte er leise, griff vorsichtig unter ihre Arme und zog sie aus der Telefonzelle, um sie davor auf die Füße zu stellen. Die kalte Luft machte sie schlagartig munter. Abrupt öffnete sie die Augen und drehte sich zu ihm um. Danny trug trotz des eisigen Windes nur eine leichte Sweatjacke, seine blonden Haare standen wie üblich nach allen Seiten ab, und er wirkte irgendwie abgehetzt.

Warum hat er es so eilig? Wegen mir?

Sie folgte ihm zu dem schwarzen BMW, der mit laufendem Motor am Straßenrand stand.

«Deiner?», fragte sie verwundert. «Seit wann hast du ein Auto?»

«Einige Wochen schon.» Danny öffnete ihr die Beifahrertür, und sie ließ sich erschöpft auf den Sitz sinken.

Verdammt.

«Tut mir leid», sagte sie schnell, als er ebenfalls einstieg. Christina knabberte nervös an ihrem Daumennagel. «Ich hab deinen achtzehnten Geburtstag vergessen. Sorry. Bei mir ging alles drunter und drüber.»

«Nicht schlimm.» Er wendete den Wagen und fuhr dann in die Richtung zurück, aus der er gekommen war.

«Ich wohne nicht mehr im Wohnheim», erklärte sie ihm.

«Nein?»

Da war er, der vorwurfsvolle Blick, vor dem sie sich so gefürchtet hatte.

«Bin letztes Jahr ausgezogen. Kannst du mich woanders hinfahren?»

«Klar. Gib die Adresse ein.» Danny startete das integrierte Navigationssystem, und Christina tippte den Straßennamen in das dafür vorgesehene Feld. Er musterte sie gründlich. Viel zu gründlich. Sie merkte, wie sie beschämt in sich zusammensank.

Er wird sehen, dass ich total high bin. Oder er weiß es bereits …

«Was hast du so getrieben in letzter Zeit?» Christina bemühte sich, ihre Stimme ruhig zu halten.

«Hauptsächlich Sport. Ich hab dir doch erzählt, auf was ich trainiere.»

«Stimmt. Diese Weltmeisterschaft. Wann ist die denn?»

«Sie war letzte Woche.»

Christina fühlte sich plötzlich schuldig.

«Hast du gewonnen?»

«Ja.»

«Danny, es tut mir leid. Ich hätte mal anrufen sollen in den vergangenen …»

«Schon okay.» Er steuerte den BMW auf die Einfahrt vor einem großen Rolltor und stellte den Motor ab.

«Danke fürs Fahren. Ich werde mich revanchieren.»

Danny schüttelte den Kopf. «Musst du nicht. Du warst für mich da, als ich dich gebraucht habe. Genauso werde ich für dich da sein, wenn du was brauchst.» Langsam beugte er sich vor und versuchte, ihr in die Augen zu sehen. Verlegen sah sie zur Seite.

«Danke. Bis irgendwann mal.» Schnell stieg sie aus. Danny verließ ebenfalls das Auto.

«Tina?»

«Ist noch was?»

«Ich kann dir nur helfen, wenn du mich lässt.»

Christina setzte ein unbekümmertes Lächeln auf. «Mir geht es gut. Ich brauch nichts.»

«Wenn es dir gutgeht, wieso hängst du dann wieder an der Nadel? Du warst weg davon. Was ist passiert?»

Scheiße. Natürlich hat er es gesehen …

Unschlüssig zuckte sie die Achseln. «Es ist einfach so gekommen.»

«Wieso wohnst du in einer Lagerhalle?»

Am liebsten hätte sie sich die Ohren zugehalten und angefangen, ganz laut zu singen. Das hatte sie als kleines Mädchen immer getan, wenn ihr Alter sich ihre Schwester aus dem Kinderzimmer holte. Aber diese Zeiten waren lange vorbei. Sie ging mit schwankenden Schritten auf das Tor zu. Aus den Augenwinkeln sah sie, dass Danny ihr folgte.

«Tina? Soll ich dich mit zu mir nehmen? Da können wir in Ruhe reden.»

Sie steuerte zielstrebig auf eine Eingangstür neben dem Rolltor zu und drückte auf die Klingel. Sagan, ein junger, breitschultriger Typ, öffnete. Er trat kurz zur Seite, um sie vorbeizulassen, deutete mit dem Daumen auf Danny und positionierte sich dann wieder im Türrahmen. «Gehört der zu dir?»

«Nee», rief Christina im Davongehen. «Der hat mich nur hergefahren.»

«Kann ich kurz mit rein?», wollte Danny wissen.

Sagan schüttelte vehement den Kopf. «Für Fremde kein Zutritt.»

Christina hörte noch, wie Danny ihren Namen rief. Dann wurde ihm die Tür vor der Nase zugeschlagen. Sie seufzte, als sie durch die große Lagerhalle in Richtung ihres Zimmers ging. Es stand nicht in ihrer Absicht, ihren einzigen Freund zu verletzen, aber es war das Beste so. Danny hatte zu viele eigene Probleme. Sie wollte ihn nicht auch noch mit ihrem verkorksten Leben belasten.

* * *

Danny ließ sich seufzend aufs Bett fallen. Er versuchte, die Gedanken um Christina aus dem Kopf zu bekommen. Im Prinzip konnte er froh sein, dass sie sich ihm nicht anvertrauen wollte. Und doch war er es nicht.

Der Putz über ihm war makellos glatt. Der Stuckateur hatte ganze Arbeit geleistet. Lediglich ein einzelner Riss zog sich von der hinteren Ecke bis zur Lampe. Er war länger geworden seit damals, da war er sich absolut sicher. Schließlich hatte er wochenlang nichts anderes getan, als ihn anzustarren und sich zu fragen, ob es möglich war, das jemals wieder auszubessern, ohne dass es andere sehen konnten. Vermutlich schon, immerhin war es ihm auch gelungen, den Schaden, der an ihm selbst entstanden war, zu reparieren und für andere unsichtbar zu machen. Das ging so lange gut, bis jemand kam, an der Oberfläche scharrte und diese Erschütterung für noch weit schlimmere Verwüstung sorgte.

So wie damals, als der Anruf von seinem Vater kam. An jenem Sonntagmorgen in aller Frühe.

«Ich muss dich sehen. Kannst du mich besuchen kommen?»

Wie kam sein Vater auf solch abwegige Ideen? Hätte er sich nicht denken können, wie die Antwort darauf ausfiel?

Vielleicht hättest du einfach zu ihm gehen sollen?

Natürlich hätte das die Botschaft nicht geändert. Aber möglicherweise wäre sie leichter zu verdauen, zu akzeptieren gewesen, wenn er es ihm anders gesagt hätte. Ein persönliches Gespräch, in dem er aus der Mimik seines Vaters Bedauern und Reue hätte ablesen können. Sofern Aiden so etwas überhaupt empfinden konnte.

Andererseits: Ein Todesurteil blieb ein Todesurteil, vollkommen egal, wie es ausgesprochen wurde. *Selbst wenn der Henker freundlich lächelt, so schlägt er dir dennoch den Kopf ab …*

«Du wirst mir jetzt ganz genau zuhören. Ich sage es dir nur ein einziges Mal.»

Noch heute verknotete sich sein Magen beim Gedanken an diese Worte, denn er ahnte, dass das, was folgte, nur noch schlimmer werden konnte.

«Ich bin seit Jahren HIV-positiv. Geh davon aus, dass ich dich angesteckt habe.»

Danny wusste nicht mehr, was er auf diese Aussage erwidert hatte. Vermutlich war er stumm geblieben, denn was hätte er darauf sagen sollen? Ohne ein weiteres Wort legte er auf, im verzweifelten Bemühen, gegen die Schwärze anzukämpfen, die ihn in Beschlag nahm, ihn einhüllte und ihm die Erinnerung an die Tage danach raubte. Oder waren es Wochen, vielleicht sogar Monate gewesen? Zeit war nicht mehr greifbar, wenn man sich im Nichts verlor.

Irgendwann hatte er Jörg angerufen, der kurz darauf bei Danny eingetroffen war, um entsetzt festzustellen, dass er der Schwärze nichts entgegenzusetzen hatte.

«Du musst irgendetwas finden, was dir hilft.» Noch heute konnte er Jörgs besorgtes Gesicht deutlich vor sich sehen. «Was könnte dir denn guttun?»

Zu mehr als einem müden Schulterzucken war Danny nicht in der Lage.

«Was kann ich für dich tun?»

Es gab nichts, was man für ihn tun konnte. Nachdem er es endlich geschafft hatte, mit seiner Vergangenheit abzuschließen – *erlebt, überlebt, abgehakt* –, wurde er in den nächsten Albtraum katapultiert. Es gab einfach nichts, was Danny dazu hätte sagen können, deswegen schwieg er seit Tagen.

«Ruf Tina an!», forderte Jörg ihn auf. «Sie wird dir helfen können.»

Das tat Danny. Hoffnungsvoll und resigniert, zuversichtlich und mutlos. Im Wechselbad so vieler Emotionen, dass sie für ihn nicht mehr zu sortieren waren. Immer und immer wieder wählte er vergeblich ihre Nummer, bis Christina schließlich kam und sich wortlos an seine Seite in das endlose Schwarz setzte. Ohne Erwartungen, ohne Fragen zu stellen. Sie versuchte nicht, wie Jörg oder sein bester Freund Ricky, ihn aus seinem Schmerz, seiner Angst und seiner Verzweiflung zu holen. Sie ersparte ihm lächerliche Floskeln wie «Das Leben ist trotzdem schön» oder «Man darf die Hoffnung nicht aufgeben». Anstandslos akzeptierte sie seine Lebensmüdigkeit. Es war in Ordnung für sie, dass er unter diesen Bedingungen nicht weitermachen und einen Kampf führen wollte, der bereits verloren war. Selbstlos betrat Christina das sinkende Schiff, bereit, mit ihm unterzugehen. Und als Danny schließlich dabei war, in seinem Elend zu ertrinken, schaffte sie es, das Schwarz um ihn herum zu vertreiben. Mit jenen unbedarften Worten, die ihm zeigten, dass es doch noch einen Sinn gab. Dass es sich lohnte, aufzustehen und zu kämpfen.

Ich brauche dich!

Gemeinsam hatten sie sich Strategien zurechtgelegt, mit der Krankheit umzugehen, sich über gesunde Lebensweisen informiert und sich angehört, was die Ärzte für eine langfristige Behandlung vorschlugen. Danny entschied sich dafür, den Weg, auf dem er bereits war, weiterzugehen und auf ausgewogene Ernährung und viel Sport zu setzen. Er fühlte sich nie krank, und das half ihm dabei, die Sorgen um das Virus in seinem Blut auf ein erträgliches Maß zu reduzieren. Es war da, aber es schadete ihm nicht. Mit etwas Glück würde die Krankheit lange Zeit nicht ausbrechen. Sie begleitete ihn nur wie ein stummer Weggefährte, dem der Tod ins Gesicht geschrieben stand und der einen deswegen mit seiner Anwesenheit stetig daran erinnerte, dass das Leben endlich war. Danny entschloss sich, seinen Blick nach vorne zu richten und seinen Begleiter zu ignorieren, so lange es ging.

MÄRZ 1998

Christina erschrak, als die Zimmertür abrupt geöffnet wurde.

«Tina?», rief Maddox. «Aufstehen, Süße. Du musst zu Johnny. Auftrag für dich.»

Widerwillig erhob sie sich von ihrer Matratze, die auf dem Boden lag, und folgte dem Dealer ins Büro. Dort saß Johnny, der Zuhälter, nach dessen Pfeife sie alle zu tanzen hatten. Lässig rauchte er in seinem Ledersessel eine Zigarette und trank Whisky dazu. Seine Füße, die in schmutzigen Stiefeln steckten, lagen auf dem Schreibtisch. Als er sie erblickte, richtete er sich auf und drückte Maddox einen Zettel mit einer Adresse in die Hand. Die Farbe wich aus ihrem Gesicht, als sie begriff, zu wem sie gehen sollte.

«Das ist nicht dein Ernst!», sagte sie leise. «Ich hab dir gesagt, dass ich das nicht mehr mache.»

«Maddox wird dich hinfahren und dort auf dich warten. Du bist save.»

«Darum geht es nicht. Der Typ ist krank im Kopf ...»

«Du gehst da hin und basta!» Johnny schlug so hart mit der Faust auf den Tisch, dass der Whisky aus dem Glas schwappte. «Zieh dich um und besorg's dem Typ gefälligst. Und zwar ordentlich.»

«Bitte, ich ...»

«Maul halten und verschwinden!» Johnny nahm seine Stiefel vom Tisch und ließ sich in den Sessel sinken.

Maddox führte Christina zurück zu ihrem Zimmer.

«Mach schnell», knurrte er, «ich hab auch noch was anderes zu tun, als dein Kindermädchen zu spielen.»

Mit Tränen in den Augen ging sie hinein und schloss die Tür hinter sich. Noch während sie in den Minirock schlüpfte, zog sie ihre restlichen Klamotten aus dem winzigen Schrank und stopfte sie zusammen mit ihrer Handtasche in einen Rucksack.

Ich mach das nicht noch mal …

Allein die Erinnerung an diesen Typen, zu dem sie sollte, bewirkte, dass es sie schüttelte, als hätte sie in einem Eisfach übernachtet.

Christina öffnete das Fenster, lehnte sich weit hinaus und beförderte den Rucksack mit einem gezielten Wurf in einen Busch. Nachdem sie das Fenster wieder geschlossen hatte, fuhr sie sich mit den Fingern durch die Haare und trat auf den Flur.

«Wir können gehen», sagte sie zu Maddox.

Er nickte, und sie folgte ihm hinunter in die Lagerhalle. Das Rolltor war weit geöffnet. Maddox hielt ihr die Tür seines Cadillacs auf und stieg dann ebenfalls ein. Christina beobachtete ihn, während er rückwärts auf die Straße fuhr. Seine dunklen Haare waren ordentlich gestylt, und ein leichter Bartschatten lag auf seinem Gesicht. Der Geruch seines teuren Aftershaves drang zu ihr hinüber. Sie mochte Maddox. Seit sie für Johnny arbeitete, war er an ihrer Seite, passte auf sie auf und versorgte sie mit Drogen. In ihrer dunkelsten Zeit war er eine Art Vaterersatz für sie geworden. Seine ruppige Art war eigentlich nur aufgesetzt, und wenn sie wieder einmal in einer emotionalen Sackgasse steckte, hatte er immer Trost und Zuspruch für sie parat. Insgeheim fragte Christina sich oft, ob Maddox der wirkliche Grund dafür war, dass sie immer wieder hier landete.

Mit fünfzehn Jahren hatte sie ihn kennengelernt und sich still und heimlich hoffnungslos in ihn verliebt. Unzählige Nächte träumte sie davon, er würde sie heiraten und mit ihr ein besseres Leben anfangen, irgendwo weit weg von all dem Bösen, das sie umgab.

Mittlerweile war Christina erwachsen und wusste, dass sein Interesse nur seinem Geldbeutel galt. Trotzdem war diese kindliche Sehnsucht geblieben. Wenn es nach ihr gegangen wäre, hätte sie ihm verziehen, dass er sie ausnutzte, und wäre mit ihm gegangen, wohin auch immer er gewollt hätte. Aber es ging nicht nach ihr, und vermutlich sah er in ihr nichts anderes als in den anderen Prostituierten, die Johnny unter seinen Fittichen hatte.

«Was ist eigentlich so schlimm an diesem Freier?», wollte er wissen.

Christina schüttelte den Kopf. «Frag lieber, was an ihm nicht schlimm ist. Das ist schneller beantwortet.»

Maddox zündete sich einen Joint an und reichte ihn an sie weiter. «Hilft das?»

«Ich glaube nicht.» Christina paffte trotzdem daran, während sie auf Maddox' gepflegte Hände und seine sauberen Fingernägel schaute.

«Ist es denn nicht vollkommen egal, mit wem ihr vögelt?»

Ihr.

Natürlich steckte er sie in dieselbe Schublade wie die anderen Mädchen. Wieder versetzte ihr die Erkenntnis einen schmerzhaften Stich.

«Das letzte Mal wollte der Freak, dass ich mich nackt in die Badewanne setze, damit er mich anpinkeln kann …»

«Oh! Das ist natürlich übel. Aber, Süße, du solltest lernen, die Dinge positiv zu sehen: Wenn du dann eh schon in der Wanne bist, kannst du hinterher gleich baden.» Er zwinkerte ihr zu und stupste sie fast zärtlich mit dem Ellbogen an. Christina musste aufpassen, dass sie bei so viel gezeigter Zuneigung nicht sentimental wurde. Maddox war nicht ihr Freund, er tat nur das, wofür er bezahlt wurde. Aber eines Tages würde sie einen Mann wie ihn finden und mit ihm eine Familie gründen. Einen Mann, der sie zumindest optisch in keiner Weise an ihren Vater erinnerte. Nicht so wie Danny. Obwohl der für sie wie ein älterer Bruder war, empfand sie es oft als eine Herausforderung, in seiner Anwesenheit die Erinnerungsfetzen aus ihrer Kindheit zu verdrängen.

«Maddox? Darf ich dich was fragen?»

«Wenn's sein muss.» Seine Miene verfinsterte sich, und er ging sofort auf Distanz. Vermutlich ahnte er bereits, was sie nun wieder von ihm wollte.

«Hast du in letzter Zeit mal daran gedacht, hier die Zelte abzubrechen? Aufzuhören mit dem Scheiß und irgendwo ein geregeltes Leben anzufangen?»

Er schaute sie kurz genervt an und gab ihr dann zu verstehen, dass er seinen Joint zurück wollte.

«Nein. Wieso sollte ich?»

«Weil es falsch ist, mit Drogen zu handeln?» Sie biss sich auf die Lippe und musterte ihn besorgt.

Er wird meinen Einwand nicht ernst nehmen.

Kein Wunder eigentlich, denn in all den Jahren hatte sie das so oft zu ihm gesagt, dass es schon fast Routine geworden war. Es wunderte sie nicht, dass er seinen Unmut überspielte und plötzlich lächelte, als hätte sie einen Witz gemacht. «Richtig. Sie zu nehmen ist natürlich viel besser.»

«Ich will aufhören damit!»

«Viel Glück!» Resigniert schnippte er seinen Joint aus dem geöffneten Fenster und gab dem Fahrer vor sich mit einer ungeduldigen Handbewegung zu verstehen, dass er schneller fahren sollte.

Jetzt oder nie, Tina! Jetzt oder nie!

«Maddox», begann sie erneut. «Was hältst du davon, wenn wir beide abhauen und irgendwo neu anfangen?»

Ein vollkommen abwegiger Vorschlag. So als würde man einen Schneemann zu einem Leben in der Karibik überreden wollen. Maddox liebte das, was er tat, und das viele Geld, das er damit verdiente.

«Was?» Seine Reaktion war wie erwartet. Er starrte sie an, und die Verblüffung verwandelte sich langsam in Ärger. «Du wirst nirgendwo hingehen. Du hast einen Arsch voll Schulden bei Johnny. Er bringt mich um, wenn du verschwindest!»

«Nicht ich allein. Wir zusammen …»

«Tina, bitte lass es!»

Christina hielt sofort den Mund. Die Antwort war ihr klar gewesen, und trotzdem hatte sie es versuchen müssen. Um sich nicht immer fragen zu müssen, was gewesen wäre, wenn …

Sie schwiegen, bis Maddox den Wagen vor einem heruntergekommenen Mehrfamilienhaus abstellte und dann wie selbstverständlich das Thema wechselte.

«Ich werde mit Johnny reden und ihm sagen, dass er künftig ein anderes Mädchen hier herschicken soll.»

Die anderen machen das hier genauso ungern. Christina behielt diesen Gedanken vorsichtshalber für sich.

Gemeinsam stiegen sie aus und gingen zum Eingang. Das Schloss war herausgebrochen, die Tür verkratzt. Maddox stieß sie angewidert mit dem Schuh auf. «Bringen wir es hinter uns», sagte er aufmunternd, während sie den dunklen Flur entlanggingen.

Wir? Schon klar, dachte Christina böse. Sie bemühte sich, nicht zu tief einzuatmen. Es stank nach Alkohol und Erbrochenem.

Vor einer grünen Wohnungstür blieben sie stehen. Maddox griff nach Christinas Top und zog es vorne ein Stück nach unten.

«Besser so», stellte er fest. Dann streichelte er ihr kurz über die Haare. Sofort bekam sie eine Gänsehaut.

Nimm mich in den Arm. Sag mir, dass alles gut werden wird …

«Ich bleib die ganze Zeit hier stehen. Wenn etwas ist, schrei einfach. Die Tür hab ich in einer halben Sekunde eingetreten, also mach dir keine Sorgen. Ich passe auf.»

Für einen Moment zögerte sie.

Sag es ihm.

«Ist noch was?» Er sah sie abwartend an.

Ich liebe dich.

War es Liebe? Oder der naive Gedanke eines Mädchens, das nicht erwachsen werden wollte?

«Nein.» Christina schüttelte energisch den Kopf und drückte mit der Spitze ihres langen Fingernagels auf die Klingel. Alles hier war versifft und widerlich, und sie wollte so wenig wie möglich davon berühren. Fast im selben Augenblick wurde die Tür geöffnet, und Christina trat in die Wohnung.

Norbert wartete bereits auf sie. Er stand in Feinrippunterwäsche im Flur und gaffte sie an. Christina hätte sich nicht gewundert, wenn ihm noch der Sabber aus dem Mundwinkel gelaufen wäre.

«Hallo», grüßte sie knapp.

«Ins … äh … Schlafzimmer gehen», stotterte er. Es war normal, dass er keinen vernünftigen Satz herausbrachte.

Mit vor der Brust verschränkten Armen ging sie voran. Norbert hatte einen Fernseher ans Bett geschoben, in dem ein Porno lief.

Auf dem Nachttisch lagen ein paar Handschellen, und sie bemerkte schockiert, dass die Matratze komplett mit Frischhaltefolie eingewickelt war. Das Allerschlimmste aber war die Polaroidkamera, die darauflag.

Komm, Chrissy. Es tut doch nicht weh, ich will dich nur fotografieren …

Er zog sich die Unterhose aus. Seine dürren Beine waren krumm, die schlaksigen Arme unterstrichen das jämmerliche Erscheinungsbild. Mit fahrigen Fingern hob Norbert sein Hemd hoch und deutete mit einer Handbewegung an, was Christina zu tun hatte.

Ihr Magen verkrampfte sich bedrohlich, und sie fürchtete, sich übergeben zu müssen. Kopf ausschalten und einfach nur noch funktionieren war hier nicht mehr möglich. Christina wollte nur noch weg.

«Kann ich zuerst kurz auf die Toilette?», fragte sie schnell.

Enttäuscht ließ Norbert sein Unterhemd los.

«Da lang … Beeilung», stammelte er und zeigte auf die hinterste Tür im Flur. Ohne etwas zu erwidern, verschwand Christina in dem miefigen Bad. Sorgfältig verriegelte sie das Schloss und öffnete das Fenster. Es knarrte, aber das würde dieser unterbelichtete Typ ohnehin nicht merken.

Bis der Schwachmat was schnallt, hab ich die Kurve gekratzt!

Christina stieg durch die Öffnung und zog das Fenster so gut es ging wieder hinter sich zu. Gebückt lief sie durch den Hinterhof auf die Straße. Jetzt musste sie nur noch zurück zur Lagerhalle, um ihre Sachen zu holen. Am besten, bevor Maddox merkte, dass sie weg war.

Das schaffst du nie!

Auch wenn Norbert noch so langsam im Kopf war, irgendwann würde er merken, dass sie nicht zu ihm zurück ins Schlafzimmer kam. Sie musste sich beeilen. Wie immer, wenn Christina nicht wusste, was sie sonst tun sollte, machte sie sich auf die Suche nach einer Telefonzelle und wählte die einzige Nummer, die sie auswendig kannte.

* * *

Danny wollte gerade seine Wohnungstür aufschließen, als sein Handy klingelte. Er zog es aus der Jeanstasche.

«Ja?»

«Kannst du mich abholen?»

«Wo bist du?» Die Frage war Standard, wenn Christina anrief. An ihrer Stimme erkannte er, dass sie es verdammt eilig hatte. Dass Christina sich einfach nur meldete, um zu fragen, wie es ihm ging, war absolut unwahrscheinlich und seit gut einem Jahr nicht mehr vorgekommen. Meistens war sie von irgendwo abgehauen und auf der Suche nach einem Schlafplatz. Noch bevor er seinen Satz ausgesprochen hatte, machte er auf dem Absatz kehrt und ging zurück zum Auto. Sie nannte ihm eine Adresse, die er ins Navi eintippte.

«Mach schnell!»

«Bin auf dem Weg. Was ist passiert?»

Fuck.

Eigentlich hatte er eine Verabredung mit seiner Freundin. Die würde jetzt warten müssen. Mal wieder.

«Erzähl ich dir später.»

Die Verbindung wurde unterbrochen. Danny tippte eine SMS an Marie:

Tut mir leid, ich muss absagen. Es ist etwas Wichtiges dazwischengekommen. Melde mich die Tage. Danny

Mürrisch legte er sein Handy in die Mittelkonsole und fuhr Richtung Stuttgart. Das würde Ärger geben. Dafür durfte er sich wieder stundenlang anhören, wie toll Marie war und dass sie es nicht nötig hatte, sich so behandeln zu lassen. Zudem würde sie ihm vorwerfen, dass sie die Schnauze voll von seinen Macken hatte.

Seine Freundin war schon lange nicht mehr gut auf ihn zu sprechen.

Diese Beziehung rettest du eh nicht mehr …

Genau genommen war die Partnerschaft schon am Ende, noch bevor sie richtig angefangen hatte. Wie es das Mal davor eben auch gewesen war.

Wie es immer sein wird!

Das Schicksal hatte seine Beziehungen zum Scheitern verurteilt. Es lag ihm sozusagen im Blut …

Danny drehte die Musik auf die höchste Stufe, um seine Sorgen um Christina zu vertreiben. Mit halsbrecherischer Geschwindigkeit fuhr er über die Autobahn.

Warum rast du eigentlich so?

Die Situationen, in denen Christina sich bisher befunden hatte, waren zwar oft unschön, aber nie besonders brenzlig gewesen.

Dennoch behielt Danny sein überhöhtes Tempo bei, als er in die Straße einbog, zu der das Navi ihn gelotst hatte. Christina rannte ihm bereits entgegen. Schwer atmend ließ sie sich auf den Beifahrersitz fallen.

«Danke», keuchte sie. «Fahr mich bitte wieder zu dieser Lagerhalle.»

«Dir auch ein herzliches Hallo.» Danny sah sie prüfend an. Sie trug einen knappen Minirock und ein enges Top. Es war unschwer zu erkennen, von welcher Tätigkeit sie gerade kam. Immerhin schien sie diesmal nicht auf Drogen zu sein.

«Ich muss da schnell was abholen, und dann können wir weiter», fügte sie hinzu.

Danny seufzte und gab Gas. «Weiter wohin?»

«Erklär ich dir dann.»

«Prima», brummte er. «Darf ich erfahren, was du eben gemacht hast und warum wir es so eilig haben?»

«Später», erwiderte sie wieder. Nervös wippte sie auf ihren schmalen Absätzen hin und her.

Danny ignorierte eine rote Ampel. Christinas Hektik war ansteckend.

«Stört es dich, wenn ich eine rauche?» Sie hatte die Kippe bereits zwischen den Lippen und drückte auf den Zigarettenanzünder.

«Ja. Aber du machst es ja trotzdem.»

«Stimmt, aber ich mach das Fenster auf. Dir zuliebe.»

«Wie rücksichtsvoll, danke!»

Seit damals, nach dem vernichtenden Anruf seines Vaters, waren sie richtige Freunde. Trotzdem war sie irgendwann einfach abgehauen. Er hatte immer wieder versucht, mit ihr Verbindung aufzunehmen, aber irgendwie war es ihr zu viel gewesen. Sie brauchte mehr Freiraum, weil diese Nähe ihr Angst machte. Danny wusste, dass sie noch nie jemandem so nahe gewesen war – und dass genau das sie verunsicherte. Er verstand selbst am besten, dass so etwas Zeit benötigte. Immerhin: Ihr Versprechen, mit ihm sporadisch in Kontakt zu bleiben, hatte sie gehalten. Und die Distanz hatte ihrer Freundschaft keinen Abbruch getan.

Christina stieß mit dem Handrücken an Dannys Oberarm. «Halte hier an der Seite kurz an, ich bin gleich wieder da. Lass den Motor laufen, wir müssen sofort wieder weg!»

Ohne auf eine Antwort zu warten, sprang sie aus dem Wagen, ließ die Beifahrertür offen stehen und rannte hinter das große, graue Gebäude, das Danny an eine alte Fabrik erinnerte. Kurz darauf kam sie mit einem Rucksack in der Hand zurück.

«Fahr los», ordnete sie an.

«Wohin?»

«Egal. Fahr.» Ihr Stimme überschlug sich fast. «Scheiße. Er kommt schon.»

«Wer? Tina? Klärst du mich bitte auf?»

«Maddox.» Christina zeigte auf den lackschwarzen Cadillac, der gerade an ihnen vorbeifuhr und direkt vor ihnen quer auf der Straße anhielt.

«*Mad-Dogs*?» Danny lachte leise in sich hinein. «Klingt wie der verrückte Hund von irgendeinem durchgeknallten Professor.»

«Danny, das ist kein Scherz. Er hat eben gesehen, dass ich zu dir ins Auto gestiegen bin. Fahr!»

«Wohin?», fragte Danny wieder. «Der versperrt mir den Weg.»

Der Fahrer stieg aus und kam langsam auf sie zu. Danny war gerade im Begriff, das Fenster herunterzulassen, um diesen Typen zu bitten, ihn durchzulassen, als Christina anfing zu schreien.

«Fahr endlich weg!»

Eine Welle ihrer Panik schwappte plötzlich auf ihn über. Er ignorierte den versperrten Weg, legte den Rückwärtsgang ein, gab Gas und raste aus der engen Gasse. Auf der Hauptstraße wendete er den Wagen und fuhr vorwärts weiter.

Christina seufzte erleichtert auf.

«Freu dich nicht zu früh», sagte Danny. «Er folgt uns.»

Im Rückspiegel sah er, wie der Cadillac ebenfalls aus der Straße schoss und sich dicht an die Stoßstange seines BMWs heftete.

«Scheiße!», fluchte Christina. Sie begann, an ihrem Daumennagel zu knabbern. «Kannst du ihn irgendwie abschütteln?»

«Ähem, ich hab seit zwölf Wochen meinen Führerschein und würde ihn gerne auch behalten.»

«Bitte!» Schweißnasse Finger legten sich auf seinen Arm. «Du musst ihn loswerden. Irgendwie. Führ ihn in die Irre!»

«Das ist kein Actionfilm. In der Realität funktioniert so was nicht.» Danny war sich nicht sicher, ob das alles so ernst war oder ob sie gerade etwas übertrieb. Zudem war er überzeugt davon, dass Maddox ihnen ohnehin nicht folgen wollte. Ein Typ, der so einen Wagen fuhr, war mit Sicherheit für solche Spielchen nicht zu haben. Wie um sich davon zu überzeugen, bog Danny ein paarmal in verschiedene Richtungen ab. Doch der Cadillac klebte weiter an ihnen.

«Und jetzt?», jammerte Christina.

«Wie wäre es mit dem Klassiker? Bahnschranke? Klappt immer. Schon tausendmal gemacht.»

«Du denkst, das ist ein Spiel, oder?»

«Ist es das nicht?» Danny bemühte sich nicht einmal, sein Grinsen zu verbergen.

«Okay, versuchen wir die Schranke. Da vorne links, dann zweimal rechts. Dann kommt irgendwann eine.»

Sie fuhren auf den Bahnübergang zu. Natürlich waren die Schranken weit geöffnet und die Ampel grün.

«Ist heute wirklich das erste Mal, sonst kommt immer genau im richtigen Moment ein Zug. Ehrlich», witzelte er.

«Fahr noch mal außen rum.»

Danny bog dreimal links ab. Maddox tat das Gleiche. Die Ampel war auch nach diesem Versuch wieder grün.

«Noch eine Runde.» Christina knabberte weiter auf ihrem Daumen herum und drehte sich immer wieder nach hinten um. Während der vierten Runde fing Maddox an, ihnen Lichthupe zu geben.

«Das gibt's doch gar nicht!», wiederholte sie ein ums andere Mal. «Fahren hier keine Züge?»

«Woher soll ich das wissen? Mir hat niemand gesagt, dass ich die Fahrpläne auswendig lernen soll!»

«Es wird rot!» Christina deutete aufgeregt auf die umschaltende Ampel. Die Schranken wurden laut piepsend nach unten gelassen. Danny schaltete einen Gang runter und gab Gas. Ein Blick in den Rückspiegel zeigte ihm, dass auch der Cadillac es noch mühelos über die Gleise geschafft hatte.

«Ich geb's auf», sagte er schließlich. «Der Typ hinter uns ist besser. Du wirst seine Blumen wohl annehmen müssen.»

Die Fassungslosigkeit in Christinas Augen war so echt, dass Danny für einen Moment das Gefühl hatte, den Ernst der Lage wirklich nicht zu begreifen.

«Danny, das ist ein Dealer! Er und ich arbeiten für denselben Zuhälter, bei dem ich eine Unmenge Schulden habe!»

«Bitte *was*?» Danny starrte sie zu lange an. Der Wagen geriet fast auf die Gegenfahrbahn.

«Dachtest du ernsthaft, das ist ein Verehrer, dessen Anmache mir auf den Wecker geht?»

«Ja!» Er merkte selbst, dass er schrie. «Ja, so was in der Art dachte ich tatsächlich.»

«Nein. Tut mir leid.»

Danny biss sich so heftig auf die Lippe, dass es weh tat. «Scheiße. Und jetzt? In was ziehst du mich da nur rein?»

«Tut mir leid!», sagte sie wieder. «Aber so schlimm ist das nicht. Wir müssen ihn nur irgendwie abhängen.»

Danny bog in einen Feldweg ein.

«Was hast du vor?»

«Na, was wohl? Ihn loswerden. Auf meine Weise.» Er sah, wie Christina die Augen verdrehte. Dann steckte sie sich die nächste Zigarette an.

Langsam fuhren sie den Feldweg entlang, bis Danny seinen Wagen an einer Einbuchtung abstellte. Er wartete, bis sein Verfolger ausgestiegen war, und ging ihm ein paar Schritte entgegen. Am Rande registrierte er, dass Maddox Jeans und einen dunklen Rollkragenpullover trug. Einen Dealer hatte er sich viel auffälliger vorgestellt.

«Bist du jetzt fertig mit dem Katz-und-Maus-Spiel?», rief Maddox gereizt. «Dann schick Tina rüber.»

Danny schnippte mit dem Finger und zeigte damit auf sein Gegenüber. «Du wirst lachen, aber genau darüber wollte ich mit dir sprechen.»

«Her mit dem Mädchen, oder ich hol sie mir selber.»

«Da gibt es ein klitzekleines Problemchen.» Danny bemerkte Maddox' wütenden Gesichtsausdruck und sah aus den Augenwinkeln, wie Christina fassungslos den Kopf schüttelte. «Sie möchte nicht.»

Gut einen Meter vor Danny blieb Maddox stehen. «Tina schuldet uns einen Arsch voll Kohle. Sie wird mitkommen und für uns arbeiten, bis das beglichen ist. Dann kannst du sie meinetwegen haben.»

«Wie viel? Ich zahl das für sie.»

Maddox schnaubte genervt. «So viel Geld hast du nicht, das versichere ich dir.»

«Lass es doch auf einen Versuch ankommen.» Danny ließ den anderen nicht aus den Augen. Es entging ihm nicht, dass Maddox in seinen Hosenbund griff. Blitzschnell beförderte er ein Springmesser aus der Tasche, ließ es aufschnappen und drohte: «Schluss jetzt! Tina her, aber schnell.»

Danny reagierte in derselben Sekunde. Mit der linken Hand packte er Maddox' Handgelenk und trat ihm zeitgleich mit dem rechten Schienbein in die Seite. Maddox schrie auf vor Überraschung. Danny drehte ihm den Arm so weit auf den Rücken, dass sich Maddox' Griff um das Messer löste. Grob nahm er es ihm aus der Hand, ohne ihn loszulassen. Maddox hielt schwer atmend still.

Christina stand plötzlich bei ihm. «Tu ihm nichts!», flehte sie.

Trotz der hektischen Situation freute sich Danny, dass Christina sich Sorgen um ihn machte. Obwohl sie ihn nur anrief, wenn sie etwas brauchte, schien er ihr nicht egal zu sein.

«Bitte, Danny, lass ihn los.»

Sie macht sich Sorgen um IHN, nicht um dich …

Diese Erkenntnis versetzte ihm einen schmerzhaften Stich in die Magengrube. Automatisch gab er Maddox frei, stieß ihn von sich und lief mit dem Messer in der Hand rückwärts auf den Cadillac zu. Schwungvoll rammte er die Klinge in den Vorderreifen, zog sie wieder heraus und ging zurück zu Maddox, der noch immer reglos am selben Platz stand. Mit den Fingern drehte Danny das Messer in seiner Hand um und hielt es dem anderen mit dem Griff voraus unter die Nase. «Bitte schön, ist deins. Schön, dass wir das mit dem Hinterherfahren klären konnten.»

«Das wird ein Nachspiel haben.» Maddox nahm die Waffe wieder an sich und ließ sie sinken.

«Tina, geh zum Auto. Wir fahren heim.»

Christina rannte sofort zu dem BMW zurück. Langsam wandte sich Danny ebenfalls ab und ging zu seinem Wagen, sorgsam darauf lauschend, ob Maddox versuchte, sich ihm ein weiteres Mal zu nähern. Aber es blieb still.

Erst als Danny sein Auto gestartet hatte und den Feldweg entlangfuhr, wagte er es aufzuatmen.

«Jetzt haben wir echt Ärger am Hals», prophezeite Christina leise.

«Ach?», machte Danny spöttisch. «Jetzt erst? Ich dachte, den hatten wir bereits, als ich von einem *Dealer* verfolgt wurde!»

«Du hast recht. Ich hätte dich da nicht mit reinziehen sollen.»

Danny hielt mitten auf dem Feldweg an, schaltete in den Leerlauf und nahm den Fuß von der Kupplung. Seufzend wandte er sich zu Christina um. Sein Blick wanderte über ihre schlanken Oberschenkel bis in ihren tiefen Ausschnitt. Sie zog ihr Top hoch.

Er zwang sich, ihr ins Gesicht zu schauen. Ihre ungewöhnlich grünen Augen waren wässrig. Vermutlich würde sie jeden Moment anfangen zu weinen. Die schwarzen Haare hingen glatt und glänzend über ihren Schultern. Wieder einmal fiel ihm auf, wie hübsch sie war …

«Ich nehm dich mit zu mir», beschloss er. «Und morgen früh fahr ich zu dieser verdammten Lagerhalle und geb denen das Geld, das du ihnen schuldest. Damit dürfte die Sache erledigt sein.»

«Danny … Ich kann das nicht bezahlen. Sonst hätte ich es längst getan.»

«Du vielleicht nicht …» Er legte den Gang wieder ein und fuhr los. «Aber ich schon.»

* * *

Christina folgte ihm schweigend in die Wohnung. Plötzlich war da die Erinnerung an das erste Mal, als sie bei ihm übernachtet hatte. Völlig high und klatschnass stand sie vor seiner Tür, weil sie nicht wusste, wo sie schlafen sollte, nachdem sie mal wieder von einem Freier hinausgeworfen worden war. Ohne Fragen zu stellen, hatte Danny sie hineingelassen und ihr eine heiße Milch mit Honig gemacht …

«Heute Nacht kannst du noch mal auf der Couch schlafen», beschloss Danny. «Morgen gehen wir los und richten dein Zimmer ein.»

«Wie meinst du das?»

«Du kannst mein Arbeitszimmer haben. Ich werde mein Zeug von dort einfach in den Sportraum verlegen. Platz genug ist ja da.»

«Ich soll hier wohnen?» Christina starrte ihn verwirrt an.

Ich bekomme ein Zuhause!

Es fühlte sich an, als würde ihr Herz vor Glück zerspringen.

Eine richtige Wohnung, ein Bett, einen Menschen um sich herum, dem sie vertraute …

«Genau.»

«Danny …», begann sie. Am liebsten hätte sie nicht weitergeredet aus Angst, er könnte sein Angebot rückgängig machen. Aber er würde es ohnehin herausfinden, also war es besser, gleich damit herauszurücken. So konnte sie es sich ersparen, dass er sie wieder auf die Straße setzte. «Ich habe kein Geld dafür.»

«Bis du einen ordentlichen Job hast, werde ich die Miete allein zahlen und für dich sorgen.»

«Wieso tust du das?», fragte sie verwundert.

Wie lange wird er mich in seiner Nähe ertragen? Wie schnell stehe ich wieder auf der Straße?

Dieses Risiko konnte sie nicht eingehen. Wenn sie einmal in den Genuss eines echten Zuhauses kam, würde sie nie wieder darauf verzichten können.

Danny zuckte die Schultern. «Keine Ahnung. Weil ich dich mag? Weil du auch für mich da warst, als ich dich gebraucht habe?»

Nimm es an, Tina. Nimm es einfach an. Und versuch, keine Dummheiten zu machen, damit du für immer hierbleiben darfst.

«Danke.»

«Mach's dir gemütlich. Fühl dich wie zu Hause. Ich bestell uns eine Pizza. Ich nehm vegetarisch. Du auch?»

«Ja», rief sie ihm hinterher, als er telefonieren ging. Sie öffnete ihre Handtasche, zog ihr Spritzbesteck heraus und band sich den Arm ab. Schweigend setzte sich Danny neben sie und beobachtete sie. Glücklicherweise war die Nadel noch scharf genug, um sie beim ersten Versuch in die Vene zu bekommen. Es wäre ihr unangenehm gewesen, wenn er gesehen hätte, wie sie scheiterte. Für eine Sekunde wurde ihr schwarz vor Augen. Schläfrig registrierte sie, wie Danny ihr die Spritze aus der Hand nahm.

«Hast du noch Drogen dabei?», fragte er.

«Ja. Paar Tage komm ich damit über die Runden. Dann werd ich wieder was besorgen müssen.»

Danny streckte ihr seine Hand entgegen. «Kann ich die haben?»

Ohne nachzudenken, kramte Christina in ihrer Tasche und reichte ihm die Päckchen. Das Heroin in ihrem Blut machte sie selig. Alles war in Ordnung. Es gab nichts Böses auf der Welt. Wenn Danny ihr Dope wollte, dann sollte er es haben.

Sie aßen ihre Pizza auf der Couch. Ihr Kopf fühlte sich an, als wäre ein großer Schwamm darin, der sich langsam mit Wasser vollsog und von innen gegen ihre Schädeldecke drückte. Nur am Rande nahm sie war, dass Danny auf einmal weg war und im nächsten Moment wieder neben ihr saß.

«Jörg wird morgen früh herkommen und nach dir sehen, während ich nach Stuttgart zu diesen Typen fahre», verkündete er.

«Ist gut.»

Ein Anflug von Enttäuschung erfasste sie.

Danny will nicht, dass ich allein hier bin. Er glaubt doch nicht etwa, dass ich ihn beklaue?

Christina verwarf den Gedanken und beschloss, dass es zumindest in diesem Augenblick egal war. Der Wunsch zu schlafen wurde so stark, dass er alles andere überlagerte.

Danny stand auf, um den Fernseher auszuschalten, setzte sich dann aber doch noch mal neben sie.

«Ich geh ins Bett», sagte er. «Wenn du was brauchst, ruf mich oder komm einfach rein.»

«Wird schon nichts sein.» Die Augen fielen ihr bereits zu, und das Zimmer versank in einem breiigen Nebel.

«Eine Frage noch … Eigentlich eher zwei …»

«Ja?» Aus schweren Lidern bemühte sie sich, ihn noch einmal anzusehen.

«Wann setzen denn die ersten Entzugserscheinungen ein, wenn man kein Heroin mehr hat? Und wie wirkt sich das aus?»

Das Blut sackte spürbar aus ihrem Kopf in die Beine und führte dazu, dass sie wieder klar denken konnte. «Was hast du getan? Wo ist mein Dope?»

«Wenn du hierbleiben willst, wirst du drauf verzichten müssen.»

«*Was?*» Sie versuchte aufzustehen, aber es ging nicht. Beine aus Pudding, die nicht die Kraft hatten, sie zu tragen, verhinderten es. «Hat sich erledigt. Ich will nicht bleiben.»

«Versuch es doch wenigstens. Sprich morgen mit Jörg. Er kann dir helfen.»

Sie mochte Jörg sehr, aber das spielte im Moment keine Rolle. Sie musste weg, musste ihre Beine wieder unter Kontrolle bekommen, damit sie abhauen konnte.

«Ich *will* aber keine Hilfe!»

«Tina, du warst weg von den Drogen! Du warst weg von der Straße. Du schaffst es wieder. Aber du musst es *wollen*!»

«Was habe ich davon?» Trotzig verschränkte sie die Arme vor der Brust und schob ihre Unterlippe nach vorn.

«Du bekommst von mir, was immer du möchtest. Einen Schlafplatz, eine Wohnung. Ich sorge für dich. Du musst nie wieder für Geld irgendwelche Sachen tun, die du nicht tun möchtest. Nie wieder!» Er sah sie wissend an. Ungeweinte Tränen brannten in ihren Augen, und unsichtbare Hände schienen ihr die Kehle zuzudrücken. Danny rutschte von der Couch und kniete sich vor ihr auf den Boden. Seine dunkelblauen Augen bohrten sich in ihre. Christina wollte ihren Blick abwenden, aber sie fühlte sich wie hypnotisiert und war unfähig, irgendwo anders hinzusehen.

«Tina …», begann er, «ich weiß, dein Vater ist an allem schuld. Ich weiß, er ist der Grund dafür, dass du auf der Straße sitzt und an der Nadel hängst. Ich weiß auch, dass es für dich die Hölle ist, mit irgendwelchen fremden Typen ins Bett zu gehen. Dein Vater ist dafür verantwortlich, dass du auf diesen Weg geraten bist. Aber er kann dich nicht zwingen, auf diesem Weg zu bleiben. Verstehst du?»

Sie wollte nicht hören, was er ihr sagen wollte.

Du hast eine Wahl. Du kannst selbst entscheiden!

«Es liegt an dir, umzudrehen und dein Leben selbst in die Hand zu nehmen!» Es war nicht das erste Mal, dass er genau das aussprach, was sie dachte. «Gib deinem Vater nicht die Macht, dein Leben noch mehr zu zerstören, als er es ohnehin schon getan hat.»

Wenn es nicht Danny gewesen wäre, der das sagte, dann hätte sie vermutlich losgeweint. Niemand hatte ein Recht dazu, so etwas zu sagen, weil niemand eine Ahnung hatte, was sie durchmachen musste.

Bei Danny kannst du das nicht machen! Er hat Ahnung von dem, was er sagt, weil er das Gleiche erlebt hat. Mit weit schlimmeren Folgen …

Sie wollte nicht an diese Folgen denken, aber vielleicht musste sie genau das tun: sich damit konfrontieren, um die Wahrheit zu erkennen. Sie hatte eine Wahl.

«Tina, ich bitte dich! Geh in die Therapie und rette dein Leben!» Sein Blick traf sie mit solch einer Intensität, dass er irgendetwas in ihrem Inneren berührte. Ihre Seele, ihr Herz oder vielleicht auch nur jenen Teil, der für ihre Selbsterhaltung zuständig war.

«Ich werde es versuchen», versprach sie ihm schwach.

«Danke.» Danny ging in Richtung Tür und fügte leise hinzu: «Das bedeutet mir wirklich viel. Wenn ich schon mein eigenes Leben nicht retten kann, dann lass mich wenigstens deins retten!»

* * *

Danny erwachte mitten in der Nacht, ohne sagen zu können, was genau ihn geweckt hatte. Auf Zehenspitzen schlich er ins Wohnzimmer. Christina schlief in Rückenlage auf der Couch und hustete. Sie würgte und versuchte krampfhaft, sich im Schlaf zu übergeben.

Sie erstickt …

Mit einem Satz war er bei ihr. Dumpf erinnerte er sich an das, was er im Erste-Hilfe-Kurs gelernt hatte, und drehte sie zur Seite.

«Tina?» Obwohl er sie heftig schüttelte, reagierte sie nicht. «Tina!»

Verdammter Fuck!

Irgendwo musste sie noch Drogen versteckt gehabt haben. Von allein fiel niemand in so einen Tiefschlaf. Verzweifelt bemühte er sich, ruhig zu bleiben.

Christina würgte wieder, aber es war ihr nicht möglich, das auszuspucken, was ihre Atmung behinderte.

Danny öffnete ihren Mund, griff mit den Fingern hinein und zog die verschluckte Zunge nach vorne. Im selben Moment wurde Christina wach und fing an zu schreien. Er hielt ihre Hände fest, damit sie nicht mehr nach ihm schlagen konnte. Zeitgleich verstärkte sich ihr Kreischen.

«Tina, ich bin's doch nur!»

Die Anspannung wich aus ihrem Körper, und sie sank in seinen Armen in sich zusammen. Wie auf Kommando begann sie zu zittern und zu schluchzen.

«Ich hab geträumt …», stammelte sie.

«Schon gut.» Danny wusste, von was: dieselbe Art von Traum, die ihn auch immer mal wieder heimsuchte. Nach all den Jahren noch.

Sanft zog er sie zu sich heran und streichelte ihren Rücken. Christina schmiegte sich so dicht an ihn, dass er ihren Herzschlag spüren konnte. Ihre Tränen tropften auf seinen nackten Arm, und ihr Puls beruhigte sich allmählich, als ihre Panik nachließ.

«*Er* hat mir auch immer die Finger in den Mund geschoben …», stammelte sie.

«Ich hatte Angst, du erstickst an deiner Zunge», flüsterte Danny. «Nur deswegen hab ich das gemacht.»

Sie schien ihn gar nicht gehört zu haben. Unbeirrt schluchzte sie weiter und fuhr fort: «Er hat mir die Finger erst zwischen die Beine geschoben und dann in den Mund. Ich hab die Zähne mit aller Kraft aufeinandergepresst, aber es war ihm egal. Er hat sie mir mit Gewalt reingeschoben. Immer und immer wieder.»

«Du musst mir das nicht erzählen.»

«Es hat so widerlich geschmeckt. Das Schlimmste war der Geschmack nach *ihm*. Nach Schmutz und nach Rauch.»

Danny biss sich auf die Lippe. Auch er konnte sich an den Geschmack von Rauch an Fingern erinnern. An damals, als er seinem Vater in die Hand biss, nachdem dieser ihm den Mund zugehalten hatte … Er schüttelte den Kopf, um diesen Gedanken zu vertreiben.

Christina wischte sich mit dem Handrücken die Tränen aus dem Gesicht. «Meine Eltern hatten einen Kleiderschrank mit einem Spiegel in ihrem Schlafzimmer. Um mich darin nicht selbst sehen zu müssen, hab ich mich nur auf das Licht konzentriert, das sich darin gebrochen hat. Entweder war es das Licht der Deckenlampe oder das Sonnenlicht. Irgendwas hat sich immer gespiegelt. Für mich waren das Sterne, in meinem ganz persönlichen Himmel. Ich hab mir vorgestellt, ich würde fliegen. Ist das nicht bescheuert?»

«Nein, das ist nicht bescheuert.» Danny legte seine Wange auf Christinas Haare. «Das ist sogar eine sehr kluge Strategie. Ich hatte drei Drachen. Ari, Virgo und Evie. Irgendetwas braucht man, sonst wird man verrückt.»

Langsam rutschte sie ein Stück von ihm weg, um ihn ansehen zu können. «Aber das sind wir doch», flüsterte sie. «Verrückt geworden. Wir sind vollkommen kaputt. Deswegen passen wir einfach nicht mehr in diese Welt.»

«Die Welt ist viel kaputter als wir. Die Menschen wollen das nur nicht erkennen.»

«So siehst du das?» Erstaunt starrte sie ihn an.

«Ja, so sehe ich das.» Er hob ihr Kinn an und sah ihr tief in die Augen. «Die Welt ist voll von kranken und kaputten Menschen. Sie wandeln überall unter uns. Dagegen sind wir vollkommen normal. Außerdem haben wir einen ganz entscheidenden Vorteil.»

«Der da wäre?»

«Man sieht es uns nicht an!» Danny lächelte triumphierend. «Niemand merkt, was mit uns nicht stimmt.»

«Bei dir mag das stimmen, aber mir sieht man das sehr wohl an.» Sie zeigte auf ihren kurzen Rock, mit dem sie geschlafen hatte. «Ich sehe aus wie das, was ich bin: eine Nutte.» Mit einem Seufzen streckte sie Danny den linken Arm hin, damit er die Einstiche in ihrer Armbeuge sehen konnte. «Wie eine drogensüchtige Nutte.»

Vorsichtig streichelte er mit den Fingern über ihren Arm. «Das geht weg. Mit der Zeit wird es unsichtbar werden. Und den Rest kriegen wir auch hin. Komm mit.» Langsam stand er auf und reichte ihr die Hand. Christina folgte ihm ins Schlafzimmer. Danny öffnete seinen Kleiderschrank, nahm einen Pullover heraus und warf ihn ihr zu. «Schau mal, ob dir das hier passt.»

Zu seiner Verwunderung zog sie sich vor ihm aus. Es war wohl weniger das Vertrauen zu ihm als die Gewohnheit, die sie dazu veranlasste. Danny unterdrückte den Ärger, der bei dieser Erkenntnis in ihm aufstieg. Der Gedanke daran, dass andere Männer sie anstarrten und als Lustobjekt missbrauchten, machte ihn wütend.

Sie ist eben verdammt attraktiv …

Er sah auf den Boden, bis sie sich umgezogen hatte, um nicht das zu tun, was er den anderen vorwarf.

«Na also.» Seine Begeisterung war echt. «Viel besser.» Sanft schob er sie ins Bad zum Spiegel. Er steckte seine Finger in ihre Haare, strich sie nach hinten und hielt sie zum Zopf zusammen, damit sie ihr nicht ins Gesicht fielen. Sie zuckte nicht einmal mit der Wimper bei dieser Berührung.

«Ich sehe anders aus», stellte sie verwundert fest. «Weniger nuttig.»

Der graue Pullover war ihr viel zu groß und verdeckte ihren Slip und die halben Oberschenkel.

Danny lachte leise in sich hinein. «Wenn wir dir passende Klamotten kaufen, wirst du aussehen wie jedes andere Mädchen auch.»

«Und du meinst, dann wird mich niemand mehr für ein Flittchen halten?»

«Das garantiere ich dir.»

«Ob Maddox mich dann noch wiedererkennen wird?» Christinas Frage klang wie die eines kleinen Mädchens, das befürchtete, seine Mutter könnte es nicht mehr lieben, nur weil es etwas Dummes getan hatte.

«Er ist dir sehr wichtig, nicht wahr?»

Mehr als das, sonst hätte sie nicht so Angst um ihn gehabt …

«Ja. Ich kenne ihn schon ewig. Fast so lange wie dich …» Christina gähnte. «Entschuldige. Ich bin total müde …»

«Wir sollten wieder schlafen gehen.»

«Darf ich bei dir im Zimmer übernachten?»

Der Gedanke daran, im Dunkeln eine andere Person neben sich liegen zu haben, gefiel ihm nicht. Er suchte viel zu lange nach einer passenden Antwort.

«Schon okay», winkte sie ab. «Blöde Idee.»

«Natürlich darfst du.»

Nicht drüber nachdenken. Einfach mal über den eigenen Schatten springen …

Christina folgte ihm ins Schlafzimmer und legte sich auf die unbenutzte Seite des Doppelbettes. Ihr erleichterter Blick auf das geöffnete Fenster verriet ihm, wie ähnlich sie sich waren. Sie schien genauso klaustrophobisch zu sein wie er selbst. Danny kroch auf seine Seite und betrachtete sie für eine Sekunde, bevor er das Licht löschte.

Kurz dachte er an Marie, die sich vor ein paar Tagen wütend und enttäuscht von ihm getrennt hatte. Da Christina nun nicht nur bei ihm wohnte, sondern auch noch in seinem Bett schlief, ging er davon aus, dass Maries Entscheidung ihm Schlimmeres erspart hatte. Das Ende der Beziehung war ohnehin unvermeidbar gewesen.

«Tina?», wisperte er in die Dunkelheit.

«Ja?»

«Was hast du genommen vorhin?»

«Valium.»

«Das war das letzte Mal.» Er zog sich die Decke bis über die Schultern. «Morgen früh besprechen wir, was zu tun ist. Du wirst irgendwas machen, um von dem Drogen-Scheiß loszukommen. Und dann fängst du neu an.»

«Ich weiß nicht …»

«Keine Widerrede. Du lebst in meiner Wohnung und schläfst in meinem Bett, also wirst du tun, was ich sage. Basta!» Er musste die Führung übernehmen, wenn er nicht wollte, dass Christina sich selbst verlor. Sie gab keine Antwort. Danny konzentrierte sich auf ihre Atemzüge und verfolgte, wie diese ruhiger und gleichmäßiger wurden.

Irgendwie musste er es schaffen, Christina aus diesem Drogenring freizukaufen und ihr ein neues Leben zu ermöglichen. Dass Jörg ihm dabei zur Seite stehen würde, daran gab es keinen Zweifel.

Seufzend drehte er sich zur anderen Seite und rollte sich ein. Mit Christina im Bett würde er die ganze Nacht kein Auge mehr zutun. Zu ungewohnt war es, jemanden neben sich zu haben.

* * *

Christina blieb mit geschlossenen Augen im Bett liegen und versuchte zu hören, was Danny und Jörg miteinander besprachen. Sie vermutete, dass die beiden im Esszimmer saßen. Obwohl sie den Atem anhielt, konnte sie kein Wort verstehen. Seufzend gab sie es auf, nahm ihren Rucksack und schlich ins Bad, um ausgiebig zu duschen. Mit Waschlappen und Seife entfernte sie die letzten Reste von Make-up und Wimperntusche. Eigentlich mochte Christina keine Schminke. Für sie war das mehr ein notwendiges Übel. Beim Kämmen ihrer langen Haare bemerkte sie das leichte Zittern ihrer Hände.

Wenn sie nicht demnächst an Stoff kam, würde es nicht mehr lange dauern, bis sie voll auf Turkey war. Daran wollte sie nicht denken. Sie hatte Danny versprochen, es zumindest zu versuchen, und war entschlossen, sich daran zu halten. Hastig wühlte sie in ihrem Rucksack und stellte fest, dass sie nichts als «Arbeitskleidung» besaß. Viel zu freizügig, um damit ein normales Leben anzufangen.

Nachdenklich zog sie noch mal Dannys Kapuzenpullover an und nahm sich vor, bei der nächsten Gelegenheit etwas zum Anziehen zu besorgen. Bis dahin musste es die kurze Sporthose tun, die sie in seinem Kleiderschrank fand.

Optisch nicht gerade ein Highlight, aber es dürfte gehen.

Hoch aufgerichtet trat sie ins Esszimmer.

Danny und Jörg saßen am Tisch, tranken Kaffee und waren ganz offensichtlich mit dem Frühstück schon fertig.

«Guten Morgen», sagte sie.

Jörg stand auf und ging ihr entgegen, um sie in den Arm zu nehmen.

«Tina», sagte er. «Wie schön, dich wiederzusehen. Wie geht es dir?»

Erneut wurde Christina von einer Welle des schlechten Gewissens überrollt, als sie Dannys Betreuer sah. Er hatte ihr den Platz in der Entziehungskur besorgt, endlose psychologische Gespräche mit ihr geführt und sie gestärkt. Für nichts und wieder nichts.

Einmal Verlierer, immer Verlierer …

«Ganz okay!» Sie setzte sich an den Tisch. «Was habt ihr euch für mich überlegt?»

«Du weißt selbst, dass du wieder in eine Entziehungskur musst. Ich werde versuchen, für dich so schnell wie möglich einen Platz zu bekommen.»

«Aber …» Christina versuchte, sich nicht anmerken zu lassen, wie verraten sie sich plötzlich fühlte. «Es ist doch bei weitem nicht so schlimm wie das letzte Mal. Ich hab's nur ein paarmal genommen, ehrlich. Ich bin nicht süchtig.»

Doch, bist du!

«Zeit für mich, zu gehen», sagte Danny schnell. Abrupt stand er auf. «Ihr findet bestimmt eine Lösung.»

Er stellte seine Kaffeetasse in die Spülmaschine und legte dann Jörg die Hand auf die Schulter. «Danke dir. Tina, ich geh dann mal deine Schulden zahlen. Sag mir, wie viel.»

Zögernd nannte sie ihm die Summe. Sie beobachtete aufmerksam seine Reaktion, aber er verzog keine Miene. Ungerührt hob er die Hand, um sich zu verabschieden, und verließ die Wohnung.

Er glaubt an dich. Danny glaubt daran, dass du es schaffen kannst.

Allein deswegen musste sie von den Drogen loskommen. Nicht ihretwegen, sondern um *ihm* eine weitere Enttäuschung zu ersparen. Denn davon gab es schon genug in seinem Leben.

«Ich brauche keine Entziehungskur.» Entschlossen straffte sie die Schultern. «Ich schaff das auch so. Ich werde entgiften. Täglich acht Liter Wasser, und dann ist das Zeug ruck, zuck aus dem Körper draußen.»

Jörg schüttelte den Kopf. «Wir machen keine Experimente. Wenn du entgiften willst, dann stationär im Krankenhaus. Unter Aufsicht – und nicht auf eigene Faust.»

«Und dafür keinen Aufenthalt in einer Drogenklinik?»

«Wir werden sehen.» Jörg beugte sich vor und schenkte ihr Kaffee ein. «Wenn das gut läuft, können wir vielleicht darauf verzichten. Frühstück du erst mal in Ruhe. Ich ruf in der Zwischenzeit im Krankenhaus an und frag mal nach, wer dafür zuständig ist und ob wir dich da hinbringen können.»

* * *

Danny zog die Handbremse, öffnete das Handschuhfach und stopfte die Geldscheine achtlos in den weißen Briefumschlag. Glücklicherweise hatte seine Bank ihm beim Abheben dieser Summe keine Schwierigkeiten bereitet. Es würde ihm ein Loch in seine Finanzen reißen, aber das war ihm egal. Schließlich ließ er allein der Kohle wegen Fotos von sich machen, und wenn er schon so einen guten Nebenjob hatte, dann konnte er mit seinem Geld auch Papierflieger bauen oder es aus dem Fenster werfen, wenn ihm danach war. Oder es sinnvollerweise in das Leben seiner besten Freundin investieren.

Sein Puls dröhnte laut in seinen Ohren, als er zur Lagerhalle ging. Jeder Schritt war wie ein Donnerschlag, ein Fausthieb in den Magen. Das Rolltor war weit geöffnet, also trat er ein. Hastig sah er sich um. Ganz hinten standen ein schwarzer und ein silberner Audi und Maddox' Cadillac.

Zwei junge Männer saßen in einer Ecke auf einer Bierbank. Sie kamen ihm sofort entgegen. Beide trugen abgewetzte Jeans und dunkle Pullover.

«Was willst du?», fragte einer von ihnen. Er war groß, breitschultrig und hatte eine schwarze Wollmütze auf dem Kopf.

«Ich komme, um Tinas Schulden zu bezahlen.» Danny winkte mit dem Umschlag.

Die Männer schauten einander verwirrt an.

«Ist klar. Wer bitte bist du?»

«Sie ist meine Freundin», erklärte Danny. «Ist Maddox da? Er weiß Bescheid.»

«Jackson, geh ihn mal holen», befahl der Typ mit der Mütze. Jackson setzte sich in Bewegung, ging zur Treppe am Ende der Lagerhalle und brüllte Maddox' Namen nach oben.

Kurz darauf kam dieser die Stufen hinunter. «Sieh mal einer an», schnaubte er. «Wen haben wir denn da?» Zu dritt traten sie dicht an ihn heran. Danny hob beide Hände auf Schulterhöhe.

«Wer bist du?», wiederholte Jackson seine Frage von vorher.

«Danny», antwortete er knapp. «Ich will …»

Jackson brach in lautes Gelächter aus.

«Danny», prustete er. «Gott, was für ein schwuler Name!»

Der Typ mit der Wollmütze lachte ebenfalls. «Von wegen Tina ist seine Freundin. Der lässt sich von Kerlen vögeln, wollen wir wetten?»

Verbissen versuchte Danny, die aufsteigende Wut zu unterdrücken, die sich heiß in seinem Innern breitmachte, und hielt weiterhin die Hände in die Luft.

«Ja, witzig», gab er trocken zurück. Er streckte Maddox den Briefumschlag hin. «Hier. Die Kohle, die du wolltest. Ich hab zweitausend mehr rein, für den Reifen und als kleine Entschädigung für unsere Auseinandersetzung.»

Maddox näherte sich nur zögernd. Er reckte seinen Arm so weit es ging und nahm den Umschlag. Schnell warf er einen Blick hinein.

«Das ist der Typ von gestern?», fragte Jackson ungläubig. Erneut begann er zu lachen. «Diese halbe Portion? Du hast dich von dem Spargeltarzan fertigmachen lassen?»

«Täusch dich mal nicht», schnaubte Maddox, während er die Scheine zählte. «Der kann Kung-Fu.»

«Kickboxen und Karate», korrigierte Danny und fragte sich, ob es klug war, seinen einzigen Trumpf so offen auszuspielen.

«Das Geld stimmt. Du kannst die Hände runternehmen.»

Nur widerwillig ließ Danny die Arme sinken. Er hätte sie lieber oben behalten. Im Fall eines Angriffs gab ihm das die Möglichkeit, schneller reagieren zu können.

«Ist die Sache dann erledigt?»

Maddox nickte. «Jo. Passt. Du kannst Leine ziehen.»

«Danke.» Unsicher drehte Danny sich um und ging Richtung Tür.

«Eins noch», brüllte Maddox ihm hinterher. «Tina kann sich hier jederzeit ihren Stoff kaufen. Aber wenn ich dich noch mal hier sehe, dann schneide ich dir eine Niere raus – und wenn wir mit dir fertig sind, kannst du mit deinem eigenen Blut deine Sterbeurkunde unterschreiben!»

«Du siehst mich nicht wieder.» Am liebsten wäre Danny zu seinem Auto gerannt, aber er zwang sich, seinen Schritt gemächlich zu halten, als er die Lagerhalle verließ.

Laut aufatmend ließ er sich auf den Fahrersitz fallen und startete den Motor.

Als Danny die Wohnung betrat, wollte Jörg gerade mit Christina aufbrechen.

Zum Glück ist er noch da!

«Danny, gut, dass du zurück bist. Ich hab überall herumtelefoniert. Nirgendwo ist ein Platz für eine Entziehungskur frei.»

«Dann muss sie das eben bei mir machen.»

«Ich fahr sie jetzt in die Klinik, mit der wir früher öfter zusammengearbeitet haben. Sie soll dort einen qualifizierten Entzug machen.»

«Was ist das denn?»

«Eine Entgiftung unter Aufsicht. Alles Weitere werden wir nachher dort erfahren.»

«Ist das nicht auch eine Entziehungskur?», fragte Danny verwirrt.

«Nein, das ist ein Unterschied. In der Klinik wird sie nicht lange bleiben können, aber es ist besser als nichts. Wenn wir Tina direkt dort hinbringen, sind sie verpflichtet, sie aufzunehmen.»

Danny folgte den beiden zu Jörgs Passat. Christina setzte sich auf den Rücksitz und starrte aus dem Fenster. Die ganze Fahrt über sprach sie kein Wort.

Jörg legte ihr freundschaftlich den Arm um die Schultern,

als er sie zur Anmeldung führte. Eine Krankenschwester rannte ihnen entgegen und wedelte aufgebracht mit dem Telefon, das sie in der Hand hielt.

«Tut mir leid, wir nehmen eigentlich niemanden mehr auf!», rief sie schon von weitem.

Ohne auf ihren Einwand einzugehen, schob Jörg Christina weiter. «Kann ich einen Arzt sprechen?», fragte er. «Mein Name ist Jörg Pfisterer. Tina muss unter Aufsicht. Gefahr der Selbstverletzung.»

Danny entging Christinas wütender Blick nicht. Allerdings bemerkte er auch, dass sie anfing zu zittern. Es würde wohl wirklich nicht mehr lange dauern, bis sie komplett unzurechnungsfähig wurde.

Nach einer Weile kam eine weitere Krankenschwester. Sie nahm Christina freundlich am Arm. «Kommen Sie mit, ich zeige Ihnen Ihr Zimmer.» Dann wandte sie sich kurz an Jörg: «Herr Pfisterer, Sie warten bitte auf den Oberarzt. Er möchte noch etwas mit Ihnen besprechen.»

Unschlüssig blieb Danny bei Jörg stehen. Eigentlich wäre er lieber mit Christina auf ihr Zimmer gegangen, aber da ihm das niemand anbot, hielt er es für unangemessen.

Wenige Minuten später kam der Oberarzt und reichte ihnen beiden die Hand. Er war klein und dick, mit einem freundlichen Lächeln im Gesicht. «Hallo, Jörg, lange nicht gesehen. Bist du der Erziehungsberechtigte von dem Mädchen?»

Jörg schüttelte den Kopf. «Nein, ich bin sein Betreuer.» Er deutete auf Danny. «Und deswegen kümmere ich mich auch um seine Freundin. Ich werde sie vorerst bei dir lassen müssen. Wie geht es denn nun weiter?»

«Wenn die stationäre Entgiftung abgeschlossen ist, können wir sie noch maximal drei Wochen in der Klinik behalten. Dann kannst du sie wieder abholen. Die körperliche Abhängigkeit dürfte dann erst mal erledigt sein, allerdings fängt dann die Phase an, in der der Kopf aktiv wird und einfach nur noch das Heroin will. Das ist im Prinzip das Schlimmste. Da muss jemand ihr helfen, sonst ist sie nächsten Monat wieder bei uns.»

«Und wie machen wir das am besten?», erkundigte sich Danny.

«Finden Sie den Grund heraus, warum sie zu Drogen greift, und dann eliminieren Sie ihn. Das ist das Einzige, was dauerhaft hilft.»

«Wunderbar», knurrte Danny. Ihm war sofort klar, dass man den Grund für Christinas Verhalten in der Vergangenheit fand und niemals ungeschehen machen konnte.

«Sie sollte im Anschluss auf jeden Fall in eine ambulante Therapie. Was auch ab und zu hilft, ist ein Tapetenwechsel. Ein Umzug in eine andere Stadt. Weg von alten Freunden und Verhaltensmustern», er wandte sich an Danny, «wenn Sie das realisieren können, wäre es einen Versuch wert.»

Danny wurde sofort hellhörig und begann, auf der Stelle auf und ab zu trippeln. «Ich könnte mit ihr nach Atlanta ziehen», schlug er vor. «Jörg, was meinst du? Da kann Tina neu anfangen.»

Der Arzt zeigte sich skeptisch. «Ein anderes Land? Es gibt keine Garantie, dass das klappt. Eine so einschneidende Veränderung geht oft auch nach hinten los.» Er wandte sich zum Gehen. «Überlegen Sie in Ruhe. Die bessere Variante wäre ein längerer Urlaub. Jörg, wir telefonieren. Ich halte dich auf dem Laufenden.»

Danny saß in Gedanken bereits im Flugzeug zu seiner Tante, auf dem Weg in seine Heimat, die er vor so vielen Jahren unfreiwillig hatte verlassen müssen.

«Hast du das ernst gemeint mit Atlanta?» Jörg schien sich nicht anmerken lassen zu wollen, wie er diese Idee fand.

«Ja, das wäre doch perfekt!»

«Ich dachte, es wäre beschlossene Sache, dass du hierbleibst …»

«Aber nur wegen *ihr* …» Dannys Stimme überschlug sich

fast. «Ich bin nach dem Gerichtsprozess von meinem Alten nur deswegen dageblieben, weil ich das Gefühl hatte, dass sie mich braucht!»

«Danny …», begann Jörg. «Ich halte das nicht für vernünftig. Du hast letztes Jahr deine Ausbildung angefangen. Wirf das nicht weg. Wenn du damit fertig bist, kannst du dir immer noch überlegen, ob du diesen Schritt gehen willst.»

Resigniert seufzte Danny. Jörg war dagegen. Nicht dass er seine Zustimmung benötigt hätte. Er war erwachsen und konnte tun und lassen, was er wollte. Doch er legte großen Wert auf Jörgs Meinung.

«Was, wenn es für Tina dann zu spät ist?», fragte er dennoch.

«Danny, wenn ihr in den USA lebt, dann seid ihr komplett außer meiner Reichweite. Ich kann nichts mehr für euch tun. Auch für dich nicht. Überleg dir das gut, vielleicht brauchst du mich eines Tages mal.»

Ohne dass Jörg es aussprechen musste, war Danny sofort klar, was er meinte.

Wenn ich krank werde und im Sterben liege.

Dieses tödliche Schreckgespenst, das tief in seinem Körper friedlich schlummerte. Bis jemand die Tür zu seinem Verschlag öffnete und es laut und polternd hochschreckte, um durch Dannys Kopf zu spuken.

«Ich hab dann dafür Tante Sophia.»

Die du seit deinem zehnten Lebensjahr nur noch ein oder zwei Mal im Jahr wenige Wochen siehst …

«Überleg es dir, Danny», wiederholte Jörg. «Mach mit ihr Urlaub dort. Aber erst, wenn sie stabil ist. Du kannst nicht mit Tina bei deiner Tante wohnen, ohne zu wissen, wie sie im Entzug reagiert.»

Danny kniff die Lippen zusammen. Er dachte an Jenna, seine Nichte. Sie war im Vorschulalter.

Kann ich da wirklich dauerhaft mit einem Ex-Junkie ins Haus fallen?

«Du hast recht», räumte er enttäuscht ein.

«In zwei Jahren bist du mit deiner Ausbildung fertig. Wenn Tina bis dahin clean ist, könnt ihr euch immer noch überlegen, dort was aufzubauen. Aber jetzt ist kein geeigneter Zeitpunkt dafür.»

«Meinetwegen», sagte Danny trotzig. «Dann werde ich mir was anderes einfallen lassen, um sie wenigstens eine Zeitlang rauszuholen aus ihrer gewohnten Umgebung.»

Jörg nickte. «Ich helfe dir gerne dabei. Und nun komm, lass uns nach Tina sehen!»

APRIL 1998

Christina saß im Schneidersitz und drückte ihre Knie so weit gegen den Boden, dass es schmerzte. Dabei starrte sie kontinuierlich die Wand an. Wie lange sie das schon tat, konnte sie nicht sagen. Einerseits fühlte es sich an wie Jahre, andererseits war sie überzeugt davon, dass es erst Minuten waren.

Das rote Licht der Gegensprechanlage sprang sie mit ungeheurer Wucht an. Die grelle Farbe machte sie aggressiv. Wütend stand sie auf und hämmerte mit beiden Händen gegen die geschlossene Zimmertür. Da sie sich nicht öffnete, begann sie zu schreien. Wirres, zusammenhangloses Zeug, das eher an Tierlaute denn an ein menschliches Wesen erinnerte.

Rot …

Sie musste hier raus. Oder das Licht musste verschwinden.

Schon früher hatte Christina bei ihren Trips immer Angst vor Farben gehabt. Vor allem vor dieser aggressiven Farbe.

Rot …

Ihr Schreien wurde eindringlicher. Verzweifelt versuchte sie, irgendwelche Worte zu finden, mit denen sie sich artikulieren konnte, aber ihr Verstand war so voll von Rot, dass sie keinen einzigen Satz zustande brachte. Das grelle Leuchten hatte sich unauslöschbar in ihre Netzhaut eingebrannt.

Panisch rannte sie fort von der Tür, drückte sich in die Ecke, doch das Licht verfolgte sie.

Wie damals!

Plötzlich war sie in einer anderen Zeit. Ein Mädchen. Neun Jahre alt. Zitternd und weinend saß sie auf dem Bett und starrte in das Licht der Kamera, das jede ihrer Bewegungen begleitete.

«Komm, Chrissy», sagte der große, blonde Mann. Seine blauen Augen beobachteten sie unaufhörlich. «Wie soll ich dich denn so fotografieren?»

Geh weg, schrie es in ihr. *Geh weg!*

Ihr war nicht klar, ob sie das Licht oder den Mann meinte. Dann war ihr Vater verschwunden. Zurück blieb das Licht, das sie in die Verzweiflung jagte …

Heißer Speichel rann ihr die Kehle hinunter. Hätte sie etwas im Magen gehabt, wäre es längst auf dem Fußboden gelandet. So spuckte sie nur bittere Galle aus. Immer und immer wieder. Langsam verblasste das rote Licht in ihrem Kopf und wurde ersetzt durch bleischwere Finsternis, die sie lähmte.

Ausgeliefert …

Christina begann erneut zu schreien.

Sie fühlte sich wie Aschenputtel um Mitternacht, als Danny in den Besucherraum trat. Alle Wut und Missgunst, die sie in den vergangenen Tagen gegen ihn gehegt hatte, waren wie ausgelöscht. Vollkommen unmöglich, auf ihrem Stuhl sitzen zu bleiben. Voller Freude fiel sie ihm um den Hals, löste sich aber gleich wieder von ihm. «Danny! Endlich!»

«Sie haben mich nicht früher zu dir gelassen», sagte er entschuldigend. Die Überraschung über ihr überschwängliches Verhalten stand ihm ins Gesicht geschrieben. «Wie geht es dir?»

«Besser», sagte sie wahrheitsgemäß. «Ich glaub, das ganze Zeug ist nun draußen. So viel, wie ich gekotzt habe, kann das gar nicht anders sein.»

Danny lachte leise. Christina liebte seine unbeschwerte Art zu lachen. Wenn es nach ihr ginge, wäre sie ihm gleich ein weiteres Mal um den Hals gefallen. Aber sie hatte Angst vor seiner Reaktion.

«Klingt toll», sagte er. «Wann kommst du raus? Haben die schon was gesagt?»

«Wenn ich Glück habe, Mitte Mai.»

«Das sind nur noch knapp drei Wochen. Das schaffst du.»

«Ich hoffe es. Nur weiß ich nicht, was ich danach tun soll …»

«Was wohl? Du wirst bei mir wohnen. Und …» Danny machte eine gewichtige Pause. «Ich hab eine Überraschung für dich!»

«Ja?» Christina begann freudig auf und ab zu hüpfen. «Was denn? Sag schon! Sag!»

«Mach die Augen zu.»

Für den Bruchteil einer Sekunde stockte sie. Christina schloss nie unbedarft die Augen, wenn Männer in der Nähe waren.

Es ist nur Danny!

Sie gehorchte, streckte ungeduldig die Hände aus und spürte, wie etwas hineingelegt wurde.

«Kannst gucken!»

Sofort hielt sie das Stück Papier hoch und las, was daraufstand.

Es dauerte einen Moment, bis sie begriff, dass es Tickets waren. Ihr Herz machte einen gewaltigen Satz, und Tränen liefen ihr übers Gesicht.

Das Meer. Der Ozean. Meine persönliche Freiheit.

«Du weißt es noch …?» Ihre Stimme versagte. Es war ganz am Anfang ihres Kennenlernens gewesen, als sie ihm einmal erzählte, dass die einzige glückliche Kindheitserinnerung, die sie überhaupt besaß, die an eine mehrtägige Schifffahrt mit ihrer Familie war. Den Geruch nach Meer, Wind und Sonne verband sie mit der heilen Welt, die es für sie niemals gab.

Danny nickte. «Yeah. Natürlich weiß ich es noch.»

«Oh mein Gott! Wir starten in Florida?»

«Ich dachte, wir verbinden es mit einem Besuch bei meiner Tante. Wir sind zwei Tage bei ihr, gehen drei Wochen auf das Schiff und anschließend noch mal zu ihr. Und dann fliegen wir von Atlanta wieder zurück. So kommst du auf andere Gedanken und weg von den Drogen …»

«Wahnsinn!» Christina schrie vor Freude. «Fünf ganze Wochen? Geht das denn überhaupt? Du bist mitten in deiner Ausbildung!» Kurz wollte sie ihn auch fragen, wie er das bezahlen konnte, aber das war unnötig. Danny hatte großartige Verträge bei erstklassigen Modelabels. Er verdiente weit mehr Geld, als er jemals in seinem Leben benötigen würde.

Ihr Magen zog sich schmerzhaft zusammen und verwandelte sich in einen Eisblock.

Er wird sterben, bevor er es schafft, alles auszugeben ...

«Ich konnte meinen Urlaub so legen, dass es geht», unterbrach Danny ihre Gedanken. «Mitte Juni fahren wir los.»

Christina stand auf und umarmte ihn erneut. Sie spürte sofort, dass sie ihn viel zu fest drückte und Danny sich am liebsten aus der Umklammerung gelöst hätte, aber es war ihr egal. Zu glücklich war sie, um ihn loslassen zu können.

«Es wird der Abschluss deines alten Lebens und der Beginn von deinem neuen. Stell dich darauf ein», warnte er sie.

«Danke», wiederholte Christina und gab ihm erst einen Kuss auf die Stirn und dann auf die Nasenspitze. «Du bist das Beste, was mir in meinem beschissenen Leben jemals passiert ist. Ich danke dir.»

* * *

Danny parkte seinen Wagen ganz am Ende des großen Parkplatzes unter einer Tanne.

«Was soll das?», beschwerte sich Ricky. «Warum fährst du nicht weiter vor? Da ist alles frei!»

Danny stieg aus und öffnete seinem besten Freund die Beifahrertür. «Lieber laufe ich ein Stück, als wenn mir später die Besoffenen ans Auto pinkeln.»

Simon, Florian und Sven stiegen ebenfalls aus. Sie beschwerten sich nicht, sondern waren offensichtlich froh um eine Mitfahrgelegenheit. Ricky blieb trotzig im Auto sitzen.

«Komm schon, Danny», bettelte er. «Nur noch ein paar Meter …» Danny und Florian luden das Gepäck aus dem Kofferraum und warfen Ricky seine Sporttasche zu. Missmutig verließ er endlich den Wagen und stapfte den anderen hinterher. Schon von weitem sahen sie einige Zelte auf dem mittleren von drei Hügeln, der von hohen Tannen gesäumt wurde. Ein großes Feuer loderte hell in den Himmel. Es war Dannys erste Walpurgisnacht, und er war gespannt, was ihn erwartete.

Ricky knuffte ihn in die Seite. «Wo sollen wir das Zelt aufstellen? Auch am Arsch der Welt?»

«Da kann es ihm ja egal sein, wenn jemand dagegenpinkelt», konterte Sven. «Das gehört ja mir. Wir stellen es hier in die Mitte. Damit wir auch nichts verpassen.»

Simon griff in seinen Rucksack, zog einen Sixpack Bier heraus und verteilte die Dosen an seine Freunde. Danny zögerte kurz und nahm dann eins. Normalerweise trank er keinen Alkohol, aber heute wollte er sich mal den anderen anschließen. Während Sven und Simon das Zelt auspackten, nahm Danny einen Schluck. Der Geschmack erinnerte ihn sofort an seinen Vater. Seine Stimmung sank, anstatt sich zu heben.

«Warum trinkst du Alkohol, wenn du genau weißt, dass er dich runterzieht?», fragte Ricky ihn leise. Ihm war Dannys Veränderung nicht entgangen.

«Weiß nicht», gab dieser zurück. «Manchmal überkommt mich einfach das Bedürfnis, normal zu sein.»

Ricky nahm Danny das angefangene Bier aus der Hand, um es selbst zu trinken. Stattdessen gab er ihm seine Flasche Jägermeister. «Dann probier's wenigstens hiermit. Das schmeckt nicht so sehr nach deinem Zuhause …»

«Könnt ihr euch nützlich machen, anstatt zu saufen?» Florian hielt den beiden ratlos das Zeltgestänge vor die Nase. «Kein Plan, wie das geht.»

«Gib her.» Danny nahm die Stangen an sich. Früher war er oft mit seinem Vater am Meer zelten gewesen. Damit sie gemeinsam surfen und schwimmen konnten. Damals, bevor sein Leben sich in einen Albtraum und sein Vater sich in ein Monster verwandelt hatte. Entschlossen schüttelte er sich eine Haarsträhne aus der Stirn, um damit die unliebsamen Gedanken zu vertreiben. Zusammen mit Ricky stellte er das Iglu-Zelt in wenigen Minuten auf.

Dann setzten sich die fünf Jungs ins Gras und beobachteten das Treiben. Simon zündete sich eine Zigarette an, Florian zog an seinem Joint.

«Wow.» Ricky pfiff begeistert durch die Zähne, als ein blondes Mädchen mit kurzem Rock dicht an ihnen vorbeistolzierte. «Die Mädels hier sind der Hammer.»

Danny nickte. «Was spielen wir heute?», fragte er in die Runde.

«Nummern-Jagd?», schlug Simon vor und schnippte seine Zigarette ins Gras. «Spielst du mit?» Seine Frage ging an Florian, der die drei verwirrt anstarrte.

«Das spielt man wie?»

«Ganz simpel. Wer bis Mitternacht die meisten Telefonnummern hat, gewinnt. Regeln gibt es keine. Jede Methode ist erlaubt, und man darf alle fragen.» Simon grinste spöttisch. «Auch Typen, wenn du magst.»

«Das spielt ihr öfter?»

«Jedes Wochenende», gestand Ricky. Er warf einen Hundert-Mark-Schein in die Mitte. «Der Einsatz.»

Danny und Simon taten es ihm gleich und warfen ebenfalls einen Hunderter in die Wiese.

«Klingt lustig, ich bin dabei. Machen wir Kuss-Jagd draus. Wer die meisten Küsse absahnt, gewinnt die Kohle.» Florian streckte die Hand aus, und alle schlugen ein. «Wer zählt mit?»

Sven zog sein Portemonnaie hervor, hielt ebenfalls einen Schein in die Höhe und steckte das Geld dann ein.

Danny zeigte auf Florian. «Du schreibst auf. Damit du einen Überblick hast und siehst, dass wir alle ehrlich sind und niemand schummelt.»

Florian nickte und zog ein Notizbuch aus seinem Rucksack. «Gut, dann müssen wir aber etwas zusammenbleiben, damit ich euch im Auge behalten kann.»

Simon erhob sich und schielte auf die Uhr. «In drei Stunden, Punkt Mitternacht, ist Schluss. Bis später.»

Ricky sprang auf und steuerte zielstrebig das blonde Mädchen an. Danny schaute sich kurz um. Es gab keine in der Nähe, die ihm wirklich gefallen hätte. Aber das spielte auch keine Rolle. Er suchte sich diejenigen aus, von denen er sich sicher war, leichtes Spiel zu haben. Am besten eigneten sich befreundete Mädchen, von denen bereits eine von einem Typen angeflirtet wurde. Meistens schufen Ricky, Sven, Simon und Danny sich solche Situationen selbst. Da Ricky aber bereits verschwunden war und die anderen drei zusammen loszogen, entschied sich Danny für ein attraktives Mädchen, das mit zwei Freundinnen auf einer Mauer am Feuer saß. Souverän ging er auf sie zu und reichte ihr die Hand. «Danijel», stellte er sich vor. «Wer mich mag, nennt mich Danny.»

Das Mädchen hob das Kinn und sah ihn kurz verwirrt an. Ganz offensichtlich hatte sie nicht mit einer Ansprache gerechnet.

Danny versuchte, ihr in die Augen zu schauen.

Wenn du das schaffst, hast du gewonnen!

Die Mädchen waren immer fasziniert von seinem Blick und seiner ungewöhnlichen Augenfarbe.

«Ich bin Eileen», sagte sie leise.

«Eileen», wiederholte Danny verträumt. «Darf ich dich drei Dinge fragen?»

Sie nickte. «Klar.»

«Hast du einen Freund?»

«Nein, im Moment nicht, ich …»

«Weißt du eigentlich, dass du ziemlich hübsch bist?», unterbrach er sie. Ihre Erklärung interessierte ihn nicht im Geringsten.

«Ja, das hat man mir schon gesagt!» Eileen errötete leicht.

«Als Letztes würde mich noch interessieren, ob es stimmt, was meine Schwester mir gestern Nacht erzählt hat.» Danny lehnte sich ein Stück nach hinten und schaffte es endlich, Blickkontakt herzustellen. Sie starrte ihn förmlich an.

«Was hat sie dir denn erzählt?»

Er lächelte ein schiefes Lächeln, das unschuldig wirken sollte.

«Sie meinte, wenn einem Mann ein Mädchen gefällt, soll er es einfach küssen. Stimmt das?»

Eileen überlegte kurz, bevor sie sagte: «Ja, ich denke schon.»

Danny beugte sich zu ihr vor, nahm ihr Kinn zwischen Daumen und Zeigefinger und drehte ihren Kopf in seine Richtung. Ohne Zögern gab er Eileen einen Kuss auf den Mund. Sie öffnete sofort die Lippen und kam ihm fast drängend mit ihrer Zunge entgegen. Forsch legte sie ihre Hand in Dannys Nacken und zog ihn dichter zu sich heran. Er erwiderte ihren Kuss und stand dann auf.

«Ich muss schnell meiner Schwester sagen, dass sie recht hatte», verkündete er. «Warte hier, bin gleich wieder da.»

Mit eiligen Schritten entfernte er sich von der Stelle, an der sie gesessen hatten. Er entdeckte Florian, der ihm anerkennend zunickte und das Notizbuch in die Höhe hielt, um Danny zu verstehen zu geben, dass er seinen Erfolg notierte.

Etwas abseits von einer kleineren Gruppe stand ein hübsches, dunkelhaariges Mädchen und rauchte eine Zigarette. Danny ging auf sie zu, um seinen Spruch erneut zu bringen. Sorgsam vergewisserte er sich, dass Florian auch diesen Kuss sehen konnte. Triumphierend hielt er im Vorbeigehen zwei Finger in die Höhe. Der Abend begann vielversprechend.

Danny war gespannt, wie gut Florian abschneiden würde. Sven war eher selten dabei, Simon keine ernst zu nehmende Konkurrenz, aber Ricky zu schlagen war nicht einfach.

Nach einer Weile hatte Danny sein nächstes Opfer ausgewählt. Das zierliche Mädchen saß auf einem Stein vor dem Feuer. Danny setzte sich neben sie in die Wiese.

«He. Darf ich dich drei Dinge fragen?»

Das Mädchen schaute auf. «Wird das eine Anmache? Dann vergiss es!»

Ihre Augen waren von dunklen Wimpern umrahmt, und ihr Gesichtsausdruck war wissend.

Verdammt. Falsches Ziel ausgesucht …

«Kam das jetzt so rüber?»

«War das schon die erste Frage? Ich hab nicht endlos Zeit!»

«Eigentlich nicht.» Für einen Moment war Danny perplex.

«Pass auf!», sagte sie gereizt. «Ich hab echt die Schnauze voll von euch überheblichen Typen, die ständig meinen, sie könnten einen auf cool machen und damit jede Frau rumkriegen!»

Strategiewechsel. Time for plan B!

Danny mochte Plan B nicht. Er war langwierig, und man musste viel mehr reden und noch mehr lügen als bei seiner bevorzugten Variante.

Er seufzte übertrieben. «Du hast mich erwischt», gestand er traurig. «War ja klar, dass es nicht funktionieren kann. Man sollte nicht vorgeben zu sein, was man nicht ist.»

«Soll heißen?»

«Ich hab so was noch nie gemacht und dachte, wenn ich ein bisschen so tu, als ob …»

Das Mädchen schnalzte genervt mit der Zunge. «Lass mich raten. Das ist heute das erste Mal, weil ich so toll bin, ne?»

«Nein.» Danny schüttelte den Kopf und starrte auf den Boden. «Es ist das erste Mal, weil ich bisher noch nie ausgegangen bin.

Ich …» Er seufzte wieder und machte eine gewichtige Pause, bevor er sie von unten nach oben bemüht treuherzig ansah. «… ich dachte einfach, wenn ich mich so verhalte wie alle anderen, merkt keiner, was mit mir nicht stimmt. Tut mir leid.»

Sie stellte ihr Bier in die Wiese und schaute ihn an.

Blickkontakt! Gewonnen!

«Was stimmt denn nicht mit dir?»

«Ich bin etwas anders aufgewachsen als andere.» Er schielte auf das Bier. «Bekomme ich etwas ab? Es fällt mir nicht so leicht, darüber zu sprechen.»

Mit einem Nicken gab sie ihm zu verstehen, dass er sich die Flasche nehmen durfte. Er trank einen kleinen Schluck und unterdrückte dabei das aufsteigende Ekelgefühl, das ihn beim Geschmack nach Bier sofort überkam.

«Mein Vater ist Pfarrer», begann er leise zu erzählen. Eine Weile schaute er das Getränk in seiner Hand an, bevor er es ihr zurückgab und die Gelegenheit nutzte, um den Blickkontakt wiederherzustellen. «Mein Leben bestand aus Beten, Beichten und Auf-meine-drei-Schwestern-Aufpassen. Gestern bin ich endlich achtzehn geworden, und deswegen konnten mich meine Eltern heute nicht davon abhalten, hierherzukommen.»

«Klingt furchtbar.»

«Das kannst du laut sagen. Ich hab keine Ahnung, wie man mit einem Mädchen spricht, kann dir aber sämtliche Bibelstellen zitieren. Nachts, im Halbschlaf und rückwärts, wenn du drauf bestehst.» Danny hoffte, sie würde nicht darauf bestehen. In Wirklichkeit hatte er noch nie eine Bibel in der Hand gehalten, geschweige denn sie gelesen.

Das Mädchen lachte. Ein heiteres, angenehmes Lachen. Er stellte fest, dass er sie mochte, und wenn er nicht dabei gewesen wäre, sie mit irgendeinem Unfug vollzutexten, hätte er sie gerne einmal wieder getroffen.

«Du bist heute das erste Mal unterwegs?», fragte sie ungläubig.

«Ja.» Er griff wieder nach der Bierflasche, trank einen weiteren Schluck und hielt sie dann in die Höhe. «Das ist mein erster Alkohol, und du bist die erste Frau, mit der ich spreche, die nicht aus meiner Familie stammt oder jeden Sonntag in die Kirche geht. Sorry, wenn ich mich blöd angestellt habe.»

«Was wolltest du mich denn fragen?» Sie nahm ihm die Flasche aus der Hand. Ihre Finger berührten kurz die seinen.

«Vergiss es. Ich geh jetzt besser. Ich will dich nicht nerven. Meine Hoffnung, heute Abend ein Mädchen zu küssen, ist gerade eh den Bach runter. Dabei war das alles, was ich wollte.» Er biss sich auf die Unterlippe, kniff ein Auge zu und machte ein verzweifeltes Gesicht.

«*Das* war alles, was du wolltest?»

«Du hast recht. Das war anmaßend von mir.» Danny richtete sich auf. «Ich geh jetzt heim und bete dreimal das Vaterunser. Das kann ich besser.»

Das Mädchen kam ebenfalls auf die Füße. «Warte!» Sie griff nach seinem Arm und drehte ihn zu sich. Schnell stellte sie sich auf die Zehenspitzen und gab ihm einen Kuss auf den Mund. Danny blieb absichtlich reglos und tat unerfahren, als sich ihre Zunge zwischen seine Lippen schob. Kurz darauf löste sie sich von ihm.

«Wow», machte Danny überrascht.

«Nicht aus Mitleid, sondern für deine Kreativität. Diese Anmache hab ich bisher noch nie gehört.» Sie lachte schon wieder. «Ich bin Jeanette. Und du?»

«Danny.»

«Hast du Lust, ein Stück mit mir spazieren zu gehen?»

Ein Anflug eines schlechten Gewissens beschlich ihn, und er begann, unruhig auf der Stelle zu treten. Seine Augen fanden Florian, der ein paar Meter weiter ebenfalls mit einem Mädchen flirtete.

«Klar», antwortete Danny. «Ich muss nur kurz zu meinem Kumpel. Bin in zwei Minuten wieder da.»

Seine unbeschwerte Art kehrte zurück, als er dicht an Florian vorbeiging und ihm auf die Schulter klopfte.

«Drei!»

Ein Blick auf sein Handy zeigte ihm, dass er nur noch eine knappe Stunde Zeit hatte. Jeanette war echt anstrengend gewesen.

Wenn er sich beeilte und zu seiner ursprünglichen Variante zurückkehrte, schaffte er vielleicht noch ein oder zwei Küsse an diesem Abend.

Zielstrebig ging er auf ein Mädchen mit viel zu langen Beinen und viel zu kurzem Rock zu.

«He», rief er. «Kann ich dich mal drei Dinge fragen?»

Ohne Vorwarnung schlug sie ihm mit der flachen Hand ins Gesicht.

«Ich weiß Bescheid!», keifte sie. «Deine Schwester hat dir gesagt, du sollst mich küssen?»

Danny rieb sich mit den Fingern die Wange und starrte sie verblüfft an. «Du kennst meine Schwester?»

«Verpiss dich. Wenn du mit deinem Freund schon so eine Masche abziehen musst, dann solltet ihr euch wenigstens besser absprechen!» Sie drehte sich um und stolzierte davon. Danny schaute ihr belustigt hinterher. Normalerweise kamen er und Ricky sich nie in die Quere. Es war ihre stillschweigende Übereinkunft, dass Danny die dunkelhaarigen und Ricky die blonden Mädchen anbaggerte.

Er bewegt sich außerhalb seines Beuteschemas, dann muss er schon ziemlich verzweifelt sein.

Florian ging spöttisch lachend an ihm vorbei.

«Streich das», rief Danny ihm zu. «Du hast nichts gesehen!»

Eine knappe Stunde später saßen die fünf Jungs wieder vor ihrem Zelt. «Wie lief es bei euch?» Rickys Grinsen verriet Danny, dass dieser sich bereits als Sieger sah. «Ich hab sieben!»

«Drei», sagte Sven. «Ich bin ganz zufrieden.»

«Besser als ich. Hab nur zwei.» Simon zog missmutig an seiner Zigarette.

«Fünf», berichtete Danny. «Eine davon hat ewig viel Zeit gekostet.»

Abwartend schauten sie Florian an. Er schwieg und machte ein finsteres Gesicht. Irgendwie schien sein Alkoholpegel in den letzten zwei Stunden bedrohlich angestiegen zu sein.

Ricky klatschte freudig in die Hände und hielt diese dann erwartungsvoll auf, um von Florian das Geld entgegenzunehmen. «Ihr bekommt nächstes Wochenende Gelegenheit für eine Revanche. Jetzt lad ich euch erst mal auf was zu trinken ein.»

Gemeinsam schlenderten sie Richtung Bar, um sich in die Schlange zu stellen. Danny musterte Florian besorgt, und sein ungutes Gefühl nahm zu.

Wenn seine Stimmung noch schlechter wird, können wir uns bald auf was gefasst machen.

Zögernd trat er neben ihn. «Alles okay?»

«Sicher», gab Florian grimmig zurück. «Was soll sein? War doch nur ein beschissenes Spiel.»

«Ja, eben. Kein Grund, sich aufzuregen. Das nächste Mal gewinnt ein anderer.»

Florian begann zu lachen. Ein Geräusch, das Danny nicht gefiel. Sein Vater hatte so gelacht, wenn er aus der Kneipe kam und Dannys verzweifelte Gegenwehr registrierte. Kurz bevor er ausrastete und seinen Sohn entweder vergewaltigte oder halb tot prügelte.

«Du denkst doch nicht echt, dass ich nicht mehr Weiber bekomme als du?» Florian lachte noch immer und sah Danny herausfordernd an.

«Ich denke gar nichts.»

Für Danny war in dem Moment klar, dass es der erste und letzte gemeinsame Abend mit Florian war. So jemanden wollte er nicht in seinem Freundeskreis haben. Langsam entfernte er sich von ihm und ging auf Ricky zu.

«Lass uns den im Auge behalten», zischte er ihm ins Ohr. «Der Typ schnappt in der nächsten halben Stunde über, das garantiere ich dir.»

Ricky nickte. «Ich rede mit ihm.»

In dem Moment drehte sich Florian zu ihnen um. «Ich zeige euch jetzt, wie das geht. Schaut genau hin!»

«Mach keinen Scheiß», rief Sven, aber es war bereits zu spät. Florian ging auf ein brünettes Mädchen in der Schlange zu und nahm es in den Arm. Fast schon grob zog er sie an sich heran, um sie zu küssen.

«Lass das», schrie sie. Er reagierte nicht, sondern drückte einfach seine Lippen auf ihre. Danny und Sven packten ihn jeweils an einem Arm. Mit einer wütenden Bewegung riss Florian sich los und zerrte der Braunhaarigen den Rock herunter, sodass sie plötzlich im Höschen dastand. Sie kreischte.

Ricky holte aus und schlug Florian mit der rechten Faust ins Gesicht. Sofort knickte dieser ein.

«Bringt ihn ins Zelt», wies Ricky Sven an. Simon stand mittlerweile auch bei ihnen. «Ich schau nach dem Mädchen.»

Zusammen mit seinen Freunden schleifte Danny den halb bewusstlosen Florian in ihr gemeinsames Zelt. Unsanft warfen sie ihn auf seinen Schlafsack. Augenblicklich schlief er ein und begann zu schnarchen.

«So ein dämlicher Wichser», schimpfte Sven. «Tut mir echt leid, Jungs. Ich dachte, der wäre in Ordnung. Wenn ich das gewusst hätte, dann hätte ich ihn nicht mitgebracht.»

«Konntest du nicht wissen», wandte Simon ein. «Was nun?

Den können wir heute nicht mehr ohne Aufsicht lassen. Sollen wir ihn hier anketten?» Er schien seinen Vorschlag durchaus ernst zu meinen.

Danny setzte sich neben Florian auf den Boden. «Geht ihr ruhig weiter feiern. Ich bleibe bei ihm, bis er seinen Rausch ausgeschlafen hat.»

Simon sah ihn fragend an.

«Wirklich, es macht mir nichts aus.» Er wedelte auffordernd mit der Hand zum Zeltausgang. «Nun geht schon. Bis später.»

Wehmütig sah Danny seinen Freunden nach. Sein Schmerz entstand nicht durch die Tatsache, dass der Abend für ihn gelaufen war, sondern durch die Erinnerungsfetzen, die sich unaufhaltsam in seinen Kopf schlichen. Der Alkoholgeruch um ihn herum war nicht auszublenden.

Denk an etwas anderes, lenk dich ab, so wie früher.

Er zog seine Knie an die Brust und legte die Stirn auf seine Arme. So, wie er es als kleiner Junge oft getan hatte, während er dem betrunkenen Schnarchen seines Vaters lauschte und überlegte, ob er es wagen konnte, sich ins Bad zu schleichen, um die Schande und den Schmutz von sich abzuwaschen. Reglos verharrte er in dieser Position und versuchte, tief in den Bauch zu atmen. Dorthin, wo etwas in ihm zu erwachen drohte. Er spürte es an dem Flattern in seinem Magen, der sich ruckartig zusammenzog, so als wollte er das Schreckgespenst darin festhalten und es wieder zum Schlafen bringen. Tagsüber war es nicht schwer, die Gedanken daran zu verdrängen und das Leben zu genießen. Nachts, wenn die Einsamkeit kam, wurde es schwieriger. Irgendwann würde der Zeitpunkt kommen, an dem das Gespenst sich freikämpfte und sich auf den Weg in seinen Kopf machte, um dort seine Handlungen zu bestimmen und ihn an seine Angst zu binden. Seine Angst, zu sterben und vergessen zu werden. Sich aufzulösen im Nichts, im ewigen Nicht-Sein. Verursacht durch krankes Blut, von dem

Danny wusste, dass es nicht seines war, das aber dennoch durch seine Adern floss und ihm alles nahm, wovon er träumte, seit er ein kleiner Junge war: Familie, Kinder, eine Partnerin an der Seite, die ihn liebte. Träume, die er nicht haben durfte, da sie sich nie erfüllen konnten. Zerstört durch das verunreinigte Blut in seinen Venen, das ihn von innen verbrennen würde. Diese rote Flüssigkeit, die er so lange nicht hatte sehen können, weil er wusste, dass sie ihn töten würde. Jeder Kratzer, jede Verletzung hatten ihn an den Rand der Verzweiflung gebracht, ihn an das erinnert, was geschehen war, welche Gefahr er für andere darstellte und was niemals rückgängig gemacht werden konnte.

Sein Vater hatte beschlossen, ihn mit ins Verderben zu reißen. Wenn er schon untergehen musste, dann wollte er nicht allein sein.

Gemeinsam stirbt es sich besser …

Also hatte er seinem Sohn das einzige Geschenk gemacht, das man jemandem geben kann, den man abgrundtief hasst. Den Tod.

Stopp!

Es war höchste Zeit, das imaginäre Stoppschild in die Höhe zu halten. Ein Schild, das Danny sich gemeinsam mit Christina gebastelt hatte. Sie benutzten es beide. Sie, um unerwünschte Kindheitserinnerungen aufzuhalten, er, um seinen Gedanken an die Krankheit Einhalt zu gebieten.

Stopp!

Hinter dem Schild tauchte Christina auf und zeigte entschlossen mit dem Finger in die andere Richtung. Danny kehrte zurück auf den optimistischen Pfad. Er hatte sich geschworen, diesen Weg niemals zu verlassen.

Wir sind, was wir denken.

Das war der Weg, auf dem er bleiben musste. Solange er der Krankheit keine Macht über sich ließ, war sie nicht in der Lage, von ihm Besitz zu ergreifen.

Du bist gesund – und du kannst es bleiben!

Danny hatte seine Gedanken im Griff.

Die Narbe aus seiner Kinderzeit, die kaum noch sichtbar war, erinnerte ihn an die Eigenschaften, von denen er sich geschworen hatte, sie immer beizubehalten:

Euphorie. Die Fähigkeit, alles überschwänglich und mit Begeisterung zu sehen. Das musste er sich behalten. Und, das Wichtigste: *Optimismus.* Niemals durfte dieser Charakterzug zerstört werden, sonst war er unwiderruflich verloren.

Die auf sein Handgelenk tätowierten Initialen waren nun nicht mehr vorhanden, weil er mit einer Rasierklinge mittendurch geschnitten hatte, in einem verzweifelten Ruf nach Hilfe, den niemand hörte. Aber er hielt sich noch heute an den Pakt mit sich selbst, den er vor vielen Jahren geschlossen hatte.

Erst Stunden später kamen die anderen zurück ins Zelt. Danny wartete geduldig, bis auch sie eingeschlafen waren, öffnete leise den Reißverschluss der Zeltplane und rüttelte dann an Rickys Schulter, um ihn zu wecken.

«Was ist?», fragte sein Freund verwirrt. Danny nahm Florians Arme und zeigte mit dem Kinn auf dessen Füße. «Hilf mir mal.»

Ricky begriff sofort. Er nahm Florians Beine und half Danny, ihn so aus dem Zelt zu tragen.

«Wohin mit ihm?», wollte Ricky wissen.

«Egal. Hauptsache, raus aus dem Zelt. Ich kann sonst nicht schlafen.»

«Komm, da ins Gebüsch. Das ist prima.»

Gemeinsam hievten sie ihn hinter eine Hecke. Danny wischte sich die Handflächen an seiner kurzen Hose ab, griff dann in die Tasche, zog einen Fünfzig-Mark-Schein heraus und steckte ihn Florian in den Geldbeutel.

«Der soll sich ein Taxi rufen. In meinem Auto fährt der nicht mehr mit. Lass uns gehen.»

Ricky deutete auf den Grillplatz neben sich. Auf dem Rost lagen noch ein paar Stücke Fleisch. «Sollen wir ihm eins auf die Fresse legen? Fürs Frühstück? Oder hauen wir ihm einfach noch eine aufs Maul, während er pennt?»

Danny griff nach den Ketchup- und Mayoflaschen, die im Gras standen, und reichte eine davon seinem Freund.

«Nee, wir regeln das wie echte Männer.» Mit dem Daumen klappte er den Verschluss nach oben und spritzte in hohem Bogen eine Ladung Ketchup auf den festschlafenden Betrunkenen. «Mach mit. Die Farbe, die am Ende überwiegt, hat gewonnen.»

Ricky öffnete den Deckel der Mayoflasche und zielte in dieselbe Richtung wie Danny.

Sie hörten erst auf, als beide Flaschen leer waren, Florian in einer rotweißen Marinade lag und sie sich vor Lachen den Bauch hielten.

«Gleichstand!», entschied Danny.

«Hoffentlich nimmt das Taxi ihn so mit.» Ricky warf die leere Flasche ins Gras.

«Soll nicht unser Problem sein. Gehen wir schlafen.»

MAI 1998

Maddox ließ beide Seitenscheiben hinunter. Der warme Wind riss an seinen ordentlich gestylten Haaren, als er die Geschwindigkeit erhöhte. Nachdenklich drehte er das Radio lauter. Seine Unterhändler waren alle mit Waren versorgt, in der Lagerhalle gab es nichts mehr zu tun, und er befand sich emotional bereits im Feierabend. Eigentlich war er gar nicht so scharf auf diese Zeit des Tages, die er entweder im Fitnessstudio oder joggend im Wald verbrachte und die ihm immer in Erinnerung rief, wie einsam er eigentlich war. Nicht dass das grundsätzlich etwas Schlechtes war, er wollte nur nicht stetig daran erinnert werden. Deswegen störte es ihn auch nicht, dass seine Freizeit sehr rar ausfiel. Heute allerdings freute er sich darauf, das Büro zu verlassen. Schon den ganzen Tag plagte ihn ein dumpfer Kopfschmerz, und Maddox nahm sich vor, nach einer ausgiebigen Dusche gleich schlafen zu gehen.

Das Handy in der Mittelkonsole piepste kurz und begann dann zu vibrieren. Maddox fischte es heraus und nahm den Anruf entgegen. «Ja?»

«Maddox?» Die Stimme klang gehetzt. «Kannst du kommen? Ria hat Ärger.»

«Bin gleich da!» Ohne ein weiteres Wort legte er auf und zog seinen Wagen über die rechte Spur auf die Ausfahrt, um die Autobahn zu verlassen. Zum Glück war er wieder mal spät dran gewesen und noch nicht weit gekommen, so konnte er in wenigen Minuten bei Ria und den anderen Prostituierten sein. Lissi hatte aufgeregt geklungen, was bei ihr durchaus selten vorkam. Normalerweise redete sie immer so langsam, als wäre sie auf Valium, was meistens vermutlich auch stimmte.

Das war's mit deinem entspannten Abend.

Maddox kam problemlos durch den Feierabendverkehr und fuhr in Richtung Straßenstrich. Schon von weitem sah er, wie ein offensichtlich betrunkener Kerl Ria anschrie und sie dazu bewegen wollte, ihm zu folgen.

Mit quietschenden Reifen kam der Cadillac halb auf dem Bordstein zum Stehen. Maddox riss die Tür auf und brüllte den Besoffenen an: «Was hast du für ein Problem, Mann?»

«Ich will das Mädchen haben!», sagte der Typ und richtete sich zu seiner vollen Größe auf. Er reichte Maddox dennoch nicht einmal bis ans Kinn. «Aber sie weigert sich mitzukommen!»

«Weil du stinkst wie ein Puma, der in einem Bierfass gepennt hat», schnauzte Maddox. Schützend stellte er sich vor Ria, sodass der andere einen Schritt zurückweichen musste. «Pass auf, wir spielen jetzt ein Spiel: Es heißt ‹Verpiss dich› – und du fängst an!»

Der Betrunkene zögerte kurz, schaute zu Maddox auf und hielt es dann offenbar für das Klügste, das Feld zu räumen. Schwankend ging er die Straße hinunter, bis er zwischen den Häusern verschwand.

«Vielen Dank», seufzte Ria erleichtert. «Der steht hier schon seit einer halben Stunde. Wir wären ihn nie losgeworden.»

«Hm», brummte Maddox und nickte knapp. Mit Dankesbekundungen konnte er nichts anfangen. Er wollte die Emotionalität zu seinen Mädchen so gering wie möglich halten …

Außer bei Tina …

Maddox verscheuchte den Gedanken. Bei Christina war das etwas anderes. Er kannte sie seit Jahren, und er mochte sie – so, wie er seinen Cadillac mochte. Allerdings kam das Auto immer an erster Stelle. «Weitermachen», rief Maddox den Mädchen zu, während er wieder einstieg. Eigentlich hätte er sofort zurück auf die Autobahn fahren können, aber sein Weg führte ihn durch die kleine Unterführung in die Innenstadt.

Wie viele Jahre ist es her, dass du Tina hier gefunden hast?

Vollkommen verwahrlost, ausgehungert und vollgepumpt mit Drogen hatte sie auf dem Boden gelegen. Wäre sie nicht so entkräftet gewesen, hätte sie bei seinem Auftauchen mit Sicherheit die Flucht ergriffen. Doch dazu war sie nicht mehr in der Lage gewesen, und eins war zum anderen gekommen. Er päppelte sie auf, und sie landete mit seinen anderen Mädchen auf dem Straßenstrich.

Sie war gerade mal fünfzehn Jahre.

Maddox hasste es, wenn sich diese Gewissensbisse in seinen Kopf schlichen, obwohl sie da nichts zu suchen hatten.

Sie war bereits eine Nutte. Du hast sie aufgenommen, sie unter deine Fittiche genommen und ihr Schutz gegeben.

Ein schöner Gedanke, der mit Sicherheit tief in seinem Innern einen wahren Kern besaß. Aber mehr eben auch nicht …

Genauso gut hättest du ihr helfen und sie zurück ins Wohnheim bringen können, wenn du ausnahmsweise mal nicht an deinen Geldbeutel gedacht hättest.

Der Motor des Cadillacs heulte auf, als Maddox einen Gang herunterschaltete und das Gaspedal bis zum Anschlag durchdrückte. Es war überflüssig, sich darüber Gedanken zu machen. Christina war weg. Freigekauft von einem Typ, der offenbar mehr Courage besaß als er selbst. Obwohl Maddox sich vehement davon zu überzeugen versuchte, dass er nur den finanziellen Verlust vermisste, blieb eine Spur von echter Traurigkeit in ihm zurück. Die Traurigkeit über einen Verlust von etwas, was ihm ans Herz gewachsen war.

* * *

Fast jeden Abend fuhr Danny nach seiner Ausbildung ins Trainingszentrum. Obwohl er sich nach seinem Abitur gegen ein Sportstudium entschieden hatte, blieb sein Wunsch, Personal Trainer zu werden, bestehen. Seine Chancen standen gut. Schon jetzt gab er immer wieder Kurse im Kickboxen. Wenn er kommende Woche den nächsten Meistergrad schaffte, würde das seine Schülerzahl sicherlich noch steigern. Im Sport-Karate legte er keine Prüfungen mehr ab, seit er den schwarzen Gürtel erreicht hatte. Als einer der wenigen Menschen durfte Danny ihn bereits mit sechzehn machen. Im Normalfall erlaubten die Lehrer ihren Schülern diese Prüfung erst, wenn sie volljährig wurden, denn laut Gesetz kam der schwarze Gürtel einem Waffenschein gleich. Da Dannys Trainer Dogan ihm aber glaubwürdig die psychische Reife eines Erwachsenen bescheinigte, konnte Danny teilnehmen. Danach hatte er sich überwiegend aufs Kickboxen konzentriert.

Wie immer stand Danny endlose Minuten an der roten Ampel vor der Auffahrt zur Bundesstraße. Sein Blick wanderte zu dem öffentlichen Parkplatz zu seiner Rechten, auf dem gerade der große Zirkus abgebaut wurde. Das graue, verzottelte Pony stand noch immer etwas abseits vom Gelände angebunden an einen Pfosten und machte einen kranken Eindruck. Bis jetzt hatte Danny immer gehofft, dass sich bald jemand um das Tier kümmern würde, aber es sah aus, als wäre es in den letzten fünf Tagen nicht von der Stelle bewegt worden. Mit hängendem Kopf vegetierte es teilnahmslos vor sich hin.

Die Ampel schaltete auf Grün. Aus einem Impuls heraus sah Danny in den Innenspiegel und legte den Rückwärtsgang ein. Mit völlig überhöhter Drehzahl fuhr er auf den Parkplatz, stellte sein Auto ab und stieg aus. Langsam ging er auf das Pony zu. Schon von weitem sah er, dass ein Bein blutete.

«Wer bist du denn?», fragte er leise. Das Pferd hob den Kopf und schnaubte ihn freundlich an.

Danny ging in die Hocke, um sich das verletzte Gelenk anzusehen. Es war eindeutig eine Schnittverletzung von einem Seil oder einem Strick. Vermutlich hatte es jemand am Hinterfuß angebunden, und das Pony hatte panisch versucht, sich loszureißen. Das Bein fühlte sich heiß und geschwollen an. Auf Dannys Abtasten hin quoll zähflüssiger, gelber Eiter aus der Wunde. Das kleine Pferd zuckte nur einmal kurz mit dem Ohr bei der Untersuchung, hielt ansonsten aber vollkommen still. Die anderen Beine sahen so weit in Ordnung aus. Obwohl Danny überhaupt keine Ahnung von Pferden hatte, erkannte er sofort, dass die Hufe kaputt und viel zu lang waren. Das Fell war struppig und steif vom Schmutz.

«Du armes Ding», flüsterte Danny dem Pferd ins Ohr, während er seine Untersuchung am Kopf fortsetzte. Die Maulwinkel waren eingerissen und blutig, die Augen zwar vollkommen verklebt, aber wachsam und klug. Sie strahlten eine Lebensfreude und Energie aus, die Danny fast greifbar entgegenschlug. «Du willst so gerne leben, aber sie lassen dich nicht. Hier interessiert sich keiner für dich, was?»

«He», brüllte jemand hinter ihm. «Verschwinde!» Ein älterer Mann mit Hosenträgern wedelte aufgebracht mit den Armen, um Danny zu verstehen zu geben, dass er hier nicht erwünscht war.

Danny richtete sich zu seiner vollen Größe auf und straffte die Schultern. «Das Pferd ist verletzt. Ich gehe hier nicht weg, bevor sich das ein Tierarzt angesehen hat.»

Der Typ lachte. Sein dicker Bauch wippte unter den Hosenträgern auf und ab. «Was bist du denn für ein Spaßvogel? Der Gaul geht zum Schlachter.»

«Warum? Was hat er?»

«Alt ist er. Und lahm. Bringt keine Kohle mehr ein. Also, weg damit. Kann ja nicht alles durchfüttern. Nächste Woche wird Hundefutter aus ihm.»

«Schön. Aber bis dahin kümmert ihr euch vernünftig um das Tier. Deswegen holst du jetzt sofort einen Tierarzt. Oder ich hol das Veterinäramt!»

«Willst du mich verarschen? Hol doch das beschissene Amt. Morgen sind wir über alle Berge. Was juckt mich das dann noch? Und jetzt mach, dass du wegkommst!» Er drehte sich um und ging mit schnellen Schritten davon. Danny sah ihm nach und warf einen weiteren Blick auf das Pony.

Du kannst es nicht so hilflos zurücklassen. Es ist genauso einsam und verloren wie du und schreit förmlich nach Hilfe.

«Warte», rief Danny. «Was immer der Schlachtpreis ist – ich zahle dir das Doppelte. Und ich nehme das Pferd heute gleich mit!»

Der Mann mit den Hosenträgern lachte laut auf, aber er blieb stehen. «Tausend Mark! Und du kannst das Vieh haben!»

Dem Tonfall konnte Danny sofort entnehmen, dass der Kerl absichtlich einen vollkommen überhöhten Preis nannte, um ihn abzuwimmeln. Es war ihm gleichgültig.

«Einverstanden! Gib mir eine Stunde!»

Danny zog sein Handy aus der Hosentasche und wählte die Nummer seines besten Freundes. «Ricky? Ich brauch dich!»

«Was ist denn?»

«Ich hab gerade ein Pferd gekauft. Dein Auto hat doch eine Anhängerkupplung, und da dachte ich …»

«Du hast ein Pferd gekauft?», schrie Ricky ungläubig. «Was willst du denn mit einem Gaul?»

«Lange Geschichte.» Danny begann, unruhig auf und ab zu laufen. «Kannst du zur alten Mühle fahren? Du weißt schon, dort, wo unsere Ponys vom Kinderheim stehen? Dort gibt es einen Pferdehänger. Ich werde die anrufen und sagen, dass ich ihn mir ausleihe. Und bei der Gelegenheit gleich fragen, ob ich mein Pony da auch unterstellen darf.»

«Ein Pony?» Rickys Stimme wurde noch eine Nuance höher.

«Bring einfach den Hänger her, okay?»

«Wo bist du?»

Danny nannte seinem Freund die Adresse und legte dann auf, um im Kinderheim anzurufen. «Ricky wird sich euren Pferdeanhänger ausleihen», verkündete er.

Zwei Stunden später fuhr Ricky mit dem Pferdehänger auf den Hof der alten Mühle. Danny wartete schon. Er war mit seinem Auto ohne Anhänger schneller am Ziel gewesen.

Mandy und Nadine, die beiden Mädchen aus dem Kinderheim, hatten ganze Arbeit geleistet. Eine Box war fertig hergerichtet und mit Stroh ausgepolstert. Betreuerin Sandra wartete ebenfalls schon ungeduldig, als Danny die Hängertür öffnete und das große, graue Pony herausführte.

«Ist das süß.» Mandy konnte sich kaum beruhigen. Am liebsten wäre sie dem Pferd um den Hals gefallen. Danny drückte ihr den Strick in die Hand, und sie führte es in den Stall. Pablo und Josto, die beiden Shetlandponys, die dem Kinderheim gehörten, reckten den Hals und wieherten aufgeregt. Die Mädchen hatten sie zur Sicherheit erst mal von dem neuen Pferd getrennt.

Danny warf einen Blick in den Pferdepass.

«Sie heißt Maya», verkündete er. «Hier steht, sie ist dreiundzwanzig Jahre alt.»

«Eine Stute», stellte Sandra erleichtert fest. «Da dürfte es wenigstens mit den beiden Wallachen keine Probleme geben. Sie bleibt doch hier, oder?»

«Mit nach Hause nehmen geht schlecht.» Er zuckte die Schultern. «Ich kann eigentlich kein Pferd gebrauchen. Ich dachte mir, ich komme für alles Finanzielle auf – und die Mädchen kümmern sich um sie. Sobald man sie wieder reiten kann, dürfen sie das selbstverständlich tun.»

Skeptisch hob Sandra eine Augenbraue. «Reiten? Danny, bleib realistisch. Dieses Pferd wird niemals wieder jemand reiten können. Du musst froh sein, wenn es überlebt.»

«We'll see», entgegnete Danny. Er folgte Maya in die Box. Sie hatte sich bereits erschöpft ins Stroh fallen lassen. Es schien eine Wohltat für sie zu sein, sich endlich hinlegen zu können. Danny setzte sich neben die Stute und kraulte ihre Ohren. «Der Tierarzt kommt gleich. Er soll entscheiden, wie wir das Pferd behandeln. Ich werde die ersten Nächte bei ihr im Stall schlafen, bis sie sich eingewöhnt hat und es ihr besser geht.»

«Dürfen wir auch hier schlafen?», riefen die beiden Mädchen aufgeregt.

Sandra ignorierte sie, setzte sich zu Danny und legte ihm tröstend eine Hand auf die Schulter. «Du solltest dich mit dem Gedanken vertraut machen, sie einschläfern zu lassen. Schau sie dir doch mal an. Sie ist vollkommen am Ende mit ihren Kräften.»

«Abwarten», beschloss Danny. «Sie mag körperlich am Ende sein, aber sie hat den Willen zu überleben. Und genau deswegen wird sie es tun.» Er hob den Blick und schaute seine ehemalige Betreuerin eindringlich an. «Glaub mir, ich weiß, wovon ich rede.»

* * *

Christina sah den schwarzen BMW die Einfahrt hochfahren und rannte los. So schnell sie konnte stürmte sie den Hügel hinunter, frontal auf den Wagen zu. Danny bremste im letzten Moment mitten auf der Zufahrt zum Gebäude, riss die Fahrertür auf und kam ihr entgegen. Sie sprang ihm förmlich in die Arme. Er musste sich einmal um die eigene Achse drehen, um den Schwung abzufangen.

«Endlich», keuchte sie atemlos. «Ich dachte schon, du kommst nie!»

«Ich hab vorhin erst mitbekommen, dass du entlassen wirst, und hab mich sofort ins Auto gesetzt.» Danny zog sie in die Arme und streichelte ihre Haare. «Wie geht es dir?»

Der Fahrer in dem Ford hinter ihnen hupte.

«Mir geht es super!» Sie legte ihre Hände an seine Wange und sah ihm in die Augen. «Du hast mir echt gefehlt.»

«Wirklich? Das lag wohl daran, dass es in der Klinik keinen Maddox gab. Die ganzen Monate davor hast du nicht mal an mich gedacht.» Danny sagte das mit einem Augenzwinkern, und ihr war nicht klar, ob das nun ein ernst gemeinter Vorwurf oder ein Scherz sein sollte.

Du hast Danny wohl echt verletzt, als du damals abgehauen bist und dich nicht mehr gemeldet hast.

«Ich werde nie wieder einfach verschwinden, versprochen.»

Das Hupen des Autos wurde lauter und aggressiver.

«Ist schon vergessen.» Er verschränkte seine Finger mit ihren und zog sie so dicht zu sich heran, dass sich ihre Nasenspitzen berührten. «Jetzt hab ich dich ja wieder.»

Christina schloss die Augen. Dannys warmer Atem streifte ihr Gesicht, und ihr Herz schlug einmal mehr, als nötig gewesen wäre, so froh war sie, ihn endlich wieder bei sich zu haben.

«Könnt ihr woanders knutschen?» Der Fahrer hinter ihnen hatte die Scheibe heruntergelassen und lehnte sich hinaus. «Ihr blockiert die ganze Straße.»

«Sorry», rief Danny zurück. Er nahm Christina ihr Gepäck ab und warf es in den Kofferraum. Beschwichtigend hob er die Hand. «Wir sind schon weg.»

Christina hielt dem Mann ihren Mittelfinger entgegen. «Nervensäge», brüllte sie und ließ sich dann auf den Beifahrersitz fallen.

Danny beeilte sich, seinen Wagen zu wenden. «Du wirst staunen, wenn du heimkommst», sagte er. «Jörg und ich haben dir dein Zimmer eingerichtet.»

Heimkommst … Dein Zimmer …

Solche Worte hatte sie noch nie gehört. Sie klangen verführerisch nach Sahnetorte und Urlaub am Meer. Nach Liebe und Familie.

Gerne hätte sie sich bedankt, ihm gesagt, wie wahnsinnig toll sie das fand und was es ihr bedeutete. Aber sie schwieg. Zu viel

Angst hatte sie davor, diese Worte auszusprechen und dadurch ihre Freude offiziell zu machen.

«Aber zuerst will ich dir meine neue Freundin vorstellen.»

«Du hast eine Freundin?»

Eifersucht stieg in ihr auf.

Du bist so dumm, Tina. Zum Glück hast du eben den Mund gehalten! Dachtest du wirklich, dass du diesen Menschen für dich alleine bekommst? Dass du wirklich ein Zuhause kriegst?

Es entging ihr nicht, dass Danny ihre Reaktion aufmerksam beobachtete. Er war Weltmeister im Gedankenlesen und hatte ein Gespür für die Emotionen seiner Mitmenschen. Natürlich begriff er sofort. Sein leises Lachen bestätigte sie darin. Ihre Fingernägel gruben sich schmerzhaft in das weiche Fleisch ihrer Handflächen. Am liebsten wäre sie aus dem fahrenden Auto gesprungen und weggerannt.

«Du wirst sie mögen!»

Sie nimmt mir mein Zuhause. Niemals kann ich sie mögen.

Sollten sie etwa zu dritt unter einem Dach leben? Christina hatte keine Lust, ein Eindringling zu sein. Jemand, der geduldet wurde, weil er eben da war. Den man dulden musste, weil man nicht wusste, wohin damit. So war es ihr ganzes Leben lang gewesen. Für eine Sekunde hatte sie die Hoffnung gehabt, dass sich das nun ändern würde, nur, um erneut enttäuscht zu werden.

Dannys Hand legte sich auf ihr Knie. «Warte doch erst mal ab. Du wirst sie wirklich mögen.»

Die Berührung wirkte tröstend, vertraut. Obwohl Christina mit absoluter Sicherheit wusste, dass sie niemals eine Beziehung mit Danny haben konnte, wollte sie für immer bei ihm sein.

Der BMW kam auf einer Wiese zum Stillstand. Danny stieg aus und öffnete ihr die Tür, dann zog er ein Halstuch aus seiner Hosentasche und hielt es ihr vor die Augen.

«Darf ich?», fragte er.

Christina überlegte kurz und nickte dann. Im selben Moment, in dem sich das Tuch um ihre Augen legte und ihre Welt verdunkelte, stieg Panik in ihr auf.

Komm, Chrissy. Komm zu mir ins Bett. Ich habe es dunkel gemacht, damit uns niemand sieht …

Danny legte seine Hände auf ihre Schultern. «Keine Angst», flüsterte er ihr ins Ohr. «Ich mache nichts. Ich lasse meine Hände hier liegen und führe dich.»

Es ist Danny. Du kannst ihm vertrauen.

Sie entspannte sich ein wenig und ließ sich vor ihm herschieben. Es roch nach frischgemähtem Gras und Pferden.

«Voilà», sagte Danny und nahm ihr die Augenbinde ab. «Maya.»

«Mein Gott.» Sie schlug die Hände vor den Mund. «Du hast recht! Ich mag sie!»

Christina trat in die offene Box und setzte sich neben das im Stroh liegende Pferd, das sofort freundlich schnaubte. Eine Woge des Glücks durchströmte sie, als ihre Finger durch das glattgebürstete Fell fuhren. Ihre Hand legte sich auf die Nüstern und fühlte den warmen Atem. Leben. Heißes, pulsierendes Leben. Realität, fernab jeglicher Drogen. Eine Realität, die sie auch ohne Heroin berauschte und für die es sich zu leben lohnte.

Du wirst es schaffen, Tina. Du bleibst clean, fängst ein neues Leben an und wirst alle angenehmen Dinge der Erde erfahren.

Noch nie hatte sie ein Pferd so nah bei sich gehabt. Ihre Hände umschlossen die grauen Ohren, die aufgeregt zuckten und sie an kleine Vögel erinnerten, die mit den Flügeln gegen ihre Handfläche schlugen. Die Augen des Tieres waren groß, und sie spiegelte sich verkehrt herum darin.

Als Kind hatte sie sich am Kiosk manchmal ein Wendy-Heft gestohlen und davon geträumt, die Tochter eines Reiterhofbesitzers zu sein. In diesem Moment fühlte sich Christina wie Wendy.

Im Stall wurde es allmählich dunkel, als sie sich endlich aus ihrer Faszination lösen konnte.

«Maya ist sehr krank, oder?» Sie legte die Wange gegen die Stirn des Pferdes. «Aber sie wird es schaffen. Weil sie stark ist und kämpft.»

«Ja, sie wird es schaffen.» Danny setzte sich dicht neben Christina. Von außen drang gerade noch so viel Licht herein, dass sie das leuchtende Blau seiner Augen erkennen konnte. Sie mochte seine Augen. Nicht der penetranten Farbe wegen, sondern weil so viel Zuversicht und Optimismus darin lagen.

«Was genau stimmt denn nicht mit ihr?» Christinas Blick fiel auf den Schlafsack, der in der Ecke des großen Stalles lag.

«Mit ihr stimmt alles. Sie wurde misshandelt und war verletzt und braucht Zeit, um sich zu erholen. Nur deswegen bin ich bei ihr geblieben.»

Mit einer unsicheren Handbewegung strich Christina sich eine Haarsträhne aus der Stirn und drehte sie in den Fingern. «Genau wie ich, oder?»

«Genau wie du.» Danny nahm ihr die Haarsträhne aus der Hand und strich sie hinter ihr Ohr. «Und genau wie du wird sie sich erholen. Und wenn wir von der Kreuzfahrt zurückkommen, wirst du auf ihr reiten.»

«Reiten? Wirklich? Maya sieht aus, als könnte sie nicht auf ihren Beinen stehen.»

«Maya ist eine Kämpferin. Sie wird es schaffen.» Er legte seine Hand in Christinas Nacken und zog sie ein Stück zu sich heran. Sein Mund berührte ihre Wange, während er flüsterte: «Genau, wie du es auch schaffen wirst.»

Ein wohliger Schauer lief ihr den Rücken hinunter. Der Geruch nach Aftershave drang ihr in die Nase und erinnerte sie an Maddox. Ein schmerzhafter Stich fuhr in ihren Magen, als sie an ihn dachte. Früher hatte sie immer davon geträumt, er würde kommen und sie retten, aber das war nicht mehr nötig. Nun hatte sie Danny, der ihre Befreiung übernahm. Es war wie in einem Märchen, sie in der Hauptrolle des Aschenbrödels, Maya verkörperte das weiße Pferd und Danny ihren Prinzen …

Seine Finger legten sich unter ihr Kinn und drehten ihren Kopf in seine Richtung. Erneut nahm Christina Dannys Geruch wahr, aber diesmal brachte er nicht mehr die Erinnerung an einen anderen Mann mit. Sie hielt überrascht den Atem an, als weiche Lippen die ihren berührten. Es fühlte sich gut und richtig an. Die Welt stand still, während alles in ihrem Kopf durcheinanderwirbelte und ihr Körper schwerelos schien.

Wenn du mitmachst, wirst du mit ihm ins Bett müssen …

Sie schob den unerwünschten Gedanken zur Seite. Vorsichtig erwiderte sie den Kuss, suchte mit ihrer Zungenspitze die seine und hob unschlüssig den Blick, um ihn anzusehen. Das Blau seiner Augen sprang ihr regelrecht entgegen.

Komm, Chrissy, sieh mich an. Ich will, dass du mir in die Augen siehst, während ich dich anfasse!

Das Bild aus der Vergangenheit schoss wie ein Blitz auf sie herab. Entsetzt löste sie sich von dem Mann an ihrer Seite. Auf Knien rutschte sie in die Ecke des Stalles.

Es ist nur Danny. Es ist Danny. Danny. Danny …

Krampfhaft versuchte sie, die blaue Farbe aus ihrem Kopf zu bekommen, die plötzlich von einem grellen, roten Licht begleitet wurde.

Komm, Chrissy, sieh mich an. Schau in die Kamera und lächle mal …

«Tina?» Dannys Stimme holte sie zurück in die Wirklichkeit. Er war ihr hinterhergekommen, hielt aber einigen Abstand. «Tina, alles in Ordnung? Tut mir leid, ich hab nicht nachgedacht.»

Sie konnte die Tränen nicht zurückhalten. «Mir tut es leid. Ich bin erschrocken. Ich hab mich erinnert. Keine Ahnung, warum, plötzlich habe ich mich erinnert.» Verzweifelt vergrub sie ihr Gesicht in den Händen.

Das war's, Tina. Du hast es versaut. Auf Wiedersehen, neues Zuhause. Wird wohl nichts mehr mit Heimkommen!

Danny breitete einen Arm aus und signalisierte ihr so, dass sie zu ihm rutschen durfte, wenn sie wollte. Er rief nicht nach ihr, sondern wartete einfach ab. Für einen Moment fragte Christina sich, woher er wusste, dass er genau das nicht tun durfte: nach ihr rufen.

Komm, Chrissy!

Unsicher kuschelte sie sich an ihn. Danny legte seine Wange auf ihren Kopf und schwieg.

«Tut mir leid», wiederholte Christina. «Es ist nur so …»

Du musst es ihm sagen. Wenn du möchtest, dass er es versteht, musst du es ihm sagen!

Entschlossen holte sie tief Luft und fuhr dann fort: «Alles an dir erinnert mich an meinen Vater.» Sie merkte, wie das klang, und korrigierte sich sofort: «Nicht *du*. Nicht dein Wesen oder dein Charakter. Dein Aussehen.»

«Ich verstehe, was du meinst», erwiderte er leise.

Mit zitternden Fingern hielt sie ihm eine Haarsträhne vors Gesicht: «Ich färbe mir die Haare, seit ich zwölf bin. Ich kann mein eigenes Blond nicht ertragen, weil es aussieht wie das seine. Wenn ich auch *seine* Augenfarbe bekommen hätte, dann hätte ich mir die Augen ausgestochen. Lieber wäre ich blind gewesen …»

… als blaue Augen zu haben.

Warum hatte sie das gesagt? Das klang wie ein Vorwurf an ihn. Wieso musste sie immer alles zerstören?

«Tut mir leid», wiederholte sie erneut, als er keine Anstalten machte, irgendetwas zu sagen. «Ich verstehe, wenn du jetzt sauer bist und nicht mehr möchtest, dass ich bei dir wohne.»

«Tina, ich bin nicht sauer.» Danny zog sie noch ein Stück näher an sich heran. «Ich habe nur nachgedacht. Es ist alles in Ordnung.»

«Wie soll das jetzt mit uns weitergehen?»

Danny stand auf und reichte ihr die Hand. «Das werden wir irgendwann herausfinden. Jetzt gehen wir heim. Maya kann heute Nacht allein schlafen.»

* * *

Abrupt schlug sie die Augen auf. Christina konnte nicht sagen, wovon sie wach geworden war. Ob von einem Geräusch oder einem schlechten Traum. Vor dem geöffneten Fenster ging eben erst die Sonne auf. Kein Wunder, dass sie sich noch so müde fühlte. Müde, aber glücklich.

Zu Hause!

Bisher kannte sie das Wort nur vom Hörensagen. Zufrieden schaute sie sich in dem Zimmer um, das Danny und Jörg gemeinsam für sie eingerichtet hatten. Ihr Bett war mit weißer Satinbettwäsche bezogen. Weiß war gut. Sanft und friedlich. Hatte sie Danny jemals gesagt, dass sie, mal abgesehen von ihrem Nagellack, keine grellen Farben vertrug? Sie konnte sich nicht daran erinnern, aber es würde erklären, warum sie ihr Zimmer in blassen Erdtönen eingerichtet hatten. Die Möbel waren buchefarben, die Wände weiß und die zurückgezogenen Vorhänge in einem sanften Beige. Genüsslich setzte sie ihre nackten Füße auf den dicken, braunen Teppich. Christina hatte in ihrem Slip und einem T-Shirt von Danny geschlafen. So etwas wie einen Schlafanzug besaß sie seit der Flucht aus ihrem Elternhaus nicht mehr.

Langsam trat sie in den Flur und schlich in Dannys Schlafzimmer. Es wunderte sie nicht, dass sein Bett leer war. Er stand immer früh auf. Die Tür zu seinem angrenzenden Büro stand offen, also trat sie ein.

Danny war nicht überrascht, sie zu sehen, ließ sich aber nicht in seiner Konzentration stören. Er sprang barfuß auf einem Bein Seil.

«Guten Morgen», sagte sie leise.

Er nickte ihr nur kurz zu, um sein Zählen nicht unterbrechen zu müssen. Dann wechselte er das Bein. Christina staunte, wie schnell sich das Seil bewegte. Es war fast unmöglich, es mit den Augen zu verfolgen.

Sie stellte sich in den Türrahmen und beobachte ihn eine Weile. Danny trug nur Boxershorts und ein ärmelloses, stark verschwitztes T-Shirt. Die Muskeln in seinen Armen wurden bei jeder Bewegung sichtbar.

Er könnte dein Partner sein …

Dass Danny sie mochte, hatte er ja gestern gezeigt. Obwohl sie sich dessen auch nicht sicher war. Christina kannte Danny. Sie wusste, dass er mit allem flirtete, was lange Haare und zwei Beine hatte. Die Anzahl der Mädchen, die er schon geküsst hatte, war mindestens dreistellig. Ernsthaftes Interesse bestand allerdings an keiner. Doch Christina war klar, warum das so war, und deswegen hätte sie das nicht abgeschreckt. Schließlich war es bei ihr etwas anderes. Sie wusste über ihn Bescheid, wusste, dass das Virus in seinem Blut ihn dazu veranlasste, niemanden an sich heranzulassen. Aber mochte er sie wirklich? Oder tat er nur, was er eben immer tat?

«Seilspringen ist echt uncool», bemerkte sie, hauptsächlich, um irgendwas zu sagen.

«Findest du?», keuchte Danny.

«Van Damme kann viel coolere Sachen. Einen schwebenden Spagat zwischen zwei Stühlen oder zwei Pfosten zum Beispiel.»

Danny lachte und wickelte sein Springseil zusammen. «Bring mir zwei Stühle.»

«Kannst du das?», fragte Christina begeistert.

«Ja, aber ich sehe den Sinn darin nicht.»

«Ach, du gibst doch nur an», zog sie ihn auf. «Du kannst keinen Spagat! Ich wette, du würdest mit deinem Fuß nicht mal bis zu meiner Nase hochkommen.»

Christina beobachtete, wie er ein Auge zukniff und sie gespielt herablassend musterte. Dann trat er im Zeitlupentempo mühelos in die Luft, mit der Fußkante in Höhe ihrer Stirn.

«Toll.» Sie gähnte übertrieben gelangweilt. «Überzeugt mich nicht. Kannst du *das*?» Mit ausgestreckten Armen beugte sie sich so weit nach hinten, bis ihre Hände den Boden berührten und sie sich in einer Brücke befand. Dann streckte sie die Beine in die Luft und blieb kurz im Handstand stehen. Ihr Shirt rutschte bis zu ihrem Kopf hinunter. Daran hatte sie nicht gedacht.

Schnell stellte sie sich wieder auf die Beine.

«Beeindruckend», sagte Danny. «Ehrlich, das sind spannende Einblicke.»

«Ha, mach's nach!»

«Aber doch nicht auf diese Hausfrauen-Art. So was muss man *springen*!» Er reichte ihr das Seil. Das, was sie eben bis auf den Schluss langsam ausgeführt hatte, sprang er in der Luft in einem Satz.

«Back Handsprings sind definitiv cool», fügte er hinzu.

«Na gut. Eins zu null für dich. Warte, ich hab noch einen.» Sie hüpfte in die Luft und grätschte dabei ihre Beine fast zum Spagat.

«Das ist alles?» Danny schlug aus dem Stand einen Salto rückwärts.

«Hmpf», machte sie und stemmte die Arme in die Hüfte, fest entschlossen, sich nicht anmerken zu lassen, dass sie staunte. «Ich kann noch ein Rad …»

«Jetzt wird es aber wirklich albern!»

«Besser als Seilspringen …»

«He», verteidigte er sich. «Das ist ein super Training für die

Kondition und für die Beinarbeit. Nicht nur fürs Kickboxen, auch für den Jumpstyle.»

«Den was?»

«Jumpstyle. Warte, ich zeig's dir.» Danny legte eine CD ein. Die schnellen, elektrischen Töne brachten sie unweigerlich zum Mitwippen. «Das Wettkampflied von mir und Basti, meinem Tanzpartner.»

«Für jemanden, der normalerweise düstere epische Musik hört, ein ganz schöner Wandel», spottete sie und beobachtete, wie Danny auf und ab zu hüpfen begann und ihr dabei erklärte, was er machte. Sie konnte kaum die Beine stillhalten. Es war ein Rhythmus, zu dem man sich unweigerlich bewegen musste.

«Step, Front-Kick, Back-Step …»

Diese Art zu tanzen hatte sie noch nie gesehen. Es sah aus wie eine Mischung aus Riverdance, Kindergeburtstag, Freestyle und Bescheuertsein. Vor allem sah es nach unheimlich viel Spaß aus. Wenn man so seinen Tag begann, konnte man gar keine schlechte Laune bekommen.

«Ich will das auch lernen», sagte sie und lauschte auf den Gesang.

«Wonderful days belong to the past …» Mehr konnte sie von dem Text nicht verstehen, deswegen warf sie einen Blick auf das Cover der CD: Charlie Lownoise und Mental Theo.

«Kein Problem. Ich bring es dir bei. Dann jage ich Basti zum Teufel, und wir treten in Zukunft im Duo-Jump auf.»

Christinas Magen zog sich freudig zusammen.

Ihr ging es gar nicht um den Tanzstil, sondern darum, Spaß im Leben zu haben, sich zu amüsieren. Wenn ihr das einer beibringen konnte, dann Danny.

«Aber das muss bis heute Abend warten», riss er sie aus ihrer Euphorie. «Jetzt frühstücken wir, und dann müssen wir los. Hab nachher einen Wettkampf im Kickboxen.»

«Ich darf mit?»

«Du musst mit. Ich werde dich vorerst nicht aus den Augen lassen.» Er nahm sich frische Wäsche aus dem Kleiderschrank und fügte dann hinzu: «Ich geh mal kurz duschen. Machst du uns Frühstück? Wühl dich einfach durch und fühl dich wie zu Hause. Alles hier gehört jetzt auch dir.»

Sie sah ihm nach, wie er im Bad verschwand und die Tür hinter sich zuzog.

Er schließt nicht mal ab, weil er mir so sehr vertraut. Endlich gehöre ich dazu!

Zu Hause!

Wie auf Wolken schwebte sie in die Küche. Das erste Mal in ihrem Leben fühlte sie sich angekommen.

* * *

Ihre Finger krallten sich an das kalte Plastik der Sitzfläche. Obwohl Christina wusste, was sie erwartete, war sie wie gebannt. Atemlos verfolgte sie das Geschehen im Kampfring vor sich und fragte sich, warum Danny sich das antat. Die erste Runde hatte er zwar gewonnen, aber einen bösen Treffer ins Gesicht abbekommen. Jetzt sah es gut für ihn aus, dennoch konnte sie sich nicht entspannen. Christina hasste es, wenn Danny im Vollkontakt bis zum K. o. kämpfte.

Am liebsten hätte sie die Augen geschlossen und sie erst wieder geöffnet, wenn der Ringrichter mit dem Auszählen fertig war. Die Tatsache, dass Dannys Trainer Dogan die ganze Zeit wie ein Wachposten vor dem Ring auf und ab patrouillierte, vergrößerte ihre Anspannung noch.

Danny landete mit dem Fußrücken einen Treffer an die Schläfe des Gegners, und dieser ging zu Boden. Noch bevor der Richter mit dem Zählen beginnen konnte, erhob er sich wieder. Im selben Moment nahm Danny Anlauf, um einen Sprung-Kick auszuführen.

«Aufpassen, Dan!», schrie Dogan, aber es war zu spät. Der andere setzte blitzschnell zu einem Tritt an und erwischte Danny frontal im Flug. Mit einem dumpfen Aufprall flog er auf den Rücken, blieb reglos liegen und japste nach Luft.

Der Ringrichter ging sofort dazwischen und unterbrach den Kampf. Ein Arzt wurde per Handzeichen dazugerufen.

Christina sprang von ihrem Sitz auf und rannte an den Ring. Danny hatte sich halb aufgerichtet und rang noch immer verzweifelt nach Luft. In seinem Blick sah sie, dass er einer Panik nahe war. Dogan kletterte über die Seile.

«Ruhig bleiben!», sagte er mit selbstsicherer Stimme. Er nahm Dannys Arme und streckte sie gerade nach hinten aus, damit Danny sich darauf abstützen konnte. «Das vergeht gleich wieder. Ruhig bleiben, Dan, einfach versuchen weiterzuatmen.»

Der Arzt kam angerannt, und Dogan machte ihm ein Stück Platz, ließ seine Hand aber beruhigend auf Dannys Rücken liegen. Christina stürmte ebenfalls in den Ring. «Oh Gott», rief sie. «Er hat einen Lungenkollaps. Er erstickt.»

Sie wollte zu ihm, aber der Arzt hob abwehrend einen Arm. «Fassen Sie ihn nicht an!», mahnte er. Zwei Hände wurden auf Christinas Schultern gelegt. Der Ringrichter zog sie ein Stück weg. «Wir untersuchen ihn gleich», erklärte er. «Das wird schon wieder.»

«Lass mich los!» Am liebsten hätte sie ihm ins Gesicht geschlagen. Sie sah, dass Danny die Tränen über die Wangen liefen. «Lass mich los», brüllte Christina wieder. «Siehst du nicht, dass er weint? Ich muss zu ihm.»

Dogan stand auf und trat neben sie. Er befreite sie aus dem Griff des Ringrichters, stellte sich aber vor Christina, damit sie stehen blieb. «Es ist eine automatische Reaktion, dass einem bei

Atemnot die Tränen kommen. Bleib bitte hier. Du hilfst ihm nicht mit deiner Panik. Die hat er selbst.»

Resigniert fiel sie in sich zusammen und versuchte verbissen, ihre eigenen Tränen zurückzuhalten, während der Arzt noch immer neben Danny kniete und leise auf ihn einredete. Der Ringrichter hatte inzwischen den Ring geräumt und drängte die Umstehenden zurück auf ihre Plätze.

Danny spuckte einen Schwall Blut auf den Boden. Eine neue Welle der Panik erfasste Christina. Wie von Sinnen begann sie, mit den Fäusten auf Dogan einzuprügeln, aber er hielt sie unerbittlich zurück.

«Er stirbt», schrie sie.

«Das Blut ist nur von der Nase.» Dogan war laut geworden. «Ich sag's dir jetzt noch mal, Tina, reiß dich gefälligst zusammen! Wenn du Panik verbreitest, hilft das niemandem!»

Der herrische Tonfall bewirkte, dass sie schwieg. Zwei Sanitäter brachten eine Trage, auf die sie Danny aufluden und Richtung Umkleidekabine gingen. Dogan folgte ihnen. Christina wäre am liebsten hinterhergerannt, aber sie zwang sich, auf Dogans Höhe zu bleiben und etwas Abstand zu halten.

Die Sanitäter brachten Danny in einen Raum, in dem eine Liege stand, und halfen ihm, sich daraufzusetzen. Sie streckten seine Arme wieder nach hinten aus, um den Oberkörper gerade zu bekommen. Danny atmete noch immer schwer und japsend, aber die Panik schien nachzulassen. Der Arzt half ihm, sein T-Shirt auszuziehen.

In dem Moment, als er sich daranmachte, Dannys Brust abzutasten, riss Christina sich von Dogan los. Er wollte nach ihr greifen, aber sie warf ihm einen drohenden Blick zu. Niemand außer ihr wusste, was es für Danny bedeutete, sich von einem fremden Mann anfassen lassen zu müssen. Deswegen war es ihr vollkommen gleichgültig, was der Arzt dachte, als sie sich neben

Danny stellte und wortlos seine Hand nahm. Sie drückte sanft zu, während der Arzt Dannys Rippen abtastete.

«Was hat er?», fragte sie.

Der Arzt setzte seine Untersuchung fort, kontrollierte die Halswirbel und schaute Danny in den Mund.

«Ein Backenzahn ist locker», bemerkte er schließlich.

«Was?»

«Keine Sorge, der wird von allein wieder fest. Sie dürfen nur nicht mit der Zunge dran wackeln, verstanden?», sagte der Arzt an Danny gerichtet. Dieser reagierte nicht, sondern bemühte sich weiterhin, gleichmäßig zu atmen.

«Seine Zähne sind mir wurscht», schnauzte Christina. «Ich will wissen, ob er es überlebt.»

Der Mann schien sie für die hysterische Freundin zu halten und beschloss, sie zu ignorieren. An Dogan gewandt, erklärte er: «Ich kann es nicht genau sagen, aber ich vermute, dass es Zwerchfellspasmen sind. Ausgelöst durch den Schlag auf den Rücken.»

«Okay.» Dogan nickte. «Er soll sich hier eine Weile ausruhen. Ich schau nach ihm, bis es besser wird.»

«Er darf auf keinen Fall Auto fahren. Wenn die Krämpfe bis morgen Abend nicht vollständig verschwunden sind, soll er ins Krankenhaus.»

Dogan reichte dem Arzt die Hand. «In Ordnung. Ich danke Ihnen.»

Christina wartete, bis er verschwunden war, und setzte sich dann zu Danny auf die Liege.

«Wird es besser?», fragte sie.

Danny kniff die Lippen zusammen und nickte. Zum Sprechen fehlte ihm noch immer die Luft.

«Ich muss wieder raus, der nächste Kampf fängt gleich an», erklärte Dogan. «Ich komm später wieder, und dann sehen wir weiter. Bleib erst mal eine Weile hier.»

In der Sekunde, als auch Dogan den Raum verließ, stieg Christinas Panik wieder an.

Was soll ich tun, wenn jetzt was passiert?

«Kannst du atmen?» Sie sah ihn besorgt an. «Bekommst du Luft?»

Danny fing an zu grinsen. «Sonst wäre ich vermutlich schon tot.»

Erleichtert darüber, dass er Sprache samt Humor wiedergefunden hatte, fiel sie ihm um den Hals.

«Ich hab mir solche Sorgen gemacht. Ich dachte, du erstickst.»

«Geht schon wieder.» An seiner abgehackten Sprechweise merkte sie, dass er nach wie vor zu wenig Sauerstoff bekam.

«Tu das nie wieder», bat sie.

«Was? Auf den Rücken fallen? Ich werd mich bemühen ...»

Christina schüttelte ihn vorsichtig an der Schulter. «Diesen dämlichen Sport. Mach das nie wieder ...» Sie verstummte, als sie seinen irritierten Blick bemerkte.

Hör auf, ihm Dinge vorzuschreiben. Du bist nicht in der Position dazu!

«Wo ist deine Tasche?» Sie fuhr mit der Hand über seinen verschwitzten Rücken. «Du musst dich anziehen, sonst wirst du noch krank.»

«Es ist nicht gut, dass du dir solche Sorgen um mich machst.» Danny verschränkte die Arme vor der Brust, und sie konnte sehen, wie er seine Schutzmauern um sich herum aufrichtete. Am liebsten hätte sie sich selbst eine Ohrfeige gegeben, weil sie das gesagt hatte. Sie durfte ihm nicht das Gefühl geben, dass sie von ihm abhängig war. Danny würde sich sonst von ihr zurückziehen, aus Angst, sie eines Tages alleine lassen zu müssen.

«Ehrlich gesagt, wär es mir egal gewesen, wenn du erstickt wärst.» Gelangweilt zuckte sie mit den Achseln.

«Das ist gut.» Danny zeigte unter eine der Bänke auf seine

Sporttasche. «Da ist mein Handy drin. Kannst du Jörg anrufen? Er soll mich abholen.»

Eine Stunde später lag Danny bei Jörg auf der Rückbank und beschwerte sich über jede Straßenunebenheit.

«Wie fährst du denn?», japste er. «Quer über einen Acker? Du kannst mir auch einfach sagen, wenn du mich nicht leiden kannst.»

Jörg lächelte. «Wir sind gleich daheim.»

«Bis dahin bin ich gestorben», jammerte Danny. «Es ist echt unvorteilhaft, wenn man nicht atmen kann.»

Bis dahin bin ich gestorben …

«Kannst du gefälligst leise leiden?», forderte Christina ihn unwirsch auf.

«Aber klar», gab er beleidigt zurück. «Ich werde einfach still und unbemerkt hier hinten krepieren!»

Christina begann, vor sich hin zu summen. Sie wollte Dannys unbedarfte Worte nicht hören. Worte, die für sie diese endgültige und vernichtende Bedeutung hatten.

«Ich helfe dir noch kurz, Danny reinzubringen», sagte Jörg, nachdem er direkt vor der Tür angehalten hatte. «Kommt ihr alleine klar?»

Christina nickte und öffnete die hintere Wagentür. Jörg legte einen von Dannys Armen um seine Schultern und führte ihn so in die Wohnung bis in sein Schlafzimmer.

«Wenn etwas ist, ruft mich an.»

«Danke», sagte Danny und setzte sich aufs Bett, während Jörg die Tür hinter sich schloss.

«Kann ich dir noch irgendwas bringen?», wollte Christina wissen.

«Ich muss schnell duschen gehen. Sonst kann ich nicht schlafen.» Er hob die Arme in die Luft. «Hilf mir mal, bitte.»

Vorsichtig zog sie ihm das T-Shirt aus.

Schweigend betrachtete sie kurz die hellen Narben auf seinem Rücken, die ihr vorhin bereits aufgefallen waren. Diesmal bemerkte Danny ihren Blick.

«Mein Vater», erklärte er.

«Ich weiß.» Sie streckte ihm ihre nackten Unterarme hin, die überzogen waren mit weißen Linien. Narben, die sie sich selbst mit Rasierklingen zugefügt hatte, um den seelischen Schmerz nicht mehr spüren zu müssen.

«Wir sind total kaputt», seufzte sie.

«Du bist wunderschön», erwiderte er.

Christina merkte, wie ihr die Röte in die Wangen stieg.

Schnell versuchte sie, ihre Verwirrung zu überspielen. «Füße her und Socken aus.»

Nachdem Christina Danny geholfen hatte, sich bis auf die Boxershorts auszuziehen, führte sie ihn ins Bad.

«Ich warte bei dir im Zimmer», sagte sie. «Wenn du was brauchst, dann ruf mich einfach.»

Während Danny duschte, zog sie sich um, schlüpfte wieder in ein T-Shirt von ihm und setzte sich auf die Matratze.

Mit tropfnassen Haaren kam Danny ebenfalls ins Zimmer und ließ sich mit einem leisen Jammern aufs Bett fallen. Christina legte sich zu ihm und ignorierte seinen fragenden Blick.

«Spar dir deine Widerworte», erklärte sie. «Ich werde bei dir bleiben und aufpassen, ob du atmest.»

* * *

Danny hielt die Augen geschlossen und stellte sich schlafend. Es war gar nicht so einfach, einen ruhigen und gleichmäßigen Atem vorzutäuschen, wenn sich das Zwerchfell dabei jedes Mal schmerzhaft zusammenzog. Noch schwieriger war es allerdings, unter dem besorgten Blick von Christina ruhig liegen zu bleiben. Nach einer Weile drehte er sich langsam zu ihr um und stellte amüsiert fest, dass sie bereits schlief. So viel zum Thema aufpassen …

Vorsichtig schob er ihre Hand von seiner Bettdecke und richtete sich auf. Ihre schwarzen Haare lagen ausgefächert auf dem Kopfkissen, die langen Wimpern berührten ihre Wangen.

Wie friedlich sie schläft … Obwohl sie ihr halbes Leben lang so sehr verletzt wurde.

Wut stieg in ihm auf. Wut über sich selbst, weil er so blöd gewesen war und versucht hatte, sie zu küssen. Er mochte sie viel zu sehr, aber es war nicht so, dass er sich in sie verliebt hatte, vielmehr war es einfach ein gewohntes Verhalten. Danny küsste jedes Mädchen, bei dem es die Situation zuließ und das sich länger als fünf Minuten freundlich mit ihm unterhielt. Es war seine Art, seine Jugend und seine Sehnsucht nach Nähe auszuleben. Sich selbst zu beweisen, dass er *könnte*, wenn er denn Lust dazu hätte. Aber er wollte nicht. Er durfte nicht wollen. Also machte er ein Spiel daraus. Doch mit Christina durfte er nicht spielen. Damit hätte er fast ihr Vertrauen in ihn zerstört.

Leise schlich er sich in sein Büro, zog die Tür hinter sich zu und wühlte in der Schreibtischschublade. Dann schlug er das Terminheft seines Vereins auf und ging systematisch alle anstehenden Fights durch, bis er den Namen fand, den er suchte. Er trennte das Anmeldeformular ab und begann, es auszufüllen.

Gerade als er es in einen Briefumschlag stecken wollte, trat Christina hinter ihn. «Alles in Ordnung?»

«Ja. Ich musste nur was erledigen.»

«Mitten in der Nacht?» Sie schielte auf die Unterlagen. Schnell steckte Danny das Formular in den Umschlag, leckte die Klebeflächen ab und drückte ihn zu.

«Es war wichtig.»

«Nein. Das machst du nicht!» Christinas Stimme bebte vor

Zorn. Danny war erstaunt darüber, wie scharf ihr Verstand selbst zu dieser Uhrzeit arbeitete.

«Das kann ich schon allein entscheiden.» Er ging an ihr vorbei und zog sich seine Jogginghose an. Mit in die Hüften gestemmten Händen stellte sie sich vor ihn.

«Warum tust du das? Nur weil du nicht verlieren kannst?»

Sie durchschaut dich, weil sie so ist wie du!

Wortlos ging Danny mit dem Brief in der Hand in den Flur.

«Ich hatte heute wirklich Angst, dass du stirbst», rief sie ihm hinterher. «Du wirst nicht noch mal gegen diesen Typen kämpfen!»

Dannys erster Impuls war, das zu tun, was er immer tat, wenn jemand ihn von seinem Vorhaben abhalten wollte: auf stur zu schalten und es einfach kommentarlos trotzdem zu machen. Doch er hielt inne.

Es ist Tina. Wenn dich einer versteht, dann sie.

Seufzend drehte er sich zu ihr um und fuhr sich nervös mit der Hand durch die Haare. Es fiel ihm schwer, zu sagen, was niemand sonst von ihm wusste.

«Damals, als ich vierzehn war …», begann er schließlich, «ich habe dir erzählt, dass mein Vater mich da so sehr verprügelt hat, dass ich resignierte. Ich war nahe dran, mich selbst aufzugeben, und bereit, mir das Leben zu nehmen. Das passiert mir nicht wieder. Ich werde nie wieder aufgeben, denn verlieren bedeutet sterben.»

Christina hatte die Lippen zusammengekniffen und schwieg. Danny öffnete die Wohnungstür.

«Wo willst du hin?»

Ohne ihr eine Antwort zu geben, schloss er die Tür hinter sich.

Kalte Nachtluft schlug ihm entgegen. Er ignorierte die krampfartigen Schmerzen in seinen Lungen, als er zum Briefkasten schlurfte.

Danny drehte sich nicht um, als er eilige Schritte hinter sich vernahm. Er wusste auch so, dass es Christina war.

«Danny!» Sie hielt neben ihm an und hakte sich an seinem Arm ein. «Wann ist der Kampf?»

«Nächstes Wochenende.»

«Okay. Weißt du was? Ich werde dabei sein und dich anfeuern!»

Er schüttelte verwirrt den Kopf. «Woher plötzlich dieser Stimmungswandel?» Nur mühsam konnte er sich einen spöttischen Unterton verkneifen. «Hast du heimlich was geraucht?»

«Nein», versicherte sie ihm. «Es sind keine Drogen, die mich dazu gebracht haben, meine Meinung zu ändern, sondern Freundschaft! So was nennt man Zusammenhalt.» Sie schmiegte sich dichter an ihn. Er spürte, wie sich kalte Finger in die Tasche seiner Sweatjacke schoben und sich um seine linke Hand legten. «Ich werde mitkommen und für dich da sein. Und diesmal wirst du gewinnen!»

Ein Lächeln stahl sich auf seine Mundwinkel, als er Christinas Hand in seine nahm. Sie unterstützte ihn in seiner Entscheidung, obwohl sie absolut dagegen war. In diesem Moment wurde Danny bewusst, dass es richtig war, alles für Christina zu tun, und dass er es immer doppelt und dreifach zurückbekommen würde. Diese bedingungslose Freundschaft war mehr wert als alles andere und wog alles auf, was er für sie getan hatte.

Wie um seine Gedanken zu bestärken, fügte Christina entschlossen hinzu: «Notfalls hauen wir dem Typen gemeinsam aufs Maul.»

JUNI 1998

Christina war unglaublich erleichtert darüber, dass Danny den Kampf gewonnen hatte. Die letzten Nächte war an Schlaf nicht zu denken gewesen, so viel Angst hatte sie gehabt, er könnte wieder verletzt werden. Erschöpft stellte sie ihre High Heels in den Schrank und ging in Richtung Bad. Sie fühlte sich so müde, als hätte sie gekämpft – und nicht Danny. Natürlich wusste sie, dass es nicht wirklich Müdigkeit war, dieses Gefühl der Leere in ihrem Kopf. Es war das Resultat davon, ohne Drogen zu leben. Aber sie war stolz darauf, einen weiteren Tag ohne das Dreckszeug überstanden zu haben.

Du wirst es schaffen, Tina.

Vorsichtig öffnete sie die unabgeschlossene Tür.

«Kann ich kurz Zähne putzen?», rief sie in Richtung Dusche. «Ich würde gern so schnell wie möglich ins Bett.» Obwohl sie wusste, dass Danny immer nur wenige Minuten im Bad brauchte, fühlte sie sich nicht in der Lage zu warten, bis er mit dem Duschen fertig war.

«Klar, komm rein.»

Verstohlen huschte sie zum Waschbecken und schrubbte sich die Zähne. Sie hielt ihren Blick eisern auf den Wasserhahn gerichtet, als Danny den Duschvorhang zur Seite schob und nach einem Handtuch griff.

Eilig verzog sie sich in ihr Zimmer, damit er sich ungestört anziehen konnte.

Gerade als sie im Begriff war einzuschlafen, läutete das Telefon im Flur. Christina ignorierte es. Für sie rief ohnehin niemand an.

Kurz darauf vernahm sie Dannys besorgte Stimme und war schlagartig hellwach. Leise schlich sie zur Tür, um zu lauschen, aber sie konnte die Worte nicht verstehen. Dannys Tonfall wurde plötzlich wütend, es war eindeutig kein angenehmes Gespräch.

Ein lauter Knall ließ sie zusammenzucken. Unsicher trat sie auf den Flur, folgte dem sich wiederholenden Geräusch und öffnete leise die Tür zu Dannys Schlafzimmer. Er schlug mit der Faust gegen seinen Kleiderschrank.

«Ist was passiert?», fragte sie zögernd.

«Meine Mutter hat angerufen!» Dannys Stimme schnappte fast über. «Mein gestörter Alter belästigt sie mit Anrufen und versucht, sie zu erpressen!»

«Er kann ihr doch nichts tun, vom Gefängnis aus.» Unsicher strich sie sich eine wirre Haarsträhne aus dem Gesicht.

«Sie kapiert es nicht, dass er im Knast ist. Genauer gesagt, blickt sie gar nichts mehr!» Wütend schlug er erneut mit der Faust gegen das Möbelstück. Es entstand eine kleine Delle im Holz, und Danny rieb sich die Fingerknöchel.

«Mit was erpresst er sie denn? Und warum?»

«Er droht ihr, sie zu finden und ihr Liam wegzunehmen, wenn sie mich nicht dazu bringen kann, ihn zu besuchen!» Wieder boxte Danny gegen den Schrank. «Warum lässt er mich nicht in Frieden? Ich hasse ihn, Tina. Ich will ihn nicht sehen! Ich hab so einen Hass auf ihn!»

«Warte kurz!» Christina verschwand im Flur, kramte in ihrer Handtasche und kam zurück ins Zimmer. Mit ihrem Lippenstift malte sie ein rotes Strichmännchen auf Dannys Kleiderschrank.

«Das ist dein Vater», erklärte sie. «Los, schlag zu!»

Danny starrte sie verblüfft an.

«Na los!», forderte sie ihn auf. «Der Schrank ist eh im Arsch, und du musst deine Wut loswerden. Also, hau drauf!»

Christina sah, wie er mühsam ein Lächeln unterdrückte. Es war so einfach, Dannys Laune aufzuhellen. Dann holte er aus und schlug dem Lippenstift-Männchen gegen den Kopf.

«Noch mal», feuerte Christina ihn an. «Der grinst immer noch so hämisch!»

Danny gab das Boxen auf und trat mit dem Fuß gegen die Schranktür. Sie flog sofort aus den Angeln und landete auf dem Boden.

«Zufrieden?», wollte er wissen.

Sie bückte sich und betrachtete das Stück Holz prüfend. «Japp, der ist tot! Geht's dir besser?»

«Ein wenig.»

«Sehr gut. Dann erzähl: Warum will er, dass du ihn besuchen kommst?»

Danny zuckte die Schultern. «Ich weiß es nicht. Er will mit mir reden.»

«Und wenn du einfach nicht hingehst? Wie kann er deiner Mutter schaden?» Christina testete vorsichtig, wie es Danny gefiel, wenn sie ihm die Hand auf den Arm legte. Eine Berührung, die ihm zeigen sollte, dass er nicht alleine war.

Er reagierte nicht darauf, sondern fuhr sich genervt mit der Hand durch die Haare.

«Meine Mutter dreht durch vor Angst um Liam!»

Fassungslos schloss Christina die Augen. Sie wusste von Liam, Dannys Bruder, der niemals das Licht der Welt erblicken durfte, sondern noch im Bauch seiner Mutter verstarb. Jener tragische Unfall, der den Stein ins Rollen brachte. Eine kleine Erschütterung, die diese vernichtende Lawine auslöste, die auch Dannys Leben für immer zerstörte.

«Er kann ihr nichts tun», stellte Danny schließlich fest, «aber er wird sie auch nicht in Frieden lassen, bis er bekommt, was er will!»

«Dann geh zu deinem Vater!»

«What the fuck?»

«Du hast schon richtig gehört! Geh hin. Was hast du von ihm noch zu befürchten?»

Nachdenklich marschierte Danny im Zimmer auf und ab.

«Geh hin», wiederholte sie und setzte sich auf das Bett. «Hör dir an, was er zu sagen hat. Du wirst sonst keine Ruhe finden und dich ewig fragen, was er von dir wollte.»

Mit einem Handzeichen gab sie ihm zu verstehen, dass er sich neben sie setzen sollte. Danny folgte ihrer Aufforderung. Nervös knabberte er an seinem Finger. «Meinst du?»

«Ja, und wenn du das gemacht hast, dann schließe mit ihm ab. Für immer! Ich bin sicher, das wird dir helfen! Eines Tages, wenn ich stark genug bin, werde ich auch zu meinem Alten gehen, ihm ins Gesicht spucken und ihm sagen, dass er zur Hölle fahren soll.» Sie wünschte sich, genau das zu tun. Aber sie wusste auch, dass bis dahin noch ein hartes Stück Arbeit vor ihr lag. Danny war einige Schritte weiter als sie.

«Aha.» Zweifelnd kniff er ein Auge zusammen und sah sie fragend an. «Ich soll ihm also ins Gesicht spucken? Ich sag dir was: Das hab ich vor Jahren schon getan. Es hat nicht geholfen!»

«Gut, dann vergib ihm.»

«Jetzt wird's gruselig.»

«Was ich dir damit sagen will: Tritt ihm entgegen, und egal, was du dabei tust, mach es mit Überzeugung. Hör auf dein Herz – und du wirst das Richtige tun. Und danach schließ mit ihm ab und fang neu an.» So leicht gesagt, so schwer getan. Doch sie wünschte Danny so sehr, dass er das hinbekam, wozu sie nicht in der Lage war. «Anschließend wird dein Vater dich nie wieder belästigen können. Das verspreche ich dir.»

Danny dachte sehr lange nach, bevor er ihr antwortete: «Das Verrückte ist: Ich könnte ihm verzeihen. Dass er mir meine Kindheit versaut und mir das Leben zur Hölle gemacht hat. Aber was ich ihm nicht verzeihen kann, ist, dass er mir jede Chance auf eine Zukunft und eine Familie verwehrt hat. Das kann ich ihm nie verzeihen. Niemals.»

«Dann sag ihm das so. Was immer er von dir möchte, sag ihm,

dass er für dich gestorben ist, und dann war's das. Künftig wird es diese Person für dich nicht mehr geben!»

Schweigend stand Danny wieder auf, ging zum Fenster und starrte hinaus. Vorsichtig trat Christina hinter ihn und legte behutsam ihre Arme um seinen Bauch. Warme Finger schlossen sich um ihre Hände, um zu verhindern, dass sie ihn zu viel berührte.

«In Ordnung», willigte Danny ein.

Christina legte ihre Stirn an seine Schulter. «Ich begleite dich und werde für dich da sein.»

* * *

Danny warf einen verstohlenen Blick durch die Panzerglasscheibe. Ganz in der hinteren Ecke, an einem Zweiertisch, saß ein magerer Mann mit kurzen, braunen Haaren. Das verwaschene T-Shirt spannte an den Schultern. Trotz Aidens enormem Gewichtsverlust hatte er noch immer einen muskulösen und breiten Rücken, der darauf hinwies, dass er früher einmal ein sehr erfolgreicher Football-Spieler gewesen war. Mehr erinnerte Danny nicht an seinen Vater. Alles Weitere deutete auf den kranken Mann hin, der er mittlerweile zu sein schien. Den Kopf in den Händen vergraben, starrte Aiden auf die Tischplatte und wartete auf Besuch, der niemals kam.

Eine Woge Mitleid erfasste Danny. Gepaart mit jenem Hass und der endlosen Wut, von der er geglaubt hatte, sie längst losgeworden zu sein.

Er seufzte tief. Noch ein Grund, weswegen er nicht herkommen wollte: Seine Gefühle fuhren Achterbahn, und dass sie zudem noch so widersprüchlich waren, verunsicherte ihn noch mehr.

«Alles in Ordnung?» Christina drückte seine Hand fester. «Soll ich mit reinkommen?»

Danny schüttelte den Kopf. Das Letzte, was er wollte, war dieses Mädchen in der Nähe eines gewalttätigen Irren. Vorsichtig löste er ihre Finger aus den seinen, ging Richtung Tür und nickte dem Beamten dort zu.

Mit gestrafften Schultern marschierte Danny quer durch den Raum, zog sich geräuschvoll einen Stuhl heran und setzte sich rittlings darauf.

«Was willst du von mir?», fragte er kalt.

Aiden hob langsam den Kopf. Danny erschrak. Tiefe Furchen hatten sich in das Gesicht seines Vaters gegraben, die hellgrünen Augen waren blutunterlaufen und von dunklen Ringen umgeben. Seine Haut war nicht wie früher braun gebrannt, sondern fast weiß und fleckig. Die Knochen an den Wangen standen erschreckend weit hervor.

«Du bist mein Sohn», sagte Aiden sanft, mit dieser Zudringlichkeit in der Stimme, die Danny frösteln ließ. «Ich wollte dich sehen, bevor ich sterbe.»

«Können wir uns das Theater sparen? Sag mir, was du willst. Was muss ich tun, damit du Mom in Ruhe lässt?»

Sein Vater richtete sich im Stuhl auf und sah ihn flehend an. Ein Blick, den Danny früher nur dann an ihm zu sehen bekommen hatte, wenn Aiden wieder einmal sturzbetrunken seine Gewissensbisse plagten.

«Verzeih mir, Danny», bat er plötzlich. «Das ist alles, was ich von dir will!»

«Was?» Danny hätte fast laut losgelacht. Das Gespräch mit Christina fiel ihm ein.

Sie hat es geahnt.

«Ich bitte dich um Vergebung», wiederholte Aiden. «Ich weiß nicht, wann ich sterben werde, aber ich möchte es mit reinem Herzen tun.»

Jetzt lachte Danny wirklich. «Reines Herz?», spottete er. «Ich kann dir tausendmal vergeben, ein reines Herz wirst du nie wieder bekommen. Du wirst so sterben, wie du gelebt hast: als Vergewaltiger und Kinderschänder!» Ruckartig stand er auf.

Hastig beugte sich sein Vater vor und griff nach seiner Hand. Danny zog sie empört weg. «Fass mich nicht an!», warnte er ihn. «Oder ich brech dir noch mal die Nase!»

«Bitte bleib!» Aiden ließ sich zurück auf den Sitz fallen. «Bleib und hör mir zu!»

Hör mir zu ... Ein Satz, den Danny als Kind so häufig vergeblich ausgesprochen hatte. Er wollte nicht so sein wie sein Vater. Deswegen nahm er seine Position auf dem Stuhl wieder ein und stützte sein Kinn auf den Armen ab.

«Dann rede.»

«Es tut mir leid, was ich getan habe. Mir ist durchaus bewusst, dass es nicht richtig war.»

Danny musste sich bemühen, ruhig sitzen zu bleiben. Er schwieg, um seinen Vater nicht zu unterbrechen.

Aber Aiden war bereits fertig. «Sag was dazu!», forderte er Danny auf.

«Was soll ich dazu sagen? Großartig. Du weißt, dass es falsch war, und hast es trotzdem getan. Wundervoll. Soll es das jetzt besser machen?»

Aiden versuchte offenbar, sich nicht provozieren zu lassen. Mit bemüht ruhiger Stimme fuhr er fort: «Ich dachte, du verkraftest das. Und heute sehe ich, du hast es verkraftet. Es ist trotzdem etwas aus dir geworden. Vielleicht sogar gerade deswegen.»

Danny schnaubte. «Dein Verdienst war das aber nicht», sagte er, wohl wissend, dass in der Aussage seines Vaters mehr Wahrheit steckte, als ihm recht war.

«Insgeheim habe ich mir gewünscht, du könntest mich so lieben, wie ich dich geliebt habe. Niemals wollte ich dein Leben zerstören. Ich will, dass du eines weißt: Ich wusste es nicht. Mir war nicht klar, dass ich krank bin. Das musst du mir glauben.»

«Nein, das muss ich nicht. Und ich werde es auch nicht.» Danny setzte sich gerade hin und verschränkte die Arme vor der Brust. «Du hättest es dir zumindest denken und mich einfach in Ruhe lassen können!»

«Verdammt, Danny!» Wütend schlug Aiden mit der Faust auf den Tisch. «Wann bist du so arrogant und überheblich geworden? Willst du es denn nicht verstehen? Ich konnte nicht anders. Ich habe es versucht, aber ich konnte es nicht vermeiden. Immer wenn ich dich gesehen habe …»

«Yeah. Das hatten wir auch schon mal», unterbrach Danny ihn gereizt. «Du bist das Opfer, ich bin schuld, yap, yap, yap. Alter, ich bin keine zwölf mehr. Den Scheiß kannst du jemand anderem erzählen.»

«Du verfluchter Bastard!» Wieder einmal schlug Aidens Stimmung bedrohlich schnell um. Von einem Extrem ins andere, sodass Danny nie einschätzen konnte, mit welcher Facette seines Vaters er es im Moment zu tun hatte.

«Es ist immer einfach, die Fehler bei anderen zu suchen.» Die Worte seines Vaters beleidigten ihn längst nicht mehr. Sie prallten an ihm ab, ohne sein Innerstes zu erreichen. «Du wusstest, dass du pervers und pädophil bist, lange bevor du Mom geheiratet hast. Du warst bereits im Gefängnis deswegen. Spätestens bei meiner Geburt wäre es für dich höchste Zeit gewesen zu handeln!»

«Und was, bitte, hätte ich tun sollen?»

«Eine Therapie machen. Dir Hilfe holen.»

«Das habe ich versucht.» Aiden seufzte. «Es hat nicht geholfen!»

Danny wusste nicht, ob das der Wahrheit entsprach. «Wenn das nicht geholfen hat, dann hättest du deine Familie rechtzeitig verlassen und gehen müssen. Irgendwohin, wo du keinen Schaden anrichten kannst!»

«Was glaubst du, warum ich so verzweifelt versucht habe, mich von dir fernzuhalten, als du neun Jahre alt wurdest und ich angefangen habe, mich für dich zu interessieren? Du dachtest damals, ich liebe dich nicht mehr, aber das Gegenteil war der Fall.»

«Ich hab mich immer gefragt, was ich falsch gemacht habe, und die Schuld bei mir gesucht.»

Aiden sah ihn vorwurfsvoll an. «Ich wollte dich beschützen. Weil ich dich so sehr geliebt habe.»

«Das war keine Liebe, sondern das Ausmaß deiner kranken Triebe. Du bist gestört im Kopf, sieh das endlich ein.» Danny überlegte kurz und fügte dann hinzu: «Das kann man auch nicht mehr therapieren. Zum Glück stirbst du hier drin. Jemanden wie dich kann man nicht auf die Menschheit loslassen.»

«Danny, ich bitte dich!» Die Stimme seines Vaters wurde wieder sanft und zunehmend verzweifelter. «Warum machst du das? Ich sitze vor dir und bin kurz davor zu heulen. Willst du mich wirklich so leiden sehen?»

«Seltsam», sagte Danny spöttisch. «Genau das hab ich mich früher auch Tausende Male gefragt. Und weißt du was? Es war dir scheißegal. Und nun ist es mir scheißegal!»

Wieder stand Danny auf, drehte den Stuhl um und schob ihn zurück an den Tisch.

«Bitte, Danny», flehte Aiden erneut. «Vergib mir. Ich habe Angst davor, in die Hölle zu kommen!»

«Wieso das denn? Da triffst du auf Gleichgesinnte. Dort gibt es ganz viele Leute, die so sind wie du. Ich bin sicher, ihr werdet die besten Freunde!»

«Danny …»

Nicht nachgeben! … Denk an das, was Tina gesagt hat.

Ohne seinen Vater noch einmal anzusehen, ging er zur Tür und wartete, bis sie ihm geöffnet wurde. Dann drehte er sich ein letztes Mal um.

«Go to hell», sagte er mit eisiger Stimme. «And burn, Fucker, burn!»

Mit einem leisen Klicken wurde die Tür hinter ihm wieder geschlossen, und Christina nahm ihn in die Arme.

«Wie war's?», fragte sie ungeduldig. Danny ließ sich von ihr vom Besucherraum in den Wartebereich führen. Es kostete ihn alle Anstrengung, nicht noch einmal durch das Fenster auf seinen Vater zu schauen. Ein allerletztes Mal …

«Ging so», erklärte er knapp. Mehr konnte er nicht sagen. Seine Stimme zitterte noch mehr als seine Hände. Auch seine Knie fühlten sich merkwürdig an. Schnell ließ er sich in einen der Sessel fallen. Christina setzte sich neben ihn und legte einen Arm auf seine Schulter. Danny konnte nicht vermeiden, dass ihm die Tränen über die Wangen liefen. Aufgewühlt fuhr er sich mit beiden Händen durch die Haare und versuchte vergeblich, Christina zu schildern, wie die Begegnung abgelaufen war. Doch sie legte ihm ihren Zeigefinger auf die Lippen.

«Schsch», machte sie. «Vollkommen egal, was er wollte. Du hast ihm gesagt, was du ihm zu sagen hattest, nicht wahr?» Danny nickte und wischte sich mit dem Handrücken die Tränen aus den Augen. «Nur darauf kommt es an. Ab heute ist er für dich gestorben.» Liebevoll nahm sie sein Gesicht in ihre Hände und küsste ihn auf die tränennasse Wange. «Das hast du gut gemacht! Ich bin stolz auf dich!»

***

Christina streichelte Maya noch einmal hingebungsvoll den Kopf und gab ihr dann einen dicken Kuss genau zwischen die Nüstern. Das Pony sah mittlerweile richtig gut aus: Sein Fell glänzte, und sein Bauch wurde zunehmend runder. Seit Maya Danny gehörte, fuhren sie täglich zusammen in den Stall, bürsteten das Pferd und unternahmen mit ihm immer weitere Spaziergänge. Christina plante, in Zukunft auch ohne Danny hierherzukommen. Mit dem Fahrrad konnte sie die Strecke in zwanzig Minuten bewältigen. Die anfängliche Faszination für das Tier ging allmählich in eine tiefe Freundschaft über. Hier bei Maya war einer der wenigen Orte, an denen Christina sich verstanden fühlte. Oft saß sie ewig bei Maya in der Wiese und erzählte ihr von ihren Problemen, während Danny nebendran im Gras döste oder Musik hörte.

«Mach's gut, Maus», flüsterte sie. «Ich bin bald wieder da.»

«Komm schon», drängte Danny, der ungeduldig vor dem Stall stand. «Das Flugzeug wartet nicht. Sie ist doch versorgt, die Mädels kümmern sich um sie.»

Schweren Herzens löste sich Christina von Maya und trat neben Danny.

«Sie fehlt mir jetzt schon», stellte sie fest.

«Wenn wir zurück sind, wirst du auf ihr reiten.»

«Wirklich? Glaubst du, das geht?» Christinas Herz schlug schneller. Noch nie in ihrem Leben hatte sie auf einem Pferd gesessen, obwohl das schon immer ihr Herzenswunsch gewesen war.

«Klar geht das! Warte ab. Sie wird kräftig genug sein, uns beide tragen zu können.» Dannys Zuversicht war ansteckend. Christina löschte das Licht und schloss die Tür. «Vielleicht wirst du sie auch bald zusammen mit deiner Freundin reiten?»

Leise lachte Danny in sich hinein. «Du weißt so gut wie ich, dass das niemals passieren wird. Und nun komm.» Er legte einen Arm um Christina und führte sie zurück zum Taxi, das mit laufendem Motor vor der alten Mühle wartete. Ausgesprochen war diese Frage schnell, aber insgeheim hatte Christina die Antwort gefürchtet. Im Grunde wollte sie nichts mehr für Danny als eine Freundin an seiner Seite, die ihn liebte und auf die er sich verlassen konnte. So, wie sie sich selbst einen Freund wünschte.

Jemanden wie Danny, der immer für sie da war, auf den sie zählen konnte und der sie liebte …

… der aber nicht so aussieht wie mein Vater.

Diese verräterische Verlustangst in ihrem Kopf machte alles zusätzlich schwierig. Eine Partnerschaft genauso wie eine Freundschaft. Obwohl sie wusste, dass ihre Verbindung zu Danny durch seine Beziehung nicht weniger wert wäre, hatte sie Angst, ihn deswegen zu verlieren. Nun musste sie in Ruhe darüber nachdenken, ob Dannys Antwort sie nun traurig stimmte oder erleichterte.

«Na, genug verabschiedet?» Der ältere Mann lächelte freundlich. «Ich bin jetzt seit dreißig Jahren Taxifahrer, aber dass ein Paar vor dem Urlaub einem *Pferd* auf Wiedersehen sagen muss – das hab ich bisher noch nicht erlebt!»

«One is never too old to learn», erwiderte Danny, während er Christina die Tür aufhielt.

Schweigend starrte sie in die Dämmerung, griff nervös nach Dannys Hand und zog sie auf ihren Schoß.

«Ich hätte Valium mitnehmen sollen», stellte sie fest. «Wie soll ich die Zeit im Flugzeug überstehen?» Im Gegensatz zu Danny war sie noch nie geflogen. Das Fliegen an sich wäre kein Problem für sie gewesen, aber es machte ihr Angst, so lange in dieser Enge sein zu müssen. Wenn unterwegs irgendetwas vorfiel, dann hatte sie keine Möglichkeit auszusteigen und wegzulaufen. Sie wusste, dass Danny genauso unter Platzangst litt wie sie selbst, aber er war es von klein auf gewohnt, stundenlang in einem Flugzeug zu sitzen.

Wie soll das erst auf dem Schiff werden? Da ist zwar alles größer, aber man ist trotzdem irgendwie gefangen …

«Du brauchst kein Valium», beruhigte Danny sie. «Du hast mich. Ich werde dir zeigen, wie man richtig atmet. Du wirst sehen, es ist ganz einfach.»

Es sind ja nur zwölf Stunden …

Kälte kroch in ihre Glieder und breitete sich langsam in ihrem Inneren aus. So sehr, dass sie anfing zu zittern, nicht für andere sichtbar, sondern innerlich. Ihre Kopfhaut begann zu vibrieren, und Schweiß bildete sich auf ihrem Dekolleté. Auf einmal wurde ihr Mund so trocken, dass sie kaum mehr die Lippen auseinanderbrachte. Die Unruhe wurde unerträglich, als sie an das weiße Pulver dachte, das in der Lage war, ihr diese Ängste zu nehmen. Danny spürte ihre veränderte Stimmung und drückte ihre Hand fester.

«Wir sind gleich am Flughafen, dann laufen wir erst mal eine Runde.»

Christina kurbelte das Fenster herunter. «Stört es dich, wenn ich eine rauche?», rief sie dem Taxifahrer zu. Sie wartete seine Antwort nicht ab, sondern zündete sich eine Zigarette an und lehnte sich aus dem Fenster. Hektisch zog sie daran, doch es war die kalte Nachtluft, die ihr zumindest ein wenig half, sich zu beruhigen.

Erst als sie die bunten Lichter auf dem Flughafen erkannte, verwandelte sich ihre Angst allmählich in Vorfreude.

Die Zeit im Terminal verbrachten sie mit Atemübungen. Danny erklärte ihr genau, wie sie in den Bauch atmen musste, um eine auftretende Panik im Zaum zu halten. In der Fluggastbrücke, die sie ins Flugzeug führte, musste sie sich zusammenreißen, um sich nicht umzudrehen und zurückzulaufen. Da das wegen der unzähligen Passagiere nicht möglich war, machte sie die Augen zu und ließ sich von Danny führen.

«Rutsch durch», sagte er zu ihr, als sie an ihren Sitzplätzen ankamen. «Du bekommst den Platz am Fenster.»

Krampfhaft hielt sie die Augen weiterhin geschlossen und konzentrierte sich auf das Atmen. Sie unterdrückte den Drang, sich auch noch die Hände aufs Gesicht zu legen, um sich völlig in die schützende Dunkelheit zu hüllen. Dann spürte sie, wie ein Ruck durch das Flugzeug ging und es zu beschleunigen begann. Die enormen Schubkräfte drückten sie fest in ihren Sitz, und sie spürte einen schmerzhaften Stich im Magen. Es war nicht wirklich beängstigend, nur ungewohnt. Dennoch merkte sie erst, als Danny ihre verkrampften Finger von seinem Arm löste, wie sehr sie sich an ihn geklammert hatte.

«Wir sind auf Reisehöhe. Schau mal aus dem Fenster.»

Neugierig öffnete sie die Augen und schaute hinaus. Unter ihnen befand sich eine geschlossene Wolkendecke. Es sah aus, als flögen sie über eine verschneite Winterlandschaft.

«Wunderschön», hauchte sie.

Euphorie machte sich in ihr breit. Plötzlich fühlte sie sich wie ein kleines Mädchen, das zum ersten Mal einen Fuß in die weite Welt setzen darf und gerade anfängt zu begreifen, wie groß alles um es herum ist.

Gespannt sah sie sich im Flugzeug um.

«Wow, ist das riesig», staunte sie. «Und hier soll man Platzangst kriegen?»

«Hab ich nie gesagt.»

«Das ist, als würden wir im Bauch eines gigantischen Adlers sitzen!» Am liebsten wäre sie vor Freude auf ihrem Sitz auf und ab gehüpft. «Danny, wir fliegen!»

Danny lächelte und zog eine Zeitung mit Kreuzworträtseln hervor. «Gewürzheilpflanze mit vier Buchstaben?»

Kurz stutzte Christina. Sie hatte noch nie in ihrem Leben ein Kreuzworträtsel gelöst und konnte sich auch nicht entsinnen, Danny jemals dabei gesehen zu haben.

«Efeu?»

Nachdem sie alle Kreuzworträtsel in den Zeitschriften gelöst und sich einen Film angesehen hatten, kam das Essen. Nudeln in Tomatensoße, die in Aluschalen serviert wurden und Christina verdächtig an eine Gefängnismahlzeit erinnerten. Gut gelaunt stieß sie Danny mit dem Knie an: «Wir können uns ja vorstellen, wir sind Schwerverbrecher in einer Todeszelle, und das ist unsere Henkersmahlzeit.»

«Klingt traumhaft», gab Danny zurück und schaufelte das Essen in sich hinein. «Was haben wir ausgefressen?»

«Ich bin eine Serienkillerin. Eine Männerhasserin, die jeden Typ tötet, der seine Frau betrogen hat. Um sie zu rächen. Ich erwürge sie mit einem Geschirrtuch.» Sie reichte Danny die Hälfte ihres Brötchens und ignorierte dabei den entsetzten Blick des älteren Mannes, der in derselben Reihe saß. «Und du bist ein Amokläufer, der ohne erfindlichen Grund einfach ausgerastet ist und aus dem fahrenden Auto zwölf Menschen mit einer Schrotflinte erschossen hat.»

«Yeah», machte er und tunkte Christinas restliches Brötchen in die Soße. «Das klingt total nach mir. Unschuldige Menschen ermorden ist genau mein Ding. Vor allem mit einer Schrotflinte aus dem Auto. Da triffst du eh nichts.»

«Als kleines Mädchen hab ich mir in allen Details ausgemalt, wie ich meinen Vater umbringe.» Christina schob Danny auch den Rest ihrer Nudeln hin. Der Hunger war ihr plötzlich vergangen. Ihm hingegen schien das nicht passieren zu können. «Mein Favorit war, ihm im Schlaf ein Taschentuch in den Hals zu stopfen, in der Hoffnung, dass er erstickt.»

«Ich hab mir verzweifelt gewünscht, dass mein Alter im Suff die Treppe runterfällt und sich das Genick bricht. Ist aber leider nie passiert.» Danny zuckte die Achseln und futterte ungerührt weiter. «Dann wollte ich ihn immer totschlagen. Und als ich endlich die Gelegenheit dazu hatte, war ich zu feige.»

«Oder zu klug.»

«Nein, es wäre klug gewesen, ihn zu töten. Damit er keinen Schaden mehr anrichten kann.»

«Das kann er so auch nicht mehr», sagte Christina und bemerkte, wie Danny sich auf die Zähne biss. Seine Kieferknochen mahlten.

Du hättest das Thema nicht erwähnen sollen. Es lässt ihn nicht so kalt, wie er tut.

«Zum Glück, ja. Das ist auch der einzige Grund, warum er noch lebt.» Danny stellte die leeren Aluschalen ineinander und drückte sie zusammen. «Wenn ich nicht tausend Prozent sicher wüsste, dass er im Knast verreckt, dann würde ich ihn umbringen.»

«Wie denn?»

«Da würde mir was einfallen. Notfalls mit bloßen Händen im Besucherraum.» Er bog die Plastikgabel so weit nach hinten, dass sie durchbrach. «Aber so werde ich ihm den Gefallen nicht tun. Er soll die Zeit, die er noch hat, im Gefängnis verbringen und dann schön langsam verrecken.»

«Wir spielen wohl lieber was anderes», beschloss Christina, als Danny die zweite Gabel zerbrach. «Wie wäre es mit Bonnie und Clyde?»

«Ich hab eine bessere Idee.» Danny klappte seinen Sitz nach hinten. «Wir sind Grizzlybären im Winterschlaf. Weck mich, wenn was ist.»

Christina beobachtete ihn, wie er sich in die Baumwolldecke einkuschelte. Sie ließ ebenfalls ihren Sitz nach hinten und nahm sich einen Zipfel der Decke. Wenn Danny hier im Flugzeug schlafen konnte, dann konnte sie das auch.

Die Landung verlief weich und erschütterungsfrei. Allerdings dauerte es ewig, bis sie ihr Gepäck bekamen und den Flughafen verlassen konnten.

«Da hinten sind sie!», rief Danny und deutete auf den roten Pick-up. Ein blondes Mädchen im Vorschulalter rannte ihnen entgegen und sprang Danny in die Arme. Sofort begann sie zu erzählen. In diesem Moment wurde Christina schlagartig bewusst, dass sie hier mit ihrem spärlichen Englisch überhaupt nichts anfangen konnte. Zum einen war sie über die Hälfte der Schulzeit abwesend gewesen, zum anderen fand sie den Lernstoff nie wirklich interessant. Die meiste Zeit hatte sie sich Gedanken um den nächsten Schuss und nicht um Vokabeln oder Grammatik gemacht.

Eine kleine, mollige Frau mit braunen Haaren und freundlichen, hellblauen Augen kam auf sie zu und reichte ihr die Hand.

«Hi, ich bin Sophia», sagte sie betont langsam in gebrochenem Deutsch. Danny musste sie darauf hingewiesen haben, dass Christina die Sprache nicht beherrschte. «Hattet ihr einen guten Flug?»

Christina nickte und war froh, zur Seite treten zu können, damit Danny seine Tante begrüßen konnte.

Sie warfen ihr Gepäck auf die Ladefläche und stiegen ein. Ohne dass sie irgendetwas hätte sagen müssen, begann Danny die Gespräche zu übersetzen. Sophia erzählte von ihrem neuen Job und von Jennas Tanzaufführung in der Schule. Danny berichtete von seiner Ausbildung und wie es um Marinas Gesundheit stand. Christina fiel auf, dass Sophia nicht nach Dannys Vater fragte.

Gemeinsam luden sie das Gepäck wieder aus und folgten Sophia durch den parkähnlichen Garten. Christinas Blick fiel auf den beleuchteten Pool und die mit bunten Glühbirnen geschmückte Veranda. Sie stellten ihre Taschen in den Flur, und Danny blieb mit seiner Tante in der Küche, während Jenna Christina begeistert durch das altmodische Holzhaus führte. Vor den großen Fenstern blühten Blumen, deren Namen Christina nicht kannte, und ihr Englisch reichte leider nicht aus, Jenna danach zu fragen. Das ganze Haus strahlte eine warme und familiäre Atmosphäre aus, und Christina wünschte sich auf einmal, hier zu wohnen.

Warum ist er nie hierher zurückgekommen?

Die Antwort darauf drängte sich schmerzhaft auf.

Weil er dich getroffen hat …

Von Anfang an hatte Danny sich für sie verantwortlich gefühlt und das Bedürfnis gehabt, ihr zu helfen und sie zu beschützen, weil sie dazu ganz offensichtlich nicht selbst in der Lage war.

Ein schlechtes Gewissen überflutete sie. Er war ihretwegen in Deutschland geblieben. Und nun hatte er sich dort etwas aufgebaut und war durch seine Arbeit und durch seine Ausbildung gebunden.

Nicht nur deinetwegen … Auch wegen Ricky und Jörg …

«Das ist euer Zimmer», rief das kleine Mädchen fröhlich und führte sie in einen großen Raum mit Holzvertäfelung an der Decke. Aus dem geöffneten Fenster konnte man weit auf die Felder hinaussehen, draußen zirpten die Grillen. Neben dem frischbezogenen Doppelbett war eine geräumige Schlafcouch hergerichtet worden, die allerdings bestimmt niemand benutzen würde.

Sophias Ehemann Mike brachte das Gepäck zu ihnen nach oben, während Christina mit dem Mädchen den Rundgang fortsetzte. Unten stieß sie wieder auf Danny.

«Wir sollen erst mal in Ruhe duschen, unsere Sachen einräumen und uns dann etwas ausruhen», übersetzte Danny, was Sophia vorschlug.

Christina nickte dankbar. Der Boden unter ihren Füßen begann zu schwanken, und sie fühlte sich plötzlich mit der Situation überfordert. Während Danny als Erster im Gästebad verschwand, legte sie sich aufs Bett und schloss für einen Moment die Augen.

Es war schon dunkel, als Christina wieder wach wurde. Jemand hatte sie mit einem dünnen Laken zugedeckt. Vermutlich Danny.

Wo bin ich?

Sie trat ans geöffnete Fenster. Ein lauer Nachtwind wehte durch ihre offenen Haare. Unten im Garten saßen Danny und Sophia nebeneinander am hell erleuchteten Swimmingpool. Ein Bild des Friedens und der Harmonie. Christina zog sich eine dünne Strickjacke über und ging nach unten. Danny ließ seine Beine ins Wasser baumeln und hielt eine Limonade mit Eiswürfeln in der Hand, in der ein geringelter Strohhalm steckte. Er klopfte neben sich auf den Boden, als er sie sah.

«Gut geschlafen?», fragte Sophia, während sie ein Stück zur Seite rutschte, um ihr Platz zu machen.

Christina nickte.

«Zu Hause», sagte Danny träumerisch. «Wie gefällt es dir hier?»

«Es ist wunderschön», antwortete sie wahrheitsgemäß.

Du hättest nach dem Gerichtsprozess hierher zurückkommen sollen.

Sie traute sich nicht, den Satz laut zu sagen, aus Angst, er könnte seinen Fehler bereuen und es sich anders überlegen.

«I'll go and get you a drink as well», unterbrach Sophia ihre Gedanken und stand auf. Christina schaute ihr fragend nach.

«Sie holt dir was zu trinken», übersetzte Danny. «Morgen Abend gehen wir aus, und du wirst meine Freunde kennenlernen. Einverstanden?»

«Sehr gerne.»

«Sollen wir eine Runde schwimmen?»

«Ich weiß nicht», gab sie zaghaft zurück. Dass sie nicht schwimmen konnte, war nicht das Problem. Das Wasser würde ihr maximal bis zur Brust reichen, dennoch machte sich Angst in ihr breit bei der Vorstellung, in den Pool zu gehen. Dazu kam das Unbehagen, sich hier vor Sophia und Mike, der ja auch irgendwo sein musste, auszuziehen. Danny beobachtete sie kurz und schien mal wieder ihre Gedanken zu erraten.

«Das Wasser ist nicht tief, du musst nicht schwimmen!», beruhigte er sie. «Und mach's doch einfach so», fügte er hinzu, sprang ohne nachzudenken ins Wasser und tauchte kurz unter. Sein blaues T-Shirt klebte ihm tropfnass am Körper, als er seine Haare ausschüttelte.

«Komm rein», rief er. «Sonst hol ich dich.»

Sophia kam zurück und reichte ihr ebenfalls ein Glas Limonade. Christina nahm es und trank einen großen Schluck. Eine gute Methode, um Zeit zu schinden. Danny sagte irgendwas auf Englisch zu Sophia. Er sprach viel zu schnell, als dass Christina es hätte verstehen können. Zu ihrer Überraschung sprang nun auch Sophia mit ihrer Kleidung in den Pool.

Alle verrückt hier. Auf wunderbare Weise …

Gerade als sie die Sandalen auszog und mit dem Fuß die Wassertemperatur testete, fiel ihr das kleine Holzkreuz hinter einem blühenden Rosenbusch auf.

«Danny?» Sie wartete, bis er zu ihr geschwommen war, und deutete mit der Hand in Richtung des Grabes. «Wer ist hier beerdigt?»

Sein Blick folgte ihrer Hand. «Rex.»

Christina wusste, warum Dannys Hund gestorben war, in jener Nacht, als das Unheil seinen Lauf nahm.

«Wie ist er hierhergekommen?»

«Ich habe ihn hergebracht. Damit er nicht den Aasfressern überlassen wird.»

Bilder entstanden vor ihrem geistigen Auge. Ein kleiner Junge, der weinend seinen toten Hund durch die vielen Straßen zu seiner Tante trug, um ihn dort zu beerdigen.

«Hast du Sophia gesagt, was passiert ist?»

«Nein, in dieser Nacht nicht. Ich habe gelogen und gesagt, Rex wurde überfahren. Sophia hat erst Jahre später erfahren, dass es mein Vater war.» Danny hievte sich aus dem Wasser und setzte sich wieder neben Christina. «Ich hab es nicht übers Herz gebracht, ihr die Wahrheit zu sagen.»

«Hey», rief Sophia. «What are you waiting for?»

«In a minute», gab Danny zurück und drehte sich dann wieder zu Christina. «Erst nachdem ich ihr erzählt habe, was er mit mir gemacht hat, konnte ich ihr auch das von Rex sagen. Seitdem hat sie den Kontakt zu meinem Vater komplett abgebrochen.»

«Es war richtig, es zu sagen …» Christina unterbrach sich, als sie Mike auf sich zukommen sah.

«Jenna is asleep», verkündete er und schien sich dann zu wundern, warum Sophia mit Kleidung schwamm und Danny mit klatschnassen Klamotten am Beckenrand saß. «Oh well», fügte er hinzu, zog seine Schuhe aus und machte ebenfalls angezogen einen Kopfsprung ins Wasser.

Danny lachte und stand auf. An der Hand zog er Christina mit sich hoch.

«Augen zu», befahl er. «Und bei drei einfach reinspringen!»

* * *

Danny fuhr mit dem Finger über die Informationskarte, die an einem Touristenstand aushing. Von seiner Tante hatten sie sich schon am Morgen verabschiedet und den eineinhalbstündigen Flug nach Florida angetreten, von wo aus das Schiff nun ablegen sollte. Zuerst ging es in die Karibik, dann über Mexiko auf die Bahamas und über die großen Antillen zurück nach Florida.

«Der Hafen ist gleich um die Ecke», erklärte er. «Sollen wir vorher noch was essen gehen? Wir haben noch fast drei Stunden Zeit.»

«Ich bin zu nervös zum Essen», gab Christina zurück. «Können wir zuerst ans Meer gehen?»

«Klar. Dort geht's zum Strand.»

Christina lief bereits los, die gepflasterte Strandpromenade entlang. Ganz offensichtlich konnte sie es nicht mehr erwarten, ans Wasser zu kommen. Danny musste seinen Schritt beschleunigen, um sich trotz der Rollkoffer, die er hinter sich herzog, Christinas Tempo anzupassen. Er folgte ihr den Weg hinunter, der auf einem hölzernen Bootssteg endete. Christina bückte sich und zog sich die hohen Sandalen von den Füßen. Sie trug ein leichtes, aber hochgeschlossenes Sommerkleid, das knapp über dem Knie endete. In ihren Augen war das schon sehr gewagt. Danny stellte die Koffer ab, zog ebenfalls die Schuhe aus und stapfte durch den weißen Sand. In ein paar Stunden würde er zu heiß sein, um barfuß darauf zu gehen. Noch fühlte er sich kühl und angenehm zwischen den Zehen an. Es war früh am Morgen und der Wind frisch, trotzdem konnte Danny nicht anders, als mitsamt seiner kurzen Hose ins Wasser zu rennen. Suchend sah er sich nach Christina um.

«Komm auch rein», rief er, doch sie schüttelte den Kopf. Stattdessen setzte sie sich zu dem abgestellten Gepäck auf den Boden. Sie holte Block und Stift aus ihrer Handtasche und begann zu schreiben. Nach einer Weile richtete sie sich wieder auf und ließ träumerisch den Blick übers Wasser schweifen. Am liebsten wäre Danny noch eine Runde geschwommen, aber er entschied sich dafür, zu Christina zu gehen. Er hob sein T-Shirt auf, das er achtlos auf den Boden fallen gelassen hatte, schüttelte den Sand aus und streifte es wieder über. Wortlos stellte er sich neben Christina. Sie standen lange Zeit schweigend nebeneinander und beobachteten das Meer. Dann legte er den Arm um ihre Schultern.

«Wenn man uns so sieht, könnte man meinen, wir sind ein Paar», stellte Christina fest. Danny überlegte kurz, ob das nun eine Aufforderung für ihn war, ein Stück beiseitezurutschen. Er mochte Christina und genoss es, sie so dicht bei sich zu haben, dass er ihr herbes Parfüm und ihr Shampoo riechen konnte. Trotzdem zog er seinen Arm weg, trat einen Schritt zurück und setzte sich auf die Holzplanken.

«Ist das so schlimm?»

Sie schüttelte zaghaft den Kopf. «Eigentlich nicht, nein.» Nachdenklich zog sie ihre Zigarettenpackung aus der Handtasche und begutachtete sie eine Weile von allen Seiten. Dann holte sie aus und warf die Schachtel ins Meer.

Danny kniff ein Auge zusammen und sah sie fragend an.

«Mir ist bewusst, wie sehr es dich stört, wenn ich rauche», erklärte sie. «Das soll mein Dankeschön an dich sein. Ab heute keine Zigaretten mehr.»

«Das finde ich super!»

«Es ist wirklich wunderschön», sagte sie verträumt. «Wenn ich das Meer sehe, fühle ich mich frei. Ich fühle mich, als würde ich nach Hause kommen …» Sie versank in ihren Gedanken.

Danny zeigte auf den Block in ihrer Hand. «Wem hast du denn vorhin geschrieben? Natascha?» Soweit er wusste, war sie die einzige dauerhafte Freundin, die Christina hatte. Dass sie ihren Eltern einen Brief schicken wollte, hielt er für ausgeschlossen. Manchmal schrieb sie an ihre verschollene Schwester Caroline und bewahrte alles sorgfältig in ihrer Nachttischschublade auf, weil sie keine Adresse hatte, an die sie die Briefe hätte senden können.

«Ich habe gedichtet.»

«Ehrlich?» Danny hatte das selbst schon ein paarmal versucht. Allerdings eher gezwungenermaßen, weil es in der Psychotherapie und in den Arbeitskreisen von ihm verlangt wurde. Es sollte dazu dienen, die negativen Erlebnisse besser verarbeiten zu können. Was ihm persönlich nie etwas gebracht hatte.

«Lass mal hören», forderte er sie auf.

«Gott schuf die Menschen und das Meer,
hier tanke ich Kraft, und doch fühl ich mich leer.
Der Ozean, so tief und weit,
er war meine Heimat in jener Zeit.»

«Sehr schön», sagte Danny anerkennend. «Bis auf die Stelle mit Gott, die ist etwas spooky.»

Christina kramte in ihrer Handtasche, machte eine fahrige Bewegung zu ihren Lippen und verschränkte dann ihre Finger ineinander.

Sie bereut schon, ihre Zigaretten weggeworfen zu haben.

«Mein Vater und ich haben damals oft gebetet …», begann sie und setzte sich zu Danny auf den Boden.

«Na ja, ist nicht jedermanns Sache, aber bestimmt nicht das Schlechteste.»

Christinas Nasenflügel bebten vor Wut. «Das mag sich jetzt vielleicht vollkommen verdreht für dich anhören, aber die Gebete waren das Abartigste überhaupt. Jeden Abend kam mein Vater in mein Zimmer, um mit mir zu beten:

Müde bin ich, geh zur Ruh,
schließe beide Äuglein zu.
Vater, lass die Hände dein
über meinem Bette sein.
Hab ich Unrecht heut getan,
sieh es, lieber Gott, nicht an,
deine Gnad und Jesu Blut
macht ja allen Schaden gut.

Und ich fand es so krank. Ich dachte mir immer nur: Ja, lass die *Hände über meinem Bette* sein! Aber natürlich hat er es nicht getan.»

«Ich verstehe gut, was du meinst», gab Danny zurück. Obwohl sie sich schon ewig kannten und so viel übereinander wussten, schien der Vorrat an schockierenden Details unerschöpflich zu sein. «Mein Vater hat sich, nachdem er mit mir fertig war, immer zu mir aufs Bett gesetzt und mich gefragt, wie es mir geht. Oder was die Schule macht. Das ist zwar nicht schlimm, fand ich aber auch immer ziemlich schräg.»

«Warum sind manche Menschen so gestört? Er hat mit mir gebetet, dass mir *meine* Schuld vergeben wird. Heute bin ich überzeugt davon, dass er das eigentlich für sich getan hat.» Sie schnaubte. «In der Bibel steht, dass, wenn jemand um Vergebung seiner Sünden bittet, sie ihm erlassen werden. Ich befürchte, dass es stimmt. Das würde ich meinem Vater nicht gönnen.»

Danny beugte sich zu ihr und versuchte, ihr in die Augen zu sehen. «Ich gebe gar nichts auf ein Buch, in dem Schlangen sprechen, Jungfrauen Kinder bekommen und Tote auferstehen.»

«Du glaubst also, er kommt trotzdem in die Hölle?»

«Ich glaube, das ist nur eine Erfindung der Menschen, um Angst zu verbreiten. Die Hölle gibt es nicht, die Teufel wandeln alle hier auf der Erde.»

«Was passiert dann mit uns, wenn wir sterben? Wenn wir weder in den Himmel noch in die Hölle kommen?» Christina legte die Arme auf Dannys Knie und stützte nachdenklich ihren Kopf darauf.

«Ich bin überzeugt davon, dass es auch nach dem Tod in irgendeiner Form weitergehen wird.» So ganz stimmte das nicht. Eher hoffte Danny, sich mit diesen Worten selbst davon überzeugen zu können, dass das Leben nicht einfach endete. Dass er vielleicht in irgendeiner Form eine Chance bekam, die ihm in diesem Dasein verwehrt blieb. «Und ich denke, dass die Menschen ihre Strafe zu Lebzeiten bekommen. Mein Vater jedenfalls hat keine Freude im Gefängnis. Allein die Angst vor der Hölle macht sein Leben zur Qual. Wenn er tot ist, soll er seinen Frieden finden. Das ist in Ordnung für mich. Und dir sollte auch egal sein, was mit deinem Alten passiert. Konzentrier dich auf dich selbst.»

Sie nickte und vergrub dann ihr Gesicht in den Händen. Danny nahm sie an den Oberarmen und zog sie zu sich auf den Schoß.

«Du hast recht», schniefte sie. «Ich sollte meine Ratschläge an dich auch selbst befolgen.»

«Komm, Tina. Hören wir auf, uns selber leid zu tun. Dazu ist unser Leben zu schade.» Er schob sie behutsam wieder von sich und stand auf. «Lass uns zum Hafen gehen!» Danny schlüpfte in seine Socken und Schuhe, packte Christina am Handgelenk und schleifte sie an der Strandpromenade entlang hinter sich her.

Das Schiff fuhr gerade ein und war viel größer, als Danny jemals für möglich gehalten hätte. Es dauerte lange, bis der Ozeanriese angelegt hatte und sie an Bord kamen. Die Eingangskontrolle war nervenaufreibend, weil sie ewig in der Schlange stehen mussten. Erst danach konnten sie endlich das Gepäck verstauen. Staunend liefen Danny und Christina durch die endlosen Gänge, die wie Einkaufspassagen aufgebaut waren. Rechts und links von ihnen befanden sich Geschäfte, Bars und Fitnessstudios. Sie schauten sich den Wellnessbereich und die Restaurants an und bahnten sich einen Weg nach oben zu den Sonnendecks, auf denen sich mehrere Pools befanden.

«Wenn wir uns hier verlieren, dann finden wir uns niemals wieder», flüsterte Christina ehrfurchtsvoll.

«Wir machen es einfach so», schlug Danny vor, «wenn wir uns unten verlieren, treffen wir uns in der Kabine. Und hier oben suchen wir uns jetzt einen Treffpunkt aus.»

Christina deutete auf die Beach-Bar, die sich am Heck des Schiffes befand. Sie war von hohen Palmen und Strohdächern gesäumt und wurde von vielen violetten und blauen Strahlern beleuchtet. Die Liegen waren so angebracht, dass man direkt aufs Meer schauen konnte. «Lass uns diesen Platz nehmen. Den finde ich mit Sicherheit wieder.»

«Einverstanden. Und nun gehen wir gucken, wie das Schiff ablegt.»

Danny spürte, dass es Christina zu viele Menschen waren, die sich um sie herumdrängten. Gerne hätte er sich vorne an der Reling einen Platz gesichert und zugesehen, wie das Schiff den Hafen verließ, aber da das alle anderen Passagiere auch vorzuhaben schienen, entschied er sich dagegen und wechselte die Richtung. Christina wurde noch nervöser, als sie die Treppen zu den Zimmern hinabstiegen.

«Ich hoffe, ich bekomme da nicht irgendwann einen Anfall», flüsterte sie.

«Wirst du nicht», versicherte er ihr.

Mit einer flüssigen Bewegung zog er die Karte durch den Schlitz und öffnete die Kabinentür. Dann trat er zur Seite, um Christina den Vortritt zu lassen.

«Das gibt es nicht!», staunte sie, warf ihre Handtasche in die Ecke und stürmte zum Balkon. «Wahnsinn! Einfach Wahnsinn!» Christina öffnete die breite, gläserne Balkontür, und sie traten beide hinaus. Nur ein paar Meter unter ihnen befand sich das Meer. Hier war es tatsächlich unmöglich, Platzangst zu bekommen.

«Und?», fragte Danny, während er ans Geländer trat. «Was sagst du? Kannst du es hier aushalten?»

«Aushalten?» Ihre Stimme überschlug sich. «Ich könnte für immer hier leben! Es ist atemberaubend. Wie kann ich das jemals wieder gutmachen? Das muss doch eine Unsumme gekostet haben.»

Danny ignorierte ihre Frage und legte einen Arm um sie.

Gebannt verfolgten sie, wie das riesige Schiff auf das offene Meer fuhr. Die winkenden Menschen am Hafen konnten sie nicht sehen, da ihre Kabine auf die andere Seite hinausführte, aber das spielte keine Rolle.

Es gab ohnehin niemanden, der sie begleitet hatte.

* * *

Brittany McLane schnupperte an ihrem Finger. Fischgestank, wie immer. Das war der einzige Nachteil an ihrer Arbeit, die sie über alles liebte. Niemals hätte sie den Tag in einem Büro verbringen wollen. Genauer gesagt wollte sie nirgendwo anders sein. Alles würde sie für diesen Traumjob tun: fünfhundert Kilometer barfuß laufen, ein Leben lang auf Schokolade verzichten oder einen Meuchelmord begehen.

Die Sache mit der Schokolade wäre auf jeden Fall am schwersten, aber auch am sinnvollsten. Ein paar Kilogramm weniger würden ihr guttun. Wobei auch das vermutlich nichts mehr retten konnte. Brittany wusste, dass sie keine Schönheit war. Welcher Mann stand schon auf mollige, hellhäutige Frauen mit Sommersprossen am ganzen Körper? Mittlerweile war sie Ende vierzig und hatte den Wunsch, irgendwann einmal zu heiraten, im hintersten Winkel ihres Herzens vergraben. Die Liebe und Geborgenheit, die sie in ihrem einsamen Zuhause nicht bekam, fand sie hier, bei den Delphinen. Wohnen und arbeiten in der Karibik, jeden Tag Wasser, Sonne und Urlaubsfeeling genießen. Wen störte es da schon, dass sie nie den Absprung zum Tiertrainer geschafft hatte, sondern noch immer Becken reinigte und Abfall wegräumte?

Das *Wo* zählte. Nicht das *Wie*. Sie war im Paradies, inmitten der intelligentesten Lebewesen, die es auf der Welt gab. Das allein machte diese Arbeit zu einem Highlight.

Wen juckt's da, den Dreck der anderen wegzuräumen?

Schwerfällig erhob sie sich vom Beckenrand. Die Tiere waren gefüttert, und nun mussten die Algen entfernt werden … Im Neoprenanzug, in dem sie sich fühlte wie eine in Eigenhaut gepresste Wurst, stieg sie die Stufen des angrenzenden Beckens hinab, um mit Klinge und Schwamm dem Grünzeug den Kampf anzusagen.

Der Schweiß stand ihr bereits auf der Stirn, als Stimmengewirr sie aufschauen ließ. Ein ganzer Schwarm Menschen war eben angekommen, vermutlich Passagiere von dem großen Kreuzfahrtschiff, das heute für ein paar Stunden hier anlegte. Zeit, ihre Frühstückspause zu genießen. Kurz tauchte sie die Hände ins hüfthohe Wasser, um sich zu erfrischen. Dann setzte sie sich zurück auf den Beckenrand, um durchzuatmen. Auf ihren Lunch verzichtete sie seit ein paar Tagen, dennoch zeigte die Waage noch immer die gleichen vernichtenden Zahlen.

Ihr Blick fiel auf ein junges Paar in ihrer Nähe, das sich ein wenig abseits der anderen aufhielt. Die rabenschwarzen Haare des Mädchens hingen ihr fast bis zur Taille und glänzten in der Sonne. Ihre Beine hingegen schienen bis in den Himmel zu reichen und waren zudem noch schlank und wohlgeformt. Das Gesicht wies nicht eine einzige Unebenheit auf. Makellos schön, feine Züge und eine Haut wie Porzellan – vollkommen ohne Sommersprossen. Ein Anflug von Neid befiel sie. Natürlich hatte so eine Frau einen Mann. Einen äußerst attraktiven obendrein. Wie schafften manche Menschen es nur, so schlank zu bleiben? Und wieso wurden sie dann auch noch mit gutem Aussehen gesegnet, während andere, so wie sie, von allem nur das Schlechte abbekamen? Kurze Beine. Hässliche Haarfarbe, zu viele Fettzellen, unreine Haut und das Schlimmste – Sommersprossen!

Brittany wollte sich gerade wieder ihren Algen widmen, als sie bemerkte, dass das Mädchen unschlüssig am Beckenrand stand und voller Furcht das Wasser anstarrte. Ihr Partner stieg langsam, wie es die Vorschrift war, in das Delphinbassin und streckte die Hand nach ihr aus. Sie machte keine Anstalten, der Aufforderung nachzukommen.

Warum trägt sie noch ein T-Shirt? Wenn ich diese Figur hätte …

Irgendetwas schien da nicht zu stimmen. Alle anderen waren bereits im Becken und standen in einer Gruppe um den Tiertrainer, der die Delphine mit leisen Pfiffen anlockte. Nur die Schwarzhaarige blieb draußen und zierte sich. Brittany machte sich auf den Weg zu ihr.

«Ist alles in Ordnung? Brauchen Sie etwas?», erkundigte sie sich freundlich.

Das Mädchen schaute sie verwirrt aus großen, grünen Augen an und schien etwas schwer von Begriff.

«Sie kann nicht gut Englisch», erklärte ihr Partner, der im Wasser auf sie wartete. «Alles gut, sie hat nur etwas Angst, weil sie nicht schwimmen kann.»

Wer hätte das gedacht …

«Ach so», sagte Brittany freundlich.

«Sie hatte leider nie die Möglichkeit, schwimmen zu lernen», rechtfertigte er seine Freundin. Aus seinem Akzent schloss Brittany, dass er Amerikaner war. Dann sagte er etwas in einer fremden Sprache zu dem Mädchen. Erneut schüttelte sie den Kopf.

«Wenn ich Ihnen irgendwie helfen kann, melden Sie sich einfach.»

«Machen wir», gab er zurück und kam dann aus dem Wasser, um sich neben seine Begleiterin zu stellen.

Brittany fiel es schwer, den Blick abzuwenden. Die beiden hatten etwas an sich, was sie reizvoll fand. Obwohl sie die Furcht der Frau vor dem Wasser überhaupt nicht nachvollziehen konnte, schaffte sie es nicht, ihre Arbeit wieder aufzunehmen. Stattdessen schielte sie weiter zu dem Paar hinüber.

Eine Weile standen sie beisammen und unterhielten sich leise, dann brach das Mädchen in Tränen aus. Er streichelte ihr tröstend den Rücken, nahm sie an der Hand und führte sie Schritt für Schritt ins Wasser. Zögernd folgte sie ihm und kreischte kurz auf, als ein Delphin in ihre Richtung schwamm. Brittany schüttelte unmerklich den Kopf über dieses merkwürdige Verhalten ihren Lieblingen gegenüber. Das Mädchen blieb unsicher im Delphinbassin stehen.

Wenigstens der Amerikaner schien schwimmen zu können. Geduldig zeigte er ihr, wie sie sich zu bewegen hatte, um sich über

Wasser zu halten. Er wollte wohl zu den Delphinen schwimmen, sie aber nicht allein zurücklassen.

Schließlich fanden sie eine Lösung: Das Mädchen hielt sich an seinen Schultern fest, und er schwamm zu der kleinen Insel, auf der mittlerweile die Besucher und ein Tiertrainer standen. Sie strahlte über das ganze Gesicht, und in Brittany wuchs der Gedanke, dass das Mädchen sich zum ersten Mal außerhalb einer Badewanne im Wasser befand.

Vielleicht ist sie lange krank gewesen?

Obwohl Brittany einige Meter entfernt stand, konnte sie die plötzlich entstandene Begeisterung und Euphorie der beiden spüren. Die Lebensfreude, die sie versprühten, war so ansteckend, dass sie unwillkürlich lächeln musste. Das Mädchen jauchzte vor Freude, ungeachtet der Reaktionen der Menschen um sie herum.

Wie kleine Kinder, die man in einer Schokoladenfabrik abstellt. Die freuen sich auch lautstark, und es ist ihnen schnuppe, was die anderen denken.

Wieso war sie selbst eigentlich immer so verklemmt? Konnte es sein, dass sie deswegen noch Single war und es gar nicht an ihrer Optik lag?

Vollkommen versunken in den Emotionen des jungen Paares, schaute sie zu, wie sie gemeinsam die Leiter hinauf auf die Insel-Plattform kletterten.

Er ließ sich auf die Knie fallen und streckte die Hände ins Wasser. Speedy, einer ihrer Delphine, schwamm sofort zu ihm hin und ließ sich die lange Nase streicheln. Ein weiterer Delphin kam hinzu. Von hier aus konnte Brittany nicht mit Garantie sagen, ob es sich um SantaFee oder Joy handelte. Das Mädchen sank ebenfalls auf die Knie und starrte ins Wasser, wagte es aber nicht, hineinzufassen. Ihre klatschnassen Haare klebten am Stoff ihres T-Shirts, mit dem sie ins Wasser gegangen war.

Mit einer ruckartigen Bewegung nahm der Amerikaner die

Hand seiner Freundin und hielt sie über dem Wasser fest. Joy – Brittany war sich nun sicher, dass es Joy war – stieß mit der Schnauze dagegen, und das Mädchen schrie auf. Eisern hielt der junge Mann ihre Hand fest, und der Delphin stupste noch einmal dagegen. Das Mädchen lachte auf. Er lachte mit und nahm ihre Hand ein Stück höher, sodass Joy für den nächsten Anstupser nach oben springen musste.

Mit einem Mal löste sie sich von ihm und beugte sich hinab, um den Delphin richtig berühren zu können. Brittany hätte es nicht für möglich gehalten, aber das Strahlen im Gesicht des Mädchens verstärkte sich noch.

Anschließend stieg der Amerikaner wieder die Leiter hinunter ins Wasser und reckte seiner Freundin die Arme entgegen. Sie kletterte ebenfalls hinunter und hielt sich lachend an ihm fest.

Wann habe ich das letzte Mal so viel Spaß gehabt?

Brittany gab sich einen Ruck, griff nach dem Stab mit der scharfen Klinge am Ende und kratzte nachdenklich den grünen Algenfilm vom Beckenrand.

* * *

Danny konnte an diesem Abend nicht einschlafen, obwohl die Balkontür weit geöffnet und von den Schiffsbewegungen absolut nichts zu spüren war. Er machte sich Sorgen um Christina. Seit dem Besuch bei den Delphinen vor drei Tagen war sie so glücklich gewesen, aber heute, als sie in Daytona Beach spazieren gegangen waren, hatte sich ihre Stimmung verändert. Nach der Besichtigung der berühmten Rennstrecke International Speedway ging es im Konvoi zu den Everglades. Die Waschbären dort hatten ihre Laune wieder etwas aufgebessert, aber dennoch war Christina zunehmend nervöser und gereizter geworden. Angestrengt lauschte er nun auf die Atemzüge im Bett nebenan, um herauszufinden, ob sie schlief. Gerne wäre er aufgestanden und nach oben gegangen, aber er wollte nicht riskieren, dass sie alleine war, falls sie wach wurde.

Gerade als er im Begriff war, doch endlich einzuschlafen, vernahm er leise Schritte, als Christina das Zimmer verließ. Das ungute Gefühl in seinem Bauch veranlasste ihn dazu, ebenfalls aufzustehen. Nachdem er sich angezogen hatte, stand er eine Weile unschlüssig auf dem Balkon und betrachtete die Sterne.

Geh ihr hinterher. Irgendetwas stimmt da nicht!

Es gefiel ihm nicht, sie zu verfolgen, aber seine Unruhe siegte. Die oberen Decks waren noch gut gefüllt, obwohl es bereits weit nach Mitternacht war. Die sternenklare und warme Nacht hatte noch andere Passagiere aus den Kabinen gelockt. Danny steuerte zielstrebig die Beach-Bar an. Die bisherigen Abende hatten sie fast immer dort verbracht, und sein Instinkt sagte ihm, dass er Christina auch jetzt dort finden würde.

Ein Alarm ertönte. Fast zeitgleich wurde über Lautsprecher das Rescue-Team ausgerufen.

Die Menschenmenge, die sich am Heck des Schiffes bildete, verriet ihm sofort, wohin das Rettungsteam geschickt worden war. Er rannte los.

Tina!

Der Gedanke kam aus dem Nichts, aber auf seine Intuition konnte er sich verlassen.

Schon auf einige Meter Entfernung hörte er Schreie.

Es waren keine Schreie des Entsetzens oder der Angst, sondern Schmerzensschreie. Danny rannte auf die umstehenden Menschen zu, packte die hintersten beiden an der Schulter und zerrte sie weg, um sich einen Weg durch die Mitte zu bahnen. Christina lag zusammengekrümmt auf dem Boden. Zwei Frauen und drei junge Männer standen um sie herum, und sie schrie so laut sie konnte.

«Lasst sie los!», rief Danny. Einer der Männer sprang sofort auf und hob abwehrend die Arme. «Wir haben nichts gemacht. Sie lag schon auf dem Boden, als wir kamen.»

«Wir wollten ihr helfen», erklärte eines der Mädchen.

In dem Moment, als Danny sich über Christina beugen und sie hochheben wollte, wurde er von drei Sanitätern ebenfalls zur Seite gedrängt. Sie schoben ihn mit der Trage aus dem Weg und luden die noch immer schreiende Christina darauf.

Danny versuchte, an die Trage zu gelangen, doch zwei Sicherheitsoffiziere stellten sich mit ausgebreiteten Armen vor ihn.

«Sie gehört zu mir!», brüllte Danny den Sanitätern zu. «Was ist mit ihr?»

«Wir bringen sie zur Krankenstation», sagte einer der Sicherheitsoffiziere. «Folgen Sie uns, bitte.»

«Lassen Sie mich doch hin!» Danny wollte den beiden Männern ausweichen, um vorbeizukommen, aber einer von ihnen packte ihn grob am Arm. «Sie behindern die Ärzte nur. Wir bringen Sie hin, und sobald Sie das Okay bekommen, dürfen Sie zu ihr rein.»

Nur mühsam konnte Danny den Impuls unterdrücken, dem Typ mit der Faust ins Gesicht zu schlagen. Er begnügte sich damit, ihn abzuschütteln und sich aus seinem Griff zu lösen.

Flankiert von den uniformierten Männern, folgte Danny den Sanitätern ins Innere des Schiffes zur Krankenstation. Sie gingen so langsam, dass er Christina fast aus den Augen verlor. Immerhin hatte sie aufgehört zu schreien.

«Können wir uns beeilen?» Danny beschleunigte seinen Schritt, sodass seine Wächter gezwungen waren, ihr Tempo dem seinen anzupassen. Genervt stellte er fest, dass er an der Krankenstation vor verschlossener Tür stand – der Zutritt war nur mit einer Code-Karte möglich.

«Ich muss da rein!»

«Tut mir leid», sagte einer der Offiziere. «Unbefugten ist der Zutritt verboten!»

«Ich bin nicht unbefugt! Sie ist meine Freundin!» Danny konnte nicht verhindern, dass er wieder brüllte.

Ruhig, Danny. Wenn du jetzt ausrastest, lassen sie dich niemals rein!

«Wenn die Patientin wünscht, dass Sie zu ihr kommen, wird sie es den Ärzten sagen, und Sie dürfen zu ihr! So lange bleiben Sie bitte draußen.» Der Mann in Uniform ließ sich nicht aus der Ruhe bringen. «Denn bisher ist das offenbar noch nicht geschehen.»

«Ja, verdammt – aber nur, weil sie eure scheiß Sprache nicht spricht!» Aufgebracht fuhr er sich mit den Händen durch die Haare. Er musste sofort wissen, was mit Christina los war. «Entweder ihr macht mir auf, oder ich geh einfach rein.»

So viel zum Thema ruhig bleiben …

Einer der Offiziere positionierte sich automatisch vor der Tür.

«Hören Sie», begann Danny erneut. «Wie gesagt, sie spricht kein Englisch. Irgendeiner muss dolmetschen, sonst wird sie den Ärzten nicht sagen können, was los ist.»

«Wir haben Dolmetscher auf diesem Schiff. Wenn die da drinnen einen benötigen, dann holen sie einen. Es gibt also keinen Grund zur Sorge.» Der Offizier deutete auf einen Stuhl, der neben einem kleinen Tisch in der Ecke des Flures stand. «Warum setzen Sie sich nicht einfach? Die Ärzte werden Sie informieren.»

«Das gibt es doch gar nicht!» Wütend ging Danny zu der ihm angewiesenen Sitzecke und trat schwungvoll gegen den Stuhl. In hohem Bogen flog dieser über den Boden und krachte an die Wand. Erneut trat Danny dagegen, bis die beiden Offiziere ihn an den Armen packten.

«Das reicht, Freundchen. Du wartest jetzt hier vernünftig, sonst werden wir dich in Gewahrsam nehmen.»

«Schon gut.» Danny ließ zu, dass sie ihm die Hände auf dem Rücken fixierten. Er atmete mehrmals tief in den Bauch, um die Panik, die in ihm aufwallte, im Keim zu ersticken.

«Schon gut», wiederholte er. «Ihr könnt mich wieder loslassen.»

Noch während die beiden Männer zu überlegen schienen, ob sie es wagen konnten, seiner Aufforderung Folge zu leisten, wurde die Tür geöffnet. Ein Arzt trat heraus, kam auf sie zu und steckte einem der Wachmänner einen Zettel zu.

«Könnt ihr bitte den Begleiter informieren? Sie ist mit einem Danijel Taylor hier. Er soll zu Frau Schneider kommen.»

«Schon da!» Danny warf den beiden Männern einen vorwurfsvollen Blick zu, bevor er sich von ihnen löste und neben den Arzt trat. Dieser schüttelte verwundert den Kopf und bedeutete Danny, dass er ihn begleiten sollte.

«Was hat sie?», erkundigte sich Danny.

«Das wollte ich eigentlich von Ihnen wissen», sagte der Arzt.

«Von mir? Wie denn? Ich durfte ja nicht rein! Was ist überhaupt passiert?»

«Sie ist schreiend auf dem Deck zusammengebrochen, und die Rettung wurde ausgerufen. Als sie hier ankam, war mit ihr alles in bester Ordnung. Keine Verletzung, kein Anfall, keine Anzeichen von Schmerzen. Einfach gar nichts.»

«Tina?» Danny stürzte an dem Arzt vorbei zur Liege, auf der Christina saß. Sie hatte geweint, das erkannte er sofort. «Was machst du denn?»

«Endlich!» Erleichtert fiel sie ihm um den Hals. «Kannst du denen sagen, dass sie mich gehen lassen sollen? Ich will hier wieder weg!»

«Was war los?»

Nervös knabberte sie ihren Fingernagel ab und schielte auf den Arzt. «Ich kann nicht reden, wenn *der* da ist.»

«Können Sie uns bitte kurz allein lassen?»

Der Arzt nickte Danny zu. «Ich habe nebenan noch einen Patienten. Sobald ich fertig bin, komme ich wieder zu Ihnen.»

«Sagst du mir jetzt, was los ist?» Danny setzte sich zu Christina auf die Liege. Sie legte ihren Kopf auf seine Schulter und wirkte plötzlich unheimlich müde.

«Es war einfach ein Anfall. Ich weiß nicht, wieso das kommt. Das passiert seit Jahren immer mal wieder.»

«Ein Anfall? Ausgelöst durch was?» Sie reagierte nicht, sondern starrte stumm auf ihre Hände. «Tina? So was musst du mir sagen! Und zwar, *bevor* wir mitten auf dem Ozean auf einem Kahn festsitzen.»

Seufzend schüttelte sie den Kopf. «Es ist nichts Schlimmes, und es ist vollkommen egal, wo ich mich dabei befinde. Das ist nicht körperlich, sonders psychisch. Die Ärzte sagen Phantomschmerzen dazu.»

«Phantomschmerzen?», wiederholte er verwirrt.

«Ja. Es wurden Hunderte Untersuchungen gemacht. Sie dachten zuerst, es wäre Rheuma, aber wie gesagt, es ist nicht körperlich. Zumindest nicht mehr. Geblieben sind …», sie stockte kurz, «nur die Erinnerungen an das Körperliche.»

«Oh. Verdammter Fuck!» Danny rieb sich mit den Händen das Gesicht. «Das bedeutet, dass es jederzeit wieder passieren kann, oder?»

«Theoretisch, ja. Kein Schmerzmittel der Welt ist stark genug, um es auszublenden. Außer Heroin. Tut mir leid.»

Die Tür wurde geöffnet, und der behandelnde Arzt trat wieder ins Zimmer.

«Du hast nichts falsch gemacht.» Danny zog sie an sich und streichelte ihren Rücken. «Wir bekommen das in den Griff», sagte er. Dann gab er dem Arzt ein Zeichen, ihm zu folgen, und verließ den Raum. Auf dem Flur blieb er stehen. «Ich weiß jetzt, was sie hat und warum Sie nichts gefunden haben.»

«Ja?» Die Stimme des Arztes war eine Mischung aus Skepsis und Neugierde.

«Ja», bestätigte Danny. «Es ist psychisch, basierend auf einem Kindheitstrauma.»

«Psychisch also, ja?» Spätestens jetzt überwog der skeptische Anteil. Mediziner mochten es nicht, wenn sie Dinge nicht mit Fakten und Zahlen belegen konnten.

«Ganz sicher. Sie wurde als kleines Mädchen jahrelang von ihrem eigenen Vater vergewaltigt und misshandelt, und seitdem hat sie immer wieder Anfälle, in denen sie sich erinnert und im Geiste alles noch mal durchlebt.» Die Erklärung war mit Sicherheit etwas vereinfacht, aber Danny wusste nicht, wie er es auf die Schnelle besser verdeutlichen konnte. Er selbst hatte mit so etwas überhaupt keine Erfahrung.

«Aha. Und das hat sie Ihnen alles gerade erzählt?»

Danny seufzte ungeduldig. «Nein, das wusste ich schon. Aber ich bin nicht dabei gewesen vorhin, und es hätte ja schließlich auch sein können, dass sie hingefallen ist und sich ein Bein gebrochen hat. Da sie aber körperlich unversehrt ist, kann ich Ihnen versichern, dass es psychisch war.»

«In Ordnung. Ich glaube Ihnen – und ich werde ihr jetzt ein Formular ausfüllen. Das muss sie unterschreiben, und dann kann sie gehen. Wenn noch was ist, kommen Sie einfach morgen früh zurück.»

«Danke. Das wird bestimmt nicht nötig sein.»

Gemeinsam betraten sie erneut das Krankenzimmer.

«Worüber habt ihr gesprochen?», fragte Christina nervös. Der Arzt reichte ihr einen Papierbogen.

«Unterschreib das», wies Danny sie an. «Dann kann ich dich mitnehmen.» Er beobachtete, wie Christina «Schneider» auf das Formular kritzelte, und reichte dem Arzt die Hand.

«Danke sehr», sagte er und wandte sich mit Christina zusammen zum Gehen. Sie atmete hörbar auf, als sie die Tür hinter sich schloss. Dann fiel ihr Blick auf den zertrümmerten Stuhl in der Ecke.

Gespielt entrüstet schüttelte sie den Kopf.

«Sorry», gab er schulterzuckend zurück. «Ich war in Panik.»

«Das erklärt natürlich alles.» Sie griff nach seiner Hand. «Ich muss ins Bett. Ich bin so unendlich müde.»

Einer der Sicherheitsoffiziere, die noch im Flur standen, begleitete sie zurück in den Passagierbereich, und sie stiegen die Stufen zu ihrem Zimmer hinunter.

Danny verspürte plötzlich den Drang, noch einmal unter die Dusche zu springen.

Das kalte Wasser machte ihn zwar wieder munter, brachte aber auch seine vielen Gedanken etwas zur Ruhe. Er schlüpfte in Boxershorts und T-Shirt und tastete dann nach seiner Bettdecke. Für eine Sekunde war er verdutzt, als er sich fast auf Christina legte, fing sich aber sofort wieder. Mittlerweile war es beinahe zur Routine geworden, dass sie immer wieder bei ihm schlief.

«Darf ich heute in deinem Bett schlafen? Ich will nicht allein sein.»

«Klar.» In dem Moment, als er sich gerade zum Schlafen einrollen wollte, setzte sie sich auf seinen Schoß und beugte sich über ihn. Ihre Lippen berührten seine.

Fast schon erschrocken rutschte Danny nach hinten, um sich Platz zu verschaffen. Damit hatte er nicht gerechnet. Für ihn war klar gewesen, dass ihre Beziehung rein freundschaftlich war. Damals im Stall hatte Christina deutlich gemacht, dass sie niemals mit ihm zusammen sein konnte, weil Danny sie in intimen Momenten kontinuierlich an ihren Vater erinnern würde. Für Danny war das in Ordnung gewesen, er konnte es akzeptieren.

Was soll das jetzt?

Christina ließ sich nicht beirren. Sie blieb auf ihm sitzen und zog sich das T-Shirt über den Kopf. Beherzt nahm sie seine Hände und legte sie sich auf die Brust, während sie sich den BH öffnete. Es fühlte sich angenehm weich an, und automatisch drückten seine Finger fester zu.

Hey, Danny! Irgendwo hast du ein Gehirn – benutze es!

«Tina?», fragte er und richtete sich langsam auf. «Was wird das?»

«Nach was sieht es denn aus?» Ihre Stimme klang keck und herausfordernd, aber Danny erkannte den Unterton darin. Unsicherheit und Unwillen. Schlagartig wurde ihm klar, warum sie das tat.

«Hör auf», befahl er.

«Was hast du?» Entgeistert starrte Christina ihn an, bis sie zu begreifen schien. Sie stieg von ihm herunter und legte sich ausgestreckt aufs Bett. «Wir können es auch so rum machen, wenn dir das lieber ist. Ich behalte meine Finger bei mir.»

Es ist Tinas Art, sich zu bedanken …

Danny nahm ihr T-Shirt und warf es ihr zu. «Zieh dich an.»

«Ich weiß genau, was dein Problem ist! Es macht mir nichts, ich habe keine Angst davor, mich anzustecken.»

«Darum geht es gar nicht. Ich *will* nicht!»

Perplex richtete Christina sich auf. Sie öffnete die Lippen, um etwas zu sagen, entschied sich aber dagegen. Ihre Miene versteinerte sich, während sie sich wieder anzog. Dann schnappte sie sich ihre Handtasche und rannte barfuß aus dem von der Außenbeleuchtung des Schiffs schwach beleuchteten Zimmer. Für einen Moment zweifelte Danny an der Richtigkeit seiner Handlung.

«Fuck. Warum hast du das gemacht, du Idiot?», fragte er sich laut. Wütend ging er im Zimmer auf und ab und gab sich selbst die Antwort: «Weil du weißt, *warum* sie das tun wollte! Es wäre nicht richtig gewesen, darauf anzuspringen.»

Er griff zur Türklinke und zögerte dann.

Lass ihr etwas Zeit. Sie fängt sich schon wieder.

Unentschlossen ließ er seine Hand wieder sinken. Sie befanden sich auf einem Schiff. Weit würde sie ohnehin nicht kommen.

* * *

Christina umklammerte ihre nackten Beine und betrachtete die vom Mond beschienenen sanften Bewegungen des Wassers. Hastig zog sie an der Zigarette, die sie sich geschnorrt hatte.

Nicht einmal deine Versprechen kannst du halten!

Die Beach-Bar war schwach beleuchtet, die Menschen mittlerweile fast alle in ihrer Kabine. Nur einige wenige, die wohl genauso schlaflos waren wie sie selbst, tummelten sich an der Reling. Vielleicht waren sie auch extra so früh aufgestanden, um das Schauspiel des Sonnenaufgangs zu verfolgen, das sicher bald beginnen würde.

Der Schmerz in ihrem Innern war kaum zu ertragen, obwohl sie ihn schon seit Kindheitstagen kannte. Vielleicht auch gerade deswegen. Das Gefühl von Ablehnung.

Du bist nicht gut genug!

Gerade von Danny war das so furchtbar, weil sie es von ihm nicht erwartet hätte. Er, der sie normalerweise blind verstand, wies sie ebenfalls zurück. Das Wissen, dass man einfach nicht genügte, vollkommen egal, wie sehr man sich anstrengte, fraß sie auf. Zumal sie sich doch nur bei ihm bedanken wollte, aber nicht einmal das konnte er von ihr annehmen. Die Erkenntnis, dass selbst ihr bester Freund sie verschmähte, tat unheimlich weh, denn gerade diese Bestätigung wäre so wichtig für sie gewesen.

Wie hatte sie nur so naiv sein können zu glauben, dass Danny sie wirklich mochte? Das zu glauben war utopisch, denn sie war ein unbedeutendes Nichts. Nur ein Atomteilchen im unendlichen Weltall, ein Wassertropfen in ihrem geliebten Ozean.

Allein der Gedanke an das Meer reichte aus, dass ihr der Geruch nach Salzwasser in die Nase stieg und sofort ein Glücksgefühl in ihr wachrief, das sie untrennbar mit Geborgenheit verband: Die sanften Wellen um sie herum gaben ihr ein Gefühl von Ruhe und Harmonie.

Werd ich zum Augenblicke sagen: Verweile doch! Du bist so schön! Ein Satz aus Faust, den Danny ihr einmal zitierte. Christina hatte Goethe nie gelesen. Sie wusste nur, dass Danny einst seinen Kater nach der Figur des Teufels benannt hatte. Sie zog ihren Notizblock aus der Handtasche und begann, mit einem Bleistift darauf herumzukritzeln. Verbissen ignorierte sie die Schritte hinter sich und tat, als würde sie nicht bemerken, dass Danny sich nahezu geräuschlos auf die Nachbarliege setzte. Insgeheim hoffte sie, er würde nicht riechen, dass sie geraucht hatte. Das Kratzen des Bleistiftes war unwirklich laut.

Weiße Wellen locken mit Worten
erzählen Geschichten von fremden Orten.
Er berührt den Horizont weit in der Ferne,
in der Nacht, ein Spiegel der Sterne.
Unendlich weit liegt er da,
ich fühle mich dem Ozean so nah.

Die Erinnerung an ihre Mutter drängte sich in ihren Kopf. Bilder aus Tagen, an denen sie noch eine Familie gehabt hatte und Kind sein durfte. Ein kleines, dunkelblondes Mädchen stand Hand in Hand mit seiner Mutter am Hafen und staunte über das gigantische Passagierschiff, das vor ihnen anlegte …

Dannys Stimme holte sie in die Wirklichkeit zurück. «Darf ich es dir erklären?»

«Ich habe es auch so verstanden. Es war ziemlich eindeutig.»

«Tina, mir ist bewusst, dass du versucht hast, dich zu revanchieren. Das ist aber nicht nötig, weil …»

«… ich nicht gut genug bin. Schon okay.» Ohne aufzusehen, erweiterte sie die i-Tüpfelchen ihres Gedichts zu Herzen.

«Falsch», widersprach Danny. «Du hast es nicht nötig, jemanden auf diese Art zu bezahlen. Weil du *zu* gut dafür bist!»

«Natürlich», gab sie schnippisch zurück. «Deswegen hast du auch *nein* gesagt.»

«Nicht deswegen, sondern weil ich keine Bezahlung will.»

Wütend sprang Christina auf, warf den Block nach ihm und traf Danny damit an der Schulter. Er zeigte keine Reaktion darauf. «Ich hab einfach gedacht, du liebst mich!» Mit dem Unterarm wischte sie sich die Tränen ab, die ihr plötzlich übers Gesicht liefen, und machte eine ausschweifende Bewegung mit der Hand. «Sieh dich doch mal um! Wo wir hier sind! Du kannst mir ja wohl kaum zum Vorwurf machen, dass ich das dachte.»

«Ich liebe dich auch», erklärte er ruhig. «Mehr, als du glaubst.»

«Ja, das hab ich gesehen!» Sie schleuderte auch den Bleistift in seine Richtung. Danny hob ihn und den Notizblock vom Boden auf und legte beides auf die Liege, bevor er fortfuhr: «Mir ist unsere Liebe viel zu wichtig, um sie für so was Triviales wie Sex aufs Spiel zu setzen.»

Verwirrt sah sie ihn an, bemüht, sich nicht noch mehr in ihr Weinen hineinzusteigern. «Das versteh ich nicht.»

«Die Liebe, die du meinst, beginnt im Kopf und endet im Bett. Meine Liebe zu dir entsteht im Herzen – und endet niemals. Nicht einmal mit meinem Tod.»

Es dauerte ein paar Sekunden, bis Christina die gehörten Worte zuordnen konnte.

Danny liebt mich. Nur anders.

Sie wandte sich ruckartig von ihm ab und lehnte sich an die

Reling. In der Ferne begann der Horizont sich bereits rosa zu verfärben.

Anders ist schlecht. Du bist auch anders. Das ist noch nie gut gewesen.

Und doch war sie insgeheim froh. Erleichtert darüber, nicht das tun zu müssen, vor dem sie sich die ganzen letzten Wochen so sehr gefürchtet hatte: mit einem Mann ins Bett zu gehen, der aussah wie die jüngere Version ihres verhassten Vaters. Nicht dass sie es nicht gekonnt hätte. Sie hatte es oft genug getan, wenn es sein musste, und sie hatte Übung darin, ihren Abscheu zu verbergen, aber Danny war nicht wie ihre Freier. Er kannte sie. Er *liebte* sie. Danny hätte sofort gemerkt, dass sie ihm etwas vorspielte.

Danny HAT gemerkt, dass du ihm etwas vorspielst, korrigierte sie sich in Gedanken.

Langsam drehte sie sich zu ihm um. Er saß mit angewinkelten Beinen auf der Liege und schrieb in ihren Block. Seine schlanken, aber muskulösen Arme waren von der Sonne gebräunt und bildeten selbst im schwachen Licht einen starken Kontrast zu seinem weißen T-Shirt. Sogar die Haare an seinen Beinen waren heller geworden. So gut kannte sie ihn. Bei niemandem sonst hätte sie so eine minimale Veränderung bemerkt.

Danny konzentrierte sich weiter auf seinen Text, radierte etwas aus und schrieb erneut. Dabei biss er sich auf die Unterlippe und drehte den Kopf ein wenig zur Seite. Das bläuliche Licht der Lampions, die über ihnen an Seilen hingen, schien auf seine Wange, und die feine, kaum erkennbare Narbe, die er seinem Vater zu verdanken hatte, wurde sichtbar.

Ein schmerzhafter Stich durchfuhr Christina, als ihr bewusst wurde, dass sie ihn auch liebte. Wirklich liebte. So sehr, dass es weh tat zu sehen, was ihm damals als Teenager angetan worden war. So sehr, dass sie sich ohne zu zögern in die Schusslinie werfen würde, sollte es jemand wagen, auf ihn zu schießen.

«Es wird aber auf diese Art nicht funktionieren, Danny.» Ihre Stimme klang brüchig und doch überzeugt von dem, was sie sagte.

«Da täuschst du dich», widersprach er. «Auf Dauer wird es nur so funktionieren. Beziehungen gehen kaputt. Menschen heiraten, lassen sich scheiden und heiraten wieder. So etwas ist doch nicht beständig. Man engt den Partner unbewusst ein, ist eifersüchtig aufeinander, geht sich gegenseitig auf die Nerven und kann sich irgendwann nicht mehr leiden. Genau das wird uns nicht passieren.»

Schöne Worte, denen Christina so gerne Glauben geschenkt hätte. «Das geht so lange gut, bis einer von uns sich verliebt und mit jemandem zusammenkommt.»

«*Ich* werde es nicht sein.»

«Das kannst du nicht wissen!» Zorn wallte in ihr auf. «Irgendwann lernst du die Richtige kennen. Und dann?»

«Selbst wenn? Zwischen uns wird sich nichts ändern. Niemals.»

«Glaubst du, das akzeptiert die so einfach? Was, wenn sie sagt, dass du dich zwischen uns entscheiden musst?»

Danny hörte auf zu schreiben und legte den Block neben sich auf die Liege. «Dann kann sie gehen!» Eindringlich sah er sie an. Ein Blick, der sie bis auf die Knochen durchbohrte und so hypnotisch war, dass Christina ihm in diesem Moment alles geglaubt hätte.

«Was sagst du dann zu ihr? Dass ich wichtiger bin?»

«Dass sie die Tür zumachen soll. Von außen.» Langsam stand er auf, stellte sich dicht vor sie und zog sie in die Arme. «Lass mich es dir beweisen, Tina. Ich verspreche dir, keine Frau der Welt wird sich zwischen uns stellen. Niemals!»

Sie vergrub ihr Gesicht an seinem Hals, atmete seinen vertrauten Geruch ein und fühlte sich augenblicklich geborgen. Sicher. Zu Hause.

Pfeif auf den Ozean! Dein Zuhause ist bei Danny.

«Ich glaube dir», flüsterte sie ihm ins Ohr.

«Ich liebe dich, Tina.» Danny löste sich langsam von ihr, nahm den Block von der Liege und drückte ihn ihr in die Hand. «Ich werde dich immer lieben, und ich habe es dir schon einmal gesagt: Ich kann mein eigenes Leben nicht retten, aber deines – das kann ich retten! Und ich verspreche dir, ich werde es tun!»

Ohne sich noch einmal umzusehen, ließ er sie stehen. Ihr Blick fiel auf den neuen Text auf ihrem Block. Christina setzte sich auf den Boden und begann zu lesen:

Ein Teil des Ganzen

Du bist meine Liebe, meine Hoffnung, mein Herz.
Du nimmst mir die Angst, meine Tränen, den Schmerz.

Ich halte deine Seele in sicheren Händen und lasse meine Liebe niemals enden.
Und wenn ich dir sage, dass ich aufgeben will, hörst du mir zu und bist ganz still.
Du bist für mich da, wenn niemand es ist.
Schenkst in schweren Zeiten
die größte Zuversicht.

Deswegen legen wir jetzt zwischen uns dieses Band,
und wir schmücken es
mit Liebe und Verstand.
Und zerrt auch mal ein Sturm an ihm,
es ist stark genug, ihn zu überstehn.
Denn du bist ich, und ich bin du,
und wir sind eins.
Ein Ganzes.

JULI 1998

Danny war nicht entgangen, dass Christina an diesem Abend wieder vegetarisch gegessen hatte. Irgendwie versuchte sie in allen Punkten, sich ihm anzupassen. Sogar das Rauchen hatte sie für ihn aufgegeben, auch wenn sie sich immer noch heimlich irgendwo eine Zigarette schnorrte. Christina war offensichtlich überzeugt davon, dass er es nicht merkte, hatte aber die Rechnung nicht mit seiner feingeschulten Nase gemacht. Zigarettenrauch roch er meterweit gegen den Wind. Genau wie Alkohol und Kamillentee. Diese Nachwirkungen aus seiner Kindheit würde er wohl bis ans Ende seiner Tage mit sich herumschleppen. Da er Christina nicht vor den Kopf stoßen wollte, begnügte er sich damit, ihren guten Willen anzuerkennen. Sie waren nun seit fast zwei Wochen auf dem Schiff, und sie hatte sich keine Zigaretten gekauft und bemühte sich nach Kräften. Dass sie nun auch regelmäßig auf Fleisch verzichtete, gefiel ihm, aber er fragte sich, was ihre Gründe waren.

Findet sie meine Lebensweise gut, oder will sie mir einfach nur gefallen?

Die silbernen Platten, auf denen sich das Essen befunden hatte, passten zu den Fassungen der Fackeln, die an den Wänden hingen. Die großen Spiegel dahinter warfen den Schein zurück und simulierten die doppelte Menge an Lichtquellen.

Christina trug das neue Kleid, das Danny ihr am Vormittag gekauft hatte. Es reichte nur bis kurz über das Knie, und es hatte ihn viel Überredungskunst gekostet, sie davon zu überzeugen, es anzuziehen. Christina würde sich in freizügigen Outfits niemals wohlfühlen. Danny fand das sehr schade, nicht nur weil es nicht nötig war, ihre wunderschöne Figur zu verbergen, sondern weil Christina seiner Meinung nach dadurch ein ganzes Stück Lebensqualität verlor.

«Sollen wir wirklich da hingehen?», fragte sie zum hundertsten Mal, während sie ihr Dessert umständlich mit dem langen Löffel aus dem Glas in ihren Mund beförderte.

«Wenn es dich nicht stört, dass du kein Wort verstehen wirst.» Danny grinste. «Wobei, ich werde vermutlich auch nichts kapieren. Die reden da immer so gestelzt.»

«Ich war noch nie im Theater.»

«Eigentlich hast du nichts verpasst. Aber das Stück soll ganz gut sein.» Seine Begeisterung hielt sich dennoch in Grenzen. Früher hatten seine Eltern ihn regelmäßig zu solchen Veranstaltungen mitgenommen. In einer Zeit, in der seine Kindheit noch in Ordnung gewesen war. Während Christina ständig nach solchen Heile-Welt-Momenten lechzte, versuchte er sie zu vermeiden. Alles, was ihn an damals erinnerte, wollte er in seinem Leben nicht haben.

Tina und ich sind absolut gleich – und doch vollkommen verschieden, dachte Danny. *Wie einander entgegengesetzte und dennoch aufeinander bezogene Kräfte. Wie Yin und Yang.*

«Mir geht es nicht um das Stück», erklärte sie. «Mir geht es um das Feeling. Dabei zu sein. In der oberen Klasse. Wie ein normaler Mensch. Einmal in der gehobenen Liga sein. Und wenn sie Chinesisch reden würden, mir wäre das gleich.» Christina stellte die Platten zusammen und legte Besteck und Servietten sorgfältig darauf. Sie hatte noch nie davon gehört, dass so etwas in einem feinen Restaurant nicht den Gepflogenheiten entsprach. Für sie waren alle diese Dinge neu. Ihr halbes Leben hatte sie mittellos auf der Straße verbracht, jede Mark, die sie besaß, sofort in Rauschmittel umgesetzt.

«Wie ein normaler Mensch also», wiederholte Danny. «Was sind wir denn sonst?»

«Aussätzige. Andersartige. Der Abschaum der Gesellschaft.» Sie starrte ihn lange an. «Ich wegen meiner Vergangenheit und du wegen deiner Gegenwart. Aber dir sieht man es wenigstens nicht an. Und das nicht nur dann, wenn du mal ausnahmsweise einen Anzug trägst.»

«Du weißt selbst am besten, wer der Abschaum der Gesellschaft ist und wer nicht.» Er stand auf, um seiner Begleiterin den Arm zu reichen, damit sie sich einhängen konnte. «Und wenn du heute Abend nicht wieder einen Schreikrampf auf dem Deck bekommst, wird niemand etwas merken.» Zu keiner anderen Person der Welt hätte Danny das gesagt. Eine Aussage, die so eindeutig als Abwertung oder Provokation aufgefasst werden konnte. Aber es war Christina. Sie war ein Teil von ihm, und Danny wusste, dass sie seine Zuneigung in dieser Stichelei erkannte.

«Aber nur, wenn du nicht wieder ein Möbelstück zertrümmerst. Wetten, du lässt uns eher auffliegen als ich?»

Danny lachte leise in sich hinein. «Die Wette gilt. Der Verlierer muss eine Dose Kaviar kaufen. Und sie essen. Allein.»

Arm in Arm schlenderten sie eine Etage höher ins Theater. Sie waren einige Zeit früher dran, als nötig gewesen wäre, aber Danny fand es wichtig, einen Sitzplatz am Flur nahe am Notausgang zu bekommen. Nicht wegen ihm selbst, sondern weil er wusste, wie Christina auf Menschenansammlungen reagierte.

Nun saßen sie nebeneinander auf gepolsterten, rot bezogenen Sitzen und warteten, bis die samtenen Vorhänge sich öffneten und die Vorstellung von Romeo und Julia begann.

Christina richtete sich in ihrem Sitz auf und strich sich eine lackschwarze Haarsträhne aus dem Gesicht, die sich aus ihrer Hochsteckfrisur gelöst hatte. Die Teilnahme an diesem Ereignis gab ihr Zuversicht und zeigte ihr, dass es auf dieser Welt noch andere Dinge gab als die, die sie bisher kennengelernt hatte. Schöne Dinge. Etwas, wofür es sich zu leben und zu kämpfen lohnte.

Der Raum wurde abgedunkelt, und die Geschichte um die verbotene Liebe zweier junger Menschen, die nicht zusammen sein durften, weil ihre Familien seit Generationen verfeindet waren, begann.

«So ein Schwachsinn», zischte sie entrüstet. «Wen interessiert das? Die zwei sollen heiraten und fertig.»

«Familie geht eben über alles. Blut ist dicker als Wasser. Zumindest bei den meisten Menschen.»

Trotz der Dunkelheit sah Danny, dass Christina ihn anlächelte, bevor sie ihm einen Kuss auf die Wange gab. «Ab heute bist du meine Familie. Nur du. Nach uns die Sintflut.»

Sie ließ ihren Kopf auf seine Schulter sinken, als ihre Aufmerksamkeit allmählich verebbte. Danny schätzte, dass sie spätestens nach dem dritten Akt einschlafen würde.

«Meine Liebe ist so tief: Je mehr ich dir gebe, desto mehr habe ich, denn beides ist unendlich», übersetzte er ihr. «Wie von mir für dich geschrieben.»

«Danke, Danny», flüsterte sie. «Für alles. Wie soll ich dir das jemals danken?»

«Lebe dein Leben! Für dich. Und für mich. Heirate, bekomme Kinder. Mache alles, was ich niemals kann.»

Ohne ihm eine Antwort zu geben, griff sie nach seiner Hand und umschloss seine Finger mit ihren.

Love gives me strength, and strength will help me through.

Kurz überlegte Danny, ob er Christina auch dieses Zitat übersetzen sollte, aber er erkannte, dass es keinen Sinn hatte: Sie war bereits eingeschlafen.

Obwohl Danny für Liebesgeschichten nicht viel übrig hatte, fand er die Aufführung besser als erwartet. Es schockierte ihn, wie die beiden Hauptdarsteller vergeblich um ihre Liebe kämpften und am Ende zu solch radikalen Mitteln griffen, die dann auch noch so fatal endeten.

For never was a story of more woe –
Than this of Juliet and her Romeo …

In Gedanken wiederholte Danny diesen Satz, der ihm sofort im Kopf blieb und dort wild rotierte, bis er den Weg in seinen Bauch fand und dort wie ein Stein liegen blieb.

Seit jenem tragischen Unfall mit seiner schwangeren Mutter in Atlanta war Dannys siebter Sinn zum Leben erwacht und hatte sich über die Jahre immer weiterentwickelt, bis hin zu gelegentlichen Vorahnungen, die erschreckend oft wahr wurden. In diesem Moment überwältigte ihn das beklemmende Gefühl, dass seine eigene Lebensgeschichte die von Romeo und Julia in den Schatten stellen würde.

* * *

Christina schlich leise zu Dannys Nachttisch und holte sein Handy aus der Schublade. Er nahm es nie mit, wenn er ins Fitnessstudio ging. Eigentlich ließ er es immer in der Kabine liegen. Fast erleichtert stellte Christina nun fest, dass es ausgeschaltet war. Damit war der Plan zu telefonieren gestorben. Gut so. Was hätte sie auch zu Maddox sagen sollen?

Besorg dir einen Helikopter und hol mich mal schnell in Florida ab.

Bis vor einer Stunde war sie absolut überzeugt gewesen, dass ihre Sehnsucht Maddox galt und dass sie einfach mal seine Stimme hören wollte. Jetzt, nachdem sie heimlich Dannys Handy geholt hatte, wusste sie, dass das nicht stimmte, schließlich hätte sie Danny einfach fragen können, ob sie ihn anrufen durfte. Aber das ging nicht, denn sonst würde er hören, was sie wirklich von Maddox wollte: Heroin.

Die ganzen drei Wochen auf dem Schiff hatte Christina ihre Sucht so gut unter Kontrolle gehabt, sich wohl- und fast schon auf dem Wasser zu Hause gefühlt und es genossen, so viel Zeit mit Danny zu verbringen. Jeden Morgen wachte sie in seinem Bett auf, sie gingen zusammen frühstücken und lebten in den Tag hinein. Die Aussicht, dass sich das bald ändern würde, machte ihr Angst. Die Rückkehr zum Alltag machte ihr Angst. Was sollte sie den ganzen Tag machen, wenn sie wieder zurück waren? Danny würde wie gehabt den ganzen Tag bei seiner Arbeit sein und abends entweder im Trainingscenter oder bei seinen Modeljobs.

Und ich? Was mache ich?

Verzweifelt begann sie im Kreis zu laufen und versuchte, die Panik in den Griff zu bekommen. Der Alltag war schon immer ihr größter Feind gewesen: die endlose Zeit, in der sie nichts mit sich anzufangen wusste, sobald sie nicht mehr irgendwelche Pflichtaufgaben wie kochen oder bügeln erfüllte. Wenn Danny in ihrer Nähe war, dann blieb sie entspannt, ruhig und ausgeglichen. Er war wie Valium für sie. Christina wusste, dass sie getrost alle Dinge ihm überlassen konnte und sich um nichts sorgen musste. Er passte auf sie auf, und vor allem gelang es ihm stets, so eine Lebensfreude und Zuversicht auszustrahlen, dass ihr die eigene Panik vollkommen surreal erschien. Aber immer dann, wenn Danny nicht da war, schlich sich die Angst zurück in ihren Kopf. Wie ein lautloser Schatten, der sie immer verfolgte und nur darauf lauerte, sie einzuholen.

Der Ozean, der spiegelglatt draußen vor dem Bullauge lag, konnte ihr heute nicht die benötigte Zufriedenheit schenken, aber immerhin beruhigte er sie wenigstens ein bisschen.

Ich will hierbleiben. Für immer.

Hier hatte sie eine reelle Chance, den Drogen für immer zu entfliehen. Warum hatte sie keinen Beruf gelernt? Etwas, was man auf einem Schiff ausüben konnte. Verkäuferin oder Krankenschwester.

Vielleicht sollte ich mich als Animateurin bewerben …

Sie verwarf den Gedanken sofort. Dieser Job wäre wohl eher etwas für Danny gewesen. Er mochte Menschen, konnte super mit ihnen umgehen und verstand es, immer und überall gute Laune zu verbreiten. Zudem stand er gerne im Mittelpunkt, während sie lieber im Hintergrund blieb.

Eigentlich wollten sie nun gemeinsam ihre Koffer packen, aber mittlerweile hatte Christina das allein erledigt, was ihr die Endgültigkeit ihrer Abreise noch mehr verdeutlichte und ihre Gefühlswelt völlig durcheinanderbrachte.

Die Tür öffnete sich, und Danny trat ein. An seinen nassen Haaren erkannte sie, dass er bereits geduscht und umgezogen war. Nach nur einer Sekunde hatte er ihre Stimmung vollständig erfasst.

«Ach Tina», sagte Danny leise und setzte sich auf das Sofa. Mit der Hand klopfte er neben sich, und Christina folgte seiner Aufforderung. «Wovor hast du Angst?»

Schlagartig fühlte sie sich ertappt. Erneut beschlich sie das ungute Gefühl, dass Danny Gedanken lesen konnte.

Du kannst ihm die Wahrheit sagen. Er wird dich nicht auslachen!

«Davor, nach Hause zu kommen. Allein zu sein. Ich habe Angst, dass alles wieder so wird, wie es war.»

Er legte einen Arm um sie. «Das wird es nicht. Du wirst bei mir sein. Ich lass dich nie wieder allein.»

«Aber du musst arbeiten. Und du hast mir gesagt, dass einige Foto-Shooting-Termine anstehen und du mehrfach über das Wochenende wegmusst …»

«Tina», begann er. «Ich werde dich mitnehmen. Wir werden gemeinsam dorthin gehen, und du wirst mit mir im Hotel wohnen.»

Christina sah ihn an. Es fiel ihr schwer, seinem Blick standzuhalten, wenn er sie so eindringlich fixierte. Und doch tat sie es. Das dunkle Blau seiner Augen veränderte sich plötzlich. Nicht die Farbe selbst, sondern ihr eigenes Empfinden, das sie damit verband. Die Erinnerung an ihren Vater verschwamm und wurde zu dem Wasser, das vor der geöffneten Balkontür floss.

Seine Augen sind genauso blau wie der Ozean, auf dem wir uns befinden, stellte sie fest. *Er ist dein Zuhause. Du kannst es schaffen!*

Entschlossen stand sie auf. «Ich hab deine Sachen auch schon gepackt. Können wir rausgehen? Ich möchte sehen, wie das Schiff anlegt, und dazu will ich diesmal in der ersten Reihe stehen!»

«In Ordnung. Danke fürs Packen. Ist echt lieb von dir.»

Gemeinsam gingen sie mit dem Gepäck nach oben, damit sie sich einen Platz sichern konnten.

Dreh dich noch mal um, bevor du vom Schiff gehst. Ihre Mutter hatte früher immer zu ihr gesagt, wenn man einen Ort verlässt, an dem man lieber bleiben würde, solle man sich beim Weggehen noch einmal umdrehen. Das würde garantieren, dass man irgendwann wieder zurückkäme.

Es gibt noch keinen Grund zur Sorge. Du bist noch fast zwei Wochen bei Sophia. Bis dahin hatte sie sich hoffentlich wieder gefangen.

Oder du kannst dann immer noch Maddox anrufen …

Entsetzt über sich selbst, schob sie diesen Gedanken beiseite. Sie hasste diese imaginäre Person in ihrem Kopf, die sich ungewollt dort eingenistet hatte und ihr immer wieder dieses Wort zurief. Beständig wie mit einem Hammer versuchte sie das Wort «Heroin» zu morsen.

Irgendwie musste sie es schaffen, diesen Fremdkörper loszuwerden oder dauerhaft zum Schweigen zu bringen. Und sie musste Maddox vergessen. Einen Mann, der außer einem finanziellen Interesse nichts für sie übrig hatte und von dem sie sich einredete, nichts von ihm zu wollen außer Drogen.

Drogen …

Der Hammer sauste schon wieder herunter und morste kontinuierlich weiter:

Lang, kurz, kurz – kurz, lang, kurz – lang, lang, lang …

Drogen …

Wieso konnte das nicht aufhören? Es gab nur einen Weg, diese Stimme zum Schweigen zu bringen. Den Weg, den sie nie wieder gehen durfte.

Sie hatte es Danny versprochen, und sie war es ihm schuldig.

* * *

Danny saß lange im Garten seiner Tante und sah in den Nachthimmel. Es war ruhig und dunkel im Haus, die anderen schliefen seit Stunden, aber er schaffte es einfach nicht, ebenfalls zur Ruhe zu kommen. Morgen in aller Früh würden sie aufbrechen und zurück nach Deutschland fliegen. Danny plante, im Winter für zwei weitere Wochen herzukommen, aber er wusste noch nicht, ob das für ihn realisierbar war. Sein Urlaub war aufgebraucht, also musste er darauf hoffen, dass das Fitnessstudio über Weihnachten schloss. Aber selbst das brachte für ihn keine Garantie, dass es klappte. Denn jetzt gab es Christina in seinem Leben, für die er plötzlich verantwortlich war. Seine anfängliche Hoffnung, sie würde einfach ein neues Leben anfangen und nie wieder auch nur an Drogen denken, schwand zusehends.

Mittlerweile musste Danny sich eingestehen, dass das eine naive Wunschvorstellung von ihm gewesen war. Christinas Sucht, die viel prägender und einschneidender war, als er es jemals für möglich gehalten hätte, würde ihnen beiden noch einiges abverlangen.

Sie braucht dich, und das weißt du!

Gebraucht zu werden war wichtig für Danny. Er war ihre Mitte. Der Dreh- und Angelpunkt ihres Lebens.

Die Planeten kreisen um die Sonne. Nicht weil sie es müssen, sondern weil sie ohne ihre Wärme leblos wären.

Danny brauchte Christina ebenso wie sie ihn. Eine symbiotische Beziehung, wie sie auch in der Natur vorkam. Er war die Ameise, die selbstlos die Blattlaus beschützte. Im Gegenzug erhielt er von ihr Zuckerwasser. Sein Zuckerwasser hieß «gebraucht werden». Christina gab ihm immer wieder das Gefühl, dass sie ohne ihn nicht leben konnte. Er war es, den sie anrief, wenn sie wieder einmal verloren im Regen stand oder ihre Vergangenheit sie einholte. Das war seine Motivation, alles dafür zu tun, ihr einen Neustart zu ermöglichen.

Die Sorge um Christina brachte einen weiteren Vorteil mit sich: Seine eigenen Ängste rückten in den Hintergrund. Denn je weniger er an seine HIV-Infektion dachte, desto weniger spielte diese eine Rolle in seinem Leben. Insgeheim stellte er sich immer zwei Wölfe vor, die in seinem Inneren hausten. Sie standen symbolisch jeweils für Krankheit und Zuversicht. Wichtig war es, nur den Zuversichtswolf zu füttern. Den anderen musste er so sehr hungern lassen, dass es ihm nicht mehr gelang, sich in das gefürchtete Schreckgespenst zu verwandeln und seine Gedanken zu kontrollieren. Seit Christina zurück war, funktionierte das besser als jemals zuvor.

Du musst es auch ohne Tina schaffen. Mach dich nicht von ihr abhängig.

Doch er wusste, das war nicht möglich. Er würde es können, aber er wollte nicht. Er wollte nicht mehr ohne sie leben. Sie gehörten untrennbar zusammen, und was sie erreichen wollten, das mussten sie gemeinsam schaffen.

Never ask, what you can, but only, what you want.

Who else, if not we? When, if not now?

Bewusst entschied er sich für Christina, mit allen Folgen und Konsequenzen, die das irgendwann einmal für ihn haben würde.

Wehmütig stand er auf. Das Wasser im Pool glitzerte im fahlen Mondlicht, das in den Garten und auf das verwinkelte Holzhaus fiel. Eine heimische Atmosphäre schlug ihm in fast greifbarer Konsistenz entgegen.

Hier hättest du deine Kindheit verbringen können.

«Stay with me, Danny!», waren Tante Sophias Worte zu ihm gewesen, als sie gemerkt hatte, dass etwas nicht stimmte. Damals, als sein Leben dabei war, sich in einen immerwährenden Albtraum zu verwandeln. «The house is big enough. You get your own room. You can return to your old school, to your friends. What do you say?»

Jaaaaa!

Er lehnte ab. Wegen seiner Freundin in Deutschland, die es nicht gab. Natürlich glaubte Tante Sophia ihm diese Lüge nicht, aber den wahren Grund erfuhr sie erst sehr viel später. Mittlerweile wusste Danny, dass er für den Tod seines ungeborenen Bruders nichts konnte. Die Wahrscheinlichkeit, dass der damals hochschwangeren Tante Sophia etwas Ähnliches widerfuhr wie seiner Mutter, lag bei null Komma noch was. Sein Vater war es, der ihm diese Schuld kontinuierlich einredete, bis er sie in alle Ewigkeit verinnerlicht hatte.

Und dennoch, als Danny am Nachmittag Jenna im Pool beobachtet hatte, wurde ihm klar, dass seine Entscheidung damals richtig gewesen war. Sicher war sicher.

Sein Blick streifte noch einmal Rex' Grab in der Ecke des Gartens, bevor er sich still von allem verabschiedete und zurück ins Haus ging.

* * *

Christina war vollkommen erschöpft, als sie für Danny die Wohnungstür aufschloss und er das Gepäck hineinbrachte. Am liebsten hätte sie sich sofort ins Bett gelegt und zehn Stunden am Stück geschlafen, aber die Sehnsucht in ihr war zu groß.

«Können wir jetzt gleich kurz zu Maya fahren?», drängte sie. «Bitte! Ich muss wissen, wie es ihr geht!» Die Mädchen aus dem Heim hatten zwar wie versprochen berichtet, wie es dem Pony ging, aber das genügte Christina nicht. Sie wollte mit eigenen Augen sehen, dass es mit Maya weiterhin bergauf gegangen war.

«Dann komm.» Danny nahm seinen Autoschlüssel vom Haken und verließ die Wohnung wieder. Wenn der lange Flug ihn ebenfalls müde gemacht hatte, so ließ er sich nichts davon anmerken. Christina folgte ihm ins Auto, das sofort ansprang, obwohl es so lange nicht bewegt worden war. Sie fuhren die paar Kilometer zur alten Mühle, und noch bevor Danny die Handbremse ziehen konnte, sprang Christina aus dem Auto und rannte in Richtung Koppel. Die drei Ponys grasten friedlich im Schatten der hohen Bäume.

«Maya», rief Danny, und das Pony kam angetrabt.

«Sie kann rennen!», jauchzte Christina. «Schau, sie kann *rennen*!»

Das kleine, graue Pferdchen war rundlich geworden, der Verband vom Hinterfuß längst entfernt, und die vielen Schrammen im Fell begannen zuzuwachsen. Die schwarze Mähne, die sie aufgrund der vielen Verfilzungen ganz kurz schneiden mussten, wurde allmählich wieder lang. Mayas Augen waren klar und lebhaft.

Danny kletterte über den Zaun in die Koppel und holte Halfter und Führstrick. Bereitwillig streckte das Pony ihm den Kopf entgegen.

«Was hast du mit ihr vor?», wollte Christina wissen.

«Du wirst sie reiten.»

«Was?» Ihr Herz schlug schneller.

Reiten. Auf einem richtigen Pferd.

Wie oft hatte sie sich das als kleines Mädchen gewünscht, ihren Vater angefleht, ihr einmal die Möglichkeit zu geben? Aber er dachte nur an die Fotos, die er immerzu von ihr machen wollte.

Bilder, auf denen seine Tochter nackt war und die er nach eigener Aussage für seine Freunde knipste. Mit einem Kind auf einem Pony konnte ihr Vater nichts anfangen.

Reiten ... Wie ein normales Mädchen.

Sie schaute Danny zu, wie er den Strick auf den Pferderücken legte und sich offensichtlich Gedanken darüber machte, wie er nun da hinaufkommen sollte.

«Ich probiere das kurz mal», erklärte er. «In dem Zirkus haben sie zwar gesagt, dass immer Kinder auf ihr geritten sind, aber man weiß ja nie. Nachher wirft sie dich ab.»

«Ach, und wenn sie dich abwirft, ist es egal oder wie?»

Danny ignorierte ihren Einwand, nahm zwei Meter Anlauf und wollte von der Seite aufspringen. Maya erschrak und machte einen Satz zur Seite, sodass Danny auf dem Boden landete.

«So geht es nicht», stellte er fest, während er sich die Hände an der Hose abwischte und wieder aufstand. «Sobald der Tierarzt das Okay gibt, sie dauerhaft zu reiten, werde ich einen Sattel kaufen.»

Maya wartete brav, bis Danny wieder bei ihr war. Diesmal hielt er den Strick fest und nahm keinen Anlauf mehr. Stattdessen griff er in die dicke Mähne, zog sich hoch und schwang sein rechtes Bein seitlich über den Pferdehintern. Das Pony blieb reglos stehen. So weit es ging rutschte Danny nach vorne und schnalzte mit der Zunge. Zeitgleich bohrte er seine Fersen in Mayas Flanken. Sofort trabte das Pferd an. Danny hatte zwar keine Schwierigkeiten, das Gleichgewicht zu halten, aber er schaffte es nicht, die Gangart zu verlangsamen. Das Ziehen am Strick schien genauso nutzlos wie sein «Brrrr».

Also ließ er Maya ihre Runden traben, bis sie von selbst in Schritt fiel. Nach einer Weile blieb sie stehen und begann zu grasen. Danny rutschte von ihr hinunter.

«Du bist dran!», forderte er Christina auf. «Sie bockt nicht, sondern ist ganz brav.»

Mit wildklopfendem Herzen trat Christina näher. Sie nahm das Gummi, das sie um ihr Handgelenk trug, und band sich damit die Haare zum Zopf. Mayas warmer Atem streifte ihren Arm, und ein wohliges Gefühl machte sich in ihr breit. Tiere waren ihr schon immer lieber gewesen als Menschen. Stumme Freunde, denen man alles bedenkenlos anvertrauen konnte. Ihre Freundlichkeit war nicht zu überbieten. Die des Pferdes genauso wie die der Delphine in der Karibik. Ein Hauch von Sehnsucht wallte in ihr auf, als sie an diesen Tag dachte. Noch nie zuvor war Christina in so tiefem Wasser gewesen. Vor allen Dingen war sie zum ersten Mal in ihrem Leben nicht davongelaufen, sondern hatte sich ihrer Angst gestellt – und sie besiegt.

Das bedeutet, du kannst alles schaffen!

Danny half ihr aufs Pferd. Zur Sicherheit hielt er Maya noch am Kopf fest, aber das Pony machte keine Anstalten, loslaufen zu wollen.

Vorsichtig richtete sich Christina auf, die Hände in die Mähne gekrallt. Es war ungewohnt, den warmen Pferdeleib unter sich zu haben. Das Fell kitzelte an ihren nackten Beinen, und sie spürte Mayas Atmung. Ein Zittern lief durch den Pferdekörper, als eine Fliege auf der Schulter landete. Christina klammerte sich noch fester an Maya und lachte dann auf.

«Okay?», erkundigte sich Danny.

«Ja. Kann losgehen.»

Langsam lief Danny los, und Maya folgte ihm gemütlich.

«Oh, ist das wackelig.»

Das Pferd blieb sofort stehen, als Christina ins Rutschen kam.

«Weiter», forderte Christina und versuchte, trotz der schaukelnden Bewegung in der Mitte sitzen zu bleiben. Das Grinsen auf ihrem Gesicht wurde breiter, als sie sich traute, die Mähne loszulassen und ihre Arme auszubreiten.

Du sitzt auf einem echten Pferd!

«Ich kann reiten!», jubelte sie. «Danny, schau – ich kann reiten!»

«Yeah. Ich sehe es!»

«Ich kann es», wiederholte sie staunend. Noch nie in ihrem Leben war sie sich so stark und unverletzlich vorgekommen. Ein Gefühl, an das sie sich in Zukunft immer erinnern wollte.

Obwohl sie nun schon drei Tage in Deutschland waren, hatte Christina noch immer einen Jetlag. Insgeheim bewunderte sie Danny. Ihm schien die große Zeitverschiebung überhaupt nichts auszumachen. Er war wie immer voller Energie und Tatendrang, und es störte ihn nicht, dass er gleich am Wochenende schon wieder zu den ersten Foto-Shootings musste.

Er hätte mir ruhig ein paar Tage Erholung gönnen können.

Sie verscheuchte den unfairen Gedanken sofort. Schließlich kam sie gerade von einem Fünf-Wochen-Dauer-Urlaub, den Danny ihretwegen unternommen hatte. Nun konnte er seine Arbeit nicht länger vor sich herschieben, und es war schließlich nicht seine Schuld, dass eine erwachsene Frau nicht in der Lage war, ein Wochenende allein zu Hause zu bleiben.

Reiß dich zusammen, dachte sie und trottete dem gutgelaunten Danny hinterher. Er öffnete die Tür des Fotostudios und wurde schon beim Hereinkommen empfangen. Hier herrschte eine Hektik, die Christina sofort nervös machte.

«He, Danny, gut, dass du da bist, wir fangen gleich an.» Die Frau begrüßte ihn mit Handschlag und nickte ihr nur kurz zu. «Hey, ich bin Susanne.» Dann schob sie Danny in eine Art Friseursalon und dirigierte ihn auf einen freien Platz.

«Geht es dir gut?» Susanne wartete nicht wirklich auf seine Antwort, sondern begann sofort zu erklären: «Ihr seid nachher im Studio 4. Geplant sind ein paar Einzelaufnahmen und zwei Gruppenaufnahmen.» Sie beugte sich ein wenig vor und zischte:

«Die haben drei neue Mädels kommen lassen. Die absoluten Zicken, sag ich dir.»

«Hm», gab Danny zurück. «So wie alle Frauen, meinst du also?»

«Noch viel schlimmer. In der Umkleide geht es zu wie im Tollhaus. Stutenbissigkeit auf höchstem Niveau.» Mit einer Bürste kämmte sie ihm zügig die Haare durch. «Ach ja, wir müssen färben. Tut mir leid. Ich nehme nur eine ganz schwache Tönung, die hast du nach ein paarmal Waschen draußen.»

«Kein Problem.»

Christina bemerkte den Zorn, der in ihr aufstieg. Obwohl sie vom Kopf her wusste, dass es keinen Grund dazu gab, störte es sie, dass eine fremde Frau an Danny herumwerkelte und sich einfach das Recht herausnahm, ihn nach Belieben umzustylen.

Sie hält sich doch nur an die Vorgaben von Dannys Auftraggebern.

Theoretisch war ihr das klar. Es war auch nichts Außergewöhnliches. Eines der drei Modelabels, für die er arbeitete, tat das immer. Sie fanden seine blauen Augen zu dunklen Haaren einfach markanter. Danny störte es nicht, und er wusch sich die Farbe im Anschluss einfach immer wieder raus.

Aber mich stört es!

Es war die Angst davor, dass jemand ihn so veränderte, dass er ihr nicht mehr vertraut war. Woher dieser Gedanke kam, vermochte sie nicht zu sagen. Bisher hatte sie seine veränderte Haarfarbe noch nie gestört, aber sie war auch noch nie dabei gewesen. Es fühlte sich plötzlich an, als würde jemand ungefragt in ihr Zuhause eindringen, die Möbel an einen anderen Platz stellen und die Wände bunt streichen. Die Veränderung beunruhigte sie. Ein Eingriff in die Privatsphäre, dem sie nicht zugestimmt hatte …

Nervös begann Christina, auf ihrem Sitz hin und her zu rutschen. Sobald Danny im Studio verschwunden war, wollte sie sich irgendwo eine Zigarette schnorren.

«Zieh mal dein Shirt aus», forderte Susanne. «Es gibt auch noch ein Tattoo.»

Mit offenem Mund beobachtete Christina, wie Danny sofort gehorchte und der blondierten Frau mit dem viel zu weit ausgeschnittenen Top anstandslos sein T-Shirt reichte. Sie legte es auf einen Stuhl und begann, die schwarze Farbe auf seine Haare zu pinseln. Im Anschluss legte sie ein bedrucktes Stück Papier auf seinen Oberarm und befeuchtete es. Christina stand auf und trat näher heran.

«Was wird es denn für ein Tattoo?», fragte sie mit gespieltem Interesse. Das Bild auf Dannys Arm war ihr vollkommen schnuppe. Aber aus der Nähe konnte sie besser sehen, wie Susanne ihm die Hand auf die Schulter legte, als sie das Papier wieder abzog.

Macht die das absichtlich?

«Es ist ein Panther. Jetzt kannst du schauen», sagte Susanne freundlich zu ihr. «Aber nicht berühren, es ist noch nass.»

«Ich bin ja nicht blöd.» Christina biss sich auf die Zunge. Sie musste sich zurückhalten. Das hier war Dannys Arbeit, mit der er den Löwenanteil seines Einkommens verdiente.

Mit dem er deine Schulden bezahlt hat und dein Leben finanziert.

«Es ist superschön geworden.» Sie konnte den Sarkasmus in ihrer Stimme nicht verbergen. «Wann geht das wieder ab?»

«Spätestens in vier Wochen wird man nichts mehr davon sehen.»

Christina wich Dannys warnendem Blick aus und beschloss, ihn heute Abend erst aus der Dusche zu lassen, wenn er dieses fürchterliche Vieh auf seinem Arm wieder losgeworden war – selbst wenn sie ihm dabei die Haut runterschrubben musste …

Susanne wusch Dannys Haare und begann, sie mit Hilfe von Föhn und Gel in die gewünschte Form zu bringen. Obwohl die Stylistin dafür fast eine halbe Stunde brauchte, konnte Christina nur bedingt einen Unterschied zu vorher erkennen. Von der veränderten Farbe einmal abgesehen.

Zu guter Letzt schmierte Susanne ihm noch Make-up ins Gesicht, stäubte eine Ladung Puder darüber und drückte ihm einen Stapel Kleidung in die Hand.

«Diese Reihenfolge, von oben nach unten. Und nun hopp, hopp. Die warten schon.» Sie bugsierte ihn auf den Flur und zeigte auf eine Tür. «Da hinten kannst du dich umziehen. Lass dich von den Mädchen nicht fressen.»

Aus Erzählungen wusste Christina, dass sich die Models aus Platzgründen oft alle in einem Raum umzogen und dass ihnen das vollkommen egal war, weil sie viel zu viel Zeitdruck hatten, um auf die anderen zu achten. Doch als Danny jetzt mit ihr in die offene Kabine trat und seine Klamotten in sein Fach legte, machte sie sich plötzlich Sorgen um ihn. Fünf langbeinige Mädchen mit ihm in einer Umkleidekabine, das war ungefähr so, als würde man ein Stück rohes Fleisch in ein Rudel hungriger Löwen werfen.

Wo sind die anderen Typen?

Zwei von den Mädchen schienen Danny zu kennen, denn sie begrüßten ihn sofort.

«Hey, wie geht's?»

Er hob kurz zwei Finger und widmete sich wieder seinen Klamotten. Christina blieb in der offenen Tür stehen und versuchte, an Dannys Reaktion zu erkennen, ob er bemerkt hatte, dass die Mädchen alle in Unterwäsche herumliefen. Gerade in der Sekunde, als sie sich abwenden und auf einem der Stühle im Flur Platz nehmen wollte, zog das Mädchen, das Danny gerade begrüßt hatte, den BH aus und warf ihre langen, roten Haare zurück. Sie trat dicht hinter ihn und «stolperte» genau im richtigen Moment. Nur mit einem Tanga bekleidet, fiel sie ihm in den nackten Rücken, sodass unweigerlich Hautkontakt entstand.

Danny drehte sich schnell um und fing sie auf, um zu vermeiden, dass sie auf ihrer sommersprossigen Nase landete. Was selbstverständlich ohnehin nicht passiert wäre.

«Oh, entschuldige!», sagte sie affektiert. «Das tut mir aber leid. Wie ungeschickt von mir.»

«Ist ja zum Glück nicht allzu viel passiert», sagte Danny freundlich. «Das nächste Mal passt du bestimmt besser auf, nicht wahr?» Er warf ihr einen wissenden Blick zu, ließ sie stehen und machte sich daran, sich anzuziehen. Christina verbarg ein Lächeln, als sie sich auf den Stuhl fallen ließ. Vermutlich war nur ihr das leicht Genervte in Dannys Stimme aufgefallen, aber das störte sie nicht. Er hatte weder «Macht nichts!» noch «Nicht schlimm!» gesagt und der Rothaarigen eindeutig zu verstehen gegeben, dass sie solche Scherze in Zukunft zu unterlassen hatte.

Vermutlich hat die das aber nicht kapiert, dachte Christina böse. *Meistens haben solche Weiber nicht allzu viel im Hirn. Man müsste sich bei solchen Leuten etwas deutlicher ausdrücken …*

Es war gar nicht so, dass sie eifersüchtig gewesen wäre. Hätte Danny das Mädchen angeflirtet, wäre das vollkommen in Ordnung gewesen, aber so? Wie konnte jemand es wagen, sich einem anderen Menschen ungefragt so aufzudrängen? Wieso trat sie Dannys Intimsphäre mit Füßen? Hatte das sein Vater nicht schon zur Genüge getan?

Da war sie wieder, diese heiße Wut über das Unrecht, das ihm angetan wurde. Gepaart mit dem brennenden Verlangen, ihn beschützen zu müssen.

Danny kam fertig umgezogen aus der Umkleide. «Begleitest du mich ins Studio?»

«Ach nee», lehnte sie ab. «Ich warte im Eingangsbereich auf dich.» Dort konnte sie sich mit Sicherheit die eine oder andere Kippe schnorren.

«Alles klar», willigte Danny ein und gab ihr einen flüchtigen Kuss auf die Stirn. «Rauch nicht so viel!»

Beschämt sah sie ihm nach und nahm sich endgültig vor, nie wieder in ihrem Leben eine Zigarette anzurühren. Das bedeutete, sie musste nun ein anderes Ventil für ihre aufgestaute Wut finden. Christina warf ihre pechschwarzen Haare zurück und betrat die Umkleide. Die Rothaarige saß an einem Schminktisch und tuschte ihre ohnehin schon angemalten Wimpern. Provokant setzte sich Christina so vor den Spiegel, dass die andere ihre Tätigkeit unterbrechen musste.

«Wer bist du denn?», fragte die Rothaarige genervt. «Eine von den Neuen?»

«Nein. Ich bin die Freundin von Danny. Du erinnerst dich? Der Typ, dem du eben deine Titten in den Rücken gedrückt hast.»

Für eine Sekunde war sie überrascht, dann erwiderte sie schnippisch: «Echt? Wusste gar nicht, dass der 'ne Freundin hat. Dazu noch so eine hässliche.»

Christina ließ sich nicht beirren. «Ganz schön peinlich, oder? Sich wie eine Schlampe den Kerlen an den Hals zu werfen. Bist du immer so ein Flittchen? Oder nur sehr verzweifelt?»

Sagt das Mädchen, das sich jahrelang auf den Straßenstrich gestellt hat …

Die Rothaarige stand auf. Ohne Vorwarnung holte sie aus und wollte Christina eine Ohrfeige geben. Mühelos fing sie die Hand ab. Danny hatte ihr oft genug gezeigt, wie man Schläge abwehrte und auch austeilte. Blitzschnell griff sie in die langen Haare und riss der Frau den Kopf in den Nacken.

«Finger weg von Danny, du Hexe», flüsterte sie ihr ins Ohr. «Er gehört mir. Verstanden?»

«Glaubst du, ich lass mir von einer gewöhnlichen Tussi wie dir …»

Christina griff nach dem Wasserglas, das auf dem Tisch stand, und schüttete es der Rothaarigen ins Gesicht. «Das nächste Mal ist es Säure! Dann war's das mit modeln, und du kannst künftig mit Frankenstein in der Geisterbahn arbeiten!» Mit einem lauten Knall stellte Christina das Glas zurück und stand auf. Erhobenen Hauptes stolzierte sie an den anderen Mädchen vorbei. Falls sie sich dazu entschieden hatten, ihrer Kollegin zu Hilfe zu kommen, dann zu spät. Christina war bereits aus dem Raum marschiert.

Keiner fasst ungefragt Danny an!

Niemand besaß das Recht, den Menschen zu verändern oder zu verletzen, den sie am meisten liebte auf der Welt und der untrennbar zu ihr gehörte.

Ohne ihn war sie nicht mehr komplett. Er war ein Teil von ihr, und sie war ein Teil von ihm. Nur zusammen waren sie eins. Ein Ganzes.

* * *

Es war bereits mitten in der Nacht, als sie mit ihren letzten Cocktails von der Hotelbar zurück ins Zimmer kamen. Christina wartete, bis Danny ins Bad ging, presste die Zitronenscheiben, die an beiden Gläsern gesteckt hatten, in eine der Tassen auf dem kleinen Tisch vor dem geräumigen Doppelbett und schlich Danny dann leise hinterher. Zu Hause schloss er die Badtür niemals ab – und nun stellte Christina fest, dass er es hier auch nicht tat, obwohl es keinen Duschvorhang, sondern nur eine Abtrennung aus Glas gab.

Wenn es ihn störte, dass sie ungefragt hereinkam, so ließ er es sich zumindest nicht anmerken. Christina musste sich bemühen, ihn nicht anzustarren. Sie vermischte den Zitronensaft mit Wasser, öffnete anschließend ihren Kulturbeutel und wühlte darin. Insgeheim nahm sie sich vor, seine Angewohnheit, alle Türen unverschlossen zu lassen, in Zukunft zu übernehmen, da es ansonsten ungerecht wäre. Nach einer Weile fand sie, was sie suchte.

Sie tauchte die Nagelbürste in den Zitronensaft und trat zu Danny an die Dusche.

«Hier», sagte sie und hielt ihm das Gemisch hin. «Tina-Spezial-Tinktur. Zieht die Haarfarbe schneller raus. Einfach einmassieren und kurz einwirken lassen.»

Danny streckte seine Hand hinter die Abtrennung, nahm die Tasse und schnüffelte daran. «Zitronensaft?»

«Funktioniert super bei blonden Haaren. Kamillentee geht auch, aber ich dachte, Zitrone ist dir lieber.»

«Yeah. Das stimmt allerdings.» Danny kippte sich die Flüssigkeit in die Hände, verteilte sie in den Haaren und begutachtete Christina misstrauisch. «Sonst hat dich das doch auch nie interessiert, wie ich rumgelaufen bin.»

Christina achtete nicht auf seinen Einwand. «Während das einwirkt, gibst du mir deinen Arm.»

«Welchen?»

Christina rollte die Augen, streckte die Hand nach den Armaturen aus, drehte das Wasser ab und stieg zu Danny in die Dusche. Sie ignorierte, dass ihr Ärmel nass geworden war, genauso wie sie die Tatsache ignorierte, dass Danny nichts anhatte. Es reizte sie nicht. Ihn nackt zu sehen kam ihr genauso selbstverständlich vor, wie wenn sie einen Zwillingsbruder nackt gesehen hätte.

Danny beäugte sie weiterhin skeptisch, als sie begann, mit der Nagelbürste an seinem Tattoo herumzuschrubben.

«Ähm», machte er entrüstet. «Das tut weh. Ist dir bewusst, oder?»

«Mir egal. Da musst du jetzt durch.» Christina bürstete weiter über die rötliche Hennafarbe und stellte enttäuscht fest, dass sie, wenn überhaupt, nur minimal verblasste.

«Willst du auch noch Bleichmittel draufkippen? Das geht doch irgendwann von allein weg.»

«Dauert mir zu lange.» Sie nahm die Seife und rubbelte auch

damit noch mal über den Panther. «Das mache ich nun jeden Abend, bis der Mist wieder weg ist.»

«Was hast du denn gegen Tattoos?», fragte Danny verwirrt. «Den meisten Frauen gefällt das.»

«Mir eigentlich auch», gestand sie lächelnd, ignorierte seinen zweifelnden Blick und verließ das Bad. «Aber es geht ums Prinzip. Niemand malt dich ungefragt an!»

Ricky wedelte mit der Hand die Rauchschwaden weg, damit sie Danny nicht ins Gesicht bekam. Die Disco war gut gefüllt, und es war einer jener seltenen Abende, an denen Simon mal bei einem Mädchen landen konnte. Er hatte sich schon vor über einer Stunde mit einer Blondine nach draußen verzogen und war seitdem nicht wiederaufgetaucht. Deswegen hatten auch Danny und er das Nummernjagd-Spiel für diesen Abend aufgegeben.

Aus den Discolautsprechern drangen die ersten Klänge von Scooter. Seufzend drückte Ricky seine Kippe in den Aschenbecher. Ihm war klar, was jetzt kam. Zeitgleich erhob sich Danny vom Barhocker.

«Sorry», sagte er knapp. «Ich *kann* es nicht lassen. Geht nicht anders.»

Ricky drehte sich um und lehnte sich an die Theke, um zu beobachten, was nun unweigerlich geschah. Danny würde mit seinem Jumpstyle-Gehopse wieder einmal alle Blicke auf sich ziehen und die gesamte Disco unterhalten. Wie jedes Mal, wenn irgendwo diese Art von Musik ertönte. Das Verhalten der anderen Menschen war nahezu immer gleich: Sie verschwanden allmählich an den Rand der Tanzfläche, um demjenigen, der es besser konnte als sie selbst, Platz zu machen und zuschauen zu können.

So war es auch nun. Binnen einer halben Minute hatte Danny genug freie Fläche, um ungestört seine Moves ausführen zu können. Die Umstehenden johlten begeistert. Plötzlich trat ein schlankes, brünettes Mädchen aus der Menge hervor, zog sich seine High Heels von den Füßen und stellte sich Danny gegenüber. Sie brauchte keine zehn Sekunden, um seine Choreographie zu erfassen. Im selben Takt hüpfte sie mit, einmal um ihn herum, nahm ihn kurz an einer Hand und ließ ihn dann wieder los. Wie abgesprochen, beendeten sie ihre Vorstellung absolut synchron.

Die Leute applaudierten, und das Mädchen machte einen Hofknicks in jede Richtung. Dann hob sie ihre Schuhe auf und winkte noch mal zu den Zuschauern. Danny hielt ihr den Arm hin und führte sie von der Tanzfläche. Erst allmählich schloss sich die Lücke wieder. Das Mädchen blieb bei Danny stehen und flüsterte ihm etwas ins Ohr. Er lachte kurz auf und flüsterte etwas zurück. Dann verschwanden die beiden Richtung Ausgang.

Ricky seufzte wieder, zündete sich eine Zigarette an und sah sich um. Weit und breit war keine Frau in der Nähe, die ihm nur ansatzweise gefallen könnte.

Aber es gab keinen Grund, eifersüchtig oder missgünstig zu sein. Oft genug kam es vor, dass er ein Mädchen kennenlernte und Danny oder Simon am Ende allein dasaßen. Sie hatten vor Ewigkeiten miteinander abgesprochen, dass Mädchen immer Vorrang bekamen. Es war vollkommen in Ordnung, sobald man eine kennenlernte, mit ihr loszuziehen. Die einzige Bedingung: Man durfte nicht vergessen, dass die anderen auch irgendwie nach Hause kommen mussten. Manchmal riefen sie sich auch einfach ein Taxi, aber das fiel heute für Ricky flach. Seine Sachen waren bei Danny im Kofferraum, da er bis Samstag bei seinem Freund schlief, um sich die Fahrerei zu sparen. Seitdem Danny von Rottweil nach Besigheim gezogen war, lag gut eine Stunde Autofahrt Entfernung zwischen ihnen, und sie übernachten oft beim jeweils anderen.

Gelangweilt lehnte sich Ricky zurück und stellte sich auf einen langen und einsamen Abend ein, als Simon breit grinsend zurück an die Theke kam.

«Ich soll sie anrufen!», triumphierte er. «Ihre Freundinnen wollten noch in einen Club, und sie musste mit, aber morgen treffen wir uns wieder.»

«Glückwunsch», sagte Ricky anerkennend. «Wie ist sie? Magst du sie?»

«Ist doch piepegal. Sie mag mich, darauf kommt es doch an. Vermutlich werde ich bei ihr landen können!» Simon sah sich fragend um. «Wo ist Danny?»

Ricky zuckte die Achseln und machte eine ausladende Handbewegung in den Raum.

«Alles klar. Dann warten wir mal.»

Fast zwei Stunden später tauchte Danny wieder auf, im Arm das Mädchen von vorher.

«Darf ich vorstellen?», brüllte er quer über den Tisch. «Janina.»

Ricky und Simon begrüßten sie kurz.

«Starker Auftritt vorhin», sagte Ricky bewundernd und streckte seinen Daumen in die Höhe.

«Danke sehr.» Janina strahlte und zeigte ihre makellosen Zähne. «Ich tanze Jumpstyle, seit ich zehn bin.»

«Ich bringe sie schnell zu ihrem Auto», erklärte Danny. «Sollen wir auch gleich gehen?» Ricky und Simon nickten. «Gut, dann treffen wir uns in fünf Minuten an meinem Wagen, ja?» Er gab Ricky seinen Autoschlüssel, und sie verließen gemeinsam die Disco. Janina und Danny verschwanden im hinteren Teil des Parkplatzes, während Ricky den BMW entriegelte, sich auf den Beifahrersitz fallen ließ und den Schlüssel ins Zündschloss steckte. Simon stieg hinten ein und tippte eine Nachricht auf seinem Handy.

Danny kam ein paar Minuten später und startete den Motor.

«Guter Fang. Wirklich ein hübsches Mädchen.» In Simons Stimme schwang Anerkennung mit. «Ihr passt zusammen.»

«Und tanzen kann sie auch!», fügte Ricky hinzu. «Alter Falter, und wie!»

«Das Problem ist», begann Danny, als er vom Parkplatz fuhr, «ich mag sie wirklich. Es ist nicht klug, wenn ich mich mit Mädchen treffe, die ich mag.»

«Ach, komm schon, Danny. Mach dir nicht immer so viele

Gedanken.» Ricky gefiel es nicht, wenn sein bester Freund anfing, melancholisch zu werden. Er konnte ihn absolut verstehen und wünschte ihm gerade deswegen, dass es endlich einmal mit einem Mädchen funktionierte. Dannys Unmengen an Frauen beschränkten sich immer auf oberflächliche Flirts oder gemeinsame Unternehmungen für eine begrenzte Zeit. Das war es dann auch schon. Bisher hatte er erst zwei feste Beziehungen, die beide nicht länger als sechs Monate hielten. Mit seiner ersten großen Liebe Dominique war Danny nie richtig zusammengekommen, obwohl es damals am ehesten hätte funktionieren können. Weil Danny damals noch vollkommen unbefangen und unwissend gewesen war. Diese Zeiten waren längst vorbei. Nun wurde er kontinuierlich von dem Virus in seinem Blut ausgebremst.

«Ich habe sie für morgen Abend zu mir eingeladen», gestand Danny. «Wir wollen zusammen eine Choreographie ausprobieren und anschließend bei mir essen.»

Simon klatschte begeistert in die Hände, und Ricky schlug Danny euphorisch auf den Oberschenkel. «Na also. Geht doch! Zu dir *nach Hause*!»

«Wirklich nur zum Essen.» Danny schüttelte vorwurfsvoll den Kopf. «Nicht, was du wieder denkst!»

«Selbst wenn, das ist doch in Ordnung!» Ricky wollte seinem Freund die Sorgen nehmen, die ihn auffraßen. «Du weißt doch genau, dass nichts passieren kann, wenn ihr vernünftig handelt.»

«Vernünftig handeln ist, wenn wir beim Essen bleiben ...»

«Apropos Essen», warf Simon ein. «Du weißt schon, dass du nicht kochen kannst, oder? Was willst du ihr denn anbieten? Nicht jeder isst Sauerkraut mit Spinat und Vanillesoße.»

«Das hab ich nur gemacht, weil es eben gerade da war», verteidigte sich Danny. «Ich werde Tina fragen, ob sie morgen das Kochen übernimmt. Macht sie mit Sicherheit.»

Ricky verscheuchte den Gedanken an die eklige Essenszusammenstellung. Solche merkwürdigen Kombinationen waren ein Überbleibsel aus Dannys Jugend. Er konnte einfach nichts wegwerfen, weil er für nicht leergegessene Teller so oft Prügel kassiert hatte, dass ihm das für alle Ewigkeit in Fleisch und Blut übergegangen war. Christina jedenfalls würde sich freuen, Danny diesen Gefallen tun zu dürfen. Das gab ihr die Gelegenheit, sich bei ihm zu revanchieren. Ricky wusste, wie wichtig ihr das war.

«Und dann esst ihr zu dritt, oder wie?», fragte Simon spöttisch. «Süß!»

Danny zuckte die Schulter, als er den Blinker setzte und in die Einfahrt von Simons Wohnung fuhr, um dort anzuhalten. «Tina kann den Abend bei ihrer Freundin Natascha verbringen. Das macht sie manchmal.»

«Besser wird das sein. Pass bloß auf, dass Janina nichts von Tina zu sehen bekommt. Das gibt nur Ärger.» Simon öffnete die Tür und stieg aus. «Macht's gut, ihr zwei.»

«Da hat er recht», pflichtete Ricky Simon bei und sah zu, wie dieser hinter der Haustür verschwand.

«Ich werde Tina ganz bestimmt nicht verleugnen!»

«Was willst du dann sagen?»

Danny verschränkte die Arme vor der Brust und blickte Ricky trotzig an.

«Nein!», bestimmte Ricky, um seinem unguten Gefühl Luft zu machen. «Du wirst Janina *nicht* sagen, dass Tina bei dir wohnt. Was willst du ihr noch verraten? Dass ihr gemeinsam in einem Bett schlaft? Oder dass sie zu dir unter die Dusche kommt?» Das konnte nicht gutgehen. Wenn Danny das vorhatte, dann war es wirklich besser, sich gar nicht erst mit dem Mädchen zu treffen.

Rückwärts fuhr Danny zurück auf die Straße.

«Ich werde Tina nicht verleugnen», wiederholte er und fügte dann seufzend hinzu: «Ich habe ihr versprochen, dass sie immer die wichtigste Person in meinem Leben sein wird.»

«Von mir aus, dann sag's Janina. Aber nicht morgen. Lern sie erst mal kennen und gewinn ihr Vertrauen. Und bis dahin behältst du das mit Tina für dich. Komplett. Janina darf Tinas Zimmer nicht sehen, und sie darf nicht wissen, dass sie bei dir wohnt. Ich bitte dich, Danny. Hör auf meinen Rat. Das wird sonst ganz gründlich schiefgehen!»

* * *

Danny drehte die Musik leiser und reichte Janina ein Handtuch.

«Pause», keuchte sie noch einmal. «Ehrlich, ich kann nicht mehr. Ich bin viel zu vollgefressen dazu.» Mit den Fingern strich sie sich die verschwitzten, braunen Haare aus der Stirn und wedelte sich dann verzweifelt mit dem Handtuch Luft zu.

«Du kannst hier duschen, wenn du magst», bot Danny ihr an.

Janina lachte laut auf. «Netter Versuch, aber nein, danke. Geht schon.» Sie bückte sich und suchte nach den weißen Socken, die sie sich zum Jumpen ausgezogen hatte. Danny musste sich bemühen, ihr nicht allzu auffällig in den Ausschnitt zu starren. Er ging zur Stereoanlage und nahm die CD heraus.

«An diese Art von Musik werde ich mich wohl nie gewöhnen. Ich meine, sie macht zwar echt gute Laune, aber wenn ich sie nicht gerade zum Tanzen brauche, tu ich mir das nicht an.»

«Wirklich nicht?» Janina schien erstaunt. Sie trat neben Danny und betrachtete seine Musiksammlung. «Was hörst du sonst so?»

«Eher so was.» Er legte «Into the fire» ein, drückte auf Play und ging zum Fenster, um es zu öffnen. Janinas Volkswagen stand unter einer Straßenlaterne, und der grüne Lack funkelte im Licht. Sie war schon einige Stunden da. Wie ausgemacht, hatten sie zuerst zusammen eine Choreographie ausprobiert und dann gegessen. Natürlich war Christina bereitwillig Dannys Aufforderung nachgekommen. Sie verbrachte den Samstagvormittag im Supermarkt und den restlichen Tag in der Küche, um ein Drei-Gänge-Menü zu zaubern. Eine Roquefort-Quiche, Lasagne und zum Nachtisch eine Beeren-Tartelette. Christina war eine ganz wundervolle Köchin, und natürlich konnte Janina nicht glauben, dass er das alleine bewerkstelligt hatte. Deswegen musste Danny zu einer kleinen Notlüge greifen und behauptete kurzerhand, seine Mutter wäre da gewesen, um ihm zu helfen. Nach der üblichen Schwindelei über seinen Vater kam es darauf schließlich auch nicht mehr an.

Zu Dannys Überraschung konnte man sich mit Janina ausgezeichnet über tiefgründige Themen unterhalten. Kurzzeitig waren sie sogar zur Politik geschweift – und zu den Geschehnissen im Kosovo.

Nachdem sie dann ewig geredet hatten, waren sie noch mal in Dannys Sportzimmer gegangen, weil Janina einfiel, dass sie ihm unbedingt noch ein paar Moves zeigen wollte.

Nun trat sie zu ihm ans Fenster.

«Wartest du auf jemanden?»

Ja. Auf meine Mitbewohnerin, Freundin, whatever …

Christina hatte sich von Natascha abholen lassen und den Abend bei ihr verbracht. Eigentlich wollte sie auch bei ihr übernachten, aber Danny war sich sicher, dass sein Besuch bis Mitternacht wieder weg war, und hatte Christina ab da die Freigabe zum Heimkommen erteilt. Jetzt ging es bereits auf halb zwei zu, von Christina keine Spur, und seine Tanzpartnerin machte keine Anstalten zu gehen.

Wo bleibt sie? Es wird doch nichts passiert sein?

Janina sah ihn fragend an, und Danny schüttelte verneinend den Kopf. Mit einer schwungvollen Bewegung warf sie das Handtuch auf den Boden, griff nach seinen Händen und stellte sich auf die Zehenspitzen. Danny beugte sich ein Stück zu ihr hinunter und öffnete die Lippen. Der Kuss schmeckte süß, nach Wein und etwas, was ihm das Blut aus dem Kopf in andere Körperteile schickte. Zärtlich fuhr er mit der Zunge über die weiche Haut in ihrem Mund. Er konnte sich nicht länger zurücknehmen, nicht weiter sanft sein. Janina schien es genauso zu gehen, denn sie rutschte dichter an ihn heran und hob ihr Knie in die Höhe, als wollte sie auf ihn klettern. Unweigerlich versuchte Danny, einen Schritt zurückzuweichen, nur um festzustellen, dass er schon an den Fenstersims stieß.

Zu eng. Zu dicht.

Seine Handflächen wurden feucht, und plötzlich nutzte auch das offene Fenster nichts mehr. Danny konnte es nicht ertragen, wenn er mit dem Rücken zur Wand stand und sein Weg nach vorne versperrt war.

Janina kam noch näher heran. Danny nahm ihr angewinkeltes Bein, hob sie hoch, ging zur Mitte des Raumes und stellte sie dort ab. Augenblicklich fühlte er sich wohler und fuhr fort, sie zu küssen.

Du solltest nichts mit ihr anfangen, schoss es ihm durch den Kopf. *Dafür magst du sie einfach viel zu sehr.*

Die Hitze in seinem Körper verschwand so schnell, wie sie gekommen war. Er löste sich von ihr, nahm ihr Handgelenk und führte sie in die Küche. «Lass uns was trinken.»

«Wasser», keuchte sie atemlos. «Kann ich nun wirklich gebrauchen.» Danny schenkte ihr ein Glas ein. Von hier aus konnte er nicht hinaus auf die Straße sehen, aber das war auch nicht nötig. Er hörte Nataschas Toyota und vernahm das Knallen der Autotür. Kurz darauf wurde der Schlüssel ins Schloss gesteckt, und die Tür schwang auf. Auch Janina hatte es gehört. «Kommt da jemand?», fragte sie. Noch bevor Danny ihr eine Antwort geben konnte, betrat Christina die Küche. Ihrem Gesichtsausdruck nach hatte sie eindeutig nicht mit dieser Situation gerechnet.

Viel entscheidender war allerdings Janinas Reaktion. Sie starrte das ihr fremde Mädchen mit aufgerissenem Mund an. In diesem

Moment wurde Danny bewusst, dass Ricky recht gehabt hatte. Vollkommen egal, was er sich nun für eine Erklärung ausdachte, sie würde seine Mitbewohnerin niemals akzeptieren.

«Das ist Tina», sagte er lahm.

«Hey», rief Christina im selben Moment gut gelaunt und streckte Janina die Hand hin. «Ich bin Tina, Dannys Schwester.» Seufzend ließ Danny sich auf den Stuhl sinken, um zu verfolgen, was nun geschehen würde.

Let's get it on …

«Schwester?» Janinas Stimme war schrill. «Danny hat mir gesagt, er ist ein Einzelkind.» Empört drehte sie sich zu ihm um.

«Tina zählt nicht», erklärte er. «Halbschwester. Patch-Work-Family.»

«Selber Vater, andere Mutter. Unser Vater, diese miese Sau, ist ständig fremdgegangen!» Christina stemmte die Hände in die Hüften und sagte voller Überzeugung: «Ich hasse diesen Dreckskerl. Hoffentlich verrottet er in der Hölle! So, ich geh dann mal schlafen.»

Gerade als sie die Küche verlassen wollte, rief Janina ihr hinterher: «Moment mal. Ich dachte, Dannys Vater ist Pfarrer?»

«Pfarrer?»

Danny stand ebenfalls auf und stellte sich zu Janina. «Ja, Pfarrer. Das sind auch nur Menschen. Die können auch fremdgehen.»

«Mit dir rede ich gar nicht», fauchte Janina. Natürlich hatte sie Christinas Verwirrung bemerkt. Sie ließ Danny stehen und ging ihr hinterher. «Warum, bitte, wohnt ein Mädchen bei seinem Bruder?»

«Warum nicht?», gab Christina zurück. «Danny hat mit seiner Mutter hier gewohnt. Als sie vor einem halben Jahr gestorben ist, bin ich eingezogen. Die Wohnung ist einfach zu groß für einen allein. Gute Nacht, ihr beiden.» Schnell verschwand sie in ihrem Zimmer.

«Aha», machte Janina. Sie verschränkte die Arme vor der Brust und funkelte Danny aus wütenden Augen an. «Wer von euch lügt hier?» Danny beobachtete ihren Blick, der durch das Zimmer schweifte. Sie suchte nach Dingen, die ihr Aufschluss darüber geben konnten, bei wem sie wirklich war, nachdem Danny offenbar nicht der war, der er vorgab zu sein.

«Ich hab gelogen», gab er zu.

«Wie wäre es dann bitte mit der Wahrheit?»

«Mein Vater sitzt wegen Vergewaltigung und Kindesmisshandlung im Knast, meine Mutter ist nicht ganz richtig im Kopf, und Tina wohnt seit ihrem Heroinentzug bei mir.»

«Ist klar. Verarschen kann ich mich allein.» Ihre Stimme war bissig.

«Du wolltest die Wahrheit wissen. Es hatte schon einen Grund, warum ich es dir nicht gesagt habe.»

«Und du machst auch keine Ausbildung zum Sport- und Fitnesskaufmann?»

«Doch, das stimmt.» Danny machte eine Pause und fügte dann hinzu: «Nebenher arbeite ich für große Fotoagenturen als Model.»

«Okay, das reicht. Ich höre mir diesen Unfug nicht länger an. Ich sag dir eins – entweder *die* verschwindet hier, oder ich tu es!»

«Leb wohl, Janina.»

«Wie meinst du das?»

Danny löste sich von der Küchentheke, an die er sich gelehnt hatte, und ging den Flur entlang. Dann öffnete er die Wohnungstür.

«Tina bleibt. Mach's gut.»

Sie nahm ihre Handtasche vom Stuhl, schlüpfte in ihre Sneakers und verließ schweigend die Wohnung.

Mit einem lauten Knall schlug Danny die Haustür wieder zu.

«Scheiß Weiber», fluchte er.

Christina trat aus ihrem Zimmer. Tränen standen ihr in den Augen. «Gott, Danny, es tut mir leid. Ich hab alles kaputt gemacht. Tut mir so leid.»

«Es war doch nicht deine Schuld.» Er deutete mit der Hand auf die Tür. «Sie hat mich vor eine Wahl gestellt, und ich habe sie getroffen.»

«Jede Frau wird das tun …»

«Die können mir alle gestohlen bleiben.»

Danny legte seinen Arm um Christina. «Komm, du musst heute bei mir schlafen.»

Während er sich auszog, setzte sie sich auf sein Bett. «Darf ich dich das fragen, was mir gerade durch den Kopf geht?»

«Natürlich. Du darfst mich alles fragen», gab er zurück.

«Du hast zu mir gesagt, du kommst mit deiner Vergangenheit klar, hast damit abgeschlossen und kannst wunderbar damit leben. Du bist eigentlich ein ehrlicher Mensch, aber dennoch lügst du das Blaue vom Himmel, um zu vertuschen, was war. Warum?»

«Da geht es weniger um mich», erklärte Danny. «Ich komme damit klar. Das Problem sind die anderen. Sobald sie es wissen, fassen sie mich mit Samthandschuhen an, und wann immer sie mich ansehen, haben sie Bilder vor ihrem geistigen Auge, die da nicht hingehören. Ich will ihr Mitleid nicht. Sie sollen mich normal behandeln.»

Christina nickte und rutschte zur Seite. Danny legte sich zu ihr und hob die Bettdecke an, damit sie zu ihm kommen konnte. Sie drehte ihm den Rücken zu und rutschte so dicht an ihn heran, dass ihr nur mit einem Slip bedeckter Hintern seine nackten Oberschenkel berührte. Er nahm es wahr, aber es war etwas vollkommen anderes als vorhin bei Janina. Bei Christina wären ihm nie die gleichen Gedanken in den Sinn gekommen, denn sie war ein Teil von ihm. Viel mehr als eine Schwester. Sie war seine Seelenverwandte.

Vorsichtig legte Danny seinen Arm um ihre Hüfte und zog sie dichter an sich heran. Tief atmete er ihren herben Geruch ein und vergrub die Nase in ihren Haaren. In diesem Moment wurde ihm bewusst, dass er keine andere Frau in seinem Leben brauchte. Nie wieder wollte er versuchen, eine Beziehung einzugehen, denn er hatte Christina – und das war mehr als genug.

Christina hob winkend die Hand und wartete, bis der schwarze BMW um die Ecke gebogen war. Dann nahm sie den Zeigefinger wieder vom Klingelknopf, noch bevor sie darauf gedrückt hatte. Schnell rannte sie die Stufen hinunter und hoffte, dass Natascha sie nicht bereits gesehen hatte. Bis morgen Abend war nun Zeit. So lange wollte sie offiziell bei ihrer Freundin bleiben.

Du zerstörst alles, Tina. Dich. Und ihn.

Tränen liefen ihr die Wangen hinunter. Das schlechte Gewissen fraß sie auf, und doch konnte sie nicht anders. Der Drang wurde unkontrollierbar, die Schmerzen lauerten schon in ihrem Hinterkopf, bereit, sich jederzeit über ihr Rückenmark im gesamten Körper zu verteilen, explosionsartig und vernichtend, in rhythmischen Schüben.

Die imaginäre Person in ihrem Kopf, die nur in ganz besonderen Momenten Ruhe gab, begann wieder mit voller Kraft, den Hammer auf den Amboss zu schlagen:

Drogen.

Lang, kurz, kurz – kurz, lang, kurz – lang, lang, lang …

Christina wurde nicht Herrin darüber, so sehr sie sich auch bemühte. Wie sollte sie es schaffen, den morgigen Tag wieder allein zu Hause verbringen, wenn Danny arbeiten ging?

Allein. Allein. Allein.

Ihr ganzes Leben war sie allein gewesen. Sie hasste dieses Gefühl, es war schlimmer als die Angst vor dem Sterben.

All ihre unerledigten Aufgaben prasselten wie ein Platzregen auf sie ein. Kleinigkeiten, die sie tun musste, aber zu viele auf einmal: Bewerbungen schreiben. Den Wisch für die Krankenkasse ausfüllen. Einen Termin auf dem Arbeitsamt vereinbaren. Jörg anrufen. Er versuchte schon seit Tagen, sie zu erreichen, und wenn sie sich nicht bald bei ihm meldete, dann würde er Danny anrufen, aber der durfte nicht erfahren, wie nachlässig sie schon wieder war. Der Alltag überforderte sie.

Es gelang ihr nicht, die Erinnerung an die wenigen schönen Momente in ihrem Leben zu wecken, Momente, als sie glücklich gewesen war und sich der Illusion hingegeben hatte, alles schaffen zu können. Auf Mayas Rücken zu sitzen, einen Delphin zu streicheln, wie fühlte sich das an? Sie hatte es vergessen. Das Einzige, woran sie denken konnte, war die Erleichterung, die sie nach einem Schuss empfand. Ihr Suchtgedächtnis war präsenter als alles andere.

Christina begann zu rennen. Sie wollte sich selbst entkommen, alles hinter sich lassen, was sie an ihre verfluchte Vergangenheit band. Sie wollte neu anfangen, ganz neu – als die Christina, die sich Danny so sehr wünschte.

Dafür benötigte sie aber einen klaren Kopf. Nur ohne diese Rastlosigkeit würde sie in Ruhe Pläne für die Zukunft schmieden können. Sie kannte lediglich eine Möglichkeit, diesem Druck zu entkommen. Ein Druck, der konstant anstieg, sich auf ihre Brust legte und ihr die Luft zum Atmen raubte.

Nur einmal. Nur dieses eine, einzige Mal. Damit du denken kannst. Danny braucht es nie zu erfahren.

Mit zitternden Fingern zog sie ihren Notizblock aus der Handtasche, betrat die Telefonzelle und wählte die Nummer, die ganz hinten stand.

Danach nie wieder. Nur dieses eine Mal!

Maddox' Handy war ausgeschaltet.

«Scheiße», fluchte sie. Bei ihm hätte sie eine Chance auf einen Schuss gehabt, ohne dass es die anderen mitbekommen hätten. Das fiel nun flach. Sie wählte die Handynummer, die darunterstand. Johnny ging sofort dran.

«Hier ist Tina», sagte sie hastig. «Kannst du mir jemanden schicken? Ich brauche ein bisschen Stoff. Nur ein bisschen …»

«Hast du die Kohle da? Dann schick ich dir jemanden vorbei.»

«Ich zahle es morgen oder übermorgen.» Danny gab ihr das Geld mit Sicherheit, wenn ihr ein guter Grund einfiel, wofür sie es benötigte.

«Du brauchst also einen Job», stellte Johnny fest. Er klang zufrieden. «Wo bist du? Du hast Glück, ich hab hier gerade einen Typen, der genau jemanden wie dich sucht.»

Resigniert schloss sie die Augen, überlegte kurz und nannte ihm dann die Straße, in der sie sich befand. Tränen, schon unzählige Male aus demselben Grund geweint, brannten in ihren Augen. Sie sank in sich zusammen und wartete.

* * *

Einer von Johnnys Dealern stieg aus seinem silbernen Audi und reichte Christina die Hand, um ihr hochzuhelfen.

«Und so kehrt das verlorene Schäfchen zurück in den heimischen Stall», sagte er spöttisch. «Nicht mehr glücklich im goldenen Käfig?»

«Lass mich in Ruhe», fauchte sie und schüttelte angewidert seine Hand ab. Sie hatte Darius noch nie leiden können. Er war mit Abstand Johnnys jüngster Dealer, Christina schätzte ihn auf maximal Anfang zwanzig, und dennoch befand er sich bereits auf dem besten Weg, vollkommen skrupellos und abgebrüht zu werden. Darius war selbst hochgradig heroinabhängig und dealte nur, um sich seine eigene Sucht finanzieren zu können. Dabei schien ihm jedes Mittel recht, um an Geld zu kommen. Irgendwann hatte Johnny wegen der ständigen Beschwerden seiner Kunden mitbekommen, dass Darius das bereits fertiggemischte Heroin eigenständig noch weiter mit billigem Waschmittel streckte, um den Mehrgewinn für sich einstreichen zu können. Nachdem Johnnys Leute ihm dann die Nase und zwei Rippen gebrochen und ihm kurzerhand den Arm ausgekugelt hatten, war er bereit, sich an die Regeln zu halten.

Wortlos stieg Christina in den Audi. Der einzige Grund, warum der Idiot das Auto nicht in Heroin umsetzte, war der, dass es Johnny gehörte.

Sie musterte Darius abwartend. Seine Nase war leicht schief wieder zusammengewachsen, die dunkelblonden Haare ganz kurz geschnitten, in seinem Nacken befand sich ein Tattoo mit undefinierbarem Motiv.

«Kannst du aufhören, mich anzustarren, Flittchen?» Er hob die rechte Hand mit den schmutzigen Fingern. «Glotz weg, oder ich scheuer dir eine.»

Was machst du hier, Tina? In diesem Milieu? Warum bist du nicht zu Hause?

Danny hätte niemals so mit ihr gesprochen oder sie so abfällig behandelt.

Nur ein einziges Mal.

«Entschuldige», murmelte sie. «Hast du einen Schuss für mich? Danach kannst du mich zu dem Job fahren.»

«Das ist der Plan.» Darius startete den Motor und fuhr das Auto auf einen Feldweg. Er stellte die Klimaanlage an, ließ die dunkel getönten Scheiben nach oben und zog ein Päckchen mit weißem Pulver aus der Gesäßtasche. Sein Spritzbesteck beförderte er aus einer Vesperbox unter dem Sitz hervor. Christina rutschte ungeduldig hin und her, während sie wartete, bis das Heroin sich verflüssigte und Darius es in die Spritze zog. Dann klappte er den Innenspiegel herunter, drehte den Kopf zur Seite und rammte sich die Spritze in die Halsvene. Für einen Moment verlor er das Bewusstsein, seine Augäpfel rollten so weit nach oben, dass nur noch das Weiße darin sichtbar war. Die Lider flatterten, und Darius gab ein unmenschliches Grunzen von sich, während ein Sabberfaden aus seinem Mundwinkel floss.

Angewidert kniff Christina die Augen zu. Bilder von ihr und Danny jagten ihr durch den Kopf. Er im eleganten Armani-Anzug mit gegelten Haaren und sauber manikürten Fingernägeln, sie selbst im hautengen Etuikleid und mit edler Hochsteckfrisur. Gemeinsam saßen sie im Theater, inmitten der Elite, und sahen sich Romeo und Julia an.

«Nimm schon», knurrte Darius benommen und gab ihr die Spritze, in der er einen winzigen Rest gelassen hatte. Ihr Magen hob sich kurz beim Anblick des Drecks unter seinen viel zu langen, gelblichen Fingernägeln und den vollkommen vernarbten Armbeugen.

Geh nach Hause, Tina.

Sehnsucht überflutete sie. Sehnsucht nach Danny, dem Menschen, den sie liebte. Der ihr mehr bedeutete als alles Heroin dieser Welt und dem sie niemals weh tun wollte.

Hastig riss sie die Autotür auf und rannte hinaus, nur um verdutzt festzustellen, dass Darius ebenfalls das Auto verließ und ihr etwas schwankend folgte. Automatisch rannte sie schneller, doch Darius erreichte sie nach wenigen Metern. Er packte sie am Arm und gab ihr eine schallende Ohrfeige.

«Was hast du mir geklaut, du verdammtes Flittchen?», brüllte er sie an. Christina schüttelte perplex den Kopf. Eine zweite Ohrfeige traf sie. «Glaubst du, ich bin dumm? Was wolltest du in meinem Wagen, wenn es dir nicht um den Schuss ging? Was hast du geklaut? Stoff oder Kohle?»

«Darius», begann sie zögernd. «Ehrlich, ich hab nichts genommen. Ich hab es mir anders überlegt. Ich will einfach heim!» Er war völlig zugedröhnt und bekam vermutlich nichts mit von dem, was sie ihm so verzweifelt zu erklären versuchte.

«Verlogene Hure!» Mit der Faust schlug er ihr ins Gesicht. Kurz sah sie einen hellen Lichtblitz, dann wurde es dunkel um sie herum.

Vage bekam Christina mit, wie sie den Boden unter den Füßen verlor.

Warum hat dich nicht Maddox abgeholt? Alles wäre anders gekommen. Alles.

Irgendwo auf der Schwelle zwischen Bewusstsein und Ohnmacht wurde Christina klar, dass es ihr Leben gerettet hätte, wenn an diesem Abend Maddox anstatt Darius gekommen wäre, um sie abzuholen. Denn er hätte ihre Entscheidung akzeptiert, ohne Drogen leben zu wollen. Sie wäre frei gewesen. Für immer.

* * *

Maddox wischte mit einem weichen Tuch über das anthrazitfarbene Leder seines Cadillacs. Er hasste es, wenn die Mädchen in seinem Auto rauchten und zu blöd waren, die Asche vernünftig aus dem Fenster zu schnippen.

Was erwartest du? Einen IQ im dreistelligen Bereich kann von denen bestimmt keine vorweisen. Sei froh, wenn sie dir nicht den Wagen abfackeln.

Er warf einen Blick auf seine Uhr. In einer halben Stunde musste er am Bahnhof sein und seinen Unterhändler mit Ware versorgen. Zusammengemischt hatte er die Päckchen bereits, fein säuberlich auf das Mikrogramm genau. Für ihn eine Selbstverständlichkeit. Schlamperei konnte er nicht ertragen. Außerdem war er sich seiner Verantwortung bewusst. Zwar hielt Maddox die Junkies meistens für nutzlose Versager, trotzdem wollte er sie nicht umbringen. Zumal er sie als seine Kundschaft betrachtete, an der man so lange wie möglich Geld verdienen wollte. Ihm selbst war es unbegreiflich, wie man sich dieses Zeug intravenös ins Blut jagen konnte. Standardmäßig blieb er lieber bei seinem Marihuana. Im Ausnahmefall mal eine Linie Koks, aber darüber hinaus war er noch nie gegangen. Er investierte lieber alle Kohle in sein Baby. Wer konnte schon mit Anfang dreißig einen Cadillac Deville Coupé vorweisen? Mit ehrlicher Arbeit hätte er in zehn Jahren noch eine uralte Kiste gehabt …

«Maddox?» Jacksons Stimme klang hektisch.

«Gibt's Probleme?» Gereizt warf er den Lappen auf den Sitz und schlug die Autotür zu. Insgeheim hatte er auf einen ruhigen Nachmittag gehofft.

«Tina ist wieder da», erklärte Jackson.

«Tina?» Die Freude, die Maddox im ersten Moment empfand, wurde sofort von Skepsis abgelöst. «Was will sie hier?»

Jackson zuckte die Achseln. «Hat wohl nach 'nem Job gefragt und dann Darius beklaut. Er ist auf ihrem Zimmer. Deswegen rufe ich dich.»

«Wenn er sie anrührt, bring ich ihn um!» Wütend rannte Maddox die Metalltreppe nach oben. Er hatte noch nie einen Hehl daraus gemacht, dass er Darius nicht leiden konnte. Genau genommen hassten ihn alle, und Maddox fragte sich immer wieder, warum er überhaupt noch unter ihnen war.

Hastig riss er die Zimmertür auf. Es dauerte einige Sekunden, bis er die Situation überblickte. Christina saß mit verheultem Gesicht zusammengekauert auf ihrem Bett. Die Klamotten, die sie trug, hatte Maddox noch nie an ihr gesehen. Teure Bluejeans, einen legeren Sweatpullover, Sneakers.

Sie sieht aus wie ein Mädchen aus gutem Hause. Was zum Henker will sie hier?

Darius stand vor ihr und schrie kontinuierlich auf sie ein. An Christinas zerrupften Haaren erkannte Maddox, dass jemand daran gezogen oder sie zumindest daran festgehalten haben musste. Ruckartig packte er Darius an der Schulter, zerrte ihn von Christina weg und schmetterte ihm die Faust ins Gesicht. Ohne nachzudenken, schlug Darius zurück, aber Maddox wehrte den Hieb mühelos ab und beförderte ihn mit einem weiteren Schlag auf den Boden. «Du abgefuckte Missgeburt», fluchte er. «Hast du sie angerührt?»

«Ich war gerade dabei.» Langsam hob Darius den Kopf, blieb aber liegen. «Gib mir zehn Minuten, und ich vögle die Schlampe so durch, dass sie uns nicht mehr beklaut!»

«Uns? Es gibt kein *Uns*! Es gibt nur ein Dich und Mich. Und Tina ist mein Mädchen. Wenn du noch einmal deine Wichsgriffel in ihre Nähe bringst, hack ich dir die Hand ab und steck sie dir in deine verlogene Schnauze!» Maddox wandte sich zu Christina um. «Hat er dich geschlagen?»

Sie nahm die Beine unter ihr Kinn und schwieg. Das war ihm Antwort genug. Mit der Spitze seiner Stiefel trat er Darius in die Rippen. Dieser heulte kurz auf, dann zog Maddox ihn am Kragen nach oben und holte zum nächsten Schlag aus.

Die Zimmertür wurde erneut aufgestoßen, und Johnny stand wutschnaubend im Türrahmen. «Seid ihr noch zu retten?», brüllte er. «Hab ich nur Vollpfosten hier?»

Maddox war mindestens genauso wütend. Er stieß Darius seinem Boss entgegen. «Bekomm deine Leute in den Griff», warnte er. «Sonst kriegen wir beide ein Problem miteinander. Ich will den nicht noch mal bei einem von *meinen* Mädchen sehen!»

Johnny packte Darius dort, wo Maddox ihn eben losgelassen hatte, und bugsierte ihn unsanft nach draußen. «Ich regle das mit ihm. Tina wird hierbleiben und das abarbeiten, was sie geklaut hat. Vorher geht sie nirgendwohin. Klar?»

«Klar.» Maddox wartete, bis Johnny das Zimmer verlassen hatte, und setzte sich dann zu Christina aufs Bett. Sie schien völlig durcheinander zu sein, und eine Wange begann sich bereits bläulich zu verfärben. Auch wenn die Mädchen in Maddox' Augen alle Flittchen waren – so wie Darius behandelte man keine Frauen. Bei der nächsten Gelegenheit würde er ihm das unmissverständlich zeigen müssen.

Wieso ist sie so blöd und kommt freiwillig zurück?

«Was willst du hier?», fragte er ruppig.

«Gar nichts. Ich will gehen», antwortete sie leise.

«Hast du was gestohlen?» Einem Junkie auf Entzug konnte man nicht trauen. Die klauten einem den Fernsehsessel unter dem Arsch weg, um ihn zu Geld zu machen. Aber Christina war nicht auf Entzug. Sie sah gut aus. Unverschämt gut. Wohlhabend und selbstsicher. Sie war schon immer hübsch gewesen, aber nun war sie optisch ein Highlight. Nichts erinnerte an das Flittchen, das sie noch im letzten Jahr gewesen war. Christina sah aus wie die Art Frau, von der Maddox nachts träumte.

Langsam hob sie den Kopf, um ihn anzusehen. «Ich habe nichts gestohlen. Ich schwöre es dir.»

Er nickte. «Ich glaube dir. Warum bist du hergekommen?»

Sie schüttelte den Kopf und begann zu weinen. «Lass mich gehen, bitte.»

«Das kann ich nicht, Tina. Johnny besteht drauf, dass du bleibst und für ihn arbeitest. Als Ausgleich.»

«Ich hab doch gar nichts gemacht! Ich hab keine Drogen bekommen und nichts geklaut!» Ihre Stimme brach. «Mein Freund hat meine Schulden bezahlt. Johnny *muss* mich gehen lassen.»

«Ich rede mit ihm.» Maddox legte den Arm um sie und zog sie an sich. Christina begann so heftig zu schluchzen, dass ihre Schultern bebten. Mit den Fingern glättete er ihr die zerzausten Haare und streichelte tröstend ihren Rücken. Ein angenehm orientalischer Geruch schlug ihm entgegen und löste etwas in ihm aus, was er nicht in Worte fassen konnte. Das Bedürfnis, sie zu beschützen, regte sich tief in ihm.

«Ach Tina», seufzte Maddox. «Warum bist du nicht bei ihm geblieben? Er hat es gut mit dir gemeint. Sieh dich doch nur an. Du siehst großartig aus und gehörst nicht mehr hierher.» Er schaute nachdenklich auf ihre lackierten Fingernägel und fügte traurig hinzu: «Jetzt hängst du wieder hier fest. Warum um alles in der Welt bist du nicht bei deinem Freund geblieben?»

* * *

Danny wurde zunehmend unruhiger. Christina hatte sich weder gemeldet, noch war sie zur vereinbarten Zeit wieder bei ihm eingetroffen. Sein ungutes Gefühl schlug in Angst um, als er den Autoschlüssel vom Haken nahm und zu Natascha fuhr.

Ein Mädchen mit straff nach hinten gebundenem Pferdeschwanz öffnete nach dem ersten Klingeln die schwere Haustür. «Danny, hey! Was machst du denn hier?»

«Ist Tina noch bei dir?»

Sie legte die Stirn in tiefe Falten und schien für einen Moment verwirrt. «Ähm, nein.»

«Ich habe sie gestern Nachmittag vor deiner Tür abgesetzt. Hat sie nicht bei dir geschlafen?»

Mit zusammengekniffenen Lippen schüttelte Natascha den Kopf. «Vor ein paar Tagen hat sie mal angerufen, aber sie ist seit über einer Woche nicht mehr bei mir aufgetaucht. Davon, dass sie mich besuchen wollte, weiß ich nichts … Tut mir leid. Es wird doch nichts passiert sein?»

«Ich hoffe nicht.»

Danny machte auf dem Absatz kehrt und ging zum Auto. «Ruf mich an, falls sie sich bei dir meldet.»

Es gab nur einen Ort, zu dem Christina gehen würde, ohne ihm Bescheid zu geben. Stuttgart.

Verdammter Fuck! Tina!

Alles hatte so vielversprechend ausgesehen. Seit Wochen hatte sie nicht mehr von Drogen gesprochen, diese merkwürdigen Phantomschmerzen waren ausgeblieben, und das brennende Verlangen nach Heroin war nicht mehr aufgetreten.

Oder sie hat es dir nicht gesagt! Warum hast du nicht besser aufgepasst?

Die Fahrt zog sich endlos in die Länge, bis Danny endlich vor der Lagerhalle ankam. Das Rolltor war geschlossen, also parkte er seinen BMW frontal davor und ging zur Eingangstür nebenan. Nervös klopfte er dagegen und versuchte, sein mulmiges Gefühl zu unterdrücken. Es passte ihm nicht, noch einmal hierherkommen zu müssen.

Jackson öffnete ihm die Tür. «Was willst du denn schon wieder hier?»

«Wo ist Tina?», fragte Danny unwirsch, drückte sich ohne Vorwarnung an Maddox' Kollegen vorbei und betrat die Lagerhalle. Seine Augen fanden den schwarzen Cadillac und die Metalltreppe, die in die oberen Räume führte.

«Was geht dich das an?» Der Typ, der Christina neulich die Tür geöffnet hatte, kam dazu und stellte sich neben Jackson.

«Ich will sehen, ob es ihr gutgeht!»

«Es geht ihr gut. Und jetzt verpiss dich!»

Unmerklich straffte Danny die Schultern und richtete sich automatisch weiter auf. Obwohl er über einen Meter achtzig war, überragten die beiden anderen ihn um ein gutes Stück. Mal ganz davon abgesehen, dass zumindest Jackson auch deutlich muskulöser und breiter war …

Ein weiterer ihm bekannter Mann kam dazu. Er trug dieselbe Wollmütze wie das letzte Mal und stellte sich wortlos daneben.

«Wenn ich sie nicht sofort sehen kann, dann steh ich in einer halben Stunde wieder hier, und zwar mit der Polizei und …»

Sie begannen alle drei lauthals zu lachen. «Was bist denn du für einer? Bei dir hat deine Mutter wohl versehentlich die Nachgeburt großgezogen, was? Glaubst du echt, wir sind hier nicht auf eine Razzia vorbereitet? Wir hatten schon so oft die Bullen hier, die haben nicht mal mehr Bock, nach was zu suchen!»

Danny ließ sich seine Unsicherheit nicht anmerken. «Sie werden Tina finden, und sie wird ihnen sagen, dass sie nicht freiwillig hier ist!»

Jackson schlug ihm lachend auf die Schulter. «Mach das, Kleiner. Viel Erfolg. Weißt du, wie viele Mädchen wir hier haben, die nicht hier sein wollen?»

«Selten so viel Spaß gehabt.» Der Typ, dessen Namen Danny nicht kannte, schüttelte amüsiert den Kopf. «In fünf Minuten bist du hier weg. Sonst schmeißen wir dich raus.»

«Kann ich Maddox sprechen?», fragte Danny schnell.

«Sagan, hol mal Maddox», befahl Jackson.

Sagan – er wirkte auf Danny wie der Azubi einer Firma – ging langsam zur Treppe.

Es dauerte nicht lange, bis Maddox in der Lagerhalle erschien, in Begleitung von Sagan, der sich auf den Boden zu einer Bierflasche setzte, die in der Ecke stand. Jackson und der Typ mit der Wollmütze folgten seinem Beispiel, ließen Danny aber nicht eine Sekunde aus den Augen.

«Hast du vergessen, was ich dir das letzte Mal gesagt habe?» Maddox klang drohend, aber nicht wirklich wütend.

«Nein, habe ich nicht.»

Danny schüttelte langsam den Kopf und hob beschwichtigend die Hände. «Ich will echt keinen Ärger, ich will nur Tina abholen. Machen wir es einfach wie das letzte Mal, in Ordnung? Sag mir, wie viel du willst!»

Für einen Moment glaubte Danny, wirkliches Bedauern in Maddox' Augen zu erkennen. Dann wurde seine Miene wieder ausdruckslos. «Das kann ich nicht entscheiden.» Er machte einen Schritt auf ihn zu. Automatisch wich Danny zurück und spannte die Muskeln an, um im Notfall einen Schlag abwehren zu können. Maddox bemerkte seine Reaktion und blieb stehen. Leise sagte er zu ihm: «Respekt für das, was du gerade versuchst. Aber es wird nicht funktionieren. Willst du einen freundschaftlichen Rat von mir? Verschwinde einfach!»

«Danke», erwiderte Danny. «Das mache ich, sobald ich Tina habe.»

«Das geht nicht. Tut mir leid.» Maddox wandte sich um und machte sich wieder auf den Weg zur Treppe.

«He», rief Danny ihm hinterher. «Wer ist für den Laden hier verantwortlich? Ich will euren Boss sprechen!»

Der Typ mit der Wollmütze stand auf und ging die Treppe hinauf. Danny verharrte reglos, während die Männer ihn beobachteten. Es dauerte eine halbe Ewigkeit, bis der Kerl von oben zurückkam und sich fast schon lauernd an einen der Biertische setzte. Seine offensichtliche Warteposition beunruhigte Danny. Unauffällig blickte er sich um, damit er die Entfernung zur Tür abschätzen konnte. Jackson musste sie hinter ihm geschlossen haben …

Verschwinde einfach, Danny. Sie ist selbst schuld!

Ein weiterer Typ kam die Treppe herunter. Seinem Äußeren nach hing er schon sehr lange Zeit an der Nadel und wirkte nicht wie der Anführer der Meute. Er ging in Richtung der Biertische.

«Danke fürs Bescheidgeben, Yves», sagte er zu dem Mann mit der Wollmütze. «Johnny kommt. Wir werden gleich eine Menge Spaß haben.»

Dannys Herz schlug bis zum Hals, als er einen vorsichtigen Blick zu den Männern schweifen ließ. Im Geiste wägte er seine Chancen gegen sie ab. Mittlerweile waren sie zu fünft.

Das kriegst du hin …

Sagan und Jackson saßen in der Ecke auf dem Boden, der Drogensüchtige setzte sich zu Yves. Maddox stand etwas abseits und wirkte sehr unschlüssig.

In dem Moment kam Johnny die Treppe hinunter. Sofort wusste Danny, dass er es sein musste. Genau so hatte er sich einen

Drogenboss vorgestellt: Der Typ war gut einen Kopf größer als er selbst und wog locker über hundert Kilo. Aber nicht etwa, weil er dick gewesen wäre. Johnny sah aus wie jemand, der den halben Tag Gewichte stemmte und sich mit Bankdrücken beschäftigte. Das weiße, ärmellose Unterhemd, das er trug, brachte seinen muskulösen Rücken umso besser zum Vorschein. Den Rest von ihm nahm Danny nicht mehr wahr, denn hinter ihm kam Christina die Treppe herunter. Ihre langen Haare waren zerzaust und ungewaschen, und sie trug noch immer die Klamotten vom Vortag. Sein Blick fiel auf ihr blau verfärbtes Gesicht.

Die verdammten Junkies haben sie geschlagen!

Wut stieg in ihm auf. Er ballte die Fäuste so fest zusammen, dass er seine Fingernägel in den Handflächen spüren konnte. Wenn seine Angst nicht so viel größer gewesen wäre als seine Wut, dann hätte er sich vermutlich nicht beherrschen können. «Tina? Alles in Ordnung?»

Blöde Frage. Nichts ist in Ordnung.

Sie nickte knapp und drehte nervös eine Haarsträhne um den Finger.

«Du bist also *Danny*?» Johnny sprach seinen Namen so aus, als würde er überflüssigen Speichel auf den Boden spucken. Genauso verächtlich, wie es früher Dannys Vater getan hatte, wenn er wütend auf ihn gewesen war. Was eigentlich immer der Fall war.

«Yeah. Vor allem bin ich der, mit dem Tina jetzt nach Hause fahren wird.» Er durfte sich seine Angst nicht anmerken lassen. «Sonst wimmelt es hier nämlich demnächst von Streifenwagen!»

Gott, Danny – nicht wieder die Polizei-Scheiße. Du weißt doch schon, dass du damit nicht drohen kannst!

«Danny», wiederholte Johnny. «Ein ‹Yeah› sagender Danny. Woher aus Amerika kommst du?»

«Atlanta.»

«Aus Atlanta kommen nur Coca-Cola und Football.»

Johnny lachte wieder. «Du siehst nicht aus wie ein Football-Spieler, eher wie die Cola-Flasche!»

«Toll», sagte Danny emotionslos. «Da jetzt alle mal herzhaft gelacht haben, können Tina und ich ja gehen!»

«Du kannst sie natürlich mitnehmen», sagte Johnny freundlich. «Unter einer Bedingung.»

«Die da wäre?»

«Ein bisschen Spaß für uns.» Johnny grinste süffisant. «Ein kleines Kämpfchen gegen einen meiner Leute. Der Sieger darf Tina haben.»

Abschätzend musterte Danny die Männer in der Ecke. Gegen einen allein dürfte er keinerlei Probleme haben.

«Einverstanden», willigte er ein und überlegte, wen er wählen sollte. Den Drogensüchtigen zu nehmen erschien ihm unfair.

Yves vielleicht – oder Jackson …

«Prima!» Johnny rieb sich die Hände. «Ist es okay, wenn ich dir einen Gegner zuteile?»

«Von mir aus.» Auch gut. Dann musste er sich nicht entscheiden.

Bitte nicht Maddox! Zwar wusste Danny bereits, dass er Maddox überlegen war, aber sein Gefühl sagte ihm, dass es unklug wäre, ihn als Gegner zu haben. Und das nicht nur, weil Christina anwesend war.

«Mach's nicht», rief diese plötzlich. «Danny, mach's nicht! Geh einfach heim!»

«Setz dich zu den anderen», befahl Johnny und stieß sie grob von sich weg. Am liebsten hätte Danny dem Typen dafür eine aufs Maul gehauen.

Ruhig bleiben, warnte er sich in Gedanken. *Wer weiß, wie viele Typen die da noch irgendwo versteckt haben!*

«Wann gilt der Kampf als verloren?», wollte Danny wissen. «Wenn einer aufgibt?»

Begeistert klatschte Johnny sich auf die Oberschenkel und zeigte dann augenzwinkernd mit dem Finger auf ihn. «Ich mag dich. Du bist lustig.»

«Was ist an dieser Frage so lustig?»

«Sie ist falsch formuliert. Die Frage ist nicht, wann der Kampf als verloren, sondern wann er als gewonnen gilt!»

Danny verdrehte die Augen. Das dauerte ihm alles schon viel zu lange. «Gut. Dann eben so rum.»

«Der Sieger darf Tina mitnehmen», erläuterte Johnny. «Regeln gibt es keine. Gewonnen hat natürlich der, der überlebt!»

«Wie bitte?»

«Nicht, Danny!», kreischte Christina. Sie wollte auf ihn zu rennen, aber Maddox war neben sie getreten und hielt sie am Arm fest. «Tu's nicht. Verschwinde von hier!»

«Darf ich dir deinen Gegner vorstellen?» Johnny steckte Daumen und Zeigefinger in den Mund und stieß einen gellenden Pfiff aus. Ein durchtrainierter Mann mit dunklen Locken kam um die Ecke. «Das ist Travis. MMA-Kämpfer und Streetfighter.»

Ein Kampfsportler. Großartig!

Danny erkannte allerdings sofort, dass sein Gegner ein Stück kleiner als er selbst war. Damit hatte er den ersten Vorteil: die größere Reichweite.

Travis legte zwei Finger an die Stirn und grüßte kurz. Dann zog er sich so weit aus, bis er mit nacktem Oberkörper vor Danny stand. Ein großes Tattoo zog sich quer über seine Schultern bis auf die Oberarme. Mehrmals spannte er seine Muskeln an, um sie zu demonstrieren.

Danny unterdrückte den Impuls, ein weiteres Mal die Augen zu verdrehen. Er konnte aufgeblasene Show-Kämpfer überhaupt nicht leiden und begnügte sich damit, nur den Pullover auszuziehen und ihn auf den Boden zu werfen.

Johnny trat zur Seite. «Viel Glück wünsche ich euch.»

Travis griff hinter seinem Rücken in den Bund seiner Trainingshose und zog ein Paar Nunchucks hervor. Schockiert registrierte Danny die mit einer Kette verbundenen Schlagstöcke und hob kurz die Hand in Johnnys Richtung.

«Ähm», setzte er an. «Wie sieht es aus mit Gleichberechtigung? Beide eine Waffe?» Als Jugendlicher hatte er mal eine Zeitlang Aikido gemacht. Dort war das Kämpfen mit einem Stock eine feste Disziplin gewesen. Es war eine Weile her, und er war nie sehr gut darin gewesen, aber möglicherweise kam ihm das nun trotzdem zugute.

Doch Johnny lachte. «Was willst du denn mit einer Waffe? Du bist doch unser Karate-Kid. *Kara Te* bedeutet *leere Hand*. Muss ich dir das echt erklären?»

Natürlich machten sie sich über ihn lustig.

«Ich dachte, es geht hier fair zu …»

«Wer sagt das?», brüllte Johnny ihn an. «Du bist zu mir gekommen und willst *mein* Mädchen! Entweder spielst du nach meinen Regeln, oder du verpisst dich!»

«Geh, Danny!», schrie Christina. «Der bringt dich um. Geh!»

Maddox zog sie ein Stück beiseite.

«Okay», sagte Danny. «Dann machen wir's nach deinen *Regeln*!»

«Mach ihn fertig, Travis.»

Mit langsamen Schritten kam Travis auf ihn zu. Auf halber Strecke begann er, die Nunchucks vor sich kreisen zu lassen. Sofort wurde deutlich, dass sich die Abwehr des Gegners dadurch nahezu unüberwindbar gestaltete. Wie sollte er an ihn rankommen?

Im Eiltempo versuchte Danny, sich eine Strategie zurechtzulegen. Prinzipiell war er immer für einen starken Angriff. Je länger man einen Kampf hinauszögerte, desto höher war die Gefahr, dass der Gegner auch einen Treffer landete. Deswegen sollte der erste Schlag sitzen. Wie damals, als er gegen seinen Vater kämpfen musste. Danny hatte es geschafft, ihm sofort die Nase zu brechen. Wenn ihm das auch hier gelang, gab es eine reelle Chance, zu gewinnen. Eine gebrochene Nase trieb dem Gegner die Tränen in die Augen und machte ihn zumindest kurzzeitig blind. Mit etwas Glück würde der Bruch auch die Atmung behindern …

Gerade als Danny sein Gewicht verlagerte und einen High-Kick gegen Travis' Kopf ausführen wollte, holte dieser aus und traf ihn mit dem Stock in die Seite. Danny schrie auf vor Überraschung und Schmerz. Mit einer so hohen Reichweite des anderen hatte er nicht gerechnet. Eisern blieb er stehen, um erneut einen Tritt ausführen zu können. Noch bevor er sein Bein in die Höhe bekam, kassierte er den nächsten schmerzhaften Treffer gegen das Schienbein.

Du kommst nicht an ihn ran!

Travis trieb ihn mit den schwingenden Nunchucks nach hinten und riss zusätzlich bei jedem Schritt die Knie übertrieben nach oben, um einen Angriff sofort abblocken zu können. Danny wich kontinuierlich zurück.

«Los, Karate-Kid», johlte Johnny. «Wehr dich!»

Who fights can lose, who doesn't fight has already lost …

Er musste es zumindest versuchen, aber wenn er sich nicht schnell etwas einfallen ließ, stand er gleich mit dem Rücken in der Ecke.

Danny nahm Anlauf, sprang mit dem Bein gegen die Wand, rannte drei Schritte nach oben und machte dann einen Satz nach hinten über Travis hinweg. Er flüchtete in die andere Ecke, um Distanz zwischen sich und seinen Gegner zu bringen.

«Immerhin, weglaufen kann er», bemerkte Johnny. «Ist das alles, was man im Karate lernt?»

Travis wechselte ebenfalls die Richtung und kam Danny mit den schwingenden Nunchucks in zügigem Tempo nach. Kurz überlegte Danny, Schutz bei den Autos zu suchen, aber Johnny und seine Leute hatten sich gesammelt davor positioniert. Also rannte er in die andere Ecke.

Lass dich nicht müdescheuchen.

«Das kann man sich nicht mit anschauen», beschwerte sich Jackson. «Da kommen einem ja die Tränen.»

Danny blieb stehen, bis Travis in seine Nähe kam. «Pass auf», sagte er zu ihm. «Du scheinst doch ganz in Ordnung zu sein. Was hältst du von einem fairen Kampf?»

«Heilige Mutter Maria», fluchte Johnny. «Jetzt fängt der auch noch an zu diskutieren. Bring's zu Ende, Travis!»

Sofort setzte sich Travis in Bewegung, ging schnell auf Danny zu, sodass diesem nichts anderes übrig blieb, als erneut die Flucht zu ergreifen. Wieder in die Ecke gedrängt, blieb er stehen und wartete, bis der andere zu einem Schlag ausholte, duckte sich darunter hinweg und trat ihm von unten nach oben mit einem Push-Kick in den Magen. Travis reagierte schnell. Er sprang zurück, steckte Dannys Angriff ungerührt ein und führte selbst einen aus, indem er sich um die eigene Achse drehte. Erst als der Tritt Danny frontal in die Rippen traf, wurde ihm mit Entsetzen bewusst, dass Travis auch Kicks beherrschte. Bevor dieser nachtreten konnte, richtete sich Danny schnell wieder auf. Travis hob sein rechtes Bein hoch in die Luft und scheuchte Danny nun mit Tritten ins Leere zurück in seine Ecke. Ihm blieb keine Möglichkeit, sich zur Wehr zu setzen. Travis hörte auf, ihm auf einem Bein hinterherzuspringen, und schwang stattdessen bereits wieder die Nunchucks.

Sei nicht so zimperlich, Danny! Wenn du gewinnen willst, wirst du was abkriegen.

Er musste den anderen angreifen, ungeachtet der Folgen. Danny rannte ein weiteres Mal weg, drehte dann aber um und setzte zum Sprung an. Mit einem Bein voraus zielte er auf Travis' Brust. Der traf ihn bereits mitten im Flug mit dem Schlagstock und stoppte den Angriff. Noch bevor Dannys Flying-Kick seinen Gegner hätte verletzen können, wurde Danny durch den Aufprall des Stockes zu Boden gerissen. Kurz blieb ihm die Luft weg. Während er versuchte, sich aufzuraffen, trat Travis ihm gegen den Kopf. Für einen Moment sah Danny Sterne, und Blut spritzte aus seiner Nase.

Christinas spitzer Schrei drang wie durch dichten Nebel zu ihm durch.

Travis beugte sich zu ihm hinunter. «Och», machte er hochmütig. «Bist du hingefallen?»

Wenigstens gelang es Danny, zügig wieder auf die Füße zu kommen und zwei Meter Abstand zu gewinnen. Ungeachtet davon, dass Travis abermals die Nunchucks schwang, ging Danny auf ihn zu. Wut machte sich in seinem Innern breit, und er fokussierte sich auf sein Ziel.

Du musst den Stock fangen und ihn ihm wegnehmen.

Absichtlich hielt er seinen Arm in die Flugbahn der Nunchucks. Er unterdrückte einen Aufschrei, als das Holz seinen Unterarm traf, aber es gelang ihm, die Kette festzuhalten. Ruckartig zog er daran, brachte Travis aus dem Gleichgewicht und rammte ihm das Schienbein gegen die Lunge. Travis japste nach Luft, und Danny nutzte die Gelegenheit, ihm den Ellbogen ins Gesicht zu schlagen. Auch Travis' Nase blutete sofort, war aber ebenfalls nicht gebrochen. Er legte seinem Gegner die Hände in den Nacken, zog ihn heran und sprang ihm abwechselnd mit dem linken und rechten Knie in die Seiten, bis dieser zusammenbrach. Danny wollte die Schrecksekunde nutzen und den Stock aus Travis' Hand reißen, aber dieser holte ihn mit einem Foot Sweep von den Beinen und sprang blitzartig mit den Füßen voran wieder auf. Danny stützte sich mit den Händen hinter dem Kopf ab und wollte ebenfalls schnell wieder aufspringen, aber Travis schlug ihm mit den Nunchucks in die Rippen. Dorthin, wo Danny zuvor bereits getroffen worden war. Schmerz schoss durch seinen Körper. Seine Atmung setzte ein weiteres Mal aus, und er blieb wie paralysiert liegen. Alle Gedanken waren weg, es blieb nur dieser gleißende, heiße Schmerz, der sich immer weiter ausbreitete und alles in Beschlag nahm. Travis beugte sich über ihn und hob die Faust zum Schlag. Fast belustigt sah er ihn an. «Geht dir wohl nicht mehr so gut, was?»

Fair sein kannst du ein andermal …

«Immer noch besser als dir!» Mit aller Kraft holte Danny aus und trat Travis von unten gegen das gebeugte Knie. Die Kniescheibe sprang sofort heraus, und Travis knickte ein. Danny riss ihm die Nunchucks aus der Hand, schleuderte sie quer über den Boden von sich weg und griff in Travis' Locken.

Jetzt, Danny!

Ein gezielter Handkantenschlag zwischen Nase und Oberlippe. In der Theorie endete ein kraftvoller Schlag ins Philtrum tödlich. Ob es in der Praxis auch funktionierte, konnte Danny nicht sagen. Er zögerte zu lange, um es herauszufinden. Travis boxte ihm mit der Faust in die ohnehin schon verletzten Rippen. Danny wurde kurz schwarz vor Augen. Bevor er sich wieder fangen konnte, legte Travis den Unterarm um seinen Hals. Er zog ein Springmesser aus dem Hosenbund und drückte es ihm gegen die Kehle.

Danny fühlte das scharfe Metall und zwang sich stillzuhalten. Er wagte es nicht einmal mehr, tief zu atmen. Die Dunkelheit drohte zurückzukehren und ihn zu verschlingen.

«Gibst du auf?», fragte Travis. Danny fühlte einen scharfen Schmerz an seinem Hals, als Travis das Messer noch etwas fester gegen seine Kehle drückte.

«Niemals», knurrte Danny.

Never say die. Solange du lebst, gibt es immer eine Möglichkeit. Denk nach.

«Dann bist du tot!»

Das Blut rauschte so laut durch Dannys Adern, dass er es hören konnte.

«Okay, Jungs – Schluss damit!» Maddox' Stimme übertönte alle anderen Geräusche. Aus den Augenwinkeln sah Danny, wie Maddox zu Travis trat.

«He», rief Johnny wütend. «Die sind noch nicht fertig.»

«Doch, sind sie!» Maddox deutete auf Danny. «Sieh ihn dir doch an. Der ist stehend k. o. Verlorener kann ein Kampf nicht sein.»

«Maddox und Danny», johlte Jackson. «Ich wusste, da läuft was!»

«Halt's Maul! Ich will hier nur keinen Ärger, und ihr braucht das auch nicht.»

Irgendjemand klatschte dreimal in die Hände. «Alle wieder an die Arbeit», rief Johnny laut. «Die Show ist beendet. Steck das Messer weg, Travis!»

Die Klinge wurde von Dannys Hals genommen. Travis hüpfte zwei Meter zur Seite, setzte sich auf den Boden und begann mit der Hand sein Bein zu bewegen, damit die Kniescheibe wieder an ihre ursprüngliche Position springen konnte.

«Sieh zu, dass du verschwindest!», raunte Maddox Danny zu.

«Was ist mit Tina?» Seine Stimme klang heiser. Jeder Atemzug schmerzte, und ihm war schwindelig. Übelkeit überkam ihn.

«Ich kümmere mich um sie.» Maddox bückte sich und hob Dannys Pullover auf. Kurz legte er Danny die Hand auf die Schulter. «Versprochen. Und jetzt geh.»

Rückwärts ging Danny zu der Tür, durch die er vor einer halben Ewigkeit gekommen war. Ohne die Männer aus den Augen zu lassen, drückte er mit dem Ellbogen die Klinke hinunter, schob die Tür auf, verließ die Lagerhalle und atmete dann tief durch. Die Ausdehnung tat weh in seinen Lungen, das Heben der Rippenbögen beim Luftholen schmerzte unerträglich.

Du hast verloren, Danny!

Das war das eigentliche Problem. Seine Wut vergrößerte sich. Verlieren war das Schlimmste, was es gab. Seinetwegen saß Christina fest. Voller Zorn trat er gegen einen der metallenen Müllcontainer, entriegelte sein Auto und ließ sich mit einem Aufschrei auf den Sitz fallen. Minutenlang starrte er das geschlossene Rolltor an.

Du hast Tina verloren!

Seine zitternden und blutverschmierten Finger steckten den Schlüssel ins Zündschloss, starteten den Motor, und Danny setzte den Wagen ein gutes Stück zurück.

Du hast nur einen einzigen Versuch!

Das Getriebe knarrte, als er den ersten Gang einlegte.

«Do it right or don't do it at all», sagte er laut zu sich selbst, gab Gas und zog den Fuß von der Kupplung. Der BMW machte einen Satz, beschleunigte sofort und schoss nach vorne. Danny kniff automatisch die Augen zu und duckte sich so weit es ging unter das Lenkrad. Mit einem ohrenbetäubenden Knall durchbrach der schwere Wagen das Rolltor. Die Kunststoffteile und Splitter flogen um das Auto und hinterließen auf der Windschutzscheibe ein spinnennetzförmiges Gebilde. Kurz kam der BMW ins Schleudern und blieb dann mit quietschenden Reifen stehen. Die Umstehenden waren mindestens so überrascht wie er selbst. Christina stand bei Maddox und sah mit weitaufgerissenem Mund auf das Loch im Rolltor. Danny beugte sich zur Beifahrertür und stieß sie auf. «Tina», rief er. In dem Moment, als Tina sich von Maddox losmachen wollte, kam der drogenabhängige Typ angerannt und packte sie am Arm.

«Du bleibst hier!»

Noch bevor Danny aussteigen konnte, sah er, wie Maddox dem anderen mit der Faust ins Gesicht schlug. Dann löste er dessen Finger von Christinas Arm und flüsterte ihr etwas ins Ohr.

Christina rannte los und sprang ins Auto. Danny legte den Rückwärtsgang ein und nickte Maddox dankbar zu, bevor Christina die Wagentür zuschlug. Maddox hob kaum merklich die Hand.

Johnny rannte auf das Auto zu und zerrte an der Tür, aber Danny hatte den Wagen von innen verriegelt. Es gelang ihm, mit völlig überhöhter Geschwindigkeit rückwärts durch das kaputte Tor hinauszufahren, sodass Johnny loslassen musste. Kaum draußen, zog Danny die Handbremse, und der Wagen schleuderte um neunzig Grad herum. Noch bevor der BMW zum Stillstand kam, schaltete Danny in den ersten Gang und gab Gas. Christina klammerte sich an den Autositz. Ihr Kreischen war noch schriller als das Quietschen der Reifen. Danny versuchte, es zu ignorieren; genauso wie er die demolierte Motorhaube ignorierte, die wie ein schwarzes Dreieck in sein Sichtfeld ragte. Das Brennen beim Atmen versuchte er ebenfalls auszublenden.

Er hatte Christina neben sich. Das war alles, was zählte.

Am nächsten Rasthof, an dem sie vorbeikamen, fuhr Danny ab.

«Was ist?», fragte Christina verwirrt. Es war das Erste, was sie sagte, seit sie im Auto saß.

Danny gab keine Antwort. Ihm fehlte schlichtweg die Luft zum Sprechen. Das Zittern seiner Knie war kaum zu ertragen, viel schlimmer als die Schmerzen in seinen Rippen und seine noch immer blutende Nase. Wenigstens war das Schwindelgefühl endlich weggegangen.

Er parkte das Auto ein Stück abseits und stieg aus.

«Du kannst jetzt nicht anhalten», schrie sie ihn an. «Was ist, wenn die uns verfolgen?»

«Entschuldige, dass ich mal eine Pause brauche!», gab er gereizt zurück, stützte seine Hände auf die Knie und übergab sich auf den Boden.

Christina sprang ebenfalls aus dem Auto. «Was ist? Was hast du? Was machst du da?»

«Kotzen und durchatmen!» Er wischte sich das Blut von der Nase und hob seine verschmierte Hand vorwurfsvoll in die Höhe: «Ich wäre da drin fast gestorben, das ist dir schon klar, oder?»

«Warum schreist du mich an?» Ihre Stimme klang schrill und hektisch.

«Weil ich echt scheiß Angst um mein Leben hatte!» Danny konnte nicht verhindern, dass er schon wieder schrie. Sein Herz raste noch immer wie wild.

«Ach …», sie machte eine wegwerfende Handbewegung, «so schnell bringen die niemanden um!»

«Das kam mir aber für eine winzige Sekunde anders vor!»

Zögernd zog er sein T-Shirt hoch, um seine schmerzenden Rippen zu begutachten. Seine gesamte linke Seite war leicht angeschwollen, und es hatten sich große, rote Hämatome gebildet.

«Fuck», fluchte er, als er mit dem Finger gegen einen Bluterguss drückte.

Christina trat neben ihn. «Lass mich mal sehen!»

«Geh weg», knurrte er.

«Danny, lass mich das ansehen. Es macht mir nichts aus, dass ich mich …»

«Geh weg!», wiederholte er. «Steig ein, wir fahren weiter.»

«Bist du etwa sauer?» Plötzlich klang sie wie ein kleines Mädchen.

«Überhaupt nicht», gab er sarkastisch zurück. «Es macht mir Spaß, mein Leben zu riskieren, nur weil du meinst, den Junkie spielen zu müssen!»

«Ich hab dich nicht darum gebeten!» Christina wurde ebenfalls zornig. «Kann ich was dafür, dass du es nicht draufhast? Wie war das? Gewonnene Weltmeisterschaft im Kickboxen? Davon war ja eben nichts zu sehen!»

«Das war bereits das zweite Mal, dass ich dich da rausgeholt habe! Ein drittes Mal werde ich das nicht machen!», sagte er kalt und wusste sofort, dass es nicht der Wahrheit entsprach. «Und jetzt steig ein!»

Sie ging um die Motorhaube herum und warf einen Blick auf den BMW, dessen Kühler bereits zu qualmen begann. Ihr Zorn schien ebenso schnell zu verfliegen, wie er gekommen war. «Oh Gott, Danny! Dein Auto!», rief sie entsetzt. «Das wollte ich nicht, es tut mir leid …»

«Wunderbar! Ich bin egal, aber um den Wagen tut es dir leid?»

«Er ist total kaputt …»

«Ja, und die Werkstatt wird ihn reparieren!» Danny stieg wieder ins Auto und stellte erleichtert fest, dass der Motor noch ansprang. «Du solltest dir lieber überlegen, was du *mir* angetan hast!»

Christina setzte sich neben ihn und wollte nach seiner Hand greifen. Wütend zog er sie weg. «Sobald wir bei mir sind, packst du deine Sachen und verschwindest!»

«Was?»

Der Qualm aus dem Motorraum wurde stärker, als Danny schweigend zurück auf die Landstraße fuhr. Hoffentlich gab der Wagen jetzt nicht den Geist auf. Danny musste sich etwas zur Seite lehnen, um an dem aufragenden Blech vorbeisehen zu können. Die mit Rissen durchzogene Windschutzscheibe behinderte seine Sicht zusätzlich.

Bitte jetzt keine Polizeikontrolle!

«Danny?», setzte Christina vorsichtig an. «Das meinst du nicht ernst, oder?»

«Oh, doch.»

«Aber …» Ihre Stimme wurde weinerlich. «Du hast gesagt, wir gehören zusammen. Dass wir für immer Freunde sind …»

«Hab's mir eben anders überlegt! Mir ist das ein bisschen zu gefährlich. Ich hänge an meinem Leben und habe keine Ambitionen, wegen dir draufzugehen!»

«Gib mir noch eine Chance», bat sie. «Ich habe nicht mal Drogen genommen, ich hab es rechtzeitig geschafft, nein zu sagen und …»

«Sobald wir daheim sind, packst du deine Sachen», unterbrach er sie unwirsch. «Und dann wirst du verschwinden!»

***

Maddox hörte die wütenden Stimmen hinter sich, starrte aber weiterhin auf das klaffende Loch im Rolltor, durch das gerade eben der schwarze BMW verschwunden war.

Warum hast du das gemacht, du Schwachmat?

Gute Frage. Ein Teil von ihm beharrte darauf, dass es reine Fairness gewesen war. Christina hatte sich nichts zuschulden kommen lassen, und deswegen besaß Johnny kein Recht, sie hierzubehalten. Heute war Maddox einmal derjenige gewesen, der unaufgefordert das Richtige tat. Tief in seinem Inneren wusste er aber, dass seine Reaktion einer Gefühlslage entsprungen war.

Liebe.

Maddox schnaubte. Selbst wenn er sich verliebt hatte, war sein Handeln dumm gewesen, denn jetzt war sie für ihn für immer verloren. Eigenhändig in die Arme eines anderen Kerls getrieben …

… bei dem sie es besser hat als bei dir …

Erst jetzt merkte er, dass er noch immer auf derselben Stelle stand und das Tor anstarrte. Nervös wandte er den Blick ab und sah sich suchend um. Von Johnny keine Spur.

Wenn du ganz viel Glück hast, dann hat er es vielleicht nicht mitbekommen …

Langsam ging er zur Metalltreppe, auf der Travis stand, sich am Geländer festhielt und mit schmerzverzerrtem Gesicht sein Bein bewegte.

«So ein Wichser», fluchte Travis. «Wenn ich den noch mal in die Finger kriege, dann bringe ich ihn um.»

Maddox schlug ihm im Vorbeigehen mit der flachen Hand ins Genick. «Aufpassen, Freund», warnte er ihn. «Wenn du noch mal ein Messer ziehst, dann stecke ich dir das dahin, wo die Sonne niemals scheint.»

«Dass ich nicht mehr laufen kann, ist dir scheißegal, oder wie?»

«Genau so ist es. Eigentlich sollte ich dir das Knie richtig brechen. Man muss auch mal verlieren können, ohne unfair zu werden.» Maddox ließ ihn stehen und ging in Richtung seines Büros. Bei Travis musste er hart durchgreifen, um zu verhindern, dass dieser irgendwann aufmüpfig wurde. Das war der Nachteil, wenn man Lakaien beschäftigte, die ganz eindeutig stärker waren als die, die das Sagen hatten.

Ein ungutes Gefühl beschlich Maddox, als er die nur angelehnte Tür öffnete. Johnny saß in seinem Schreibtischsessel und hatte die verschränkten Arme auf die Tischplatte gelehnt.

«Hallo, Maddox», sagte er drohend. «Magst du mir vielleicht erklären, seit wann wir unseren eigenen Leuten auf die Schnauze hauen?»

«Johnny, du weißt genau, dass …»

«Halt's Maul!» Johnny sprang auf, und das Glas, das auf dem Tisch gestanden hatte, sauste quer durch die Luft. Es flog nur knapp über Maddox' Kopf und zerschellte an der gegenüberliegenden Wand. «Hast du was mit der?»

«Nein. Aber ihre Schulden sind bezahlt, und …»

Johnny fiel ihm erneut ins Wort. «Dir liegt was an ihr», stellte er fest. Nachdenklich griff er nach dem Bilderrahmen, der neben dem Computer stand. «Mehr als an deiner Schwester?»

Maddox schluckte hart. Schweiß trat ihm auf die Stirn, als er beobachtete, wie Johnny mit seinem dicken Zeigefinger über das Porträt der blonden Frau fuhr.

«Echt hübsch. Wäre schade, wenn ihr was passieren würde!»

«Du wagst es nicht, sie anzurühren!»

«Julia heißt sie, stimmt's?» Johnny lächelte sanft. «Julia Radtke. Sie hat den gleichen Nachnamen wie du. Denn sie hat nie geheiratet.»

Woher weiß der das?

«Lass sie in Ruhe.» Maddox' Stimme klang nicht so drohend, wie er gehofft hatte. «Sei froh, dass ich so gehandelt habe. Du hättest nur Ärger gekriegt. Deswegen bin ich auch zwischen Danny und Travis gegangen. Den solltest du auch mal in die Schranken weisen.» Er redete absichtlich so viel, wollte ablenken von dem Thema, um das es eigentlich ging.

Doch Johnny ließ sich nicht beirren. «Wenn du wählen müsstest, Maddox», fuhr er fort. «Für wen würdest du dich entscheiden? Tina? Oder Julia?»

Tina.

«Ist gut jetzt. Ich habe es verstanden. Es kommt nicht wieder vor!»

«Prima. Na dann …» Johnny stand auf. Für einen Augenblick glaubte Maddox, Johnny würde den Bilderrahmen zurück auf seinen Platz stellen, doch sein Boss holte aus und zertrümmerte ihn mit einem lauten Klirren an der Tischkante. Die Scherben stoben nach allen Seiten davon.

«Noch so eine Aktion», knurrte Johnny und ging zur Tür, «und du kannst Julia ebenfalls in Einzelteilen zusammensuchen.»

* * *

Christina wartete, bis Danny ausgestiegen war, und folgte ihm dann zu seiner Wohnung. Sie konnte seinen Hass auf sie verstehen. Ihretwegen war er schwer verletzt worden, und sein Auto hatte einen Kollateralschaden. Es tat ihr deutlich mehr leid, als sie zeigen konnte. Fieberhaft überlegte sie, was sie ihm sagen sollte, um seine Gunst wiederzugewinnen.

In dem Moment, als sie hinter ihm ins Haus treten wollte, schlug er ihr mit einem lauten Knall die Tür vor der Nase zu.

Du bist nicht mehr gut genug für ihn!

Panik stieg in ihr auf. Sie hatte alles verloren, wofür es sich zu leben lohnte.

Ihr Zuhause. Die Chance auf ein gutes Leben. Ihren einzigen Freund.

Schweiß bildete sich in ihren Handflächen, als sie an Danny dachte. Wie sehr war er verletzt worden? Musste er zum Arzt?

Verzweifelt drückte sie auf die Klingel, aber er öffnete nicht. Kurz überlegte sie, bei Britta und Holger, den Mietern über Danny, zu klingeln, aber das würde ihr nichts nützen. In Dannys Wohnung kam sie nicht hinein.

Warum hast du deinen Schlüssel nicht mitgenommen?

Wenigstens diese Nacht hätte sie dann vielleicht noch in ihrem Zimmer schlafen können.

Deinem ehemaligen Zimmer.

Am Horizont ging langsam die Sonne unter, und die Luft begann kühler zu werden. Erneut drückte Christina auf die Klingel.

Ein Fenster wurde geöffnet, und Danny lehnte sich mit nassen Haaren hinaus. Vielleicht war er nur duschen gewesen und ließ sie jetzt hinein …

«Danny», begann sie erneut.

«Hier, bitte», sagte er in einem Tonfall, der ungewöhnlich distanziert klang, und warf ihre Bettdecke hinaus. «Damit dir nicht kalt wird heute Nacht.» Dann schleuderte er das Kopfkissen hinterher. «Vielleicht denkst du mal über dein Verhalten nach!»

Das Fenster wurde lautstark geschlossen, öffnete sich aber kurz darauf ein weiteres Mal. Für einen Moment schöpfte sie Hoffnung.

«Tina?», rief Danny ihr zu. «Hier, fang! Du kannst in meinem Auto schlafen!»

Er warf den Autoschlüssel in ihre ausgestreckte Hand und verschwand wieder in der Wohnung.

Christina seufzte traurig. Mühsam versuchte sie, die aufsteigenden Tränen zurückzuhalten, als sie sich bückte und die Federdecke mitsamt Kissen aufhob. Am Auto angekommen, begann sie zu schluchzen. Der Kühler qualmte noch immer, die gesamte Front war eingedrückt. Beide Scheinwerfer, Blinker und die externen Nebelleuchten waren zerstört. Die Kotflügel mussten ebenfalls ausgetauscht werden. Ihr fiel ein, wie Danny ihr nur Monate zuvor von seinem Neuwagenkauf erzählt hatte …

Wegen dir! Alles geht kaputt wegen dir!

In ihrem Kopf begann es bedrohlich zu pochen. Jene Schmerzen, die sie seit Jahren nicht in den Griff bekam, wollten sich einen Weg durch ihren Körper nach draußen bahnen. Auf solch qualvolle Weise, dass sie es kaum aushalten konnte.

Plötzlich wünschte sie sich, Danny hätte sie da nicht herausgeholt. Dann wäre sie noch bei Maddox und dem Heroin, das sie auf einmal wieder so fürchterlich vermisste. Heroin war das einzige Mittel auf der Welt, das diesem Phänomen Einhalt gebot.

Was bist du nur für eine egoistische Kuh!

Er kämpfte für sie, bereit, sein Leben zu riskieren, schrottete sein Auto, und sie dachte nur an Drogen.

Es muss doch möglich sein, diese verdammte Sucht in den Griff zu bekommen.

Christina entriegelte Dannys Auto und ließ sich mitsamt ihrer Bettwäsche auf die Rückbank fallen. Die Tränen liefen ihr haltlos über die Wangen.

Wie oft in ihrem Leben war sie schon verlassen, ihren negativen Gedanken und ihrer Einsamkeit ausgeliefert worden? Wann hatte das eigentlich angefangen? Damals, als sie gerade acht Jahre alt geworden war? Eine Ewigkeit musste sie für ihre unbedarften Worte allein im Keller ausharren.

Aber Papa hat sich wirklich zu mir in die Badewanne gesetzt!

Leider wollte ihre Mutter ihr das bis heute nicht glauben.

Oder begann es Jahre später, im Wohnheim, als sie ihren Mitbewohnerinnen erzählte, womit sie ihr Geld verdiente? Von da an hatten sie alle jedenfalls einen Fünf-Meter-Bogen um sie geschlagen und sie behandelt, als hätte sie die Krätze.

Christina war es gewohnt, allein zu sein, und trotzdem fühlte es sich heute besonders schlimm an. Sie wollte in die Wohnung, zu Danny. Zu dem Menschen, der wichtiger war als alles andere auf der Welt. Zu dem Menschen, den sie weit mehr liebte als ihr eigenes, unbedeutendes Leben.

In ihrer Verzweiflung öffnete sie ihre Handtasche und zog die kleine Rasierklinge heraus, die in einer Seitentasche steckte.

Wie lange hatte sie das nicht mehr gemacht? Aber nun war es die einzige Möglichkeit, den tobenden Schmerz in ihrem Innern zu bezwingen. *Gleiches mit Gleichem vergelten. Schmerz mit Schmerz bekämpfen.* Das Bedürfnis, für ihre Fehler zu bezahlen und zu leiden, wallte in ihr auf. Immer stärker wurde der Drang, etwas unwiderruflich zu zerstören, was es nicht verdient hatte, unversehrt zu sein.

Tränen tropften auf ihren Arm, als sie die Rasierklinge ansetzte und sich tief in die Arme ritzte. Wieder und wieder. Blut quoll träge aus den kleinen Schnitten und vermischte sich mit ihren Tränen, die sie absichtlich in die Wunden träufelte, um das Brennen zu verstärken. Wenn Salz in Reichweite gewesen wäre, hätte sie sich dafür anstatt für die Tränen entschieden, um das maximale Leiden zu schaffen …

Christina genoss den pulsierenden Schmerz, der sich ausbreitete, allen Raum in ihrem Körper einnahm und jedes andere Fühlen verdrängte.

Du bist so kaputt, dachte sie traurig. *Und alle schönen Kleider, Theateraufführungen, Pferde und Delphine dieser Welt können das nicht reparieren.*

Egal, was Danny sich einfallen ließ, um ihr zu zeigen, wie wundervoll das Leben war, er konnte das nicht wieder zusammensetzen, was vor Jahren in ihr zerborsten war.

Zumal sie ihn ohnehin verloren hatte. Und mit ihm alles, was es wert gewesen wäre zu leben.

Gerade als sie in einen erlösenden Schlaf dämmerte, öffnete sich die Autotür. Danny setzte sich zu ihr auf die Rückbank.

Benommen hob sie ihre Bettdecke an, und Danny schlüpfte darunter. Christina war so erleichtert, dass sie sofort zu ihm rutschte. Sein vertrauter Geruch nach Duschgel und Shampoo stieg ihr in die Nase, und plötzlich wollte sie ihn einfach nur berühren und ihm nahe sein. Ihre Finger fanden seinen Arm. Vorsichtig streichelte sie über die feinen Haare, erstaunt darüber, wie weich sich seine Haut anfühlte. Es war ihr viel zu wenig Nähe. Sie vergrub ihr Gesicht an seinem Hals, atmete tief ein und legte ihre Hand auf seine Brust, um ihn fest an sich zu drücken. Für eine winzige Sekunde spürte sie, wie Danny sich unter ihrer Berührung versteifte, dann schien die Anspannung sofort wieder von ihm abzufallen.

«Tut mir leid, dass ich dich angeschrien und rausgeworfen hab», flüsterte er ihr ins Ohr.

«Mir tut es leid!» Christina begann wieder zu weinen. «Du machst alles für mich, und ich bau so eine Scheiße! Es tut mir so leid. Bitte verzeih mir!»

«Schon längst passiert, Tina. Ich hab einfach völlig unterschätzt, wie stark eine Sucht sein kann. Ich werde morgen mit Jörg reden. Wir müssen uns da Hilfe holen.»

«Ich werde es schaffen», versprach sie ihm.

«Ja, wirst du! Jörg und ich werden dich unterstützen. Du musst in eine Therapie.»

Er hat recht! Du weißt, dass er recht hat!

Alles in ihr sträubte sich.

«Ich habe nichts genommen! Du musst mir glauben!» Verzweifelt sah sie zu ihm hoch. Sie spürte seinen wie röntgenden Blick und konnte sich vorstellen, wie seine ungewöhnlich blauen Augen sie durchleuchteten.

Kurz überlegte sie, ob sie ihm ihre Armbeugen zeigen sollte, aber das ging nicht, wegen der Schnitte, die sie sich vorhin selbst zugefügt hatte.

«Ich glaube dir», sagte Danny sanft. «Trotzdem werden wir mit Jörg darüber sprechen. Allein schaffen wir das nicht.» Er machte eine kurze Pause, sah sie besorgt an und fügte dann entschlossen hinzu: «Wenn so etwas wie heute noch mal passiert, dann verfrachte ich dich in eine geschlossene Anstalt. Und da bleibst du dann so lange drin, bis du nicht mehr weißt, was Drogen sind!»

Christina verkniff sich ein Schmunzeln. Er war wieder ganz der Alte. «Es kommt nicht wieder vor», versprach sie ihm. «Wie fühlst du dich? Was macht deine Verletzung?»

«Es geht. Ich werde es voraussichtlich überleben. Noch mal geh ich da aber nicht hin.»

«Musst du nicht, Danny. Wirklich nicht!» Sie knabberte an ihrem Fingernagel. «Ich hatte heute wirklich Angst um dich!»

«Yeah. Ich hatte auch Angst um mich …» Er stockte kurz, als ihm etwas einzufallen schien. «Moment … Wieso hattest du Angst? Ich dachte, die bringen niemanden um?»

«Tun sie auch nicht, aber freundlich sind sie auch nicht gerade.»

Danny schnaubte. «Danke für die Info. Ist mir bereits aufgefallen.»

Er versuchte, sie von sich wegzuschieben. Sie wich zurück. Er öffnete die Autotür ein winziges Stück, und das Innenlicht ging an. Mit Daumen und Zeigefinger umfasste er ihr Kinn und drehte ihren Kopf, um ihre verletzte Wange zu begutachten. «Wer von denen war das? Verrat's mir.»

«Lieber nicht. Du hast selbst gesagt, du willst da nie wieder hin …»

«Vielleicht noch einmal, ganz kurz …»

Entschlossen schwieg sie. Für keinen Preis der Welt wollte sie riskieren, dass Danny erneut zu diesen Leuten fuhr.

«Wer war das, Tina?», wiederholte er seine Frage.

«Keiner von denen. Ich hatte vorher eine Begegnung mit einem anderen Dealer», log sie und zog schnell die Autotür wieder zu, damit das Licht erlosch. Sie wollte nicht länger seinem Blick standhalten müssen, denn sie mochte es nicht zu lügen, aber es war so oft unumgänglich. Im Notfall hätte sie alles gesagt oder getan, um ihn oder Natascha zu schützen.

«Ich finde es irgendwann auch so raus», knurrte er.

«Bist du sicher, dass du in Ordnung bist?» Vorsichtig strich sie über seine verletzten Rippen. «Sollen wir nicht lieber in ein Krankenhaus fahren?»

«Es sind nur Prellungen», beruhigte er sie. «Das verheilt wieder.»

Er nahm ihre Hand in seine und ließ die Finger seiner anderen Hand über ihren nackten Arm nach oben wandern. In ihrer Armbeuge verharrten sie kurz auf den vom Blut verklebten Schnitten. Sofort erstarrte sie und hoffte, er würde nicht herausfinden, was sie getan hatte. Danny zog seine Finger wieder weg, rieb sie gegeneinander und leckte sich den Daumen ab.

Lass es ihn nicht merken, flehte sie stumm zum Himmel.

«Und wenn du dich noch einmal selbst schneidest, dann weise ich dich in die Psychiatrie ein. Da kannst du dann meiner Mutter Gesellschaft leisten.»

«Ich war verzweifelt.»

«Dann komm zu mir und rede mit mir!»

«Das hab ich versucht, aber du hast mich ausgesperrt …» Sie brach den Satz ab.

Das klingt, als würdest du ihm die Schuld geben!

«Du hast recht», gestand er. «Es kommt nie wieder vor. Versprochen. Ich weiß selbst nicht, warum ich so reagiert habe!»

Christina hingegen konnte sich Dannys Reaktion sehr gut erklären. In emotionalen Momenten wurde er immer schnell explosiv, und Todesangst zu haben war mit Sicherheit ein emotionaler Moment …

Das Klopfen an der Scheibe ließ sie beide zusammenzucken. Britta stand draußen und schaute besorgt ins Auto.

«Danny? Tina? Ist alles in Ordnung? Ich komm gerade von der Nachtschicht und hab das kaputte Auto gesehen … Hattet ihr einen Unfall?» Offensichtlich verwirrt starrte sie auf die Bettdecke. «Schlaft ihr im Auto?»

«Ähm», machte Danny. «Wir …»

Christina fiel ihm ins Wort, um die Situation zu retten. «Der Unfall war heute Morgen schon. Danny war unterwegs, und ich hab mich ausgesperrt und dann im Auto auf ihn gewartet. Dabei bin ich eingeschlafen. Er hat mich eben geweckt.» Freundlich lächelte sie Britta an. «Vielen Dank der Nachfrage. Wirklich alles in Ordnung, wir kommen jetzt rein!» Insgeheim hoffte sie, Britta würde nicht merken, wie unausgereift ihre Erklärung war.

«Gut», sagte Britta und wandte sich zum Gehen.

«Gute Nacht», rief Danny ihr hinterher und griff erneut nach Christinas Hand. «Komm, wir gehen wirklich rein!»

* * *

Jörg warf wütend den Telefonhörer auf die Gabel. Die Dame von der Drogenberatungsstelle konnte nichts für seinen Zorn. Vielmehr galt dieser seinem ersten Telefonat an diesem Morgen und Dannys Unüberlegtheit. Um nicht zu sagen, seiner Dummheit. Jörg schüttelte den Kopf und schenkte zwei Tassen Kaffee ein. Irgendwie musste es doch möglich sein, Dannys Temperament in den Griff zu bekommen.

Vergiss es! Das ist dir in den letzten Jahren doch auch nicht gelungen!

Draußen hielt ein weinroter Rover, und kurz darauf klingelte es an der Tür. Jörg öffnete und sah Danny vorwurfsvoll an.

«Sag nichts», begann Danny anstelle einer Begrüßung. «Ich weiß selbst, dass das dumm war!»

«Was hast du dir dabei gedacht?», fragte Jörg vorwurfsvoll.

«Was wohl? Nichts!»

Danny ging an ihm vorbei in die Küche und nahm sich einen Kaffee. Er rührte Milch und Zucker hinein und pustete in die Tasse.

«Eigentlich bin ich davon ausgegangen, dass du clever bist, aber irgendwie …»

«Ach komm schon, Jörg. Mir war klar, dass Tina dort ist. Also bin ich hin. Was hätte ich denn machen sollen? Dich anrufen und mitnehmen?»

«Ja. Das wäre eine gute Alternative gewesen!»

«Die haben mich doch nur reingelassen, weil sie mich kannten. Wenn du dabei gewesen wärst, hätten sie uns einfach draußen stehen lassen.» Danny nahm einen Schluck aus seiner Tasse und lehnte sich an die Küchenzeile. «Sie haben mir nur deswegen die Möglichkeit gegeben, Tina zurückzuholen, weil sie sich einen Spaß mit mir machen wollten.»

Es stimmte, was Danny sagte, und Jörg war das vollkommen bewusst. Seine Arbeit beinhaltete den Umgang mit drogensüchtigen Menschen, und die Erfahrung zeigte immer wieder, dass es fast unmöglich war, Dealer und Zuhälter auffliegen zu lassen.

Diese Gruppen waren in der Regel so gut organisiert, dass ihnen selbst die Polizei machtlos gegenüberstand.

Jörg bemerkte, wie Danny schmerzerfüllt das Gesicht verzog, als er sich anlehnte. «Spaß mit dir scheinen sie ja offensichtlich gehabt zu haben.»

«Ja, allerdings.»

«Lass mal sehen. Ich hab eine gute Salbe da.»

Danny stellte seinen Kaffee auf die Anrichte und zog sein T-Shirt aus.

«Autsch, na, das hat sich ja gelohnt.» Schockiert betrachtete Jörg Dannys Seite. Die Farbschattierungen wechselten zwischen Blau und Dunkelviolett. Er öffnete die Tube, die er eben aus der Schublade gefischt hatte, drückte einen Salbenstrang auf seine Finger und schmierte Danny vorsichtig die Rippen ein. Jörg registrierte, dass Danny unter seiner Berührung zusammenzuckte.

«Tja», sagte Jörg ungerührt. «Da musst du jetzt durch.»

«Hab ich mich beschwert?»

«Glaubst du, Tina bleibt bei dir daheim?»

«Ich weiß es nicht. Aber was soll ich machen? Ich muss in einer Stunde im Fitnesscenter sein. Ich nehme sie schon überall mit hin, ich kann sie nicht auch noch mit zur Arbeit schleppen.»

«Nachher fahre ich zu dir und schaue nach ihr», versprach Jörg. Er nahm ebenfalls seine Tasse und deutete damit auf Dannys Oberarm. «Das Tattoo ist ja immer noch nicht ganz ab.»

«Es sollte längst weg sein, aber irgendwie hält es sich hartnäckig, obwohl Tina es fast jeden Abend unter der Dusche abschrubbt.»

Skeptisch hob Jörg eine Augenbraue. «Ich dachte, ihr seid nicht zusammen?»

«Sind wir auch nicht.»

«Was macht sie dann bei dir unter der Dusche?»

«Das Tattoo abschrubben.»

Dannys Miene blieb unergründlich. «Sie mag es nicht, wenn mich jemand ungefragt anmalt.»

«Dich ungefragt *anmalt*?» Jörg schüttelte verwirrt den Kopf.

Was macht dieses Mädchen mit ihm?

Er nahm sich vor, das mal genauer unter die Lupe zu nehmen.

«Lange Geschichte», winkte Danny ab. «Was sagten die bei der Drogenberatung?»

«Bevor wir damit anfangen, solltest du dir eines bewusst machen: An erster Stelle kommst du. Dann kommt lange gar nichts, und dann, wenn es dir in den Kram passt, dann kommt Tina. Hast du das verstanden?»

«Ich sehe das ein bisschen anders. Tina hat ihr ganzes Leben noch vor sich, also ist es wichtiger …»

«Hör auf damit», unterbrach ihn Jörg. «Du hast dein Leben auch noch vor dir! Also denk an dich und lass dich nicht von ihr ausnutzen!»

«Sie nutzt mich nicht aus!» Danny schien absolut überzeugt von seinen Worten. «Sie versucht, von den Drogen loszukommen, aber sie schafft es nicht. Deswegen brauchen wir ja Hilfe. Also, was meinen die, was wir tun sollen?»

«Sie meinen, dass dieses Verhalten absolut normal ist für Süchtige. Wir sollen auf keinen Fall anfangen, ihr Ersatzmedikamente zu geben, die könnten sonst das nächste Suchtmittel beinhalten.»

«Schön, dann wissen wir ja schon, was wir nicht tun sollen.» Mit dem Handrücken überprüfte Danny, ob die Salbe bereits eingezogen war, und zog sein T-Shirt wieder an.

«Wir sollen es mit warmem Entzug versuchen und die Drogen langsam ausschleichen lassen, um die Abhängigkeit von weiteren Stoffen zu vermeiden.»

«Sie hat definitiv nichts genommen gestern.»

«Was macht dich da so sicher?» Jörg hatte schon oft erlebt, wie süchtige Menschen logen, um ihren Konsum geheim zu halten.

Danny zuckte die Schultern. «Ich weiß es eben. Sie hat sich nichts gespritzt. Das hätte ich gesehen und an ihrem Verhalten gemerkt.»

«Man kann sich das Zeug sogar zwischen die Zehen spritzen, um Einstiche vor anderen zu verbergen.»

«Sie hat nichts genommen», wiederholte Danny. «Ich kenne sie und merke, wenn sie lügt. Das Beste wäre dennoch ein geschlossener Entzug.»

«Da bekomme ich sie aber nicht rein, solange sie clean ist.» So sehr Jörg Christina mochte, so sehr wünschte er sie an diesem Morgen zum Teufel. Aus einem unerfindlichen Grund hatte er plötzlich das Gefühl, dass dieses Mädchen Dannys Untergang bedeutete.

«Was dann?» Danny warf einen Blick auf die Küchenuhr. «Ich muss gleich los. Der blöde Mietwagen hat locker hundert PS weniger als meiner, da brauche ich bestimmt doppelt so lange ins Fitnesscenter.»

«Wir müssen abwarten und hoffen, dass sie die Kurve kriegt.» Jörg seufzte. «Ich werde regelmäßig mit ihr sprechen und sie zu ihrer Therapeutin schicken. Mehr können wir nicht machen.»

«Was ist, wenn sie wieder abhaut? Ich kann sie nicht den ganzen Tag beobachten, aber ich will sie auch nicht in den Keller sperren!»

«Das sollst du auch nicht. Du guckst nach dir, ich kümmere mich um Tina. Vielleicht hat ihr das gestern wirklich zu denken gegeben. Falls sie noch einmal rückfällig wird, muss sie zum Entzug. Eine andere Möglichkeit haben wir nicht.» Jörg seufzte ein weiteres Mal. «Lass uns gehen. Du fährst ins Geschäft, und ich mache mich auf den Weg zu ihr.»

Gemeinsam gingen sie nach draußen.

Jörg schaute nachdenklich dem roten Rover hinterher. Es war kein Geheimnis, dass er Danny liebte, als wäre er sein eigener

Sohn. Deswegen ängstigte es ihn auch so sehr, dass sich der flüchtige Gedanke von vorhin in eine düstere Vorahnung verwandelte.

Wenn er nicht von ihr loskommt, dann reißt sie ihn ins Verderben.

Am vernünftigsten wäre, die Verbindung der beiden irgendwie zu unterbrechen und dafür zu sorgen, dass sie sich nicht wiedersahen.

«Ich werde nicht zulassen, dass er ins offene Messer läuft.» Jörg hielt erschrocken inne, verwirrt darüber, dass er einen Monolog mit sich selbst führte. «Er ist sein Leben lang von den Menschen enttäuscht worden, die er geliebt hat. Du kannst ihm nicht auch noch seine beste Freundin nehmen.» Kopfschüttelnd verließ er die Wohnung.

OKTOBER 1998

Danny kaute nachdenklich auf dem Strohhalm seiner Cola. Die Musik dröhnte aus den Lautsprechern. Die Disco im Nebenraum war noch leer, die Billardtische und die Bar, an der sie saßen, füllten sich langsam.

«Lust zu spielen?», fragte Sven in die Runde.

«Klar», willigte Simon ein.

«Eigentlich nicht», gestand Danny. Obwohl er wusste, dass Jörg bei ihm zu Hause vorbeikommen und nach Christina sehen wollte, fühlte er sich nicht wohl, weil sie allein daheim war. Dabei hatte die letzten zwei Wochen alles super funktioniert, es gab keine Hinweise darauf, dass sie abermals weglaufen würde. Auf Jörgs stetiges Drängen hin ließ sich Danny dazu überreden, sein gewohntes Leben wieder aufzunehmen. Und das beinhaltete nun mal, am Wochenende mit seinen Kumpels um die Häuser zu ziehen und Mädchen anzubaggern.

«Sei kein Spielverderber», murrte Ricky. «Oder bist du etwa in den letzten Wochen außer Übung gekommen und hast Angst zu verlieren?»

«Na gut.» Danny warf seinen völlig zerbissenen Strohhalm in den Aschenbecher. «Was spielen wir?»

«Nummernjagd? Ganz klassisch?», schlug Simon vor.

«Nee», machte Sven. «Lass uns heute mal was anderes machen. Wie wäre es mit: Wer bekommt die Hässlichste?»

Belustigt verdrehte Danny die Augen. «Echt jetzt? Warum nicht gleich: Wer bekommt die Dickste?»

«Wo genau ist da der Unterschied?» Ricky lachte über seinen eigenen schlechten Witz und sah Danny herausfordernd an. «Bist du dabei?»

«Gott, sind wir scheiße! Aber ja. Meinetwegen.»

«Cool! Euren Einsatz, Jungs.» Begeistert streckte Sven seine offene Hand aus und wartete, bis jeder einen Schein hineingelegt hatte. «Los geht's! Um Mitternacht wieder hier!»

«Und der mit der Dicksten gewinnt.» Simon sprang auf. «Bis später, Jungs!»

Ricky erhob sich ebenfalls, und Danny folgte ihm in die Disco. Eine Weile standen sie schweigend nebeneinander an die Wand gelehnt und beobachteten die Mädchen, die hereinkamen.

«Ich hab eine», zischte Danny seinem Freund zu. «Dann geh ich mal Leute verarschen.»

«Viel Erfolg!» Ricky klopfte ihm auf die Schulter. «Bis später.»

Langsam schob sich Danny durch das Gedränge zu dem Tisch, den die drei Mädchen gerade in Beschlag genommen hatten. Seine Auserwählte kramte in der Handtasche, holte einen roten Lippenstift heraus und trug ihn mit Hilfe eines Kosmetikspiegels auf.

Das nützt aber auch nichts mehr …

Noch nie in seinem Leben hatte Danny Menschen nach ihrem Aussehen bewertet oder kategorisiert. Er konnte lediglich nicht verstehen, wie ein Mädchen mit nicht mal zwanzig Jahren gute fünfzig Kilo Übergewicht bekommen hatte. Für jemanden wie ihn, dem Sport und Bewegung über alles ging, war so etwas unbegreiflich. Dazu kam, dass sie sich ganz offensichtlich seit Tagen die Haare nicht mehr gewaschen hatte. Fettig und strähnig hingen sie in blonden Locken auf ihre Schultern. Ihr knallrotes, viel zu kurzes Top bildete einen scharfen Kontrast zu der weißen, hautengen Hose, durch die man die Dellen ihrer Cellulite sehen konnte.

Glückwunsch, Danny! Du hast so gut wie gewonnen!

Mit einem freundlichen Lächeln streckte er ihr die Hand hin. «Lust zu tanzen?»

Sie starrte ihn an, als hätte sie einen Geist gesehen. Misstrauisch blickte sie sich um, als wartete sie nur darauf, dass irgendwo jemand hinter einer Säule hervorsprang und «April, April» rief.

Mitten im Oktober. Vielleicht suchte sie auch die versteckte Kamera.

«Ich bin allein», erklärte Danny und fixierte sie. Für einen kurzen Moment erwiderte sie seinen Blick, und er erkannte echte Freude darin. Möglicherweise auch einen Anflug von Triumph. Es war vermutlich das erste Mal in ihrem Leben, dass ein Typ sie ansprach.

«Lieber nicht», sagte sie dennoch. Ihre Stimme klang sanft und freundlich. «Sieh mich doch an. Ich kann nicht tanzen.» Kurz war er verblüfft über ihre Ehrlichkeit. Irgendetwas daran rührte ihn.

«Ich auch nicht», schwindelte er. «Aber ich versuche es trotzdem.» Beharrlich blieb er stehen und wedelte mit den Fingern, bis sie ihm die Hand reichte. Gut gelaunt und voller Euphorie stand sie auf und folgte ihm. Die beiden anderen Mädchen sahen ihr missgünstig hinterher.

Auf der Tanzfläche übernahm Danny die Führung. Er staunte darüber, wie beweglich sie trotz ihres Körperumfangs war. Es war zu laut, um sich zu unterhalten, also unternahm er gar nicht erst den Versuch dazu. Nach zwei Songs kam das Mädchen bedrohlich außer Atem, und Danny beschloss, zurück zum Tisch zu gehen.

Warum hast du sie nicht erst in einer Stunde angesprochen? Was willst du jetzt bis Mitternacht mit ihr machen?

«Wie heißt du?»

«Anastasia. Und du?»

«Danny.»

Eigentlich war er sich absolut sicher gewesen, dass er den richtigen Tisch ansteuerte, aber da standen jetzt zwei Pärchen. Die Mädchen von vorhin waren verschwunden. Verwirrt sah er sich um. «Wo sind denn deine Freundinnen hin?»

«Keine Ahnung.»

«Dann gehen wir sie mal suchen.»

Danny setzte sich in Bewegung, als Anastasia plötzlich nach seinem Handgelenk griff.

«Brauchst du nicht.» Sie musste schreien, um die Musik zu übertönen. «Sie haben mich bestimmt sitzenlassen.»

«Wieso das denn?» Es war einfach zu laut, deswegen verließ Danny den Discoraum, und das Mädchen folgte ihm zu den Billardtischen.

«Wieso sollten sie dich sitzengelassen haben?», wiederholte er.

Anastasia lächelte. «Sie sind nicht meine Freundinnen, ich kenne sie kaum. Bestimmt haben sie mich nur mitgenommen, damit sie sich über mich lustig machen können.»

Fragend hob Danny eine Augenbraue: «Warum gehst du dann mit ihnen mit?»

Ein unverhohlener Schmerz blitzte plötzlich in ihren Augen auf. «Ich bin neu in der Stadt und froh, wenn überhaupt einer mit mir weggeht. Der Grund, warum jemand das tut, ist mir erst mal vollkommen egal.»

Mitleid wallte kurz in ihm auf, und zeitgleich musste Danny ein Seufzen unterdrücken. Warum geriet immer er an solche Leute? Füllige Menschen waren doch bekannt für ihr Selbstbewusstsein und ihre Lebensfreude! Bei diesem Mädchen schien das nicht anders zu sein. Warum fiel es ihr dann so schwer, neue Freunde zu finden? Nur weil sie dick war?

«Das heißt, wir müssen sie nicht suchen?», fragte er lahm.

«Nein, ich werde mir nachher ein Taxi rufen.»

«Möchtest du was trinken?»

«Sehr gerne.» Sie strahlte ihn an.

Zum zweiten Mal an diesem Abend staunte er. Anastasia versprühte eine ausgesprochen positive Energie, und an Lebensfreude schien es ihr tatsächlich nicht zu mangeln. Ihre Augen waren ehrlich und sanft, und wenn sie lächelte, war sie trotz ihrer Figur schön, fast schon attraktiv.

Sie hat es nicht verdient, verarscht zu werden, schoss es ihm durch den Kopf. Ein Anflug von Genugtuung verscheuchte diesen Gedanken, als er an die neidischen Blicke von Anastasias Bekannten dachte. Wütend hoffte er, dass die beiden Komplexe bekamen und ihnen an diesem Abend noch mal über den Weg liefen. Damit er dann vor ihren Augen den Arm um Anastasia legen und ihr einen Kuss geben konnte.

Mit der Ausrede, kurz noch etwas trinken zu wollen, lockte Danny Anastasia um Mitternacht zum vereinbarten Treffpunkt an der Bar. Inständig wünschte er sich, dass es nicht allen gelungen war, ein Mädchen zu finden. Nicht weil er gewinnen wollte, sondern weil er Sorge hatte, Anastasia könnte das böse Spiel durchschauen. Sie war klug und aufmerksam, und wenn hier plötzlich vier Jungs mit einer übergewichtigen Partnerin saßen, konnte das auffällig werden.

Erleichtert stellte er fest, dass Sven leer ausgegangen war. Das Mädchen in Rickys Arm konnte man allenfalls als etwas mollig bezeichnen. Einzig Simons Begleiterin mochte ähnlich viel Gewicht auf die Waage bringen wie Anastasia.

Ohne ein Wort miteinander zu wechseln, begegneten sie sich an der Theke. Ricky nickte Danny kurz unbemerkt zu, um ihm zu verstehen zu geben, dass jeder genug gesehen hatte und sie später ihre Entscheidung fällen konnten. Nach und nach verschwanden die anderen wieder. Nur Danny blieb mit Anastasia an der Theke sitzen. Jetzt galt es, die Mädchen loszuwerden und sich später wieder hier zu treffen. So machten sie es immer.

Danny stand auf und sagte knapp zu ihr: «Ich bin gleich wieder da.»

«Wo gehst du hin?» Wieder sah sie ihn mit diesen unschuldigen Augen an.

«Ähm», machte er. «Zur Toilette.»

«Du kommst nicht zurück, oder?» Anastasias Ehrlichkeit war entwaffnend. Ihr Blick wirkte traurig, fast gequält. Und es lag noch etwas anderes darin. Wissen. Das Wissen darum, dass sie verarscht worden war.

Scheiße, das kannst du nicht machen! Daran knabbert sie noch in zwei Jahren. Du musst irgendwie aus dieser Nummer rauskommen, ohne dem Mädchen zu schaden.

«Natürlich komme ich zurück.» Er lächelte schief. Insgeheim verwarf er seinen Plan, einfach im Gedränge der Disco zu verschwinden. Er musste eine andere Lösung finden, am besten eine, die Anastasias Selbstbewusstsein stärkte. «Ich würde niemals ein so wundervolles Mädchen einfach sitzenlassen.»

Auf dem Weg zur Toilette zog er sein Handy aus der Hosentasche und tippte eine SMS an Ricky:

Wartet nicht auf mich. Ich fahre mit dem Taxi heim und nehme das Mädchen mit. (Stell einfach keine Fragen!!!)

Dann verschwand er auf der Toilette, um in Ruhe telefonieren zu können. Jetzt gab es nur noch einen Menschen, der ihm aus dieser Misere helfen konnte. Er wählte seine Festnetznummer und hoffte, dass Christina noch wach war.

Die Freude in Anastasias Gesicht war unverhohlen, als Danny zurück an den Tisch kam. Wieder streckte er ihr die Hand hin. «Ich habe uns ein Taxi gerufen. Wir fahren erst zu mir – ich wohne nicht weit von hier. Dann hol ich mein Auto und bring dich heim.»

Zögernd nahm sie seine Hand. «Mit zu dir?»

«Du brauchst keine Angst zu haben, ich bin anständig!» Danny zwinkerte ihr zu. «Du kannst auch vor der Tür warten, wenn du magst.»

«Nein, ich würde gerne dein Zuhause sehen.»

«Ist eine Eigentumswohnung», log er. «Ich arbeite auf einer Bank und verdiene eine Unmenge Kohle. Warte, bis du meinen Wagen siehst!»

Der zum Glück wieder repariert ist, fügte er in Gedanken hinzu.

«Klingt toll!» An ihrem Gesichtsausdruck bemerkte Danny, dass sie spätestens jetzt davon überzeugt war, das große Los gezogen zu haben. Er unterdrückte ein weiteres Seufzen. Normalerweise konnten Mädchen Angeberei nie leiden und reagierten entsprechend unwirsch darauf.

Sie gingen gemeinsam nach draußen. Das Taxi wartete bereits, und er öffnete Anastasia die Tür.

«Gehst du noch zur Schule?», fragte Danny, um das Schweigen zu brechen.

«Ich bin Floristin.»

Bodenständiger Beruf. Bodenständiges Mädchen. Langsam begann Danny, sie wirklich zu mögen.

Es dauerte nur fünf Minuten, bis das Taxi hinter dem BMW hielt.

«Meiner», prahlte er extra und zeigte auf seinen Wagen, während er Anastasia half auszusteigen. «Komm, wir holen meinen Autoschlüssel.»

Sie lief ihm hinterher bis in den Hausflur. Noch bevor Danny aufschließen konnte, wurde die Wohnungstür geöffnet.

Christina sprang ihm regelrecht in die Arme und drückte ihm einen Kuss auf die Lippen. «Schatz», hauchte sie offensichtlich erleichtert. «Da bist du ja endlich!»

«Schatz?», hakte Anastasia verwirrt nach.

«Meine Exfreundin», flüsterte Danny seiner Begleiterin zu und tippte sich mit dem Zeigefinger an die Stirn, um ihr zu verstehen zu geben, dass Christina nicht richtig tickte.

«Wer ist das? Unsere neue Putzfrau? Was macht sie mitten in

der Nacht hier?» Christina warf aufreizend ihre Haare zurück und musterte Anastasia skeptisch. Beeindruckt stellte Danny fest, dass sie sich selbst übertroffen hatte: Sie trug sehr kurze Hot Pants, und ihre mörderisch hohen High Heels ließen ihre Beine noch länger wirken, als sie von Haus aus waren. Ihr Top war bauchfrei und viel zu weit ausgeschnitten. Automatisch schielte er unauffällig hinein, beschloss dann aber, es ganz offensichtlich zu tun.

«Das ist Anastasia», korrigierte Danny. «Wir hatten ein Date, und ich wollte ihr noch schnell die Wohnung zeigen, bevor ich sie heimfahre.»

«Meine Wohnung?» Christina verschränkte die Arme und lehnte sich an den Türrahmen. «Du willst ihr *meine* Wohnung zeigen? Vergiss es!»

«Ich dachte, es ist deine Wohnung?» Anastasias Stimme war nur ein leises Piepsen.

«Ähm», machte Danny, aber Christina fiel ihm bereits lachend ins Wort.

«Hast du Spinner etwa schon wieder gelogen, um dich wichtig zu machen?» Sie schlug ihm mit der flachen Hand gegen die Brust. «Solange du dich nicht an den Kosten beteiligst, gehört das alles hier mir! Ach, stimmt ja, du kannst dich nicht beteiligen. Du hast ja keinen Job! Scheiß Schmarotzer!»

«Tina, bitte!»

«Du kannst froh sein, wenn ich dich wieder ins Haus lasse. Jemand anderes kommt hier jedenfalls nicht rein. Was willst du denn überhaupt mit der?»

«Sie gefällt mir», sagte Danny und fügte dann trotzig hinzu: «Besser als du!»

«Chance verspielt. Gute Nacht, Danny!»

Mit einer schwungvollen Bewegung warf Christina die Tür ins Schloss.

Anastasia sah ihn nur stumm an.

Danny zuckte verlegen die Achseln. «Tut mir leid. Ich wollte dich beeindrucken …»

«Du arbeitest nicht auf einer Bank? Du bist arbeitslos?» Das erste Mal an diesem Abend wurde sie ein klein wenig lauter.

«Zurzeit, ja. Aber ich möchte nächstes Jahr meinen Hauptschulabschluss nachholen und dann …»

Die Enttäuschung stand ihr ins Gesicht geschrieben. «Schon okay. Ich möchte jetzt bitte heim.»

«Ich verstehe, wenn du traurig bist, aber ich gebe mir wirklich Mühe und werde den Abschluss bestimmt schaffen. Bisher scheiterte es immer an meinem Englisch. Ich kann mir einfach keine Vokabeln merken.»

Dafür kommst du in die Hölle, Danny!

Auch gut. Da war es wenigstens warm. Er mochte die Kälte in Deutschland ohnehin nicht. Solange er dort seinem Vater nicht begegnete, war die Hölle in Ordnung für ihn.

«Ich möchte jetzt wirklich heim», wiederholte sie.

Laut seufzend drehte sich Danny um und klingelte erneut.

Im selben Augenblick wurde die Tür wieder geöffnet. «Was?» Herablassend schaute Christina auf Danny. Mit diesen Schuhen war sie ein Stück größer als er.

«Kann ich das Mädchen schnell nach Hause fahren?»

«Aber klar kannst du *mein* Auto haben!» Sie nahm den Ersatzschlüssel vom Haken und drückte ihn in seine Hand. «Kotz es aber nicht wieder voll.»

Danny musste sich bemühen, ein Lachen zu unterdrücken. Hinter Anastasias Rücken warf er Christina einen gespielt vorwurfsvollen Blick zu. Sie verzog keine Miene.

Auffällig betrübt legte Danny den Arm um Anastasias Schulter und wollte sie aus dem Flur führen, als Christina ihnen hinterherrief: «Keine Angst, Kleine. Auto fahren kann er. Besser als vögeln. Gestern Nacht ist er einfach eingepennt dabei!»

Unmerklich verdrehte Danny die Augen.

Typisch Tina. Wenn schon, dann richtig. Halbe Sachen waren nicht ihr Fall.

Anastasia sagte nichts, aber Danny sah, wie sie die Lippen zusammenkniff.

«Kann ja mal passieren, oder?», verteidigte er sich. «Schau dir Tina doch an. Nur Haut und Knochen. Kein Mann will so was haben.»

Danny entriegelte sein Auto und öffnete dem Mädchen die Tür.

Schweigend fuhr er sie nach Hause.

«Tut mir leid», sagte er noch mal, bevor er seinen Wagen vor Anastasias Wohnung parkte. Langsam griff er nach ihrer Hand, zog sie dicht zu sich und sah sie an. Er versuchte, seinen Blick hypnotisch werden zu lassen, wie er es immer tat, wenn er andere Menschen von etwas überzeugen wollte. «Ich konnte nicht anders, als dich anzusprechen. Du hast mir einfach so gut gefallen. Aber ich hätte dir natürlich sagen müssen, dass meine Ex noch bei mir wohnt.»

«Danke für den schönen Abend», erwiderte sie leise. «Mach's gut.»

Danny beugte sich vor, gab ihr einen Kuss auf die Wange und fügte dann wahrheitsgemäß hinzu: «Du bist ein tolles Mädchen. Lass dich von anderen nicht verunsichern!»

Mit gemischten Gefühlen beobachtete er, wie sie im Haus verschwand. Dieser Abend hatte ihrem Selbstbewusstsein bestimmt gutgetan, und doch war er wütend auf sich selbst, sie überhaupt angesprochen zu haben.

Das mach ich nie wieder, schwor er sich und seufzte tief.

The road to hell is paved with good intentions.

Ein Satz, den er früher oft sehr zutreffend für seinen Vater fand. Nun musste Danny mit Erschrecken feststellen, dass er auch auf ihn passte.

NOVEMBER 1998

Christina sprang aus dem Bus und rannte die Straße hinunter. Wie konnte sie so dumm gewesen sein?

Ihre Lungen drohten zu zerbersten, und dennoch verringerte sie ihr Tempo nicht, bis sie Dannys Wohnung erreichte. Hastig schloss sie auf, rannte hinein und öffnete alle Fenster. Sie stürzte die Kopfschmerztablette mit einem großen Glas Wasser hinunter. Ohne zu warten, ob eine Wirkung einsetzte, nahm sie gleich die zweite hinterher.

Mach keinen Fehler! Ruf Danny an! Um Himmels willen, ruf Danny an!

Dreimal griff sie zum Telefon, einmal begann sie sogar, seine Nummer zu wählen, nur um wieder aufzulegen, bevor die Verbindung hergestellt wurde. Ihr Magen schmerzte. Aber das war nicht das Problem. Auch über ihre zitternden Hände und die unerträgliche Unruhe in ihrem Innern hätte sie hinwegsehen können. Was sie nicht aushielt, waren die leisen, verräterischen Schmerzen, die sich langsam in ihrem Kopf ausbreiteten. Spätestens in zehn Minuten würden sie zunehmen. So stark, bis ihr Kopf fast platzte und sich die Schmerzen ungehindert im gesamten Körper ausbreiten konnten.

Es war halb neun am Abend. Danny war seit heute Morgen für drei Tage bei einem Foto-Shooting in Karlsruhe. Sollte sie ihn wirklich von der Arbeit nach Hause kommandieren wegen ein bisschen Kopfschmerzen?

Es ist nicht nur ein bisschen Kopfweh!

Irgendetwas in ihr regte sich. Panik. Vor der nächsten Schmerzattacke, die unweigerlich kommen würde. Seit damals in Amerika war es nicht mehr passiert, denn es geschah niemals ohne Grund. Es gab immer einen Auslöser. Auf dem Schiff war es dieser blonde Typ mit der Polaroidkamera gewesen, der sie so gierig anstarrte und ganz unverschämt fragte, ob sie Lust auf ein Fotoshooting hätte. Daraufhin war sie weggerannt, wie sie auch als Kind immer weggerannt war. Bis es nicht mehr weiterging, weil sie an der Reling angekommen war …

Und heute war es ihre eigene Dummheit gewesen. Was hatte sie sich dabei gedacht? Warum war sie da hingegangen, zu dieser Frau, die längst nicht mehr ihre Mutter war? Mal davon abgesehen, dass sie ohnehin nie ins Haus gelassen wurde.

So kalt wie heute war ihre Mutter noch nie gewesen. Wie konnte sie, ohne ein Wort zu sagen, die Tür wieder schließen? Nicht einmal ein «Hallo» oder «Wie geht es dir?» hatte sie übriggehabt für das Mädchen, das einst ihre Tochter gewesen war …

… und dann für immer ihre Ehe zerstörte.

Christina begann, durch die Wohnung zu rennen und alle Fenster wieder zu schließen. Es sollte sie niemand schreien hören.

Ruf Jörg an! Um Himmels willen, ruf irgendwen an!

Der Drang, sich auf den Boden zu werfen und zu weinen, wurde übermächtig. Verzweifelt kramte sie in ihrer Handtasche und zog ihr Adressbuch heraus. Es gab nur eine Sache auf der Welt, die ihr jetzt helfen konnte …

Das Ticken der Wanduhr in der Küche wurde lauter und lauter. Der geschwungene Spiegel im Flur reflektierte das Licht auf so penetrante Weise, dass es in den Augen schmerzte. Christina lief auf und ab, trat vor die Haustür und ging zurück ans Fenster. Obwohl Maddox ihr versprochen hatte zu kommen, starrte sie ungläubig auf den schwarzen Cadillac, der die Straße hinauffuhr. Im Prinzip hatte sie nicht damit gerechnet, dass er sein Wort halten würde. Dealer taten so etwas nicht. Weder kamen sie auf Zuruf, noch absolvierten sie Hausbesuche. Und dennoch stieg Maddox in diesem Augenblick aus und lief zum Eingang.

Lass ihn nicht rein! Versteck dich irgendwo!

Noch bevor die Klingel ertönte, riss Christina die Tür auf.

Maddox trug dunkle Jeans und einen schwarzen Sweatpullover. Er hatte wie immer einen leichten Bartschatten im Gesicht, und seine Haare hingen ihm in die Stirn. Er schien sich heute nicht die Zeit genommen zu haben, sie ordentlich zu frisieren. Seine Augen hatten die Farbe von geschmolzener Zartbitterschokolade und funkelten sie wütend an. «Du hast echt die Intelligenz einer fauligen Kartoffel», knurrte er. «Da entkommst du Johnny und bist dann so bescheuert, mir hinterherzutelefonieren und zu sagen, wo du wohnst!»

Angst machte sich in ihr breit. Nervös schielte sie über seine Schulter: «Du hast es doch niemandem gesagt, oder?»

«Nein, aber trotzdem.» Maddox schob sich an ihr vorbei in den Flur. «Stoff willst du, ja?»

«Hast du was dabei?»

«Natürlich. Deswegen bin ich ja hier!» Mit einer aggressiven Bewegung zog er ein Päckchen weißes Pulver aus seiner Hosentasche und schleuderte es ihr gegen die Brust. «Dröhn dich zu. Wenn du so dumm bist, kann dir keiner helfen.»

Verwirrt über Maddox' heftige Reaktion starrte sie ihn an. «Wieso bist du so sauer?»

«Weil du dumm bist wie ein Stück Brot!», schrie er. «Sieh dich an, Tina! Du bist weg davon! Schau doch nur, in welcher Gegend du wohnst! Bei den reichen Schnöseln. Wolltest du das nicht immer? Zur Elite gehören? Jetzt bist du genau da. Und was tust du? Läufst dem Dope nach!»

Maddox sorgt sich um dich …

Die Erkenntnis rührte sie. Sie angelte nach dem Heroin, das auf den Fliesen gelandet war, und hob es auf. «Ich will nicht wieder anfangen. Nur heute …»

… um die Schmerzen aus meinem Kopf zu bekommen.

«Dumm und undankbar», schimpfte Maddox weiter. «Dein

Kerl fährt dir nach und holt dich zurück und du? Ich hab echt Ärger bekommen, weil ich Darius auf die Fresse gehauen hab, damit du mit deinem Bonzen-Freund türmen kannst. Und du? Ich glaub das gar nicht.» Zornig kickte er mit dem Fuß gegen die Wand. «Nein, ich mach das nicht mit. *Ich* bin nicht derjenige, der dich wieder ins Verderben stürzt.» Ruckartig riss er ihr das Päckchen aus den Fingern. «Von mir bekommst du nichts. Leb wohl, Tina!»

Christina hatte ihn in all den Jahren noch nie so viel reden hören. Schockiert sah sie zu, wie er sich umdrehte und davonging.

Es war pure Verzweiflung, die sie dazu veranlasste, ihm hinterherzurennen.

«Bleib», flehte sie und klammerte sich an seinen Arm. Maddox drehte sich um und sah sie fragend an. Für einen Moment glaubte sie, so etwas wie Zuneigung in seinem Blick zu sehen. Das allein verlieh ihr den Mut, endlich auszusprechen, was schon so lange in ihr schlummerte: «Bitte, bleib! Du hast mir so sehr gefehlt!» Sie legte ihre Arme um seinen Nacken und stellte sich auf die Zehenspitzen. Sein Atem streifte ihre Lippen. Er wich leicht vor ihr zurück, aber Christina zog ihn näher und brachte sein Gesicht wieder vor ihres. Sanft legte sie die Lippen auf seine und begann, ihn zu küssen. Perplex erwiderte er ihren Kuss für eine Sekunde, bevor er sie von sich schob und sie fragend ansah.

«Bitte», hauchte sie ihm ins Ohr. «Gib mir was. Und dann machen wir an dieser Stelle weiter.» Maddox seufzte. Seine widersprüchlichen Gefühle, seine Zerrissenheit standen ihm ins Gesicht geschrieben. Nervös kratzte er sich die Bartstoppeln. Zögernd machte er einen Schritt auf sie zu, schlug dann aber die andere Richtung ein, entfernte sich von ihr und blieb doch wieder stehen.

Aus einem Impuls heraus überwand sie die geringe Distanz, die zwischen ihnen lag, griff nach Maddox' Handgelenk und zog ihn an sich, platzierte kleine, feuchte Küsse auf seinem Kinn, seinem Hals. Er schloss die Augen, als Christina ihm den Pullover auszog. Ihre Sinne waren geschärft, ihre Gefühle durcheinandergewirbelt. Sie wollte mehr von ihm spüren, mehr von ihm riechen und schmecken, legte eine Hand mit gespreizten Fingern auf seine Brust und schob ihn rückwärts in ihr Zimmer. Ohne ihren Kuss zu unterbrechen, benutzte sie ihr ganzes Gewicht, um ihn auf die Matratze zu drücken. Mit seinen großen Händen, die ein Prickeln auf ihrer Haut hinterließen, zog er sie mit hinunter, bis sie rittlings auf seinem Schoß saß. Er löste schweratmend die Lippen von ihren und packte sie an den Hüften. Ein kurzes Unbehagen wallte in ihr auf, als sie sah, wie er seinen Blick auf ihre Brüste richtete, während er ihr mit den Fingerspitzen die Träger von den Schultern streifte.

Hör auf, mich zu beobachten!

Maddox sank nach hinten und nahm Christina mit sich. Er drehte sich mit ihr um, sodass sie nebeneinanderlagen. Haut an Haut. Sie biss ihm in die Lippe, um ein Stöhnen zu unterdrücken, als er eine Hand in ihre Jeans und in ihren Slip gleiten ließ.

«Maddox …»

Er hob sein Becken an, damit sie ihn von der Hose befreien konnte. Sein heißer Atem verband sich mit ihrem, als er ihr ebenfalls die Jeans und das winzige Höschen über die Beine streifte.

Eigentlich war das hier von ihr ausgegangen, aber jetzt hatte er die Führung übernommen. Sein Herz schlug kräftig gegen ihres, so fest presste er sie an seine Brust. Christina krallte sich in seinem Nacken fest und drückte ihre Stirn gegen seine. Sie kam sich aufgelöst vor, als würde sie nur noch aus einem Haufen kleiner Atome bestehen, die sich erst wieder zusammensetzen mussten.

Sie hatte jedes Zeitempfinden verloren, verlor sich fast selbst durch Maddox' fordernde Bewegungen und schaffte es sogar, das Verlangen nach Heroin in Verlangen nach Maddox umzuwandeln. Kein Schmerz, keine Gedanken, keine Sorgen.

Nichts ist wichtig außer Maddox.

Christina hörte, wie er ihren Namen stöhnte, und spürte, wie seine Muskeln in den Armen kurz zu zittern begannen. Erschöpft ließ sie sich auf ihn sinken, kostete das Gefühl von Nähe aus und drückte sich fest gegen seinen verschwitzten Körper.

Wenn es nach ihr gegangen wäre, hätte sie ewig so bei ihm bleiben können. Aber plötzlich und ohne Vorwarnung schossen die Schmerzen und das Verlangen nach Heroin zurück in ihren Kopf. Kälte breitete sich in ihrem Körper aus, als würde jemand Eiswasser in sie hineinkippen. Ruckartig löste sie sich von Maddox und stand auf.

«Jetzt musst du mir wirklich was geben», stieß sie aus bebenden Lippen hervor.

Christina beobachtete, wie er sich erhob und sich auf die Suche nach der Küche machte. Mit wackeligen Knien folgte sie ihm. Er öffnete mehrere Schubladen, bis er einen Kaffeelöffel fand. Mit geübten Handgriffen vermischte er das Pulver mit Zitronensaft, kochte es mit einem Feuerzeug auf und zog es in die Spritze. Christina trat ungeduldig von einem Bein auf das andere.

«Nicht alles drücken», bestimmte Maddox. «Du bist zu lange clean.»

«Gib schon her.» Gierig griff sie nach der Spritze.

«Lass das mal lieber mich machen.» Er wedelte mit den Fingern, um ihr zu bedeuten, dass sie ihm den Arm hinhalten sollte. Sie befolgte seine Anweisung. Maddox drückte ihr mit den Fingern eine Vene ab und stach die Nadel hinein.

Wie Nebelschwaden in der Morgensonne lösten sich ihre Schmerzen auf, verschwanden in weiter Ferne, und ein Gefühl des Friedens stellte sich ein. Christina ging es mit einem Mal wunderbar, und plötzlich war ihr egal, was alle anderen sagten oder dachten. Alles war egal.

* * *

Ihre Wange lag auf seinem nackten Oberkörper, seine Brusthaare kitzelten Christinas Nase.

Wie lange hab ich geschlafen?

Die Welt schien bis eben stillgestanden zu haben. Friedlich. Voller Harmonie und seelischem Gleichgewicht. Ihr Verstand war eingefroren. Vereist und für immer zum Erliegen gekommen.

Wundervoll!

«Ich mache uns Frühstück», sagte sie leise, nahm ein weites T-Shirt aus dem Schrank und zog es sich über den Kopf. Maddox brummte etwas vor sich hin und drehte sich dann genüsslich auf die andere Seite.

Es war nur eine einmalige Ausnahme!

Die Sonne ging gerade auf, ein zarter Wind fuhr draußen durch die Blätter der Bäume.

Zufrieden ging Christina in die Küche und angelte nach dem Kaffeepulver im oberen Wandschrank. Sie löffelte es in den Filter, und noch bevor der Kaffee durchgelaufen war, wusste Christina, dass ihr Gedanke eine Lüge war. Bereits jetzt, kaum dass sie wach war, schlich sich wieder dieses brennende Verlangen in ihren Kopf. Heiß und unbezwingbar. Das Frühstück erschien ihr plötzlich unwichtig. Alles erschien ihr unwichtig.

Maddox kam barfuß in die Küche und ging zur Spüle. Sein Oberkörper war nackt, er trug nur seine dunklen Jeans, darunter keine Wäsche. Sein Hintern zeichnete sich dafür viel zu deutlich ab. Kurz wollte sie den Blick abwenden, tat es aber nicht, sondern sah zu, wie er sich bückte und den Wasserhahn aufdrehte. Mit den Händen spritzte er sich Wasser ins Gesicht und sah sie dann freundlich an. «Guten Morgen. Alles in Ordnung?»

Christina nickte knapp.

«Keine Nebenwirkungen?», fragte er, als er sich an den Tisch setzte.

«Nein, mir geht es super.» Das stimmte. Abgesehen von dem

Kribbeln in ihren Beinen, das sich langsam ausbreitete. Die Trockenheit in ihrem Mund und ihren Augen machte ihr zusätzlich zu schaffen. Und die Tatsache, dass sie nur noch an den nächsten Schuss dachte.

Dennoch konnte sie nicht aufhören, ihn anzuschauen. Immer wieder glitten ihre Augen über seine gebräunte Haut und das Muskelspiel an seinem Oberarm, das deutlich zum Vorschein kam, als er Butter auf sein Brot schmierte.

«Nach dem Frühstück musst du gehen», entschied sie und hoffte, Maddox würde sie nicht nach dem Grund fragen. Er musste unbedingt weg sein, bevor Jörg hier aufschlug, um nach ihr zu sehen.

«Alles klar, ich verschwinde gleich.» Maddox schlang sein Brot hinunter.

Angst stieg in ihr auf.

Gleich bist du wieder allein …

Allein mit dieser nervigen Stimme im Kopf, die bereits begann, mit dem Morsehammer auf den Amboss zu schlagen.

«Hast du noch einen Schuss für mich?»

Fast vorwurfsvoll sah er sie an. «Tina, ich finde das nicht gut. Du warst doch weg davon.»

Christina stellte ihre Tasse ab, ging um den Tisch herum zu Maddox und legte ihre Hände auf seine Schultern. Sein Atem roch nach Kaffee, als er ihr erst einen Kuss auf die Lippen und dann auf das Schlüsselbein gab. Eine Gänsehaut jagte ihr über den Körper.

«Bitte», flehte sie erneut, während sie seine Jeans öffnete und sich auf ihn setzte. «Und du musst heute Abend wiederkommen.»

* * *

Es war bereits die dritte Nacht, die sie gemeinsam im Bett verbracht hatten, und obwohl Christina ihn so sehr mochte, machte ihr die fast vertraute Nähe Angst. Menschen zu dicht an sich heranzulassen bedeutete verletzlich und angreifbar zu sein und galt, vermieden zu werden. Trotzdem musste sie sich auch künftig weiter mit Maddox verabreden, denn sie brauchte das Heroin.

Langsam hob Christina den Blick. Draußen war es bereits hell. Maddox hatte die Augen geschlossen und döste vor sich hin. Tief in ihrem Innern regte sich eine leise Sorge. Irgendetwas musste sie aufgeweckt haben …

Schwungvoll wurde ihre Zimmertür aufgestoßen.

Danny stürmte herein, packte Maddox an den Schultern und zerrte ihn aus dem Bett, weg von ihr.

«Raus!», brüllte er ihn an.

Noch bevor Maddox überhaupt registrierte, was geschah, schlug er mit dem Rücken auf dem Boden auf. Für einen Moment blieb er liegen und starrte Danny perplex an.

Christina hatte Danny noch nie so wütend gesehen. Schwer atmend stand er da und schien zu überlegen, ob er die Gelegenheit nutzen und Maddox gegen den Kopf treten sollte. Doch er ließ das Bein wieder sinken.

«Was hast du dir nur dabei gedacht?», knurrte er stattdessen. «Keine Ahnung, was dich so blöd macht, aber es funktioniert echt super!»

«Darf ich mich anziehen?» Maddox sah fragend auf.

Danny nahm Maddox' Klamotten von der Couch und schleuderte sie ihm ins Gesicht.

«Verschwinde! Auf der Stelle!»

Schnell schlüpfte Maddox in Hose und T-Shirt und ging Richtung Tür.

«Was soll das, Danny?» Christina sprang vom Bett auf. «Du kannst doch nicht meinen Besuch rauswerfen.»

Ohne ihr eine Antwort zu geben, packte Danny Maddox am Kragen und bugsierte ihn auf den Flur. Zu ihrer Verwunderung räumte Maddox ohne Gegenwehr das Feld. Er drehte sich nicht einmal nach ihr um.

Keine Minute später kehrte Danny zurück. Mit verschränkten Armen positionierte er sich im Türrahmen und rang offensichtlich um seine Selbstbeherrschung.

«Erklär's mir», forderte er. Die Enttäuschung in seiner Stimme tat ihr körperlich weh.

Großer Gott. Was hab ich getan?

Wo war ihr Verstand in den letzten Tagen geblieben? Ausgeschaltet und kaltgestellt wegen eines Suchtmittels.

Ich brauche Hilfe! Ich brauche eine Therapie.

Sie durfte jetzt nicht einknicken, sondern musste stark bleiben. Danny sollte nicht merken, dass sie wieder einmal nicht gut genug war.

Trotzig schlug sie die Bettdecke zurück, stand auf und stolzierte nackt an ihm vorbei, um sich dann nach ihrem Slip zu bücken, der auf dem Boden lag.

«Eifersüchtig, was?», fragte sie provozierend.

«Ich bin nicht eifersüchtig», schnaubte Danny. «Du kannst dir jeden Tag fünf Callboys herholen, das kratzt mich nicht! Aber *der*, seine Gefolgsleute und ihr Teufelszeug bleiben weg von dir!»

Christina stellte sich vor ihn und ließ den Slip um ihren Finger kreisen. Ein Blick in seine Augen verriet ihr, dass er die Wahrheit sagte. Das schlechte Gewissen meldete sich brennend. Einzig und allein, um das zu überspielen, trat sie an ihn heran und hauchte ihm ins Ohr: «Du wirst ihn wohl akzeptieren müssen. Aber ich kann das Gleiche auch mit dir machen!»

Fast grob löste er sich von ihr. «Lass den Quatsch. Zieh dich an. Dann komm in die Küche, wir müssen reden.»

Seufzend sah sie ihm nach. Nur mühsam konnte sie die Tränen

zurückhalten. Sie wollte nicht zu ihm in die Küche. Was sollte sie auch sagen?

Dass du einen Fehler gemacht hast und es nie wieder vorkommt. Wenn Danny es verlangte, würde sie sich künftig nicht mehr mit Maddox treffen. Insgeheim ging sie ohnehin davon aus, dass von Maddox' Seite kein Interesse daran bestand. Danny war ihr wichtiger, und wenn sie zwischen den beiden wählen musste, dann stand die Entscheidung bereits. Die Verbindung zwischen ihr und Maddox, wenn es denn eine gab, war endlich. Das, was sie mit Danny hatte, würde bis in alle Ewigkeit bestehen bleiben.

Du musst dich nicht zwischen ihm und Maddox entscheiden, das weißt du genau!

Danny oder Heroin. Das war die Wahl, die sie zu treffen hatte.

Vom Kopf her war ihr vollkommen bewusst, was sie wollte und was sie brauchte. Allerdings wusste sie auch: Sobald sich ihr Suchtverlangen wieder melden würde, konnte sie nicht stark bleiben.

Diesen Kampf wirst du immer verlieren, Tina.

Weinend brach sie auf dem Boden zusammen.

* * *

Danny steckte sein Handy wieder in die Hosentasche. Auf Jörg konnte er sich verlassen. Jörg wusste, was zu tun war, und wenn einer ganz schnell einen Therapieplatz besorgen konnte, dann er. Danny musste ihn lediglich darüber informieren, dass Christina den gefürchteten Rückfall erlitten hatte. War ihnen nicht beiden klar gewesen, dass das irgendwann kommen würde?

Wieso enttäuschte es ihn dann so sehr?

Ergeben stand er auf, um zu Christina zu gehen. Eine zweite Eiszeit war wahrscheinlicher, als dass sie freiwillig zu ihm in die Küche kam. Sie war noch nicht so weit, über ihren Schatten zu springen und Fehler zugeben zu können. Dazu musste sie erst verstehen, dass er auch dann noch zu ihr hielt, wenn sie etwas Falsches oder Dummes tat. Das Letzte, was sie jetzt gebrauchen konnte, waren Vorwürfe. Die machte sie sich selbst zur Genüge. Wenn er an Christina herankommen wollte, dann musste er es auf anderem Wege versuchen.

Ihre Zimmertür war wie immer nicht abgeschlossen. Ohne zu klopfen, trat Danny ein.

Christina saß auf dem Bett, den Kopf in den Knien vergraben, und weinte. Ihre Schultern bebten. Danny setzte sich hinter sie, je ein Bein links und rechts von ihrer Hüfte. Vorsichtig legte er seine Arme um sie und zog sie zu sich heran.

«Ich hab dich lieb», flüsterte er ihr ins Ohr. «Gemeinsam bekommen wir dich wieder auf die Beine.»

Seine Worte bewirkten, dass sie erst recht schluchzte und sich noch mehr ihrem Kummer hingab: «Es tut mir leid. Es tut mir so leid. Sie waren wieder da. Diese Schmerzen. Ich konnte sie nicht aushalten!»

«Ich weiß», sagte er. «Ich verstehe dich. Wenn das wieder passiert, rufst du mich an, okay? Dann finden wir gemeinsam eine Lösung.» Es fiel ihm nicht ganz leicht, seine Stimme nicht vorwurfsvoll klingen zu lassen.

«Was hätte es gebracht? Niemand kann etwas dagegen tun!»

«Im Krankenhaus gibt es Medikamente, die das Gleiche bewirken können wie Drogen.» Morphium fiel ihm da ein. Ein noch größeres Suchtmittel als Heroin und vom Entzug her bestimmt genauso schwierig. So was nannte man dann wohl vom Regen in die Traufe kommen.

«Ich wollte dich nicht stören!»

Wusste sie denn nicht, dass sie ihn niemals störte?

«Jörg wird einen Platz in einer Klinik für dich besorgen. Da kann man dir helfen.»

Erschrocken sprang sie auf. «Was? Nein! Ich will da nicht mehr hin! Nie wieder!»

«Es ist deine einzige Chance.»

«Nein», sagte sie kalt. «Du hast mir nichts vorzuschreiben. Wenn du mich dazu zwingst, werde ich zurück zu Maddox gehen!»

«Und wieder da landen, wo du warst? Auf dem Strich? Ist der Entzug nicht die bessere Lösung?»

Christina ließ sich vor ihm auf den Boden sinken. «Ich flehe dich an, Danny! Schick mich da nicht hin! Bitte!»

Das Handy in seiner Tasche vibrierte.

«Ich werde dir damit helfen, Tina. Eine andere Chance gibt es nicht.» Danny verließ das Zimmer, um den Anruf entgegenzunehmen.

«Ich habe einen Platz für sie», sagte Jörg. «Allerdings erst ab Februar. Vorher war überhaupt nichts möglich, und über diesen Termin müssen wir schon verdammt froh sein!»

«Fuck», fluchte Danny. «Was mache ich denn so lange mit ihr?»

«Das Problem ist: Die von der Drogenberatung sagen, wenn sie sich mehrmals was gespritzt hat, kannst du davon ausgehen, dass sie es wieder tun wird. Es ist jetzt quasi so, als hätte sie nie aufgehört damit.»

«Wegen der drei Tage?»

«Sogar wegen einem Mal. Wie bei einem Alkoholiker. Eine Praline kann ausreichen, damit er rückfällig wird.»

«Und nun?»

«Wir haben zwei Möglichkeiten. Entweder setzen wir sie auf Entzug und hoffen, dass es gutgeht. Man hat mich aber gewarnt, dass das nicht gutgehen wird. Dass sie dann früher oder später abhauen und vollkommen rückfällig wird.»

Was sie bereits angedroht hat!

Resigniert ließ Danny sich auf die Couch fallen. «Was schlagen die vor?»

«Möglichkeit zwei: warmer Entzug. Ihr irgendwelche Medikamente geben und sie damit über Wasser halten. Wahlweise das Heroin langsam ausschleichen, um eine weitere Abhängigkeit zu vermeiden.» Beide schwiegen kurz, bis Jörg hinzufügte: «Ich werde ihr Medikamente besorgen.»

«Wäre die gleiche Droge nicht die bessere Variante?»

Die könnte ich auftreiben …

Jörgs Stimme klang warnend: «Du willst eine weitere Abhängigkeit verhindern, nicht wahr?»

«Ja, genau. Ich werde nach Tina schauen und melde mich später noch mal.»

Christina war gerade dabei, ihre Tasche zu packen.

«Wo willst du hin?», stellte Danny eine Frage, auf die er die Antwort bereits kannte.

Ihr Gesicht war tränenüberströmt, als sie ihn ansah.

«Zu ihm. Hier bin ich ja nicht mehr willkommen.»

«Das stimmt nicht – und das weißt du!»

«Dann schick mich nicht in Therapie. Ich flehe dich an, lass mich hier.»

Entschlossen schüttelte er den Kopf. «Im Februar wirst du gehen. So lange, bis du clean bist.»

«Das bin ich doch schon. Ich bin weg von den Drogen.»

«Beweise es mir und lass die Finger davon. Dann reden wir im Februar noch mal drüber, wie es weitergehen soll!»

«Wenn du von mir verlangst, dort hinzugehen, sind wir die längste Zeit Freunde gewesen. Dann ist es aus und vorbei mit uns!»

«Das kann ich akzeptieren», beschloss Danny. «Lieber verliere ich deine Freundschaft als du dein Leben!»

Christina verharrte in der Bewegung, sah nachdenklich auf den Boden und schien eine Entscheidung zu treffen. «Du hast recht. Ich werde es allein nicht schaffen. Niemals kann ich die Zeit bis Februar durchhalten. Ich bin und bleibe ein Junkie, also muss ich unter meinesgleichen, auch wenn ich das nicht will.»

Danny ließ sie nicht vorbei, sondern breitete die Arme aus, sodass sie geradewegs hineinlief.

«Du musst nicht zu denen zurück!»

«Doch, ich muss!» Ihre Stimme schnappte über. «Ich muss hier weg. Lass mich gehen!»

«Gar nichts musst du.»

«Ich werde ausrasten, wenn ich hierbleibe.» Wie um ihre Worte zu unterstreichen, begann sie zu schreien: «Ich werde ausrasten!»

«Und ich werde dich dabei halten, bis es dir besser geht.» Seine Intuition sagte ihm, dass es in so einer Situation das Wichtigste war, dem anderen Halt zu geben. Nicht um ihn zu fixieren, sondern um ihn zu stützen. «Ich hab dich lieb, Tina.»

Seine bewusst gewählten Worte bewirkten, dass sie ihren Emotionen freien Lauf ließ. Im Affekt begann sie nach ihm zu schlagen. «Lass mich los! Lass mich doch einfach gehen.»

«Egal, wie du tobst, ich hab dich lieb, und ich werde dich halten.»

Er drückte sie fest an sich, bis er spürte, wie sie ruhig wurde. Ihre abwehrenden Hiebe ließen nach, dennoch hielt er sie weiter fest. Ihre Tränen tropften auf sein T-Shirt.

«Es tut mir so leid.» Christina erwiderte plötzlich seine Umarmung. «Was sollen wir nur tun? Ich kann mich nicht von heute auf morgen ändern. Früher oder später wird es mich wieder überkommen.»

Danny streichelte ihren Rücken. «Ja. Und um das zu verhindern, wirst du deine Drogen von mir bekommen. Immer weniger, bis deine Therapie anfängt.»

«Ist das dein Ernst?»

«Ja. Es ist die einzige Möglichkeit.»

Und besser, als sie von Medikamenten abhängig zu machen.

«Danke», flüsterte sie. «Ich verspreche dir, alles dafür zu tun, um dauerhaft clean zu werden.»

Mit Bauchschmerzen parkte Danny seinen Wagen vor dem offenen Rolltor. Er hatte die Zeit genutzt, in der Jörg Christina abholte, um sie zu einer Psychologin aus dem Kinderheim zu bringen. Diese sollte künftig regelmäßige Gespräche mit ihr führen, um sie zumindest einigermaßen stabil zu bekommen. Es galt, den Auslöser für die immer wiederkehrenden Phantomschmerzen in den Griff zu bekommen und ihr Selbstwertgefühl aufzubauen. Christina hatte sofort eingewilligt und war sehr motiviert mit Jörg mitgegangen. Sie schien wirklich auf Hilfe zu hoffen.

Danny stieg aus und ging langsam in die Lagerhalle.

Wie schon bei seinen vorherigen Besuchen saßen die Männer verteilt irgendwo herum. Sagan erkannte ihn sofort, starrte ihn wütend an und kam mit Yves auf ihn zu. Augenblicklich hob Danny die Hände über den Kopf. Kurz überkam ihn der Wunsch, eine weiße Fahne zu schwenken.

«Ich will keinen Ärger», sagte er schnell. «Ich will was kaufen.»

Sie blieben nicht stehen, sondern kamen von beiden Seiten näher an ihn heran. Die Stimmung wurde noch eisiger, als sie ohnehin schon war, und Danny bekam plötzlich das Gefühl, die Bedrohung förmlich riechen zu können.

Er duckte sich und streckte die Hände noch höher in die Luft. Yves packte ihn am Kragen und schob ihn mit dem Rücken gegen die Wand. Danny verharrte ohne Gegenwehr in dieser Position.

«Du willst *was*?»

«Heroin kaufen», erklärte Danny schwach. «Für Tina. Bei wem von euch bekomme ich das?»

Maddox trat neben Yves und schüttelte ungläubig den Kopf. «Gott, Danny. Du hast Nerven, echt!»

«Ich könnte mir auch eine schönere Freizeitbeschäftigung

vorstellen.» Er deutete mit dem Kinn auf Yves. «Kannst du ihm sagen, er soll mich loslassen?»

«Lass ihn los.»

Yves nahm seine Hände weg, und Danny zog sein hochgerutschtes T-Shirt wieder nach unten.

«Danke.»

«Komm mit.» Maddox bedeutete Danny, dass er ihm aus der Lagerhalle folgen sollte, und drehte sich dann zu ihm um. «Du willst Dope für Tina?»

«Ja», sagte er zornig. «Danke auch, dass du sie wieder angefixt hast. Sie hätte es schaffen können!»

«Sie hat mich angerufen und mich angefleht zu kommen …»

«Was du natürlich sofort gemacht hast. Die Aussicht, sie mal flachzulegen, war zu verlockend, was?»

Maddox strich sich mit den Fingern durch seinen Drei-Tage-Bart. «Ich verstehe, dass du sauer bist, aber …»

«Sauer?», schrie Danny. «Ich bin kurz vorm Explodieren! Ich dachte, du magst sie? Erst hilfst du uns, und dann reißt du sie ins Verderben! Ist es das wert gewesen? Für zehn Minuten Vögeln?»

«Ich hab hier einen ganzen Stall voll Nutten», konterte Maddox ebenso laut. «Wenn ich vögeln will, muss ich bestimmt nicht durch die Gegend fahren. Aber wenn ich nicht zu Tina gefahren wäre, dann wäre sie bereits wieder hier. Das ist dir schon klar, oder?»

«Ach so», machte Danny und klopfte seinem Gegenüber mit gespielter Anerkennung auf die Schulter. «Prima gemacht! Soll ich dir eine Urkunde verleihen?»

«Danny», sagte Maddox wieder vollkommen ruhig. «Sie ist süchtig. Wenn sie an Stoff kommen will, dann tut sie es. Ich dachte mir, lieber bekommt sie ihn von mir, als dass sie wieder hier festhängt.» Kurz schwieg er und schien sich offensichtlich selbst Vorwürfe zu machen. Dann fügte er kleinlaut hinzu: «Der Rest hat sich irgendwie ergeben.»

«Kannst du was für sie besorgen? Bei der Drogenberatung haben sie mir zu einem warmen Entzug geraten.»

«Du willst auf Medikamente verzichten», stellte Maddox fest. «Und das Heroin ausschleichen?»

«Yeah. Wie mache ich das?» Es passte ihm nicht, diesen Typen um Rat fragen zu müssen, aber sein Instinkt sagte ihm, dass Maddox Christina wirklich nicht schaden wollte. Zudem hatte er mehr Erfahrung als die Theoretiker auf der Beratungsstelle. Bei denen funktionierte das im besten Fall auf dem Papier, aber von der Praxis hatten die doch keine Ahnung.

«Ich hol dir was und erklär dir alles. Warte hier.»

«Kannst du was Hochwertiges besorgen? Du weißt schon, ohne Backpulver und Kreide und so.»

Maddox drehte sich noch mal zu ihm um. «Ich strecke mein Dope immer vernünftig. Wenn du reineres Heroin willst, muss ich das besorgen. Das dauert ein paar Tage.»

«Ich nehme heute das normale», beschloss Danny. «Und dann besorgst du mir was ohne dieses Zusatz-Zeug. So viel, wie ich brauche, um die Dosis runterzufahren. Preis ist egal.»

«In Ordnung.»

Danny marschierte ungeduldig vor der Lagerhalle auf und ab, bis Maddox zurückkam. Er hielt Danny die durchsichtigen Tütchen unter die Nase und reichte sie ihm dann nacheinander. «Sobald du merkst, es geht nicht mehr, gibst du ihr das. Das nächste Mal das und dann das. Bis alles aufgebraucht ist, dürfte ich das andere haben.»

Danny beäugte den Inhalt kritisch und steckte die Päckchen in der angegebenen Reihenfolge in die Tasche. «Da ist doch aber immer gleich viel drin?»

Maddox zuckte die Achseln. «Ich habe die fehlende Menge mit Koffein ausgeglichen, dann merkt der Verbraucher nicht, dass das Heroin weniger wird.»

«Wundervoll.»

Bereits im Davongehen, wandte sich Maddox noch mal um. «Achte darauf, ihr frühestens nach zwölf Stunden den nächsten Schuss zu geben, damit sie keine Überdosis bekommt. Ich wünsche euch beiden viel Erfolg!»

Er mag sie wirklich.

Darauf konnte Danny keine Rücksicht nehmen. Am liebsten hätte er ihm nachgerufen, er solle sich nie wieder in Christinas Nähe blicken lassen. Aber er wusste, dass seine Drohung leer gewesen wäre. Genauso leer wie damals die von Maddox, in der er Danny den Tod angekündigt hatte, wenn er noch mal hierher zurückkam.

«Kannst du mir einen Gefallen tun?», rief Danny stattdessen.

Maddox blieb stehen. «Noch einen?»

«Bring mich zu dem Typen, der Tina geschlagen hat, als sie bei euch war.»

Danny bemerkte das leichte Lächeln, das Maddox' Lippen umspielte. «Du meinst Darius? Komm mit!», sagte er und legte Danny eine Hand in den Nacken, um ihn vor sich herzuschieben. In ähnlicher Weise, wie sein Vater ihn früher immer in sein Zimmer geschoben hatte …

Schnell schüttelte Danny den Kopf, um seine Gedanken wieder sortiert zu bekommen, und ging vor Maddox her durch die Lagerhalle. Dieser sah sich mehrmals um und bugsierte Danny dann die Metalltreppe hinauf. Oben saß Travis auf einem Fenstersims, aß ein Stück Pizza und starrte ihn ungläubig an.

«Hey, Travis», sagte Danny und hob kurz zwei Finger zum Gruß. «Alles fit? Was macht dein Knie?»

«Lass den Quatsch», sagte Maddox warnend und schob Danny weiter. Einmal mehr kam ihm Maddox' Art bekannt vor.

Tina steht auf einen Typen, der sich verhält wie mein Vater. Großartig.

Mitten in diesen Gedanken hinein blieb Maddox vor einer geschlossenen Zimmertür stehen, die Hand an der Klinke. «Du hast fünf Minuten.»

«Okay.»

«Lass ihn leben. Ich bekomme sonst echt Schwierigkeiten.» Maddox öffnete ihm, und Danny trat ins Zimmer. Sofort erkannte er das Gesicht wieder. Auf dem Bett saß der drogensüchtige Typ, der mit Jackson und den anderen bei diesem unfairen Kampf zugesehen hatte.

«Wie bist du hier reingekommen?», fragte Darius verblüfft.

«Tür auf, reinlaufen, Tür zu.» Herausfordernd hob Danny eine Augenbraue. «War ganz easy.»

«Und was willst du von mir?»

«Dir zeigen, was ich von deiner Art halte, mit Frauen umzugehen.»

Sofort sprang Darius auf und nahm einen der Holzstühle. Drohend hob er ihn in die Luft. Danny verdrehte genervt die Augen und ging auf ihn zu. Darius schlug mit dem Stuhl nach ihm, aber Danny duckte sich blitzschnell darunter hinweg und huschte hinter ihn, sodass Darius ins Leere hieb und strauchelte. Mit einem Push-Kick in den Rücken beförderte Danny ihn schließlich mit der Nase voraus in die Ecke und trat ihm zur Sicherheit gleich noch einmal in die Seite. Halb benommen sank Darius auf den Boden. Danny packte ihn am Pullover und schlug ihm mehrmals mit der Faust ins Gesicht.

«Und, wie gefällt dir das? Nicht so schön, was auf die Fresse zu bekommen, oder?»

«Das kriegst du zurück.» Darius wischte sich das Blut von der Nase. «Irgendwann erwische ich dich …»

«Jaja», sagte Danny gereizt. «Das höre ich in letzter Zeit öfter.»

Die Zimmertür wurde wieder geöffnet, und Maddox zeigte mit dem Daumen auf den Flur.

«Du Wichser», rief Darius, als ihm klarwurde, wem er den Besuch zu verdanken hatte.

Danny schlug Darius den Kopf gegen die Wand, bevor er ihn losließ. Er pustete sich auf die Fingerknöchel seiner linken Hand und folgte Maddox den Weg zurück nach draußen.

«Danke», sagte er knapp. «Ich hoffe, du bekommst keinen Ärger deswegen?»

«Vermutlich schon», gab Maddox zurück. «Aber das ist es mir wert. Und jetzt sieh zu, dass du dich vom Acker machst. Ich ruf dich an.»

Christina fiel es schwer, sich unter Dannys prüfendem Blick einen Schuss zu setzen. Es war ungewohnt für sie, die Drogen wie Medikamente zugeteilt zu bekommen. Und doch war sie froh darüber, dass es so war.

Anders hättest du es nie ausgehalten.

Zweimal die Woche ging Christina brav zu allen Sitzungen mit der Psychologin, hatte aber nicht das Gefühl, damit wirklich voranzukommen. Aber immerhin tat es gut, sich den Kummer von der Seele reden zu können.

Es war Dannys Idee gewesen, über Weihnachten für zwei Wochen nach Spanien zu fahren, in ein kleines Hotel direkt am Meer ganz in der Nähe von Valencia. Christina fühlte sich glücklich, auch wenn sie sich allmählich eingestehen musste, dass sie Maddox schmerzlich vermisste. So gerne wollte sie ihn wiedersehen …

Müde legte sie ihren Kopf an Dannys Schulter und reichte ihm die Spritze. Er zog die Nadel ab, um sie später wegzuwerfen. Christina fielen die Augen zu, und sie versank in einem Rausch aus Glückseligkeit. Das Heroin, das Danny für sie gekauft hatte, war mit allem anderen, was sie bisher kannte, in keiner Weise zu vergleichen. Rein, hochwertig und sauber. Ohne irgendwelchen Dreck, der die Organe angriff und langsam den Körper zerfallen ließ. Und ohne diese verfluchten Nebenwirkungen. Bisher hatte sie nicht einmal geahnt, dass es so etwas gab. Diese Erkenntnis machte es noch schwieriger für sie, wirklich mit den Drogen aufhören zu *wollen*. Zumal sie nun auch noch absolut hygienisch fixte. Gehoben, fast schon nobel – wie alles in Dannys Leben.

Alles außer dir, dachte sie böse. *Obwohl … nun muss ich ja nicht mal mehr die Beine breit machen, um an Stoff zu kommen.*

Verträumt ließ sie den Blick über das Meer schweifen und vergrub die kühler werdenden Finger im Ärmel ihres Pullovers. Der weiße Sand fühlte sich angenehm zwischen ihren nackten Zehen an, aber er schmirgelte ihren pinkfarbenen Nagellack ab.

«Danny?», fragte sie benommen. Sie war schon kurz vor dem Wegdämmern und begann sich plötzlich Sorgen zu machen, wie sie zurück ins Hotel kommen sollte.

«Hm?»

«Wie lange soll das noch so weitergehen?»

«Was genau meinst du?» Er setzte seine Kapuze ab, um sie besser ansehen zu können.

«Mit mir. Wie lange willst du noch meinen Babysitter spielen und mir Händchen halten?»

«So lange wie nötig. In guten Zeiten ist Händchenhalten einfach. In schlechten Zeiten nicht loszulassen, darauf kommt es an.»

Christina schluckte schwer, so sehr rührten sie seine Worte. «Aber du solltest für mich nicht so viel Geld ausgeben. Du weißt doch, dass die Medizin in den USA angeblich den Durchbruch geschafft hat. Wenn du diese komische Therapie machst, kann das teuer werden.»

«Durchbruch.» Danny schnaubte. «Bis sich diese Therapie bewährt hat, können Jahrzehnte vergehen.»

«Es ist immerhin eine Chance.» Ein Strohhalm, der in einem rauschenden Bach umherwirbelte.

«Ich habe schon mit meiner Tante gesprochen», sagte Danny. «Sobald du im Februar in die Klinik gehst, fliege ich für vier Wochen nach Atlanta und lasse mich dort untersuchen. Schauen wir mal, ob sie wirklich weiter sind als die Mediziner hier.»

Gähnend rieb sie sich die Augen. «Wer weiß, vielleicht sind sie in den Staaten tatsächlich weiter, als sie ins Ausland verlauten lassen? Du solltest auf alle Fälle sparen, anstatt alles in mich zu investieren. Damit es nicht am Finanziellen scheitert.»

«Wird es nicht, Tina.» Er klang zuversichtlich. «Ich habe genug auf der Seite, um jederzeit in den USA eine Therapie anfangen zu können. Allerdings möchte ich nicht deren Versuchskaninchen spielen. Bei denen kommt alles auf den Markt, was irgendeiner halbwegs überlebt hat.»

Ruckartig setzte sie sich auf. «Ich würde es versuchen, auch wenn die Methode noch so umstritten ist. Was hast du zu verlieren, Danny?»

«Eine Menge. Meine Lebensqualität. Ich bin vollkommen gesund und bin mir nicht sicher, ob ich das aufs Spiel setzen möchte. Ohne Therapie geht es mir vielleicht in zehn Jahren noch genauso gut wie heute. Wenn ich eine anfange, ist das mit Sicherheit vorbei.» Er seufzte. «Was machen wir uns über ungelegte Eier Gedanken? Schauen wir erst mal, wie der Stand der Dinge dort ist, dann sehen wir weiter! Mach du dir darüber keine Sorgen.»

«Ich will dich einfach nicht verlieren.»

Wenn ich dich verliere, bin ich auch verloren!

Die Welt schwankte kurz, bevor Christina in der Dunkelheit versank und auf Dannys Schoß einschlief.

* * *

Es war noch früh am Morgen des nächsten Tages, als Christina im Hotelbett erwachte. Danny musste sie zurückgebracht haben. Sein Bett war leer, vermutlich war er noch nicht vom Laufen zurück. Schwankend trat sie auf den Balkon und schaute in die Ferne. Sie fühlte sich großartig. Voller Leben und Energie. Der ganze Tag und ihr ganzes Leben lagen vor ihr – bereit, erobert und genossen zu werden. Sie musste nur zugreifen und es nützen. Eine Chance, die nicht jeder hatte.

Die Danny nicht hat.

Nie haben wird. Sie selbst trat das mit Füßen, wofür andere alles gegeben hätten.

Eines Tages wird Danny sterben, und ich bleibe zurück.

Allein!

In einer Welt, in der sie niemand haben wollte und in der eigentlich überhaupt kein Platz für sie war. Sie drehte auf dem Absatz um und ging zurück ins Hotelzimmer, bevor sie sich schluchzend auf den Boden kauerte. Ihr Hochgefühl war verschwunden. Zurück blieb eine nagende Angst, die sich wie eine Termite in ihre Eingeweide fraß und sie von innen aushöhlte, als ihr bewusst wurde, dass es längst nicht mehr nur um sie ging. Eines Tages würde Dannys Krankheit ausbrechen, und dann brauchte er sie. Wenn er schon zum Sterben verurteilt war, dann sollte er das nicht allein tun müssen. Schon deswegen musste sie endlich von den Drogen loskommen. Nur so konnte sie ihm in dieser schweren Zeit beistehen. Spätestens dann ergab sich für sie die Gelegenheit, sich bei ihm zu revanchieren, indem sie bis zu seinem letzten Atemzug an seiner Seite blieb.

* * *

Ungeduldig wartete Christina, bis sie das Motorengeräusch des BMWs vernahm, und zog sich hastig an. Es war ihr unmöglich, allein zu bleiben. Sie waren erst gestern aus dem Urlaub zurückgekommen, aber trotzdem musste Danny bereits wieder arbeiten. Christina wusste nicht, wie sie den Tag überstehen sollte, und unterdrückte den Impuls, Maddox anzurufen. Stattdessen tippte sie mit dem letzten Restguthaben auf Dannys altem Handy eine SMS an Natascha, mit der Bitte, sie abzuholen. Die Bestätigung kam sofort, und Christina huschte ins Bad. Eine knappe halbe Stunde später ertönte draußen ein Hupen, und Christina stürmte zu ihrer Freundin ins Auto.

«Was ist passiert?», fragte Natascha alarmiert.

«Nichts. Ich hatte die Wahl, dich oder Maddox zu kontaktieren. Da hab ich mich für dich entschieden.» Ihr Herz hätte eine andere Entscheidung getroffen, aber Maddox war gefährlich. Maddox hatte unbegrenzten Zugang zu Drogen.

«Das ist gut!» Natascha nahm sie kurz in den Arm und fügte dann besorgt hinzu: «Ist es wieder so schlimm heute?»

«Ja. Ich weiß einfach nichts mit mir anzufangen.» Christina kniff fest die Lippen zusammen. «Ach, Natascha. Ich muss immerzu an diese beschissenen Drogen denken.»

Natascha griff ins Handschuhfach, zog eine CD heraus und schob sie in den Player.

«Ich werde dir die Gedanken daran schon austreiben», sagte sie gut gelaunt. «Wir fahren jetzt an die Tankstelle und kaufen uns ein Eis.»

«Es ist schweinekalt draußen!»

«Eben! Aber wir stellen uns den Sommer vor. Das lenkt dich ab.» Natascha drehte das Radio auf volle Lautstärke und kurbelte alle Fenster herunter. Dann fuhr sie los. «Wer zuerst ein Fenster zumacht, hat verloren und muss das Eis bezahlen!»

JANUAR 1999

Maddox' Augen taten bereits weh, als er endlich sah, wonach er Ausschau gehalten hatte. Erleichtert steuerte er seinen Cadillac in den schmalen Feldweg. Er hörte, wie der Matsch an die Kotflügel spritzte. Wut kroch in ihm hoch. Wieso hatte sie ihm überhaupt diese Nachricht geschrieben? Nur weil er ein Wochenende lang mit ihr ins Bett gegangen war, konnte sie ihn nicht nach Belieben mit ihren Problemen belasten.

Warum fährst du ihr dann nach, du Schwachkopf?

«Schwachkopf» war nicht passend. «Opfer» war zutreffender. Denn genau das war er in diesem Moment: ein Opfer jener Gefühle, die er vor sich selbst verleugnete und die er deswegen gerade mit schlechter Laune zu überspielen versuchte.

Er drosselte das Tempo aus Angst, ihm könnte ein Kieselstein gegen den Lack fliegen, und hielt auf Höhe des im Gras sitzenden Mädchens an. Wenn er so etwas wie Mitgefühl für weinende Menschen besessen hätte, dann wäre das nun aufgeflackert. Aber Empathie besaß Maddox schon lange nicht mehr. Dazu hatte er in den letzten Jahren zu viele Mädchen heulen sehen. Wegen jeder Kleinigkeit fingen sie damit an und gingen ihm auf den Senkel mit ihren Gefühlsduseleien. Allein die Tatsache, dass es sich bei diesem Mädchen um Christina handelte, brachte seine sonst so sorgsam kontrollierten Emotionen in Aufruhr.

Seine Stimmung verfinsterte sich nun tatsächlich, als er mit seinen auf Hochglanz polierten Schuhen in eine Pfütze trat.

Christina erhob sich und kam langsam auf ihn zu. Kurz fiel Maddox' Blick auf ihre schlammige Jeans, und nun galt seine Sorge den sauberen Ledersitzen.

«Was hältst du davon, ein paar Schritte zu gehen?», schlug er vor und verzichtete dafür auf eine Begrüßung. Sie nickte knapp, und Maddox blieb kurz stehen, um sein Auto zu verriegeln. Es gefiel ihm nicht, es da am Straßenrand stehen zu lassen. Wenn jetzt ein Traktor käme …

«Ich hab nicht damit gerechnet, dass du kommst. Tut mir leid, wenn ich dich gestört habe», sagte Christina leise. Natürlich spürte sie seinen Unmut, auch wenn dieser vollkommen anders begründet war, als Christina vermutete.

Seine aufgesetzte Wut fiel in der Sekunde von ihm ab, als er ihre Stimme hörte. «Du hast mich nicht gestört.»

«Du wirkst so genervt.»

«Ich hab mir Sorgen um dich gemacht», sagte er wahrheitsgemäß. Aus ihrer SMS hatte er ihre Gefühlslage nicht eindeutig entnehmen können. Er konnte sich an jedes einzelne Wort erinnern:

Maddox,
ich bin vollkommen neben der Spur und weiß nicht, an wen ich mich wenden kann! Ich fühle mich unendlich verloren …
Was soll ich nur tun?
Ich muss dich sehen und mache mich nun auf den Weg zu dir!
Tina

Die Aussage, dass sie sich nun auf den Weg zu ihm machte, hätte man auch als Drohung verstehen können. Doch das war nicht der Grund gewesen, wieso Maddox sie suchen gegangen war, sondern die spürbare Verzweiflung, die zwischen den geschriebenen Zeilen stand.

Und das ist das Schlimme daran!

Er war sie nicht aus Fürsorge suchen gegangen, sondern um zu verhindern, dass sie bei ihm aufschlug und wieder in die Fänge von Johnny geriet.

Weil du sie magst! Deswegen!

«Warum hast du nicht deinen Freund angerufen?» Maddox

hasste sich für diesen Satz. Er klang wie ein eifersüchtiger Teenager.

«Freund?», fragte sie verwirrt. «Danny ist nicht mein Freund.»

«Warum hat er mich dann aus deinem Bett geworfen?»

«Weil du meine Freifahrkarte zu den Drogen bist.»

Maddox biss sich so fest auf die Backenzähne, dass sie knirschten. Irgendetwas störte ihn an der Tatsache, dass er hier offensichtlich der Bad Boy in der Geschichte war. Der, vor dem man die anderen beschützen musste.

Ist es nicht das, was du dein Leben lang wolltest?

Zum ersten Mal, seit er denken konnte, wünschte er sich, er könnte der Gute sein. Derjenige, der einen anderen rettete und dafür mit Lob und Anerkennung überschüttet wurde.

«Du wirst von mir keine Drogen mehr bekommen, Tina.» Es war ein Versprechen an sich selbst.

Sie gingen schweigend weiter, und Maddox unterdrückte den Wunsch, den Arm um ihre Schultern zu legen und sie an sich zu ziehen. Die Luft war kalt und bleischwer vom Nebel, und der Himmel begann sich bereits zu verdunkeln. Er schob es auf diese Umstände, dass er die kleine Jagdhütte am Waldrand ansteuerte. Wortlos folgte sie ihm, sah zu, wie er an dem verschlossenen Fenster rüttelte. Enttäuscht ging Maddox zum Hintereingang und versuchte auch da erfolglos sein Glück.

«Wir werden einbrechen müssen», stellte er fest. Kurz blickte er sich um und entschloss sich, die Fensterscheibe mit dem Ellbogen einzuschlagen, ohne zu wissen, was er überhaupt in der Hütte wollte.

«Oder wir nehmen einfach den normalen Weg.» Christina lächelte, als sie die Klinke nach unten drückte und die Tür nach innen aufschwang.

Maddox ließ den Arm wieder sinken, starrte sie verblüfft an und trat hinter ihr ein. Im Inneren herrschte Chaos, überall lagen

Essensreste und Verpackungen auf dem Boden und erweckten den Eindruck, dass hier jemand unerlaubt Rast gemacht hatte. In der Ecke lag ein altes Fell, auf dem mit Sicherheit der Hund des Jägers schlief. Ein halbgefüllter Napf mit Wasser stand daneben. Maddox' Blick fiel auf das etwas wackelig wirkende Feldbett, auf dem ein paar schmutzige Decken ausgebreitet waren. Angewidert setzte er sich darauf und beobachtete Christina, die neugierig die Schubladen der kleinen Kommode durchwühlte.

«Magst du mit mir darüber reden?», fragte Maddox.

«Worüber denn?»

«Weshalb du dich heute so einsam gefühlt hast. Und weswegen du dich an mich und nicht an Danny gewandt hast.»

«Er ist ein paar Tage weggefahren», gab sie zurück und setzte ihre Suche fort. «Arbeiten.»

Du spielst hier nur die zweite Geige.

«Daher auch deine Einsamkeit?»

Wenn es einen Preis für die cleverste Schlussfolgerung gäbe, dann hättest du ihn mit dieser Erkenntnis gewonnen.

«Ich denke schon.»

Maddox unterdrückte ein Seufzen. Es hatte keinen Sinn, sich darüber einen Kopf zu machen. Nun war er eben hier, und es galt, das Beste aus der Situation zu machen. Er zog sich den Pullover über den Kopf und trat hinter Christina. Vorsichtig legte er seine Arme um ihre Hüften und zog sie an sich. Fest entschlossen, die Gunst der Stunde zu nutzen, vergrub er seine Nase in ihren Haaren und küsste ihren Nacken. Ihre Anspannung bei seiner Berührung dauerte nur den Bruchteil einer Sekunde, bevor sie wieder entwich und er sie zu dem klapprigen Bettgestell führen konnte.

Sie hatten es beide nicht gewagt, sich auszuziehen. Weder die Kälte noch die schmutzigen Decken hielten sie davon ab, sondern die Angst davor, dass der Besitzer der Hütte plötzlich auftauchen könnte. Christina kletterte langsam von Maddox herunter und zog sich die Jeans wieder nach oben. Er konnte ihrer Mimik nicht entnehmen, was sie empfand. Nachdenklich knöpfte er seine Hose zu und rutschte so weit auf der Liege nach hinten, dass er sich an der Wand anlehnen konnte.

«Tina», begann er zögernd und beobachtete sie dabei genau. «Erinnerst du dich daran, wie du mich einmal gebeten hast, mit mir wegzulaufen?» Für eine winzige Sekunde glaubte er, ein Aufleuchten in ihren Augen zu entdecken. Dann wurde ihre Miene wieder ausdruckslos.

«Natürlich erinnere ich mich daran.»

«Steht das Angebot noch?» Maddox wusste selbst nicht, wieso plötzlich dieses Bild in seinem Kopf entstand. Ein Bild, das ihn in den letzten Wochen auch immer mal wieder in der Nacht heimgesucht hatte: Christina auf dem Sofa sitzend, mit einem friedlich schlafenden Baby im Arm.

«Nein.»

Die Antwort traf ihn wie eine Explosion, deren Druckwelle alles Leben aus seinem Körper katapultierte.

Eine Hand legte sich auf seine Schulter.

«Ich habe es mir lange Zeit so sehr gewünscht», flüsterte sie ihm ins Ohr. «Aber jetzt ist es zu spät. Ich muss bei Danny bleiben. Irgendwann wird er mich brauchen.»

«Obwohl er nicht dein Freund ist?» Seine Stimme klang kratzig.

«Danny ist viel mehr als das, Maddox. Er ist meine Familie. Wir müssen beieinanderbleiben, weil der eine ohne den anderen nicht leben kann.»

In seinem Kopf klang das wie gequirlte Grütze. Gerne hätte er auch hier Verständnis für sie gezeigt, aber der Gedanke war wie ein Puzzle, das aus verschiedenen Teilen zusammengeworfen wurde und sich nicht zusammenfügen ließ.

Wie kann eine Frau einen Mann lieben, ohne eine Beziehung mit ihm führen zu wollen?

Fragend schaute er Christina an, eine stumme Traurigkeit in den Augen, die ihr zeigen sollte, dass er ihre Gefühle für Danny trotz aller Bemühungen nicht nachvollziehen konnte. Der Druck auf seiner Schulter verstärkte sich, als Christina den Kopf auf ihre Hand legte.

«Ich hatte nie eine Familie», erzählte sie leise. «Nun hab ich eine. Und ich werde daran festhalten so gut ich kann!»

«Bei mir war es anders», gab er zurück. «Vielleicht kann ich es deswegen nicht verstehen.»

Das Licht vor dem verstaubten Fenster wurde von der zunehmenden Dunkelheit verdrängt und erstarb. Fast hätte er nicht mehr mit Christinas Frage gerechnet: «Wie war es bei dir?»

«Wir waren eine glückliche Familie. Mutter, Vater, Sohn und Tochter. Alles hat gestimmt», erzählte er. «Meine Eltern haben eine harmonische und liebevolle Ehe geführt. Nach all den Jahren sind sie sich noch immer respektvoll und voller Zuneigung begegnet. Für uns Kinder wollten sie nur das Beste. Angefangen von Klavierspielen über teure Sportvereine bis hin zu einem Internat war alles für uns drin. Natürlich nur vom Feinsten.»

«Aber das klingt doch wundervoll.»

«War es aber nicht. Während meine Schwester darin vollkommen aufging, bin ich untergegangen. Für mich war das einfach nur erdrückend. Das perfekte Leben, mit viel Prunk und Glamour und den hochgesteckten Erwartungen an mich, die ich weder erfüllen konnte, noch wollte. Der Leistungsdruck war viel zu hoch, um ihm standhalten zu können. Deswegen bin ich irgendwann aus diesen Zwängen ausgebrochen und hab lieber auf der Straße gelebt. Ans Dealen bin ich durch Zufall gekommen und dabei geblieben. Ich wollte nie der Sonnyboy sein, den meine Eltern sich gewünscht haben. Es ist nicht so, dass es mich auf die dunkle Seite gezogen hat, vielmehr haben meine Eltern mich da hineingedrängt.» Er unterbrach sich selbst, als ihm bewusst wurde, wie paradox das für jemanden klingen musste, der sich nichts mehr wünschte als eine Familie. Wieso hatte er sich eigentlich all die Jahre so gegen die Erziehung seiner Eltern gesträubt? Schließlich wollten sie nur einen guten Menschen aus ihm machen.

Jetzt wäre ich gerne der Sohn, den meine Eltern sich gewünscht haben. Ein Held.

Aber ein Held war mutig und selbstlos, bereit, auf Dinge zu verzichten. Etwas, was Maddox noch nie für jemanden getan hatte. Ging das überhaupt so leicht?

«Bitte, Maddox!» Das Flehen seiner Mutter war ihm trotz der vielen Jahre, die es her war, im Gedächtnis geblieben. «Versuch wenigstens, dich im Internat einzuleben. Tu es für mich! Du wirst da Freunde finden und dich wohlfühlen!»

Wieso hast du es nicht wenigstens mal probiert?

Er war dort abgehauen, ohne auch nur in Erwägung zu ziehen, auf die Worte seiner Mutter zu hören. Noch nie hatte ihn interessiert, was andere wollten. Maddox war es gewohnt, nach sich selbst zu schauen und seine eigenen Bedürfnisse in den Vordergrund zu stellen.

Du hättest deine Eltern eh nie zufriedenstellen können …

«Ich kann nachvollziehen, warum du abgehauen bist», unterbrach Christina seine Gedanken. «Ich weiß, wie es sich anfühlt, wenn man glaubt, den Erwartungen nicht zu genügen.»

«Geh in den Drogenentzug, Tina. Mach es für Danny …»

… wenn du es nicht für mich tun kannst.

«Ich werde hingehen», versicherte sie ihm. «Ich habe es Danny versprochen, und ich verspreche es auch dir.»

«Und wenn du zurückkommst, wirst du stark genug sein, mit mir eine Beziehung zu führen, ohne dass wir Angst haben müssen, du könntest durch mich wieder rückfällig werden.»

Sie lächelte und zeigte ihre weißen Zähne. Ihre Augen leuchteten in diesem intensiven Grün, das ihn so sehr faszinierte. «Es bedeutet mir viel, dass du an mich glaubst. Wirklich.»

«Ja, das tue ich», bestätigte er. «Deswegen werde ich auf dich warten.» Wenn es sein musste, bis in alle Ewigkeit. Denn Christina war diese eine Frau, für die sich das Warten lohnte.

Wenn ich das schon damals erkannt hätte … Es wäre alles anders gekommen.

Wie oft hatte er den leisen Verdacht gehegt, dass sie ihn heimlich anhimmelte und nur wegen ihrer Schwärmerei für ihn immer wieder zu Johnny zurückkehrte?

Doch damals hatte er in ihr nichts weiter gesehen als in all den anderen Mädchen: eine bemitleidenswerte Seele, die nichts anderes wollte außer Drogen und deswegen bereit war, auf den Strich zu gehen. Der Wandel zu der jungen Frau, die sich schrittweise ihr Leben zurückeroberte, faszinierte ihn.

Tina schafft das, was du nicht konntest: Sie kämpft. Sie hat aufgehört davonzulaufen. Mit ihr an deiner Seite wirst auch du es schaffen, einen Platz im Leben zu finden.

Allein aus diesem Grund würde er auf Christina warten, egal, wie lange es dauerte.

FEBRUAR 1999

Danny zupfte nachdenklich ein welkes Blatt aus dem Rosenstrauß. Eigentlich konnte er Blumen überhaupt nichts abgewinnen, und er war schon stolz, wenn er eine Schlüsselblume von Löwenzahn unterscheiden konnte. Aber Rosen gingen. Sie waren schön und rochen gut, und dennoch konnte man sich an ihnen verletzen. Rosen waren ehrliche Blumen, die das Leben widerspiegelten. Absichtlich presste Danny seinen Daumen viel zu fest auf einen Dorn. Helles, rotes Blut lief an seinem Finger hinunter. Der Quell des Lebens – oder in seinem persönlichen Fall der Quell des Todes. Lange Zeit hatte ihn der Anblick seines eigenen Blutes schockiert, fast angeekelt, aber mittlerweile hatte er das im Griff. Trotzdem steckte er den Finger in den Mund, um ihn wieder sauberzubekommen. Seiner Mutter zuliebe, denn sie hatte es nicht im Griff.

So wie alles andere auch nicht.

Seit seine Mutter von Dannys HIV-Infektion erfahren hatte, litt sie zusätzlich zu ihren anderen Störungen auch noch unter einer Hämatophobie. Was natürlich auch Dannys Schuld war, so wie der ganze Rest auch.

Ungeduldig drückte er ein weiteres Mal auf den Klingelknopf und vermied es, den Namen anzusehen, der daraufstand. Diese Worte waren genauso eine Lüge wie die auf den Fußmatten: «Familie Taylor» und «Home Sweet Home». Eine Familie wohnte hier seit Jahren nicht mehr, und schön war dieses Zuhause noch nie gewesen. Eher bitter und vergiftet.

Es dauerte weitere endlose Minuten, bis Marina endlich die Tür öffnete.

«Danny!» Ihr wild durch die Gegend hetzender Blick streifte die Blumen. «Oh. Die sind aber hübsch. Sind die für mich?»

Nein, die will ich im Garten einpflanzen.

Danny schluckte den bissigen Kommentar hinunter, der ihm auf der Zunge lag, und lächelte seine Mutter an. «Natürlich sind die für dich. Darf ich reinkommen?» Er wartete die Antwort nicht ab, sondern drückte ihr die Blumen in die Hand und schob sich an ihr vorbei in den Flur. «Ich wollte herkommen, bevor ich nach Atlanta fliege.»

Marina folgte ihm ins Wohnzimmer und holte eine Vase aus dem Schrank, um sie mit Wasser zu füllen. Danny wusste auch, ohne seine Mutter anzusehen, dass sich nun diese Wehmut in ihr Gesicht schlich. Die Sehnsucht nach diesem Ort, der in ihrer Erinnerung untrennbar mit einer heilen Familie verknüpft war, auch wenn es die längst nicht mehr gab.

«Atlanta», seufzte sie. «Was gäbe ich dafür, dort zu sein.»

«Mom», begann Danny. «Ich kann dich mitnehmen. Wenn du willst, buch ich dir einen Flug. Du könntest bei Sophia wohnen.»

«Du stellst dir das so leicht vor. Aber mit Liam geht das nicht so einfach. Wie soll ich mit ihm …?»

«Jajaja! Schon gut!» Danny hob genervt die Hand, um seine Mutter zu unterbrechen. «Vergiss es. Ich hab nichts gesagt. Wieso kann ich dich seit Tagen nicht erreichen?»

Marina ließ sich auf die große Couch fallen und trommelte mit den Fingern auf den Stoff. «Ich habe das Telefon ausgesteckt.»

Danny war sofort alarmiert, jede Faser seines Körpers stand plötzlich unter Strom.

Warum gibt der perverse Irre nie Ruhe?

«Hat er dich belästigt?»

Sie schüttelte so schnell den Kopf, dass ihr blonder Pferdeschwanz durch die Luft flog.

«Wirklich nicht?»

«Nein. Seit du deinen Vater endlich besucht hast, hat Aiden sich nicht mehr gemeldet.» Ihre Stimme klang traurig und etwas vorwurfsvoll.

«Das ist gut.» Danny atmete erleichtert auf. «Warum hast du dann das Telefon ausgesteckt?»

«Liam hat etwas ausgefressen in der Schule, und ich will den Anruf von seiner Lehrerin umgehen.»

«Aha», machte Danny resigniert. Dass seine Mutter noch immer in der Vergangenheit lebte und von der Realität nichts mitbekam, hatte er schon so unzählige Male am eigenen Leib erfahren, dass ihn die Erkenntnis nicht mehr schockieren konnte. Wie oft hatte er nach ihr gerufen und um Hilfe gefleht? Aber sie zog es vor, eine leere Babywiege zu schaukeln, anstatt nach ihm zu sehen. «Dann ist es ja gut. Mom, ich bin kurz in meinem Zimmer. Muss was holen.»

Er ließ seine Mutter zurück und ging zur Treppe. Automatisch lief er ganz außen, an den breitesten Stellen der Stufen, und trat dort auf, wo sie nicht knarrten. Über die Jahre hatte er seine Technik perfektioniert und kam lautlos wie ein Ninja die Treppe hoch und runter, was jedem anderen unmöglich gewesen wäre. Wie immer ärgerte er sich über die bunten Buchstaben an Liams Zimmertür. Nicht weil Danny selbst nie welche bekam, sondern weil sein Bruder sie nicht ein einziges Mal zu Gesicht bekommen hatte. Schwungvoll öffnete Danny die Tür zu seinem eigenen Zimmer und trat in das Chaos, das noch genau so bestand, wie er es damals zurückgelassen hatte. Fast bei jedem seiner Besuche schaute Danny sich in seinem ehemaligen Kinderzimmer um, auf der Suche nach etwas, was er noch gebrauchen konnte.

Er war damals so überstürzt aufgebrochen, dass er fast alles zurückgelassen hatte. Das meiste davon wollte er ohnehin nicht mehr haben, weil es ihn an seinen Vater erinnerte.

Als er das erste Mal nach seiner Flucht hier gewesen war, hatte er die Aufzeichnungen über seine Vergangenheit mitgenommen. All seine «Siege», die er als Kind und als Jugendlicher über seinen Vater errungen hatte, befanden sich in einem Schuhkarton.

Danny hatte seine Notizblöcke mitgenommen, um sie vor Gericht als Beweismittel vorzubringen.

Heute wusste er nicht, was er mitnehmen sollte.

Kurz verharrte Danny auf der Stelle vor seinem Bett, um zu sehen, ob ihn heute irgendwelche Flashbacks einholen würden.

Doch wie jedes Mal, wenn Danny in seinem ehemaligen Zimmer war, blieben diese Erinnerungsfetzen aus. Allen Behauptungen der Therapeuten zum Trotz, die besagten, dass ein Traumaopfer am Ort des Geschehens wieder in die Vergangenheit zurückfiel, blieb er absolut emotionslos, wenn er zurück in sein Zimmer kam. Das lag vermutlich vor allem daran, dass er auch nach den vielen schrecklichen Erfahrungen über Jahre weiter dort gelebt hatte und seine Erlebnisse nicht mit dem Ort, sondern mit dem Täter und diversen Gerüchen verband. Gerüchen wie Rauch, Alkohol und Kamillentee.

Seufzend öffnete er die Schranktüren und wühlte darin. Ganz in der Ecke lag ein verstaubter Haufen getragener Klamotten, die seine Mutter nach seinem Auszug nicht mehr gewaschen hatte. Alles Brauchbare hatte er bereits ausgeräumt, also schloss er die Türen wieder. Kurz dachte er an den Baseballschläger, mit dem er sich als Elfjähriger verzweifelt gegen seinen Vater zur Wehr gesetzt hatte. Seine erste selbstgekaufte Waffe war bis heute nicht wieder aufgetaucht. Vermutlich hatte Aiden Brennholz aus ihr gemacht.

Ganz unten in der Nachttischschublade lag ein Briefumschlag. Danny öffnete ihn und fand ein paar Kinderfotos von sich aus Atlanta. Christina würde sich bestimmt freuen, sie zu sehen. Danny steckte sie ein und rannte die Treppe hinunter. Trotz seiner Gelassenheit hatte er es am Ende doch immer eilig, sein Zimmer zu verlassen. Zu viel negative Energie befand sich in diesem Raum und schlug ihm nach einer gewissen Zeit aufs Gemüt.

Unten im Wohnzimmer saß Marina noch immer an derselben Stelle, an der Danny sie zurückgelassen hatte.

«Brauchst du noch was von mir, Mom?», fragte er.

«Warum besucht du deinen Dad nicht?» Marina blickte vorwurfsvoll auf. Ihre Augen waren kalt wie Eis.

«Was?» Sie schaffte es immer wieder, ihn aus der Fassung zu bringen. «Ich war doch dort.»

«Notgedrungen. Ein einziges Mal. Du solltest regelmäßig gehen. Er ist immerhin dein Vater.»

«Yeah. Leider. Irgendwas muss ich in meinem vorherigen Leben verbockt haben und *er* war die Strafe.»

«Danijel», zischte sie entrüstet. «Warum sprichst du so über deinen Vater?»

Weil ich ihn dafür hasse, dass er mein Leben zerstört hat? Er verdient nicht mal die Bezeichnung Vater …

Es hatte keinen Sinn, das seiner Mutter zu erklären. Wieso sollte sie jetzt etwas begreifen, vor dem sie jahrelang die Augen verschlossen hatte? So viele Psychologen und Fachleute schafften es nicht, sie aus ihrer Phantasiewelt zu holen, dass es utopisch war zu glauben, ihm selbst könnte es gelingen. Danny versuchte es trotzdem: «Mom, er hat unsere Familie zerstört. Mich hat er geschlagen und dich psychisch unter Druck gesetzt. Er sitzt zu Recht im Gefängnis.»

Blitzartig stand sie auf, ging zum Fenster und starrte hinaus. Fast zeitgleich fing sie an zu singen: «Aba heidschi bumbeidschi bum bum …» Dann ließ sie sich in ihren Schaukelstuhl fallen und begann auf und ab zu wippen.

Spätestens jetzt war es an der Zeit zu gehen, denn nun gab es ohnehin keinen Zugang mehr zu Marina. Sie saß in ihrem Schaukelstuhl, starrte ins Leere und wippte auf und ab. Auf und ab. Auf und ab.

* * *

Sicherheitsgurte störten ihn. Das war aber nicht der Grund, warum Danny im Auto überwiegend darauf verzichtete. Im Fall eines Unfalls wollte er das Schicksal entscheiden lassen, ob er überlebte oder nicht.

Im Flugzeug war das Anschnallen aber nun mal unerlässlich, also tat er es. Wenn das Ding abstürzte, dann nutzte der Gurt ohnehin nichts mehr. Ein Unglück wäre allerdings aktuell das Letzte, was passieren durfte. Schließlich musste er Christina in vier Wochen, sobald die schärfsten Sicherheitsvorkehrungen gelockert wurden, regelmäßig in der Klinik besuchen. Um sie dann im Herbst endlich wieder nach Hause zu holen.

Danny hatte sie erst vor fünf Tagen in die Entzugsklinik gebracht, und doch fehlte sie ihm schon jetzt. Die zweihundertfünfzig Kilometer Autofahrt verbrachten sie lachend und scherzend, als würden sie gemeinsam in den Urlaub fahren. Der Abschied war unproblematisch. Wie versprochen hatte sie ohne Meckern und vollkommen hoch motiviert die Klinik betreten.

Und jetzt machst du Urlaub ohne sie!

Ein leises Schuldgefühl meldete sich tief in seinem Bauch. Doch genau genommen dienten die vier Wochen Amerika auch für ihn nicht rein der Erholung und dem Wiedersehen mit Tante Sophia. Vielmehr wollte Danny für ein paar Tage stationär in ein Hospital gehen, um sich gründlich durchchecken zu lassen und herauszufinden, auf welchem medizinischen Stand seine Landsleute waren.

Danny schloss die Augen und sank in seinen Sitz. Für einen Moment dachte er an die Zeit auf dem Schiff, als er mit Christina zusammen auf dem Deck gestanden und die Wellen beobachtet hatte: wie sie auf sie zugerollt kamen, erst klein und dann immer größer, bis sie so hoch waren, dass sie brachen, weil sie ihr eigenes Gewicht nicht mehr tragen konnten. Danny schüttelte den Kopf und versuchte diese Gedanken zu verscheuchen. Zurück blieb ein ungutes Gefühl, das wie eine dicke schwarze Wolke um ihn waberte und sich weder lokalisieren noch greifen ließ.

***

Christina malte mit dem dicken Pinsel einen weiteren lieblosen Klecks auf das weiße Papier. Ihre Augen schweiften immer wieder hoch zum Himmel, an dem sich irgendwo ein Flugzeug mit Danny an Bord befand. Wie gerne wäre sie nun bei ihm gewesen, anstatt wie ein Kleinkind mit Wasserfarben hantieren zu müssen.

Wie sollte sie noch über drei Wochen ohne ihn überstehen? Ihre Sehnsucht wurde jetzt schon unerträglich. Nächstes Jahr würde sie wieder mit ihm fliegen. Aber um das zu erreichen, musste sie sich anstrengen.

Christina war entschlossen, ihr Versprechen zu halten. Deswegen schob sie auch weiterhin alle Gedanken an Maddox ganz weit in ihren Hinterkopf. Er musste warten, bis sie aus dem Entzug kam.

Er wird warten!

Obwohl Christina nicht wusste, ob sie eine Beziehung mit Maddox eingehen wollte oder konnte – es war eine Aussicht, die sie beflügelte.

Kurz schielte sie auf das Papier ihrer Sitznachbarin, die gleichzeitig ihre Zimmergenossin war. Anja hatte nichts vorzuweisen außer einem leeren Blatt Papier.

Wie lächerlich!

Das konnte Christina weitaus besser. Überhaupt konnte sie sich nicht mit dieser Frau vergleichen. Eine Crack-Hure. Seit über zwanzig Jahren süchtig. Neuerdings konsumierte Anja auch Crystal Meth, eine Party-Droge, deren Nebenwirkungen weit höhere Auswirkungen annahmen als Crack, Heroin und LSD zusammen. Christina wusste nicht, ob es am Meth lag, dass Anjas

Zähne bereits gelb wie ein Kanarienvogel waren und wie schiefe Grabsteine aus ihrem Mund ragten. Sie wusste nur, dass sie niemals so ein Gebiss haben wollte. Schon seit geraumer Zeit mischte sie einmal im Monat in einem Eierbecher etwas Backpulver mit Wasser, um mit dieser Paste ihre Zähne zu putzen. Diesen Trick hatte ihr Danny schon vor Jahren verraten, da auch er immer sehr bemüht war, seine Zähne weiß zu halten. Man durfte es nur nicht allzu häufig anwenden, um den Zahnschmelz nicht anzugreifen. Wenn Christina Anja aber so anschaute, überkam sie sofort das Bedürfnis, ihre Zähne zu putzen. Notfalls auch mit Chlorbleiche anstatt mit Backpulver.

So wirst du niemals werden!

Entschlossen knüllte sie ihr Blatt Papier zusammen und warf es in den Mülleimer, um sich ihrer Aufgabe mit einer gewissen Ernsthaftigkeit zu widmen.

Sie sollten ein Bild malen, das ihre Gefühlswelt zeigte und ihren Blick auf sich selbst spiegelte.

Christina tauschte die Wasserfarben gegen Buntstifte und begann mit einem Haus. Einem schönen Haus, mit weißen Blumen und einer Katze im Fenster. Neben dem Haus stand der klassische Laubbaum, darüber strahlte die Sonne. Ein Haus wie jedes andere auch. Normal und deswegen so besonders. In den Garten zeichnete sie ein lachendes Strichmännchen. An seine Seite setzte sie im gleichen Stil die passende Frau. Dazwischen zwei lachende Kinder. Einen Jungen und ein Mädchen, wie sich das traditionell gehörte. Vor der Haustür befand sich eine Hundehütte mit leuchtend rotem Dach. Dann malte sie einen hohen Holzzaun außenherum, der das Familienidyll begrenzte. Neben dem Zaun stand ein hoher Berg. Der diente dazu, Außenseiter und unerwünschte Personen fernzuhalten. Denn niemand würde jemals diesen gigantischen Aufstieg schaffen und auf die andere Seite kommen. Hinter den Berg zeichnete sie ein kleines Mädchen, das auf dem

Boden saß, eine hässliche Puppe in den nicht vorhandenen Händen. Mit blauer Farbe deutete sie die Tränen des Mädchens an – und mit Gelb seine Haare.

Christina schrieb ihren Namen darunter und wollte das Bild gerade abgeben, als ihr das entscheidendste Detail einfiel. Sie setzte sich zurück auf ihren Platz und übermalte die Puppe mit einem weiteren blonden Strichmännchen.

Sie war nicht mehr allein.

MÄRZ 1999

Danny verließ das amerikanische Krankenhaus mit einer hohen Rechnung in der Tasche und der Erkenntnis, dass ihm der Besuch nichts gebracht hatte. Auch auf der anderen Seite der Welt erzählten sie ihm das Gleiche, gaben die gleichen Ratschläge und standen noch immer vor denselben Problemen. Obwohl die Mediziner hier in Amerika den Durchbruch geschafft hatten, konnte es sich noch um Jahre oder Jahrzehnte handeln, bis sie endlich etwas Brauchbares erfanden.

Sie hatten etwas entwickelt, was sich HAART-Therapie nannte. Man riet ihm allerdings, diese Therapie erst anzufangen, wenn sich sein Gesundheitszustand verschlechterte oder sich Symptome zeigten, da alles noch sehr unausgereift war und man mit hohen Nebenwirkungen zu rechnen hatte.

Bleib zuversichtlich, Danny! Mit etwas Glück …

Er verwarf den Gedanken. Was er brauchte, war nicht *etwas Glück*, sondern ein ausgewachsenes Wunder.

Danny sprang vor ein Taxi, um es anzuhalten. Hier in der City von Atlanta war das zur Rushhour die einzige Möglichkeit, die man hatte, wenn man nicht stundenlang vergeblich winken wollte. Schnell stieg er ein und nannte dem Fahrer eine Adresse. Mit den Zähnen zog er den Deckel von seinem Stift und begann, die Postkarte zu beschriften, die er vorhin an einem Souvenirstand gekauft hatte. Ursprünglich hatte er Christina von seinem Aufenthalt im Hospital erzählen wollen, aber da es nichts Positives zu vermelden gab, beschloss er, darauf zu verzichten.

Tina,

wie ist es bei dir? Kommst du klar?

Denk immer daran, was wir besprochen haben!

Sophia lässt dich lieb grüßen, und Jenna fragt ständig nach dir!

Die beiden wollen unbedingt, dass du das nächste Mal wieder mitkommst. Nächstes Jahr, wenn du dann so weit bist, können wir hier meinen Jahresurlaub verbringen.
Ich vermisse dich jetzt schon ganz doll.
Hab dich lieb.
Danny

Zu ihrem Geburtstag im Spätsommer musste er ihr unbedingt ein ordentliches Handy schenken. Dass sie sein altes Telefon benutzte, war besser als nichts, denn immerhin war sie dadurch im Notfall erreichbar, aber sie dachte viel zu selten daran, neues Guthaben aufzuladen – und war deshalb fast nie in der Lage, ihm zu antworten.

Nachdem er den Taxifahrer bezahlt hatte, machte er sich zuerst auf den Weg zum Briefkasten. Schon als kleiner Junge war er diesen Weg am Fluss entlanggegangen, um für seine Eltern die Post wegzubringen. Oft war das Wasser aufgrund der Hitze im Sommer nur noch ein Rinnsal, und dann lief Danny im Fluss anstatt auf dem Pfad daneben. Gerne hätte er das auch jetzt getan, aber der Wasserstand war viel zu hoch.

Er ging querfeldein über eine Wiese einen kleinen Hügel hinauf und ließ sich ins Gras sinken. Den Rücken gegen einen Baum gelehnt, betrachtete er das Holzhaus, das ein paar Meter weit unter ihm stand. Die Veranda war mit neuen Dielen versehen worden, etwas, was seine Mutter damals schon immer hatte in Angriff nehmen wollen. Auch die Haustür war ersetzt worden, und die Fensterläden hatten einen neuen Anstrich bekommen. Mit einem Anflug von Wehmut stellte Danny fest, dass sogar die Rosenbüsche viel schöner blühten, als sie es in seiner Kindheit getan hatten.

Kurz entschlossen stand Danny auf, rannte den Hügel hinunter und kletterte durch den Zaun in den Garten. Erst gestern hatte er in der *New York Post* gelesen, dass ein Siebzehnjähriger erschossen worden war, weil er ungefragt eine Abkürzung durch einen Garten genommen hatte. Der Besitzer hielt die Einkaufstüte in der Hand des Jungen wohl für eine gefährliche Geheimwaffe. Laut Gesetz in den Staaten war dies sein gutes Recht, und der Mörder wurde nicht einmal angeklagt.

Danny ging trotzdem weiter. Er trat auf die Stelle, an der vor so vielen Jahren Rex sein Leben hatte lassen müssen. Automatisch hob er den Blick hoch zu jenem Fenster, von dem aus er das Geschehen beobachtet hatte. Genau wie damals war kein Vorhang daran. In dem Moment wurde das Fenster geöffnet. Ein kleines Mädchen mit hellen Zöpfen lehnte sich hinaus. Danny hob die Hand und winkte ihr zu.

«Was willst du hier?», fragte das Mädchen skeptisch.

«Ich hab hier früher mal gewohnt», rief Danny nach oben. «Ich wollte dem Haus mal Hallo sagen.»

Das Mädchen lachte. «Was für eine dumme Idee. So ein Haus kann doch nicht sprechen.»

«Ach so? Das wusste ich nicht. Dann geh ich mal wieder, bevor deine Eltern böse werden.»

«Meine Eltern sind kurz weggefahren», sagte sie vergnügt. «Das Benzin für die Kettensäge ist ausgegangen.»

Nicht klug, das zu sagen.

«Lässt du mich kurz rein? Ich würde auch gerne meinem Zimmer Hallo sagen.»

«Ich komme runter.»

Das Mädchen öffnete die Haustür und ließ ihn ohne zu zögern hinein. Danny schätzte sie auf acht oder neun Jahre. Er folgte ihr in die weitläufige Diele. Nichts war mehr wie damals. Die alten Eichenmöbel waren durch moderne Möbel mit weißem Lack ersetzt worden, der alte Bodenbelag entweder herausgerissen oder mit beigen Fliesen belegt. Die vielen Blumen, die seine Mutter überall platziert hatte, waren alle fort.

Was hast du auch erwartet?

«Welches war denn dein Zimmer?»

«Das, in dem du jetzt wohnst.»

«Dann komm mit!» Sie nahm ihn an der Hand und führte ihn die hölzernen Treppen hinauf ins Obergeschoss. Stufen, die niemals knarrten. Nicht einmal, wenn man zu zweit darüberging.

Hier ist alles besser.

Mit einer beinahe unerträglichen Heftigkeit wurde Danny bewusst, dass sein Leben anders verlaufen wäre, wenn sie damals einfach hiergeblieben wären. Sein Leben wäre komplett anders *weitergegangen …*

Danny trat ins Zimmer. Es gab nichts, was ihn an seine damalige Unterkunft erinnerte. Die Holzdecke, die er so geliebt hatte, war durch Rigipsplatten überdeckt worden. Überall hingen Poster von Pferden und glamourös aussehenden amerikanischen Sängerinnen, die Danny nicht kannte. Popmusik war überhaupt nicht sein Fall.

«Jetzt kannst du Hallo sagen.» Das Mädchen ließ seine Hand los. «Aber du darfst nicht enttäuscht sein, mein Zimmer kann auch nicht sprechen.»

«Ich habe schon Hallo gesagt», erklärte Danny. «Ganz leise, in Gedanken. Und ich habe Auf Wiedersehen gesagt. Etwas, was ich damals nicht konnte, weil wir so überstürzt ausgezogen sind.»

«Hast du lange hier gewohnt?»

«Über zehn Jahre.» Er seufzte. «Ich habe immer gehofft, dass wir hierher zurückkommen, aber es ist niemals geschehen.»

«Tut mir leid.» Sie schien seinen Schmerz zu fühlen und ihn aufrichtig zu bedauern.

«Das muss es nicht.» Danny ging vor ihr in die Hocke, um sie besser ansehen zu können. «Ich danke dir, dass du mich reingelassen hast. Aber du darfst so etwas nie wieder machen, hörst du?»

«Wieso denn nicht?»

«Nicht alle kommen nur, um Hallo zu sagen. Es gibt auch Menschen, die kommen, um anderen weh zu tun oder etwas kaputt zu machen.»

Sie schaute ihn aus großen, dunklen Augen an. «Aber die sind dann nicht so nett wie du. Dann lasse ich sie gar nicht rein.»

«Wie heißt du?»

«Amanda.»

«Hör zu, Amanda», Danny kniete noch immer vor ihr, «manche Leute tun so, als wären sie nett, aber sie spielen dir etwas vor.»

«Warum machen die das?» Ihr Blick wurde noch eine Spur dunkler. Danny hatte fast schon ein schlechtes Gewissen. Dieses Mädchen war so feinfühlig, voller Vertrauen und fern jedem Wissen über Gut und Böse. Gerne hätte er sie einfach in dem Glauben gelassen.

«Weil sie dir weh tun wollen, Amanda. Sie täuschen dich, tun ganz freundlich, und wenn du sie dann ins Haus reinlässt, tun sie dir weh.»

Das Motorengeräusch vor dem Haus ließ Danny zusammenzucken. Von hier aus sah er die Auffahrt nicht, aber er konnte sich denken, wer eben nach Hause gekommen war.

Amanda griff wieder nach seiner Hand. «Ich werde dich meinen Eltern vorstellen!», sagte sie begeistert und zerrte ihn Richtung Tür.

«Nee, lieber nicht.» Danny löste ihre Finger von seinen. «Dein Vater wird mich für diese Sorte Mensch halten, von der ich dir eben erzählt habe. Er wird denken, dass ich dir weh tun wollte, und deine Eltern werden furchtbar wütend sein, weil du mich reingelassen hast.»

«Mein Vater ist nie wütend auf mich!» Es fehlte nur noch, dass sie zu diesen Worten trotzig mit dem Fuß aufstampfte.

Ein schmerzhafter Stich durchfuhr Danny. Wie sehr hatte er sich auch so einen Vater gewünscht.

«Amanda?», rief jemand die Treppe hinauf. «Honey, wir sind zurück!»

«Bleib so, wie du bist!» Danny drückte dem Mädchen einen Kuss auf die Stirn und ging zum Fenster. «Ich nehme diesen Weg. Leb wohl!» Er kletterte hinaus, hielt sich mit den Händen am Fensterrahmen fest und versuchte, mit den Füßen an der Fassade Halt zu finden. Es war definitiv zu hoch, um zu springen. Amanda kam ebenfalls ans Fenster.

«Du wirst runterfallen», rief sie besorgt.

«Werde ich nicht, schau.» Danny grub seine Finger zwischen die Holzbretter und hangelte sich auf diese Weise ein Stück nach rechts, bis er auf Höhe des Vordachs der Veranda war. Dann stieß er sich von der Wand ab, landete auf dem Vordach und rollte sich mit dem Rücken ab. Er setzte sich an den Rand und sprang mit den Füßen voran hinunter in den Garten. Kurz drehte er sich um, damit Amanda sehen konnte, dass alles in Ordnung war. Sie winkte ihm zu.

«Siehst du? Alles okay!» Er hob kurz die Hand. Ein großer Mann kam neben dem Mädchen ans Fenster und starrte suchend ins Weite, bevor sein Blick ihn fand. Danny wandte sich um, kletterte über den Zaun und rannte davon.

* * *

Christina verschränkte die Arme hinter dem Kopf. Das Gras war noch feucht, und ihre Kleidung begann bereits, das Wasser durchzulassen, aber es störte sie nicht. Danny war wieder zurück in Deutschland, und später würde er sie besuchen kommen. Die Aussicht machte sie euphorisch. So schön dieser kleine Garten auch war, in dem sie lag, er kam ihr vor wie ein Gefängnis. Auch von der Architektur her ähnelte er einem Knast. Er lag im Innenhof, die Suchtklinik U-förmig außen herumgebaut. Abgeschottet durch die hohen Mauern, blieb den Bewohnern nur der Blick nach oben in den freien Himmel. Von ihrem Zimmer aus war nicht einmal das möglich. Die Gitter davor verhinderten es. Die ersten zwei Wochen war es Christina fast nicht möglich gewesen zu schlafen, sosehr hatte sie in diesem Raum mit Platzangst zu kämpfen. Dennoch lehnte sie die Medikamente der Pfleger ab; Danny hatte sich so verzweifelt bemüht, sie von allen Ersatzstoffen fernzuhalten, da wollte sie sich nicht hinter seinem Rücken das Leben einfach machen. Vor allem, da sie bereits so weit war. Schon vor ihrer Einlieferung hatte sie mit Danny gemeinsam ihren Konsum auf null reduziert. Alles Weitere musste demnach ein Kinderspiel werden.

Patrick ließ sich mit einem Seufzen neben ihr ins Gras fallen. Er war nur wenige Jahre älter als sie, in derselben Gruppe und im selben Klinikteil untergebracht. Auch er machte nicht zum ersten Mal einen Entzug. Seit Jahren kämpfte er darum, von den Drogen loszukommen, mit mehr oder weniger großem Erfolg. Fast zwei Jahre war er komplett clean gewesen, und nun saß er wieder hier.

«Tina», sagte er leise und schaute sich verstohlen um. «Komm heute Nacht auf mein Zimmer. Bin an Stoff gekommen. Ich teile mit dir, wenn du magst.»

Er steht auf dich!

Eigentlich war ihr das schon lange klar gewesen, so, wie er sie immer ansah und permanent ihre Nähe suchte. Die viel wichtigere Frage war, wie er es geschafft hatte, hier drin an Heroin zu kommen. In Alcatraz konnten die Sicherheitsbestimmungen nicht höher sein.

Christina schaute zu ihm hinüber. Er lächelte sie freundlich an. Für einen Fixer, der schon über ein Jahrzehnt an der Nadel hing, war er bemerkenswert hübsch. Sportlich, durchtrainiert und mit einer gesunden Gesichtsfarbe. Sie mochte ihn. Seine jungenhafte und unbeschwerte Art, die dunklen Locken, die ihm ungebändigt ins Gesicht fielen, und sein charismatisches Lachen. Aber das Beste an ihm war sein Geruch: wild, männlich und attraktiv. Es fiel ihr schwer, nicht automatisch ein Stück näher zu ihm hinzurutschen. Patrick roch fast so gut wie Danny.

Aber lange nicht so gut wie Maddox.

«Was sagst du?», hakte er nach und stieß sie auffordernd mit dem Ellbogen an. «Ich will auch keine Gegenleistung von dir.»

«Nein, danke!», sagte sie bestimmt. «Ich bin hier, weil ich entziehen will. Nicht, um mich heimlich mit Drogen vollzupumpen. Da hätte ich auch zu Hause bleiben können!»

«Nicht schlecht!» Patrick nickte ihr anerkennend zu. «Gute Einstellung.»

«Solltest du übernehmen.» Christina legte ihm eine Hand auf die Schulter und zog sich an ihm hoch. «Sei mir nicht böse, aber ich muss los. Mein Freund kommt gleich.»

Sosehr sie sich in diesem Moment auf Danny freute, so wurde ihr zeitgleich doch bewusst, wie sehr ihr Maddox fehlte.

MAI 1999

Simon steckte den Geldschein mit ungelenken Fingern in den Tanga der Tänzerin. Es munterte ihn nur unwesentlich auf, dass das Mädchen schon seit geraumer Zeit nur bei ihm tanzte. Seit seine Freundin ihn vor zwei Wochen verlassen hatte, war seine Stimmung auf dem Tiefpunkt. Gerade als er dachte, es könnte wirklich etwas Ernsthaftes zwischen ihnen entstehen, war sie mit dem nächsten Typen durchgebrannt. Und nun saß er hier in dieser Strip-Bar und schaute zu, wie irgendwelche halbnackten Frauen mit den Hinterteilen wackelten. Ihm verschaffte es nicht die gewünschte Befriedigung. Missmutig schob er seine Brille zurück auf die Nase.

«Ich muss irgendwas tun», stellte er fest. «Hier herumzusitzen bringt mich nur zum Nachdenken.»

«Was willst du denn tun?», fragte Danny, ohne seinen Blick von der Stripperin abzuwenden. «Ich fühle mich wohl hier.»

«Ich nicht. Anschauen reicht mir nicht. Ich fühl mich wie ein Hund, dem man ein Schnitzel vor die Nase hält, nur um ihn zu ärgern, weil er es eh nicht fressen darf.»

Ricky lachte. «Was schlägst du vor?»

«Wie wäre es, wenn wir noch in eine Bar gehen? Und mal was Richtiges spielen? Wer legt am schnellsten eine flach?»

Danny schüttelte vehement den Kopf: «Vergesst es, Jungs. Da mache ich nicht mit. Es war schon eine Herausforderung, Anastasia wieder loszuwerden, noch mal mach ich so was nicht!»

Erwartungsvoll sah Simon ihn an.

«Echt nicht», ergänzte Danny. «Wir können um Telefonnummern wetten, aber das war's dann.»

Simon seufzte. Natürlich wusste er, dass Dannys Hauptproblem nicht in der Sorge bestand, das betreffende Mädchen im Anschluss wieder loszuwerden. Zwar kannte Simon nicht alle Details aus Dannys Leben wie Ricky, aber er war involviert genug, um es zu verstehen. Er hatte nie das Bedürfnis gehabt, mehr zu erfahren, und deswegen auch nie nachgefragt. Dennoch versetzte es ihm manchmal einen schmerzhaften Stich, dass er an die Freundschaft, die zwischen Danny und Ricky bestand, nicht herankam. Obwohl er quasi Tür an Tür mit Danny wohnte, während Ricky aus Rottweil kam und zwischen ihnen gut eine Stunde Autofahrt lag.

«Also, ich werde das jetzt machen!», sagte Simon entschlossen.

«Viel Glück.» Danny hatte ebenfalls nicht vor, seine Meinung zu ändern. «Ich kann auch wieder nach Hause gehen. Ich will euch nicht den Spaß verderben.»

«Niemand geht nach Hause», bestimmte Ricky. «Wir können ja einfach mal schauen, vielleicht fällt uns was ein.» Er stand auf und ging an die Theke, um zu bezahlen.

Widerwillig erhob sich auch Danny. Er warf einen weiteren wehmütigen Blick auf die brünette Stripperin und wäre ganz offensichtlich gerne noch geblieben.

Gemeinsam schlenderten sie die Straße der Innenstadt hinunter und überlegten, wie sie den restlichen Abend verbringen wollten.

Simons Unzufriedenheit begann sich auf die anderen zu übertragen. Irgendwie schien an diesem Abend keine gute Laune aufkommen zu wollen. Gerade als Ricky den Vorschlag machte, wirklich nach Hause zu gehen, fiel Simons Blick auf ein kleines Bordell an der Straßenecke.

«Was haltet ihr davon?», fragte er provokant.

«Ein Puff?» Rickys Stimme war unweigerlich eine Nuance höher geworden. «Also, ich hatte das bisher noch nicht nötig.»

Simon verschränkte beleidigt die Arme vor der Brust. «Was heißt nötig? Kann man doch mal ausprobieren, oder?» Abwartend sah er Danny an. «Bist du dabei?»

Angewidert rümpfte Danny die Nase. «Ich weiß nicht. Das ist eklig.»

Ricky ging neugierig zum Eingang, schaute prüfend durch das leicht abgedunkelte Glas in der Vordertür und las, was auf dem Schild stand. «Eklig ist hier gar nichts», stellte er schließlich fest, als er zu den anderen beiden zurückkam. «Das ist ein Edel-Puff. Bevor du dir da drin für eine Stunde eine Frau kaufst, kannst du heiraten, dich scheiden lassen und achtzehn Jahre lang die Alimente zahlen. Und kommst vermutlich günstiger weg.»

Danny lachte. «Na, das klingt doch schon mal gut.»

«Ich geh da jetzt rein», entschied Simon. Es gefiel ihm, dass seine Freunde ihn entgeistert anstarrten. Normalerweise zogen sie ihn immer mit, und heute war er derjenige, der das Ruder in die Hand nahm.

Er wollte sich, wie vorhin Ricky, auf den Weg zum Eingang machen in der Hoffnung, dass ihn der Mut nicht verließ. Auch er hatte so etwas nie zuvor gemacht und keine Ahnung, was er da drinnen sagen sollte. Simon blieb unsicher stehen, um auf seine Freunde zu warten.

«Mach dir doch keinen Kopf», sagte Ricky in diesem Moment zu Danny. «Du sagst dem Mädchen, das du dir auswählst, einfach die Wahrheit und lässt sie selbst entscheiden, ob sie mitmachen mag. Ich bin mir sicher, die sehen das total professionell. Vor allem in so einem noblen Laden.»

«Mein Gedanke war ein völlig anderer», erklärte Danny.

Da war er wieder, der Funke der Eifersucht, den Simon manchmal verspürte, wenn er sah, wie die beiden sich blind miteinander verstanden.

Wieso hab ich Dannys Zögern nicht gespürt?

Simon ärgerte sich über seine eigene Unaufmerksamkeit. Wenn er diese Ebene der Vertrautheit zwischen zwei Freunden erreichen wollte, musste er lernen, schneller zu reagieren.

«Woran hast du denn gedacht?», mischte er sich ungeduldig ins Gespräch. Wenn sie noch eine Weile hier herumstanden und quatschten, würde er es sich mit Sicherheit anders überlegen.

«Wie wollen wir das irgendwann mal unseren Freundinnen erklären, dass wir im Puff waren?» Danny machte eine Pause, wischte die Handflächen an seiner Jeans ab und fügte dann hinzu: «Also, bei mir ist's ja vollkommen wurscht, ich werde eh nie eine haben. Ich dachte eher an euch beide.»

«Mir ist es auch wurscht», sagte Simon. «Frauen zicken doch eh immer rum. Dann hat sie wenigstens einen Grund dazu.»

Ricky zuckte die Achseln und lächelte liebenswürdig. «Und ich werde es ihr nicht sagen. Weiber müssen doch nicht alles wissen.»

«Man sollte solche Etablissements nicht unterstützen», warf Danny ein. «Denkt doch mal an die Frauen dort.»

«Die machen das freiwillig.» Simon wollte keine Grundsatzdiskussion über Moral anfangen.

«Tun sie das wirklich?»

«Du denkst an Tina?» Ricky schaute seinen Freund wissend an. «Das hier ist nicht der Straßenstrich. Hier arbeiten Frauen, die sich mit dem Geld etwas finanzieren wollen. Natürlich machen die das freiwillig.»

«Wenn ich rauskriege, dass es nicht so ist, nehme ich sie mit nach Hause.» Dannys Stimme klang trotzig.

«Mach das», stimmte Ricky zu. «Das Mädchen wird dann Pretty Woman zwei.»

«Habt ihr euch nun endlich entschieden?» Missmutig trat Simon von einem Bein auf das andere.

«Entschuldige, dass wir mal überlegen müssen», gab Ricky zurück. «Ich finde es ja eigentlich total bescheuert, für etwas zu zahlen, was ich auch umsonst haben kann. Aber meinetwegen.»

Danny zuckte mit der Schulter. «Das wiederum stört mich nicht. Sehen wir es einfach als Investition in die Wirtschaft.»

«Dann sind wir uns ja einig.» Entschlossen drängte Simon Richtung Eingang.

***

Ricky trat als Erster ein. Prüfend schaute er sich um, ob Danny und Simon ihm wirklich folgten. Leise Musik schlug ihnen entgegen. Eine große, hölzerne Bar streckte sich quer durch den Eingangsbereich. Auf den roten, mit Plüsch bezogenen Stühlen saßen mehrere leichtbekleidete Damen und zwei junge Männer. Simon warf seinen Freunden einen abwartenden Blick zu. Ricky machte eine ausladende Handbewegung, um ihm zu verdeutlichen, dass er ihm gerne den Vortritt ließ. Danny verschränkte die Arme vor der Brust und sah aus, als würde er jeden Moment wieder umkehren. In dem Moment kam ein blondes Mädchen in einem roten Korsett und High Heels auf sie zu. Freundlich lächelnd deutete sie auf die restlichen freien Plätze an der Bar und drückte Danny einen Prospekt in die Hand.

«Herzlich willkommen. Lasst euch ruhig Zeit. Jedes Mädchen hier unten steht euch zur Verfügung. Wenn ihr Hilfe bei der Auswahl benötigt, dann sagt Bescheid.»

«Danke», sagte Danny, während er die Broschüre aufklappte. Die Blondine zog sich diskret zurück.

«Die haben einen Future Room, der die Inneneinrichtung von einem Raumschiff hat. Und ein Zimmer, das so eingerichtet ist wie ein Krankenhaus», zischte Danny ungläubig. «Scheiße, es gibt schon perverse Menschen auf der Welt.»

«Das merkst du erst jetzt?» Ricky lachte. «Gibt es auch einen Folterkeller? Ich wollte schon immer mal in eine eiserne Jungfrau.»

«Könnt ihr mal ernst bleiben?» Simon nahm Danny genervt den Prospekt aus der Hand und warf einen Blick hinein. «Wollt ihr eine halbe Stunde oder eine Stunde?»

«Stunde», sagte Ricky. «Wenn schon, denn schon.»

«Ich nehme nur eine halbe», entschied Simon. «Alles andere ist mir zu teuer. Notfalls muss eben das Vorprogramm wegfallen. Danny?»

«Halbe Stunde. Auf das Vorprogramm verzichte ich freiwillig.»

Eine Stunde kann verdammt lang sein.

Vor allem bei so viel Überreizung und dann auch noch eine fremde Frau …

«Dann nehme ich auch nur eine halbe Stunde», sagte Ricky schnell.

«Wieso denn?», fragte Danny und fügte augenzwinkernd hinzu: «Du könntest notfalls einfach fünf Zigaretten danach rauchen. Dann geht die Zeit auch rum.»

«Wie witzig. Du musst nicht immer von dir auf andere schließen.»

«Warum könnt ihr nie normal sein?» Simon sah sie zornig an.

«Weil wir in einem Puff sitzen?» Danny zuckte die Achseln und versuchte vergeblich, sein Lachen zu unterdrücken. «Und es hier Krankenhauszimmer gibt. Was kommt als Nächstes? Ein Wickelraum?»

Ricky konnte nicht vermeiden, dass ihm ungewollte Gedanken kamen. Automatisch fiel er in Dannys Lachen ein.

Simon schüttelte den Kopf. «Mir reicht's mit euch. Ich mach das jetzt allein.»

«Sorry.» Danny prustete vor Lachen. «Aber mir geht der Wickelraum nicht aus dem Kopf.»

Ricky klopfte Simon aufmunternd auf die Schulter. «Viel Erfolg bei der Bestellung. Das möchte ich sehen.»

Fast schon wütend stand Simon auf und ging mit schnellen Schritten ans andere Ende der Bar. Ungläubig beobachtete Ricky, wie sein Freund auf eine blonde Frau zuging, sie ansprach und sich schließlich neben sie setzte. Nach einem kurzen Wortwechsel stand sie auf, hakte sich bei Simon ein und verschwand mit ihm um die Ecke.

«Alter Falter, der bringt das echt.» Ricky kramte seine Zigaretten aus der Hosentasche und steckte sich eine zwischen die Lippen. «Das ist doch nicht unser Simon! Hätt ich nicht gedacht, dass er das macht.»

«Tja. Stille Wasser sind tief.»

«Und dreckig.» Grinsend blies Ricky den Rauch in die Luft. «Wir haben ihn unterschätzt. Aber so ist das halt. Du kannst alt werden wie 'ne Kuh und lernst immer noch dazu.»

«Kühe werden gar nicht so alt, weil ihnen selten die Flucht vom Schlachthof gelingt. Sie verenden jung und sehr qualvoll, kurz bevor sie auf dem Grill und auf dem Teller landen. Aber lassen wir das. Was machen wir jetzt die nächste halbe Stunde?»

«Wir ziehen das jetzt auch durch. Hier musst du dir echt keine Sorgen wegen Zwangsprostitution machen. Die Mädchen sind alle deutschsprachig und verdienen sich eine goldene Nase, deswegen machen sie das. Gefällt dir eine von ihnen?»

Suchend sah sich Danny um. «Eigentlich nicht. Aber das muss es auch nicht. Ich will sie ja nicht heiraten.»

«Das heißt, du machst mit?»

«Yeah. Warum nicht? Eine bessere Gelegenheit gibt es für mich nicht. Hier kann ich ehrlich sein, und auf die große Liebe hoff ich eh nicht mehr.»

Bevor Ricky etwas sagen und seinem Freund widersprechen konnte, war Danny bereits aufgestanden. Er wollte nicht jammern und sich auch nicht über seine Probleme unterhalten, sondern ihm lediglich die Beweggründe für seine Entscheidung nennen. Ricky musste nichts anderes tun, als das zur Kenntnis zu nehmen und es zu respektieren. Also stand er ebenfalls auf.

«Ich nehme die beiden da vorne. So, wie ich uns kenne, machen wir das bestimmt kein zweites Mal, also werde ich die Gelegenheit nutzen, etwas zu tun, wozu man sonst eher nicht die Möglichkeit hat.»

«Alles klar.» Danny deutete auf ein dunkelhaariges Mädchen in kniehohen Stiefeln und einem karierten Rock. «Ich gehe mal zu der da. Wir treffen uns später wieder hier.»

Ricky sah zu, wie sein Freund zu der jungen Frau hinüberging und sie ansprach. Danny stellte sich neben sie und schien etwas zu fragen. Sie nickte und strahlte ihn an, während sie ihm zuhörte. Plötzlich gefror ihr Lächeln auf den Lippen und erstarb.

Ricky hielt gespannt den Atem an.

Sag nicht nein, sag nicht nein, sag nicht nein. Wie ein Mantra wiederholte er seine Gedanken, als könne er das Mädchen so zu der gewünschten Entscheidung überreden. Ricky ließ hörbar die Luft aus seinem Mund entweichen, als er sah, wie sie wieder lächelte und Danny zunickte. Sie stellte ihr Sektglas auf den Tresen und hakte sich auf die gleiche Weise bei Danny ein, wie es zuvor ihre Kollegin bei Simon getan hatte. Dann verschwanden auch sie um die Ecke. Erleichtert drückte Ricky seine Kippe in den Aschenbecher und machte sich auf den Weg zu den beiden jungen Frauen, die er sich ausgewählt hatte.

Svenja deutete auf die Utensilien auf dem Tisch vor sich. Mehrere große Papierbögen, ein Bindfaden, zwei Stöcke, eine Rolle Tesafilm, etwas Watte und ein rohes Ei.

«Wir machen heute eine Gruppenarbeit. Eure Aufgabe ist es, etwas zu bauen, um das Ei zu schützen. Ziel ist es, das Gebilde heute Mittag aus dem dritten Stock zu werfen. Gewonnen hat die Gruppe, deren Ei den Sturz heil übersteht. Ihr habt nur diese Materialien zur Verfügung. Fangt an.»

Svenja lehnte sich zurück und beobachtete ihre Gruppen. Die, auf die sie heute ihr besonderes Augenmerk legen wollte, bestand aus Patrick, Christina und Anja. Das eigentliche Ziel war natürlich nicht, das Ei unversehrt auf den Boden zu bekommen, sondern die Patienten zu analysieren. Wie war ihre Teamfähigkeit? Wer entpuppte sich als Anführer, wer war eher ein Mitläufer? Nahmen die Leute ihre Aufgabe ernst, oder versuchten sie nur, die Zeit herumzubekommen?

Schnell wurde klar, dass Anja ihre Zeit nur absaß. Während Christina und Patrick heftig diskutierten, was sie bauen sollten, fiel Anja in eine Art Trance und schien sich aus der Welt auszuklinken. Offenbar war sie noch nicht so weit, sich in diese Art Gruppentherapie einbringen zu können.

Patrick plädierte dafür, die Papierbögen zu Zylindern zu rollen und das Ei in die Mitte zu packen. Ein waagrechter und ein senkrechter Zylinder um das mit Watte verpackte Ei sollten seiner Meinung nach ausreichen, um den Aufprall abzufangen. Christina hingegen wollte den klassischen Fallschirm bauen und das Ei mit Hilfe von Fäden und einem Papierkörbchen daranhängen.

«Das ist Nonsens, Tina», erklärte Patrick. «Den Fallschirm wird es verwehen, und das Ei wird ohne Schutz unten aufprallen.

Gehen wir lieber gleich davon aus, dass es ungebremst fällt, und schützen es dementsprechend.»

«Du kannst es schützen, wie du willst», hielt sie dagegen. «Einen Aufprall aus dieser Höhe überlebt es nicht, wenn wir die Fallgeschwindigkeit nicht gedrosselt bekommen.»

Svenja registrierte mit Freude, dass die sonst so impulsive Christina in der Lage war, vernünftig zu argumentieren. Sorgfältig notierte sie sich alles in ihr Buch. Anja wollte sie für heute außer Acht lassen, und auch Patrick interessierte sie plötzlich nicht mehr. Es war Christina, deren Wandlung sie beeindruckte.

Wahnsinn, was aus ihr geworden ist.

Amüsiert stellte Svenja fest, dass aus den Papierbögen ein Fallschirm gebaut wurde. Patrick machte sich folgsam daran, einen Korb zu basteln und ihn mit Watte auszustopfen. Interessanterweise benutzten sie den Tesafilm nicht, um das Papier zusammenzukleben, sondern um das Ei zu umwickeln.

Sie wird es hinbekommen!

Damit meinte Svenja nicht die Aufgabe, das Ei unbeschadet auf den Boden fallen zu lassen, sondern Christinas Leben. Mit einem Mal war sie so zuversichtlich wie nie, dass dieses Mädchen eine echte Chance hatte. Wenn es da nur nicht den Verdacht gäbe, dass Christina sie einfach nicht an alles heranließ. Irgendwas bedrückte sie. Etwas, was ganz tief in ihr saß und sich nicht mal eben durch ein Gespräch an die Oberfläche transportieren ließ.

Wenn du das herausfindest, dann kannst du ihr wirklich helfen!

Nach einer Weile machte auch Anja den halbherzigen Versuch, sich an dem Experiment zu beteiligen, aber Patrick und Christina waren mittlerweile so aufeinander eingespielt, dass sie die Dritte im Team kaum wahrnahmen.

Kurz vor der Mittagspause gingen die Teams gemeinsam auf den Balkon und ließen nacheinander ihre Konstruktionen hinuntersegeln oder fallen. Die meisten Eier zerplatzten.

Christina lehnte sich über das Geländer, hielt den Fallschirm auseinander und ließ dann los. Patrick schwieg, als er sah, dass er recht behielt: Der Fallschirm wurde sofort verweht. Dennoch fiel das Ei deutlich langsamer nach unten, als es ohne Papierbogensegel der Fall gewesen wäre. Man konnte fast von einer Landung statt von einem Aufprall sprechen. Aufgeregt rannte Christina nach unten und packte das Ei aus.

«Es ist heil geblieben!», rief sie erfreut. Svenja staunte über so viel Euphorie. Die meisten Bewohner spielten das Spiel nur sehr lustlos und gelangweilt mit. Auch Patrick schien sich wirklich zu freuen. Begeistert pfiff er durch die Zähne.

«Du hast recht gehabt, Glückwunsch.»

«Du kannst zu ihr nach unten und gleich in die Pause gehen.» Svenjas Magen meldete Hunger an, und sie wollte vor dem Mittagessen noch schnell die Briefe lesen und gegebenenfalls abschicken. Die Hausaufgabe ihrer Patienten war gewesen, einen Brief an einen nahestehenden Verwandten zu schreiben, mit der Aufforderung, sich zu öffnen und aus dem eigenen Leben zu erzählen – und mit dem Hintergedanken, die Sucht für die Angehörigen greifbarer und verständlicher zu machen. Nur wenn die Leute die Probleme verstanden, konnten sie helfen. Svenjas Aufgabe war nun, die Briefe zu lesen und sie auf Wunsch der Verfasser an die jeweiligen Empfänger zu schicken. Sie blätterte die Umschläge kurz durch und schaute auf die Absender. Ihre Augen blieben an Christinas Brief hängen. Auf dem Umschlag stand nur «für meine Mutter», ohne die dazugehörige Adresse, was für Svenja bedeutete, dass sie ihn nicht absenden sollte.

Da sie nun schon den ganzen Vormittag mit dem Studium von Christina verbracht hatte, wollte sie auch mit ihrem Brief anfangen. Svenja öffnete den zugesteckten Umschlag und zog das Blatt Papier heraus. Vorsichtig faltete sie es auseinander und begann zu lesen:

Für meine liebe *Mutter*,
eigentlich möchte ich dich gar nicht *Mutter* nennen. Denn das bist du nicht. Aber du hättest es sein können, und um dir das zu verdeutlichen, werde ich diese Anrede benutzen. Irgendwie muss ich dich ja schließlich nennen. Und du sollst dich ja auch angesprochen fühlen. Denn ich möchte dich an etwas erinnern: an mein Leid und mein Elend. An meine Kindheit, die keine war. Danke dafür – MUTTER.

Kannst du dir schon denken, auf was ich hinausmöchte? Die ganzen Therapien haben nichts gebracht. Verdrängung funktioniert nur unter Einfluss von Drogen. Du bist also auch schuld an meinem Drogenproblem. Wie fühlst du dich dabei, wenn ich dir das sage? Es ist vollkommen egal, wie alt ich werde – es wird immer Situationen geben, in denen ich wieder sieben bin. Ab da war meine Kindheit vorbei.

Nun bin ich erwachsen – und ich darf reden. Ich muss nicht mehr schweigen, um die Schande zu verbergen und die Familie zu schützen. Ich darf aller Welt erzählen, was meiner Schwester und mir widerfahren ist und dass meine MUTTER Bescheid gewusst hat. Und ich werde es erzählen! WIR werden es erzählen. Denn ich bin nicht mehr allein. Es gibt viele von uns. Oh Gott, es gibt so viele!

Es darf nicht vergessen werden, was geschehen ist. Denn ICH werde es auch nie vergessen! Und DU sollst es nicht vergessen! Vergewaltigung, Mutter! Wir reden von Vergewaltigung! Denk da mal drüber nach!

Während du auf Shopping-Tour warst, hat dein verschissener Mann deine Töchter gevögelt. Wie findest du das, Mutter?

Sexueller Missbrauch. Klingt das gut für dich? Hat der Kaffee geschmeckt, den du mit deinen Freundinnen geschlürft hast? In der Zeit saßen deine Töchter nackt in Pose, damit dein Ehemann sie fotografieren konnte. Er hat Fotos für Freunde gemacht. Ein schöner Gedanke, nicht wahr, Mutter? Ich hoffe, du denkst daran. Jeden Tag. Beim Schuheanziehen. Und beim Kaffeetrinken. Denk daran, dass du mein Leben zerstört hast. Und dass Caroline deswegen vermutlich TOT ist. Wie fühlt sich das an, Mutter?

Vielleicht fragst du dich, warum ich DIR den Brief schicke. Und nicht dem Abschaum, der das getan hat. Ganz einfach: Er muss nicht daran erinnert werden. Er weiß, was er getan hat! Und du sollst es auch wissen! Wissen und niemals vergessen. Dass du versagt hast! Als MUTTER und als MENSCH! Du bist der noch größere Abschaum!

Und doch bist du meine Mutter. Du hast mich auf die Welt gebracht und mich großgezogen, bevor du dich von mir abgewandt hast. Solltest du mich wider Erwarten eines Tages in dein Haus lassen, dann werde ich auf dich zulaufen und dich anflehen, mir eine Chance zu geben und mich endlich als deine Tochter anzuerkennen!

Denn ich habe dich geliebt!
Tina

Svenjas Hals brannte vor Wut und Entsetzen, als sie den Brief wieder zusammenfaltete. Schlagartig wurde ihr einiges klar. Da war es, das fehlende Puzzleteil, nach dem sie so lange gesucht hatte. Nun konnte sie Christina endlich durchschauen und wusste, wo der Knackpunkt war.

Das ist der Durchbruch. Jeder Zweifel, das Mädchen nicht wieder in die Spur zu bekommen, war verschwunden.

* * *

Danny legte die Handflächen gegen die Wand und wartete, bis die Berührung kam. Kühle Hände strichen an seinen Seiten entlang und griffen ihm zwischen die Beine. Es kostete ihn alle Willensanstrengung, ruhig stehen zu bleiben und dem Typen hinter sich nicht auf die Nase zu schlagen. Stattdessen konzentrierte er sich auf seine Atmung und auf das scheußliche Blumenmuster der Tapete.

«In Ordnung», sagte der Sicherheitsbeamte. «Sie können sich wieder anziehen.» Danny schlüpfte in seine Sachen und folgte dem Mann aus dem Zimmer hinaus.

«Ich kenne den Weg, danke.» Noch im Laufen zog er sein T-Shirt wieder an und ging den schmalen Flur mit dem grünen Linoleum-Boden entlang zum Besucherraum. Schon von weitem sah er Christina an einem Tisch am Fenster sitzen. Sie lachte. Neben ihr saß ein gutaussehender, dunkelhaariger Typ und lachte ebenfalls. Für eine Sekunde überlegte Danny, wie er Christina begrüßen sollte. Er wollte nicht zu aufdringlich wirken, um keine Eifersucht aufkommen zu lassen. Möglicherweise bahnte sich zwischen den beiden etwas an.

Christina nahm ihm die Entscheidung ab. In dem Moment, als sie ihn sah, sprang sie auf und fiel ihm um den Hals.

«Danny», jauchzte sie und drückte ihm einen Kuss nach dem anderen auf die Wange. Dann ließ sie ihn los und drehte sich zu dem Typen um, der immer noch rittlings auf seinem Stuhl saß. «Das ist Danny», sagte sie zu ihm.

Der andere stand auf und reichte ihm die Hand. «Patrick», stellte er sich vor. «Ich hab schon viel von dir gehört.»

Danny schüttelte seine Hand und begutachtete Patrick. Er hatte ein freundliches und offenes Gesicht und strahlte eine angenehme Ruhe aus. Danny musterte ihn gründlich und beschloss auf Anhieb, ihn zu mögen. Intuitiv wusste er, dass Patrick hier vergeblich auf Besuch wartete. Während die anderen in diesem Raum immer wieder suchend zur Tür oder zum Fenster schauten, machte Patrick keine Anstalten dazu. Er war nur auf Christina fokussiert. Vermutlich fixte er schon viele Jahren und seine Familie hatte sich längst von ihm abgewandt. Das braune Hemd, das er trug, musste einmal sehr teuer gewesen sein, aber nun war es verwaschen, und niemand machte sich die Mühe, die Löcher darin zu flicken.

«Ich wollte mit Tina rausgehen», sagte Danny. «Magst du mitkommen?»

Patrick lächelte ihm zu. «Woher weißt du, dass ich keinen Besuch erwarte?»

Danny zuckte die Schulter. «Kommst du nun mit?»

Er überlegte kurz und schüttelte dann den Kopf. «Lieber nicht. Ich mag euch nicht stören. Geht ihr ruhig spazieren, ich bin auch später noch hier.»

Christina nahm Danny an der Hand und führte ihn hinaus in den Garten.

«Er ist nett», stellte Danny fest. «Ehrlich und aufrichtig. Und er mag dich sehr. Ist er dein Freund?»

«Nein.» Sie schüttelte den Kopf. «Ich habe ihm gesagt, dass du das bist.»

«Wieso? Magst du ihn nicht?»

«Doch, aber er hat ein Langzeit-Drogenproblem, von dem er nicht loskommt. Patrick wäre nicht der Richtige für mich.»

Lächelnd legte Danny seinen Arm um ihre Schultern und führte sie den gepflasterten Weg zwischen den Wiesen entlang. Die Blumen in den Beeten blühten in den verschiedensten Farben, und die Sonne schien hell und warm vom Himmel. Christinas Haut war fast weiß – sie kam wohl nicht viel nach draußen. Aber ihre Augen leuchteten, und ihre Haare glänzten. Sie hatte einige Kilo zugenommen und versprühte eine Energie, die Danny förmlich spüren konnte.

Sie ist auf dem richtigen Weg!

Stolz machte sich in ihm breit, als dieses Wissen ihn durchfloss.

«Nächste Woche darf ich einen Abend lang weg von hier», erzählte sie. «Kommst du und machst was mit mir?»

«Natürlich. Wir können ins Kino und was essen gehen.» Danny überlegte kurz und fügte dann hinzu: «Lass uns Patrick mitnehmen. Er ist sehr einsam.»

«Ich weiß.» Christina ließ seine Hand los. «Und du? Was hast du ohne mich so getrieben?»

«Das willst du gar nicht wissen!»

«Nun sag schon.»

Danny blieb stehen und verschränkte die Arme vor der Brust. «Ich bin im Puff gewesen.»

Für einen Moment war Christina sprachlos. Ihre Augen weiteten sich, dann fing sie an zu grinsen. Lachend klopfte sie ihm mit der flachen Hand auf die Brust. «Sehr gut gemacht, Danny! So ist's richtig! Man lebt schließlich nur einmal!»

Skeptisch hob er eine Augenbraue und sah sie fragend an. «Du bist gar nicht sauer?»

Spätestens jetzt war sie wirklich verblüfft. «Wieso sollte ich sauer sein, wenn du Spaß hast? Du brauchst doch mir gegenüber kein schlechtes Gewissen zu haben.»

«Na ja, aber du weißt, wie scheiße dieser Job ist.» Danny trat unruhig von einem Fuß auf den anderen. «Ich finde, so was sollte man nicht unterstützen. Ich denke dabei an dich. Die Frauen sind doch genauso verzweifelt, wie du es warst. Deswegen rutschen sie in dieses Milieu, und wenn es solche Typen wie mich nicht gäbe, dann gäbe es auch diese Branche nicht, und …»

Mädchen wie du müssten diese Dinge nicht machen!

«Hör auf, Danny!» Christina wurde wütend. Richtig wütend. «Was soll das? Du bist doch nicht die Heilsarmee. Niemand verlangt von dir, die Welt zu retten! Dann hast du halt mal was Unmoralisches getan, und jetzt?»

«Ich fühle mich nicht gut dabei.»

«Ich sag dir was», sie hakte sich bei ihm ein, genau so, wie es das Mädchen im Bordell getan hatte, «bei welcher Nutte du auch immer gelandet bist, sie war froh, dass du da warst. Glaub mir. Neunzig Prozent der Kunden sind nämlich alte, hässliche Männer mit dicken Bäuchen. Sie wird sich einen Wolf freuen, wenn du wiederkommst!»

«Sie meinte, ich solle wiederkommen, aber das sagt sie bestimmt zu jedem.»

«*Ich* hab das nicht zu jedem gesagt.» Christina blieb stehen, um ihn anzuschauen. «Gehst du wieder hin? Hat es dir gefallen?»

«Ehrlich gesagt, nein.» Danny wich ihrem neugierigen Blick aus und schaute auf den Boden. «Es war nicht so, wie ich es mir vorgestellt habe.»

«Nein?» Sie schien enttäuscht. «Weswegen?»

Er zuckte die Achseln. «Ich dachte, wenn ich vorher sage, was ich will beziehungsweise was ich nicht will, dann hab ich auch mal die Möglichkeit, unbefangen zu sein und etwas auszuprobieren …»

«… ohne Sorge haben zu müssen, angefasst zu werden», vollendete sie seinen Satz. «Hat das nicht geklappt?»

«Doch schon, aber schön war es nicht. Es war viel zu abgesprochen und technisch. Lieblos, fast schon kalt.» Erneut zuckte er die Achseln. «Ich brauch das echt nicht. Da kann ich mir gleich einen Porno anschauen. Das hat dann sogar noch mehr Gefühl.»

«Hm.» Christina steuerte eine Parkbank an. «Brauchst du welche von meinen? Hab sie mir mal gekauft, um zu verstehen, was Männer dran finden. Du kannst sie kriegen.»

«Hab selbst genug», sagte er knapp. «Aber ich nehme sie gerne. Ich schau mir alles an.»

«Alles?», hakte sie nach. Sie setzte sich auf die Lehne der Parkbank und stellte ihre Handtasche auf den Schoß. «Hast du dir jemals Gewaltszenen angeschaut? Weil du verstehen wolltest, was andere daran finden?»

Danny überlegte kurz und entschied sich dann für die Wahrheit. «Ja, das hab ich früher tatsächlich des Öfteren getan. Aber es hat mir nichts gebracht. Ich verstehe es trotzdem nicht und kann dem auch nichts abgewinnen.»

Christina zog zwei Kaugummis aus der Handtasche und reichte Danny einen davon. Sie wickelte ihren aus, kaute nachdenklich darauf herum, machte eine Blase und ließ sie platzen. «Wir müssen akzeptieren, nicht alles zu verstehen.»

«Die hatten ein Krankenhauszimmer im Puff.» Danny musste unwillkürlich lachen, als er daran dachte. «So was geht mir echt nicht runter.»

«Das schockiert dich?» Sie stimmte herzhaft in sein Lachen mit ein. «Soll ich dir mal erzählen, was wirklich schräg ist? Ich hatte früher einen Stammkunden, der wollte sich immer vorstellen, dass ich eine fünf Meter große Frau bin. Und ein anderer mochte den Gedanken, Pampers zu tragen, während er auf mich wartete …»

Augenblicklich fiel Danny der Wickelraum wieder ein. Er bekam einen so heftigen Lachanfall, dass er nach hinten von der Bank kippte. «Hör auf», japste er. «Ich kann nicht mehr.»

Christina schaute über die Lehne zu ihm hinunter auf die Wiese. «Alles okay bei dir? Ich hab dir noch gar nicht von dem Typen erzählt, der das Geräusch von platzenden Insekten geil fand.»

Danny hielt sich den Bauch vor Lachen. «Hör auf! Ich schmeiß mich weg.»

«Pfff», machte Christina und setzte sich neben ihn ins Gras. «Schön, dass dich meine frühere Arbeit so amüsiert.»

Danny wischte sich die Tränen aus den Augen und ignorierte das Kopfschütteln der Leute, die an ihnen vorbeigingen. Immer noch lachend, stand er auf und streckte Christina die Hand hin. «Okay, ich bin fertig. Ich brauche jetzt dringend ein Eis. Komm, lass uns Patrick holen und ihn mitnehmen.»

JULI 1999

Ricky stieß Danny unter dem Tisch mit dem Knie an. «He», zischte er ihm zu. «Schau mal auf die Tanzfläche. Das Mädchen da beobachtet dich schon die ganze Zeit.»

«Hm», brummte Danny. «Schon gesehen.»

«Gefällt sie dir nicht?»

«Keine Ahnung. Ich will nicht noch mal rüberschauen. Nachher fasst sie es noch als Einladung auf und kommt her.»

«Wieso wäre das schlimm?» Ricky hob sein Bierglas und trank einen großen Schluck. «Du sagst immer, du findest in diesem Leben keine Freundin mehr, tust aber auch alles dafür, dass das so bleibt.»

«Yeah. Weil ich gar keine Freundin *will*!»

Danny drehte sich weg und lehnte sich dichter an die Theke. Ein paar Minuten später stieß jemand wie zufällig gegen seine Schulter. Ricky rutschte ein Stück zur Seite, um das Mädchen zwischen sie zu lassen.

«Hey», sagte sie zu Danny und fächelte sich mit den Händen Luft zu. «Puh. Heiß hier. Ich glaub, ich brauch 'nen Drink.»

«Da bist du hier richtig», gab Danny zurück. «Die verkaufen hier welche.»

Ricky seufzte und rollte die Augen gen Himmel. Er beugte sich ein Stück vor und fragte mit freundlichem Lächeln: «Darf ich der hübschen Dame vielleicht einen Drink spendieren?»

«Darfst du. Einen Bloody Mary, bitte. Aber das war's dann», sagte sie keck. «Mein Interesse gilt deinem Freund.»

Unschuldig hob Ricky die Arme in die Luft. «Ich hab nichts gesagt.» Er bestellte das gewünschte Getränk, während sich das Mädchen wieder Danny zuwandte.

«Du gefällst mir. Hast du eine Freundin?»

«Wieso? Brauchst du eine?»

Für eine Sekunde schien sie verblüfft, dann überspielte sie es mit einem herzlichen Lachen. «Idiot. Ich wollte wissen, ob du Single bist.»

«Ja.» Danny nickte knapp. «Meine Ex hat beim Auszug alle Möbel mitgenommen, aber egal, ich hab den Fernseher.»

«Okay, ich sehe schon, mit dir kann man sich nicht unterhalten.» Sie nahm das Glas, das Ricky ihr zuschob, und sah ihn fragend an. «Ist dein Freund immer so?»

«Nur um diese Jahreszeit bei Vollmond.» Er zuckte die Schultern. «Gib ihm kurz Zeit. Sobald der Himmel sich bewölkt, wird es besser.»

Entweder sie geht jetzt – oder sie findet es lustig.

Das Mädchen begann zu lachen. «Eigentlich bin ich auf der Suche nach einem kleinen Abenteuer …» Sie ließ ihren Satz unvollendet und zwinkerte Danny aufreizend zu.

«Magst du mit zu mir kommen?», fragte Danny.

Na also, geht doch. Insgeheim jubelte Ricky, bis Danny hinzufügte: «Ich habe Indiana Jones daheim. Können wir anschauen. Beinhaltet ganz viel Abenteuer.»

Wieder lachte das Mädchen. Ganz offensichtlich hatte sie nicht vor, sich ins Bockshorn jagen zu lassen. «Ich mag es, wenn Typen nicht sofort anspringen. Diese ganze Schleimerei nur, um ein Mädchen ins Bett zu bekommen, kotzt mich nämlich tierisch an.»

«Mich auch», erwiderte Danny und sah sie zum ersten Mal wirklich an. «Wie heißt du?»

«Kathi. Und du?»

«Danny. Was genau hast du mit mir vor?»

Kathi nahm noch einen Schluck aus ihrem Bloody Mary und stand auf. Sie legte eine Hand in Dannys Nacken und zog ihn zu sich heran. Aus dem zaghaften Berühren ihrer Lippen wurde ein inniger Zungenkuss. Erst nach mehreren Minuten löste sie sich wieder von ihm.

«Wow», machte Danny atemlos. «Ich verstehe.»

«Wirklich?» Kathi sah ihn herausfordernd an. «Ich würde sehr gern mit zu dir nach Hause kommen, aber Indiana Jones interessiert mich null.»

Fast hätte Ricky laut aufgelacht, als er Dannys verdutztes Gesicht sah. Es war einer der seltenen und deswegen so kostbaren Momente, in denen sein bester Freund komplett sprachlos war.

Ricky setzte sich in Bewegung, trat zwischen Danny und Kathi und klopfte auf das Holz der Theke. «Zeit für mich zu gehen», sagte er. «Ich fahre mit dem Taxi heim.»

«Ich kann dich mitnehmen …», setzte Danny an.

«Nicht nötig.» Für Kathi unsichtbar, griff Ricky in seine Hosentasche und zog ein kleines, schwarzes Folienpäckchen hervor. Er legte seine Hand zum Abschied auf Dannys Schulter und schob ihm dabei heimlich das Kondom in den Kragen seines Pullovers. «Viel Spaß euch beiden.»

Ricky bemerkte noch den ungläubigen Blick seines Freundes, als dieser das Kondom aus seinem Pullover holte und es in die Hosentasche steckte. Dann verließ Ricky eilig den Club.

* * *

Kathi drückte die Wohnungstür mit der Ferse ins Schloss und stand mit Danny im Flur seiner Wohnung. In einem schmalen, weiß gefliesten Korridor, in dem sich nichts außer einem geschwungenen Spiegel und einer dunklen Kommode befand. Ihr Herz pochte verräterisch laut, und all ihre Nervenenden schienen zu kribbeln.

Es war nicht das erste Mal, dass sie einen Kerl ganz direkt anbaggerte und ihn noch am selben Abend nach Hause begleitete. Mit Danny war es allerdings irgendwie anders, und nun fühlte sie sich ein bisschen gehemmt, fast eingeschüchtert. Auf der Fahrt hierher war sie immer nervöser geworden. Vielleicht lag es daran, dass sie sich noch nicht berührt hatten. Nur ein Kuss in diesem Club. Zugegeben, ein verflucht erregender Kuss, aber es war trotzdem nicht mehr gewesen.

Danny drehte sich zu ihr um. Himmel, seine Augen waren so blau. Viel blauer, als Kathi sie im schummrigen Licht des Clubs wahrgenommen hatte. Blau und glitzernd. Es war, als wären eine Million Diamantensplitter in ihnen vergraben. Er ließ seinen Blick an ihr hinabgleiten, betrachtete das lange, dunkle Haar, das tiefausgeschnittene Dekolleté, die nackten Beine. Er weckte den Wunsch in ihr, ihr kurzes Kleid etwas tiefer zu ziehen, und gleichzeitig wollte sie, dass er es ihr vom Körper riss. Ihr Atem wurde ganz unruhig.

«Kathi …», sagte er mit einem seltsamen Klang in der Stimme und kam einen Schritt näher. So nah, dass sie ihn berühren konnte. Und sie wollte ihn berühren. Als er mit den Fingerspitzen ihr Haar anhob und es ihr fast zärtlich über die Schulter streifte, konnte sie sich nicht länger zurückhalten. Sie legte ihre Hände auf seine Hüften und lehnte sich seinem athletischen Körper entgegen.

Sie spürte einen Ruck, der durch Dannys Brust ging, fühlte, wie sich seine Muskeln versteiften. Für einen Herzschlag schloss er die Augen, verwehrte ihr den Blick in das faszinierende, schillernde Blau. Doch bevor sie darüber nachdenken konnte, ob sie etwas falsch gemacht hatte, wand er sich aus ihrem Griff und umschloss ihre Handgelenke mit seinen Fingern. Er schubste sie, ohne sie loszulassen, nach hinten und drückte sie forsch gegen die Wand.

Noch nie im Leben war ihr ein Mann so impulsiv begegnet. Mit einer rauen Bewegung streckte er ihr die Arme nach oben und hielt ihr die Hände über dem Kopf zusammen, während er sie mit einem heißen Kuss verführte. Heißer als der in dem Club.

Kathis Finger ballten sich unwillkürlich in seinem Griff zusammen, als er ihr ein Knie zwischen die Schenkel schob und es anhob.

«Willst du?», flüsterte Danny. Er ließ ihre Handgelenke los, strich fest ihre Hüften hinab, und ihr wurde schwummrig, als sie seine Finger an ihren Schenkeln spürte.

«Ja, aber sollen wir nicht in dein Schlafzimmer gehen?», fragte sie und streckte eine Hand nach ihm aus. Sie wollte sie ihm auf die Brust legen, mit den Fingern die Muskeln berühren, die sich unter dem Stoff seines T-Shirts abmalten.

«Nicht anfassen», sagte er unwirsch, und jede Silbe davon ging ihr bis ins Mark. Er klang so warnend, dass sie ihre Hand instinktiv zurückzog.

«Ich möchte dich ausziehen», hauchte sie.

«Nein. Meine Wohnung, meine Regeln.» Ein winziges Lächeln stahl sich in seine Mundwinkel, machte seinen Gesichtsausdruck weich und besänftigte sie.

Kathi biss sich auf die Ecke ihrer Unterlippe. Dannys Finger fanden den Weg unter ihr Kleid. Er schob ihr das Höschen nach unten, bis es von den Knien abwärts von allein auf den Boden rutschte. Seinen Blick, der plötzlich dunkler war, hatte er unverwandt in ihre Augen gerichtet.

Was? Hier im Flur?

Sie war überrascht und nicht sicher, ob sie das mochte. In ihrer Vorstellung waren sie in sein Bett gefallen, hatten sich überall berührt, sich geküsst, zärtlich ineinandergefunden.

Danny zog eine Kondompackung aus seiner Jeanstasche.

Er schien ihr Zögern zu spüren.

«Wir können auch aufhören.» Seine Stimme war sanft, und er machte Anstalten, sich von ihr zu lösen.

Entschlossen öffnete Kathi den Mund und flüsterte: «Nein, mach weiter.»

Sie fühlte sich wie ein an die Wand gestelltes Beutetier. Siegessicher sah der Jäger in ihre Augen. Es war völlig verrückt, aber gleichzeitig das Erotischste, was sie jemals erlebt hatte. Dieser fremde Kerl war so distanziert in seiner Art und ihr ebenso nah …

Es kostete sie eine Heidenanstrengung, ihre Hände bei sich zu behalten. Sie grub ihre rot lackierten Fingernägel in ihre eigenen Handflächen, um die Gefühle auszuhalten, die er in ihr auslöste.

Gott, sie wünschte sich, *ihm* die Nägel in die Haut zu drücken.

Danny zog Kathi von der Wand weg. Am ausgestreckten Arm schob er sie in einen Türrahmen. Im Zimmer dahinter war es dunkel, und auf der Schwelle zwischen Schatten und Licht wirkten seine Augen wieder sanft.

«Sag mir, wenn irgendwas ist.» Er nahm ihre Hände in seine und führte sie zurück über ihren Kopf. Mit einer Hand hielt er sie fest, während er die andere auf ihre Hüfte legte und sie von dort aus auf ihren Hintern rutschen ließ. Er zog ihr Kleid nach oben und hob sie hoch.

Kathi versuchte, mehr Halt zu finden, sein fester Griff tat an ihren Gelenken weh, während sein Körper sie an den Türrahmen heftete. Deswegen stützte sie sich mit einem Fuß hinter ihm ab. Obwohl er angeboten hatte, zu sagen, wenn etwas nicht stimmte, fühlte sie sich plötzlich übergangen. So lieblos und ruppig war es in ihrer Phantasie nicht zugegangen. Und dennoch bestand ihr Körper nur noch aus heißer Lust, die sich wie ein Waldbrand ausbreitete.

Kathi wollte sich ebenfalls bewegen, aber er hatte die volle Kontrolle. Sie bekam keine Chance, auch nur einen Teil davon an sich zu nehmen. Erst als Danny sie zurück auf die Füße stellte, wurde ihr Verstand wieder klarer.

«Alles okay?», fragte Danny und löste sich von ihr. Im ersten Moment dachte sie, ihr würden die Knie wegbrechen.

Sie nickte und blinzelte mehrfach. Er ließ ihre Handgelenke los und wandte sich um.

Kathi lehnte sich gegen den Türrahmen und nahm den Kopf in den Nacken. Jede Zelle von ihr war durcheinandergewirbelt. Sie fühlte sich gut und gleichzeitig verwirrt, wusste nicht, wie sie das, was geschehen war, deuten sollte. Einerseits hatte sie bekommen, was sie wollte, und andererseits war es doch ganz anders gewesen.

Danny verschwand in einem Zimmer. Als er zurückkam, hielt er ein Handy in der Hand.

«Ich werde dir jetzt ein Taxi rufen», sagte er kühl. «Wenn du magst, kannst du noch bei mir duschen.»

Kathi brauchte einen Moment, um zu begreifen, was er da gerade gesagt hatte. Sie zog peinlich berührt ihr Kleid nach unten und starrte ihn entsetzt an.

«Ist das dein Ernst?»

Oh Gott, der Kerl ist ein Arschloch.

Das größte, das ihr je über den Weg gelaufen war. Eigentlich hätte sie sich das denken können. Ihr kamen eine Million Beleidigungen in den Sinn, und Wut machte sich in ihrem Bauch breit. Aber was genau hatte sie eigentlich erwartet? Vom ersten Moment an hatte er vehement versucht, sie abblitzen zu lassen.

Danny sprach seelenruhig in sein Handy und sah sie dabei fast besorgt an.

«Der Wagen sollte in zwanzig Minuten hier sein. Ich leg dir das Geld für die Fahrt aufs Waschbecken. Dazu ein frisches Handtuch.»

Kathi stieß sich vom Türrahmen ab und ging in das angrenzende Badezimmer. «Danke.» Sie lief geradewegs an ihm vorbei und hob auf dem Weg wütend ihren Slip vom Boden auf.

«He», sagte er, als sie schon die Tür schließen wollte. «Warum bist du sauer? Das Ganze ist doch deine Idee gewesen.»

«Passt schon.» Sie verzog das Gesicht und presste die Lippen hart aufeinander. Ihre Finger kribbelten, so gern hätte sie ihm eine Ohrfeige verpasst. Aber sie nahm sich zusammen und schluckte sogar die scharfen Beleidigungen hinunter, die ihr durch den Kopf schwirrten, denn der Wunsch, ihn unbedingt wiederzusehen, flammte siedend heiß in ihr auf.

Du hast ihn angemacht! Und er hat dich mitgenommen, obwohl er ursprünglich überhaupt kein Interesse hatte!

«Komm gut nach Hause.» Er wollte im Wohnzimmer verschwinden.

«Danny?», rief sie ihm nach.

Er schaute über seine Schulter zurück.

«Darf ich dich anrufen?»

«Im Flur liegt eine Liste. Trag dich einfach ein.»

Arschloch ist noch untertrieben!

Sie verschwand unter der Dusche, um sich etwas zu erfrischen. Bevor sie das Badezimmer verließ, nahm sie ihren Lippenstift und schrieb ihre Telefonnummer auf den Spiegel.

Wirf dich ihm an den Hals, Flittchen, dachte sie verächtlich. Es war ihr egal. Trotzig schrieb sie noch ein «Melde dich, bitte!» dazu und verließ erhobenen Hauptes die Wohnung.

* * *

Danny sprühte mit dem Glasreiniger auf die roten Zahlen. Fünf Tage lang hatten sie ihm jeden Morgen und jeden Abend beim Zähneputzen einen stillen Vorwurf gemacht. Nun, als er sich endlich entschlossen hatte, sie wegzuwischen, kannte er sie bereits auswendig. Die Hoffnung, dass sein schlechtes Gewissen mit den verstreichenden Tagen weniger werden würde, schien sich nicht zu bewahrheiten.

Verdammt, Danny. Sie hat sich dir an den Hals geworfen! Du bist nicht verpflichtet, sie anzurufen.

Im Grunde war ihm das klar, und dennoch kamen seine Gedanken nicht von ihr los. Nicht etwa, weil er sie vermisste oder weil er das Geschehene zwischen ihnen gerne wiederholt hätte, sondern weil er sich schuldig fühlte. Obwohl er wusste, dass sein Handeln dumm und leichtsinnig gewesen war und er sich Hunderte Male geschworen hatte, die Finger von Frauen zu lassen, war er mit Kathi im Bett gelandet. Oder besser gesagt im Türrahmen.

Du musst echt an deiner Selbstbeherrschung arbeiten.

Danny verließ das Bad und ging Richtung Schlafzimmer. Kurz blieb er stehen und öffnete die Tür zu Christinas Zimmer, um hineinzuschauen. Mit einem Schlag fehlte sie ihm wahnsinnig. Gerne hätte er sie jetzt bei sich gehabt und um Rat gefragt.

War es richtig, Kathi anzurufen? Oder richtiger, sie nicht anzurufen?

Er setzte sich auf Christinas Bett und schloss die Augen, um besser nachdenken zu können.

Scheiße, Danny, du bist nicht die Heilsarmee!

Verwirrt riss er die Augen wieder auf und schüttelte den Kopf, um den Gedanken zu vertreiben, der nicht seiner gewesen war.

Christina hatte recht: Weder war er die Heilsarmee, noch bestand seine Aufgabe darin, die Welt zu retten. Zumal sie eh nicht mehr zu retten war.

Nicht, solange es in Bordellen Krankenhauszimmer gibt.

Er musste dringend aus ihrem Zimmer hinaus. Die Verbundenheit, die er ohnehin zu ihr spürte, war hier am größten – und sie ängstigte ihn. Hier waren ihre Sachen, alles roch nach ihr, und es fühlte sich an, als würde sie direkt hinter ihm stehen.

Ein Schauer lief ihm über den Rücken. Noch nie in seinem Leben hatte er sich einem anderen Menschen so nahe gefühlt. Christina war in seinem Kopf, in seinen Gedanken und in seinem Herzen. Längst war sie ein Teil von ihm geworden, und obwohl

Danny jede Art von Spiritualität erst mal als Humbug abtat, kam ihm langsam, aber sicher der Verdacht, dass Christina seine Seelenverwandte war. Wieder einmal wurde ihm bewusst, dass er nur leben konnte, wenn sie lebte, und er hoffte inständig, dass es andersherum nicht genauso war.

Ein Anflug von Trotz breitete sich in ihm aus. Entschlossen stand er auf, ging zum Telefon und wählte jene Nummer, die sich in sein Gedächtnis eingebrannt hatte.

Es klingelte endlos, bevor Kathi sich meldete.

«Kathi?», sagte Danny anstelle einer Begrüßung. «Ich hoffe, ich hab dich nicht geweckt. Ich weiß, es ist spät!»

«Danny?» Ihre Stimme klang freudig überrascht. Dann räusperte sie sich, und es entstand eine kurze Pause, bevor sie in neutralem Ton fortfuhr: «Ja, es ist spät. Was willst du?»

Danny gab sich keine Mühe, sein Lächeln zu unterdrücken, als ihm bewusst wurde, wie bestrebt Kathi war, ihre wahren Gefühle vor ihm zu verstecken.

«Was machst du am Wochenende? Wenn du magst, können wir was trinken gehen.»

«Reden wir wirklich von etwas trinken gehen? Oder reden wir von Sex?» Sie schien sich wieder perfekt im Griff zu haben.

«Was immer du möchtest. Wir können auch wirklich nur was trinken gehen …»

«Treffen wir uns wieder in demselben Club wie das letzte Mal? An der Theke? Freitagabend um zehn? Anschließend können wir gerne zur Abwechslung zu mir gehen.»

«In Ordnung», willigte Danny ein und legte seufzend auf. Es war ein Fehler gewesen, sie anzurufen.

* * *

Der Abend war überraschend nett. Eigentlich hatte Danny vorgehabt, mit der Tür ins Haus zu fallen und Kathi gleich zu sagen, dass von seiner Seite aus null Interesse an einer Beziehung bestand. Nun stellte er fest, dass das unnötig war. Kathi schien das ganz ähnlich zu sehen. Die typischen Kennenlerngespräche interessierten sie nicht, und sie stellte ihm keine einzige Frage. Seine Person schien ihr vollkommen gleichgültig zu sein, und Danny überlegte, ob das nun gut oder schlecht war. Möglicherweise wäre sie genau deswegen die richtige Partnerin für ihn.

Was hast du von einer Freundin, die dich gar nicht kennenlernen will?

Sie führten ein paar belanglose Gespräche über den Club, in dem sie saßen, und Danny erzählte, dass er eine Mitbewohnerin hatte. Kathi war ihm gegenüber so distanziert und unterkühlt, dass er es für das Beste hielt, ihr das sofort zu sagen. Noch war ihr das vollkommen egal. In ein paar Wochen, wenn sie dann möglicherweise doch sehr an ihm hing, konnte das ganz anders aussehen. Vorausgesetzt, sie hatten dann überhaupt noch Kontakt miteinander. Aktuell konnte sich Danny nicht vorstellen, wo das mit ihnen beiden hinführen sollte.

Kathi stand auf und trank ihr Glas leer. «Zu mir, wie geplant? Oder doch zu dir?»

«Vollkommen egal.» Danny stand ebenfalls auf und ließ ihr den Vortritt, als sie auf den Parkplatz traten. «Entscheide du.»

«Fahren wir zu mir. Dann werde ich wenigstens nicht rausgeworfen.»

Danny biss sich auf die Lippe und schwieg. Wenn er sie nicht rauswerfen konnte, so würde er eben verschwinden.

SEPTEMBER 1999

Christina wartete im Auto, bis Danny aus dem Gebäude der Entzugsklinik kam. Ihr Gepäck war bereits im Kofferraum verstaut, und sie war fertig zur Abreise, aber Svenja hatte noch kurz etwas mit Danny besprechen wollen.

Jetzt stieg er ein, lehnte sich zu ihr hinüber und nahm sie in den Arm.

«Endlich kommst du nach Hause», flüsterte er ihr ins Ohr. «Es war so einsam ohne dich.»

Mit geschlossenen Augen drückte sie ihr Gesicht in die Kuhle an seinem Hals und atmete tief ein. Der Geruch eines fremden Parfüms schlug ihr entgegen. Blumig und eindringlich. Eindeutig ein Frauenparfüm.

«Einsam, ja?», fragte sie. Mit betont böser Miene starrte sie ihn an, bemüht, sich ihre Belustigung nicht anmerken zu lassen.

«Ähm, ja.»

«Wo bist du gewesen, bevor du hier hergefahren bist?»

Danny kniff ein Auge zusammen und legte den Kopf schräg. «Ist das ein Verhör?»

«Ich rieche, dass du zumindest heute nicht einsam warst!» Amüsiert beobachtete sie, wie er den Stoff seines T-Shirts anhob und ausgiebig daran schnüffelte.

«Du *riechst* das?», fragte er ungläubig.

«Ja. Sag ihr einen Gruß von mir. Gutes Parfüm. Vielleicht ein bisschen zu schwer für den Spätsommer.» Sie grinste ihn an. «Du kannst den Mund wieder zumachen und losfahren. Seid ihr schon lange zusammen?»

Sichtlich verwirrt legte er den Gang ein und startete den Motor, fuhr aber nicht los. «Sie ist nicht meine Freundin», sagte er schließlich. «Wir treffen uns nur ab und zu.»

«Aha. Du meinst, ihr vögelt nur miteinander?»

Er schnalzte vorwurfsvoll mit der Zunge. «Ich hätte jetzt versucht, das ein bisschen gewählter auszudrücken, aber im Prinzip hast du recht, ja.»

«Warum seid ihr nicht richtig zusammen?»

Danny zuckte die Achseln. «Ich will und brauche keine Freundin. Tina, ich hab dir das deswegen noch nicht erzählt, weil es komplett irrelevant ist. Wir treffen uns maximal einmal die Woche für zwei Stunden, und das war's dann. Ich kann jederzeit damit aufhören!»

«Du sollst nicht damit aufhören. Du sollst es vertiefen. Magst du sie nicht?»

«Ein wenig.»

«Du magst sie also. Sehr schön. Warum versuchst du es dann nicht …»

«Tina, mal was anderes.» Er fixierte sie und sah sie eindringlich an, wie immer, wenn er ihr etwas Wichtiges mitteilen wollte.

«Was denn?»

«Svenja hat mir gesagt, sie möchte, dass du im nächsten Jahr noch mal wiederkommst. Sie wollen eine Art Eingliederungsprogramm mit dir machen. Bewerbungen schreiben, Job suchen und eben die ganze Therapie noch mal festigen.»

«Ja, das weiß ich.» Sie erkannte die Sorge in seinem Blick. «Ich werde hingehen! Mir passt es überhaupt nicht, und ich habe tierische Angst davor, aber ich werde hingehen und es zumindest versuchen.»

«Danke.» Danny griff nach ihrer Hand. «Ich komme mit.»

«Was?» Überrascht schlug sie die Hand vor den Mund. «Ehrlich? Wie das?»

«Ich hab mich gerade eben als deine Begleitperson angemeldet. Geplant sind acht Wochen.»

«Oh, Danny! Danke!»

Er nickte knapp, zog seine Hand zurück und fuhr auf die

Straße. «Ich möchte selbst auch ein Therapieangebot von denen in Anspruch nehmen.» Danny seufzte. «Ich hab durch Kathi gemerkt, dass ich da echt noch einiges aufzuarbeiten habe.»

«Verstehe.»

Eine Weile schwiegen sie. Die Autobahn war leer, und sie kamen gut voran. Nachdenklich öffnete Christina das Handschuhfach und schaute hinein. Grinsend zog sie ein Päckchen Kondome heraus und hielt es Danny erwartungsvoll unter die Nase.

«Was?», fragte er. «Hast du so was noch nie gesehen?»

«Doch, aber nicht in deinem Auto.»

Sie stellte fest, dass die Packung noch verschlossen war, und öffnete sie. Mit spitzen Fingern holte sie ein Folienpäckchen heraus und riss es auf. Danny schielte skeptisch zu ihr hinüber, sagte aber nichts.

Christina öffnete die Fensterscheibe, hielt das Kondom hinaus und zog es mit beiden Händen auseinander. Es dauerte eine Weile, bis der Wind hineinfuhr und es aufblies. Ein paar Sekunden wehte es wie eine Ballon-Fahne neben dem Auto her, dann zerriss es. Sie wiederholte den Vorgang mit dem nächsten Kondom.

Aus den Augenwinkeln sah sie Dannys Kopfschütteln und wusste, dass er in dem Moment die Augen verdrehte.

«Was denn?», fragte sie gut gelaunt, als auch das nächste Kondom in Fetzen durch die Luft flog.

«Och nichts», sagte Danny. «Mach nur weiter. Allein aus diesem Grund sind sie ja da.»

«Dann ist ja gut.» Christina steckte die restlichen Folienpäckchen aber wieder in die Packung und verstaute sie im Handschuhfach. Sie lehnte sich im Sitz zurück und schloss die Augen. Noch eine knappe Stunde Fahrt, und sie war endlich wieder daheim.

Ungeduldig rannte sie bereits ins Wohnzimmer, während Danny das Gepäck in ihr Zimmer räumte. Noch im Laufen zog sie sich die hochhackigen Sandaletten von den Füßen und sprang auf die Couch. Wie auf einem Trampolin hüpfte sie auf und ab. Sie schleuderte Danny ein Kissen entgegen, als er ins Wohnzimmer trat. Er fing es mühelos im Flug und warf es zurück.

«Kissenschlacht», jauchzte sie, sprang vom Sofa und rannte ins Schlafzimmer, um sich dort ein Federkissen zu organisieren. Kaum hatte sie es in den Fingern, hielt sie kurz inne und roch ausgiebig daran.

Danny lehnte im Türrahmen und beobachtete sie. «Sie ist nie in meinem Bett gewesen», erklärte er.

«Nein?», machte Christina enttäuscht.

«Nein. Nicht eine Minute.»

«Wo habt ihr denn dann miteinander geschlafen?»

Er hob die Hand und zeigte mit dem Daumen über seine Schulter in den Flur. «Türen. Boden. Küchentisch.»

«Natürlich.» Christina nickte verständnisvoll. «Die typischen Orte eben.»

«Ich kann sie ja kaum mit ins Bett nehmen und dann abends wieder mit dir drin schlafen.»

«Wieso nicht?»

Er zuckte die Schultern.

«Kriegsrat!», bestimmte sie und machte es sich im Schneidersitz auf dem Boden gemütlich. Danny löste sich vom Türrahmen und setzte sich neben sie.

«Na schön. Leg los.»

«Du solltest versuchen, mit ihr zusammenzukommen. Nimm keine Rücksicht auf mich.»

«Sie weiß, dass du hier wohnst. Ich habe es ihr gesagt, und es ist ihr egal.»

«Sehr gut.» Christina nickte zufrieden. «Versuch es doch einfach mal mit einer Beziehung. Ich kenne dich, Danny, und mir ist klar, dass du das möchtest.»

Er knabberte auf seinem Daumen herum. «Was soll ich ihr über mich sagen? Die Wahrheit?»

«Nein», entschied sie. «Sag ihr nichts.»

«Das kann ich nicht.»

Danny starrte eine Weile schweigend seine Finger an, bevor er eine Entscheidung fällte: «Ich bring sie morgen hierher. Erst werde ich euch miteinander bekannt machen, und dann werde ich ihr die Wahrheit sagen. Und wenn sie bleibt, kann ich es ja mal mit einer Beziehung versuchen.»

* * *

Kathi lehnte sich im Sitz zurück und betrachtete Dannys Profil, während er den BMW auf die linke Fahrspur zog. Er wirkte heute ernster als sonst, auf seinen Lippen lag kein Lächeln, und sie fragte sich, ob der Grund dafür seine Mitbewohnerin war.

Er will sie mir vorstellen.

Der Gedanke war aufregend, und es fühlte sich verdammt offiziell an. Nicht dass sie etwas dagegen gehabt hätte, die Sache zwischen ihnen offizieller zu machen. Allerdings hatte er bisher nicht den Eindruck vermittelt, als wollte er ihre Beziehung vertiefen. Sie schliefen miteinander. Punkt. Das war schon alles. Aber vielleicht erwiderte er ja doch ihre Gefühle? Gefühle, von denen er nichts wusste, weil sie sich nicht traute, sie auszusprechen. Kathi wollte ihn nicht vergraulen. Und … sie wurde nicht schlau aus ihm. Deshalb schluckte sie ein Seufzen hinunter und gab sich weiterhin lässig.

«Du bist heute so still», sagte er, ohne den Blick von der Fahrbahn zu nehmen.

«Vielleicht bin ich ja nervös», entgegnete sie. Ihre Worte ließen seine Mundwinkel nach unten gehen. Er kannte sie inzwischen ein bisschen und wusste, dass sie nicht so schnell aus der Ruhe zu bringen war. Dass seine Laune schlechter als gewöhnlich schien, machte sie noch nervöser.

Ist ihm seine Mitbewohnerin so wichtig?

«Sollen wir irgendwo einen Zwischenstopp machen und noch etwas essen? Ich hab schon wieder Hunger.» Danny hielt an einer Ampel an.

Kathi entging nicht, dass sie bereits auf der Abbiegespur standen. Der Imbiss lag nur zwei Straßen weiter, während sie zu Dannys Wohnung geradeaus hätten fahren müssen. «Versuchst du, dich zu drücken?»

«Wovor?»

Endlich drehte er den Kopf in ihre Richtung. An das ungewöhnlich tiefe Blau seiner Augen würde sie sich nie gewöhnen. Sie konnte kaum denken, wenn er sie ansah. Sie konnte nur fühlen, wie ihr das Blut in die Wangen stieg und auch andere Körperregionen ziemlich warm wurden. Deswegen setzte sie sich ein wenig gerader hin, um nicht den Eindruck zu vermitteln, sie würde allein durch seine Nähe zerfließen.

«Du wolltest mir deine Mitbewohnerin vorstellen», brachte Kathi hervor.

«Ja, das wollte ich. Aber jetzt will ich essen. Hast du auch Hunger?» Er betonte das letzte Wort, spielte damit, indem er es in die Länge zog.

Mistkerl.

Sie kam nicht umhin, an eine ganz andere Form von Hunger denken zu müssen. Erinnerungen stiegen auf, und sinnliche Bilder machten sich hinter ihrer Stirn breit. Sie hatten inzwischen sehr oft miteinander geschlafen. Kein Mensch würde ihr glauben, dass sie sich an jedes einzelne Mal erinnerte. Nein, nicht nur an jedes einzelne Mal, sondern an jeden einzelnen Kuss, den Danny auf ihrer Haut platziert hatte. Sie konnte seinen Mund noch an ihrem Hals fühlen, auf ihrem Bauch, auf ihrem Schlüsselbein. Es war, als hätten seine Lippen für immer brennende Abdrücke auf ihr hinterlassen.

«Nennen wir es Appetit», flüsterte sie. «Und ich glaube, der ließe sich besser bei dir zu Hause stillen.»

Er griff nach ihrer Hand und streckte ihr die Finger, die sie unbewusst zusammengeballt hatte. Dann gab er ihr einen Kuss darauf. Er konnte zärtlich sein, wenn er wollte, allerdings ließ er selbst keinerlei Zärtlichkeit zu. Danny wollte nicht berührt werden. Sie hatte zweimal den Fehler gemacht, ihn darauf anzusprechen, und sich einen bösen Korb eingefangen. Danach war die Stimmung dahin gewesen und er irgendwie wütend.

«Hm», machte er und ließ seine Hand sinken, ohne die ihre loszulassen.

Sie mochte es, wenn er sie festhielt. Mochte es mehr, als für sie gut war. Er hatte ihr nie Versprechungen gemacht oder gesagt, dass mehr drin sein würde als ein gelegentliches Date. Trotzdem war da diese naive Hoffnung, er könnte sich auch ein bisschen in sie verliebt haben.

Die Ampel sprang auf Grün, und er ließ sie los, weil er anfahren musste. Doch nur eine Sekunde, nachdem sie um die Ecke gebogen waren, spürte sie seine Hand auf ihrem Oberschenkel.

Kathi schloss die Augen. Wenn er sie berührte, existierte nichts anderes für sie. Nur seine Finger, die kleine Kreise auf ihre Jeans malten und gedankenverloren über ihr Knie rieben. Dieser Kerl war wie eine Droge, die die Welt komplett ausschaltete. Ob er sich dessen bewusst war? Bestimmt. Er war ein Frauentyp und hatte eine beeindruckende Wirkung auf sämtliche Mädchen. Danny machte keinen Hehl daraus, und vermutlich gefiel es ihm sogar, dass ihm Tausende Frauen hinterherhechelten. Inklusive ihr. Selbst jetzt, hinter geschlossenen Lidern, sah Kathi ihn so klar und präsent vor sich, als hätte er sich in ihren Gedanken verkantet.

Automatisch wollte sie ihre Hand auf seinen Oberschenkel legen, die gleichen Muster bei ihm machen, die er auf ihre Jeans zeichnete.

Augenblicklich verharrte er, und sie zog hastig die Finger zurück.

Berühr ihn nicht, Kathi.

Sie versuchte, sich zu entspannen und zu genießen, wie er sie streichelte. Sie schob sich beide Hände unter den Hintern, um auf ihnen zu sitzen und zu vermeiden, dass sie sich noch mal verselbständigen konnten.

Danny bremste den Wagen ab, fuhr um eine Kurve, und Schotter knirschte unter den Reifen. «Du solltest deine Augen öffnen», sagte er, bevor er den Motor abstellte.

Sie schlug die Lider auf und bemerkte, dass sie auf einem Parkplatz standen. Aber es war kein Imbiss zu sehen, nur Bäume, die einen kleinen Park einfriedeten. Kathi war ein bisschen verwirrt, hatte ihre Sinne noch nicht wieder gesammelt, aber sie kam nicht dazu, ihn zu fragen, warum er hierhergefahren war. Gerade als sie ihre Lippen öffnen wollte, nahm Danny eine ihrer Haarsträhnen zwischen die Finger und zog daran, bis ihr Gesicht nah vor seinem war. Dann drückte er seinen Mund auf ihren.

Himmel, es gab nur eine Sache, die sich besser anfühlte, als von ihm berührt zu werden. Seine Küsse. Seine weichen Lippen, seinen nach Minze riechenden Atem, seine heiße Zunge. Ihn zu küssen war eine der wenigen Möglichkeiten, ihm Nähe zu schenken, und sie strengte sich an, all die Zuneigung da hineinzulegen, die ihre Hände ihm nicht geben durften. Er ließ die Haarsträhne aus seinen Fingern gleiten und strich mit der Hand ihre Seite hinab.

Sie ahnte, was er vorhatte. Oh Gott, sie befanden sich mitten in der Öffentlichkeit. Jederzeit konnte ein Parkbesucher an ihrem Wagen vorbeikommen. Das war … beängstigend und aufregend zugleich. Aufregend wie Danny.

«Dir ist bewusst, dass uns jemand erwischen kann?», fragte sie an seinen Lippen.

«Wird schon nicht passieren.» Er vertiefte den Kuss, bis ihr beinah das Herz stehenblieb.

Es war so schwer, auf den Händen sitzen zu bleiben, die immer wieder unter ihrem Hintern hervorschlüpfen und ihn anfassen wollten. Gemeine, nicht auf den Verstand reagierende Hände. Erst als Danny sie an der Hüfte packte und anhob, um ihre Hosen hinunterzuschieben, wagte sie es, nach dem Rand des Sitzes zu greifen.

Kathi sah, wie er das Handschuhfach öffnete, und hörte kurz darauf das Rascheln einer Folienverpackung.

Er hat eine angefangene Packung Kondome im Auto? Mit wie vielen Frauen treibt er solche Spielchen?

Vielleicht hatte er das hier geplant. Vielleicht wollte er nicht zu Hause mit ihr schlafen, wenn seine Mitbewohnerin da war.

Sie war noch nie mit einem Mann in einem Fahrzeug auf Tuchfühlung gegangen. Es war ein bisschen eng und vor allem ungewohnt, aber Danny schien die Situation ganz gut händeln zu können. Er senkte das Gewicht seines athletischen Körpers auf sie und legte ihr eine Hand auf die Wange, während er sich mit der anderen neben dem Kopfteil abstützte.

Denk nicht drüber nach. Es spielte keine Rolle, mit wie vielen Frauen er schon in diesem Wagen Sex hatte, denn jetzt war sie es, die er ansah und mit der er seine Zeit verbrachte.

Sie trauerte ein bisschen darum, seine Haut nicht an ihrer zu fühlen, schließlich waren sie immer noch halb bekleidet.

«Ich kann nicht glauben, dass wir das tun», brachte sie rau hervor. Kathi kämpfte dagegen an, komplett loszulassen, wollte mitbekommen, falls sich jemand dem Wagen näherte. Aber es war unmöglich, sich auf etwas anderes zu konzentrieren als auf ihn. Das Verlangen in ihr und ihre Gefühle für ihn wurden durcheinandergewirbelt, tanzten durch all ihre Zellen. Ihr ganzer Körper kribbelte, ihre Gedanken verschwanden allmählich aus ihrem Kopf, wurden weniger und immer weniger …

«Ich will dich berühren», stöhnte sie.

Er ignorierte ihre Worte und küsste sie weiter. Kathi verkrampfte sich unter ihm und drückte die Nägel in den Sitz. Noch nie war sie gefühlsmäßig von so hohen Klippen gestürzt wie mit Danny. Es war verrückt, dass er das schaffte, obwohl seine Berührungsphobie es manchmal echt kompliziert machte.

Kathi drückte den Rücken durch und hob den Kopf an, um einen letzten Kuss von ihm zu bekommen. Sie wusste inzwischen, dass er sich immer schnell zurückzog und nicht den Drang verspürte, ihr noch nahe zu sein, nachdem sie miteinander geschlafen hatten.

«Jetzt können wir was essen fahren», sagte er, noch immer atemlos, und stemmte sich hoch. Auch heute hatte er es also eilig, ihr seine Nähe zu stehlen. Sie vermisste ihn, noch bevor er sich zurück auf den Fahrersitz gesetzt hatte.

Kathi sah zu, wie er sein T-Shirt wieder in die richtige Position brachte.

«Du bist ein Spinner», warf sie ihm lachend an den Kopf.

Danny verzog das Gesicht, halb belustigt, halb in aufgesetzter Verärgerung. «Das bin ich gerne.» Er zwinkerte ihr zu. «Das ist eine gute Eigenschaft. Außerdem stehst du doch drauf.»

* * *

Christina beobachtete Kathi lange und beschloss, sie nett zu finden. Viel netter, als sie es für möglich gehalten hätte. Sie schien Danny wirklich zu mögen, mehr noch, sie betete ihn förmlich an, und allein aus diesem Grund mochte Christina sie.

Nachdem sie eine Weile miteinander geredet hatten, stand

Christina langsam auf. Sie wusste, was Danny Kathi nun mitteilen wollte, und wünschte ihm von ganzem Herzen, dass das Gespräch so lief wie erhofft.

«Ich gehe dann mal in mein Zimmer», sagte Christina freundlich und streckte Kathi die Hand hin. «War toll, dich kennengelernt zu haben. Ich hoffe, ich seh dich bald wieder.» Eine leise, quälende Stimme tief in ihrem Innern sagte ihr, dass das nicht der Fall sein würde. Sorgfältig schloss Christina die Tür hinter sich. Die Unterhaltung, die jetzt im Wohnzimmer stattfand, ging sie nichts an. Trotzdem hörte sie, dass Kathi plötzlich laut wurde. Die genauen Worte konnte sie nicht verstehen, aber es war eindeutig Unmut, der in ihrer Stimme mitschwang. Christina legte sich die flachen Hände an den Kopf und begann zu summen, wie sie es früher immer getan hatte, wenn ihr Vater Caroline aus dem gemeinsamen Kinderzimmer holte.

Plötzlich hörte sie, wie Kathi Danny anschrie. Von ihm war wie immer kein lautes Wort zu hören. Irgendetwas ging zu Bruch. Es klang nach einem Teller oder einer Vase. Christina hielt es nicht mehr aus, ging aus dem Zimmer und aus der Wohnung und setzte sich an der Haustür auf die Treppenstufen, sorgsam darauf bedacht, sich weiterhin die Ohren zuzuhalten. Aus ihrem Summen war ein leises Singen geworden. Zudem begann sie mit dem Oberkörper hin- und herzuwippen.

Sie spürte den Luftzug, als die Haustür mit Schwung aufgerissen wurde und Kathi an ihr vorbeistürmte. Sie schaute nicht links und nicht rechts, als sie mit hochrotem Kopf und Tränen in den Augen die Straßen hinunterrannte.

Kurz darauf kam auch Danny aus der Wohnung und setzte sich stumm neben Christina. Zögernd nahm sie die Hände vom Kopf. Sie rutschte zwischen seine Knie und legte ihre Hände nun an seine Wangen. «Es tut mir so leid!» Sie konnte nicht vermeiden, dass ihr diese lästigen Tränen übers Gesicht liefen. Tränen, die ihre Spuren in die Haut brannten und ihr dort für immer weh tun würden, damit sie Dannys Schmerz niemals vergessen konnte. «Es tut mir so leid!»

Danny legte seine Finger auf ihre. «Es ist doch nicht deine Schuld.»

«Ich habe so gehofft, dass sie anders reagiert», flüsterte sie.

«Ich auch, Tina. Glaub mir, ich auch!» Sie hörte, wie er schniefte und sich bemühte, seine Gefühle im Zaun zu halten. Es gelang ihm nicht. Seine Stimme wurde plötzlich brüchig: «Sie wollte nicht einmal mehr in mein Auto steigen, damit ich sie nach Hause fahren kann.»

«Menschen sind so scheiße», fluchte Christina.

«Es geht ja nicht einmal um sie», sagte Danny leise, während er sich mit Zeigefinger und Daumen die Augenwinkel rieb. «Kathi steht stellvertretend für alle Frauen. So wird es mir mein ganzes Leben lang gehen!»

«Menschen sind so scheiße», wiederholte Christina und rutschte dichter an ihn heran. Sie ließ zu, dass Danny ihr die Hände wegnahm, und spürte, wie er sein Kinn auf ihren Kopf legte.

«Ja, sind sie!», bestätigte er. «Und deswegen werde ich bis in alle Ewigkeit Single sein. Aber das stört mich nicht. Denn meine Ewigkeit dauert nicht allzu lange, und ich habe dich.»

«Ich werde immer bei dir bleiben», versprach sie ihm. «Wir zwei werden niemals mehr getrennt sein!»

OKTOBER 1999

Danny tauchte seine Pommes frites in den Ketchup, während er ungläubig beobachtete, was drei Tische weiter geschah.

«Ich glaub, ich steh im Wald!» Er warf seine Pommes zurück in die Schale und wedelte mit der Hand in Richtung Simon. «Der hat echt die Nummer bekommen!»

«Abgefahren», pflichtete Ricky ihm bei. «Der Junge lernt. Bald bekommen wir ernsthafte Konkurrenz.»

Simon strahlte wie ein Leuchtfeuer, als er sich neben seine Freunde stellte. «Fertig für heute», verkündete er. «Ich treff mich morgen Abend wieder mit ihr.»

«Glückwunsch», sagte Danny. «Aber fertig für heute geht nicht. Wir haben doch noch gar nicht angefangen.»

«Ihr könnt eh nicht mehr gewinnen.» Simon war euphorisch. «Gleich die Erste, die ich gefragt habe, hat mir ein Treffen angeboten.»

«Und?» Ricky löste sich von dem Stehtisch und ging ein paar Schritte über den noch fast menschenleeren Platz. «Das können wir auch noch schaffen.»

«Nee, nicht schon wieder», maulte Danny. Er warf seine leere Pappschale in den Müll und folgte Ricky. «Ich will mich mit niemandem verabreden, sondern einfach nur spielen.»

«Also, ich finde, das ist ein gutes Spiel», pflichtete Ricky Simon bei. «Ich mache mit.»

Danny verdrehte genervt die Augen. «Das dauert doch ewig, und dann hab ich ein Date, das ich nicht will.»

Simon legte ihm besänftigend die Hand auf die Schulter. «Du musst ja kein Treffen ausmachen. Hauptsache, das Mädchen bleibt bis zum Ende des Abends bei dir, und du bekommst die Telefonnummer. Das zählt dann als gewonnen.»

Eigentlich war Danny auf den Cannstatter Wasen gekommen,

um Spaß zu haben, Achterbahn zu fahren und ein bisschen zu flirten. Der Gedanke, sich den ganzen Abend mit demselben Mädchen abgeben zu müssen, gefiel ihm nicht. Er wollte gerade widersprechen, als Ricky seinen traurigen Dackelblick aufsetzte.

«Na gut», seufzte Danny. «Nehmen wir Freundinnen. Ich will mich nicht allein mit einer rumschlagen. Bedingung ist, ich suche aus.» Das freudige Jubeln seines besten Freundes entschädigte ihn für den ruinierten Volksfestbesuch.

Suchend schlurfte Danny an den Essensständen vorbei und wollte gerade auf die andere Seite wechseln, als sein Blick auf zwei Mädchen an einem der Biertische fiel. Sie unterhielten sich miteinander und schienen auf niemanden zu warten. Eine von ihnen trug Jeans und Sneakers. Das gefiel ihm so viel besser als die hochhackigen Stiefel der anderen. Dafür hatte die mit den Stiefeln die schöneren Haare. Rotbraun und fast bis zur Hüfte. Danny stellte wieder einmal fest, wie sehr er lange Haare liebte. Simon und Ricky gesellten sich zu ihm und schauten die beiden Mädchen ebenfalls an. Die mit den flachen Schuhen blickte auf und zu ihnen hinüber. Sie war hübsch, aber es gab nichts, was Danny an ihr interessant fand. Plötzlich drehte sich auch die andere um und sah ihn an. Ihr Gesicht war offen und freundlich. Irgendetwas hatte das Mädchen an sich, was ihn reizte. Es geschah bei ihm ganz selten, aber auf einmal hatte er das Gefühl, unbedingt zu ihr hinzumüssen. Ricky spürte das sofort und stieß ihn mit dem Ellbogen an. «Du die mit den roten Haaren? Ich nehme dann die andere.»

«Ist das okay für dich?», fragte Danny.

«Ja. Passt.»

Gemeinsam setzten sie sich in Bewegung und gingen zu ihnen hinüber. Danny registrierte die Veränderung in der Mimik des Mädchens, bevor sie sich schnell wieder wegdrehte. Sie schien keine Lust zu haben, angebaggert zu werden. Eine Tatsache, die sie noch sympathischer machte.

«Guten Abend», grüßten Danny, Ricky und Simon.

Danny schwang sein Bein über die Bank, sodass er rittlings darauf saß, und beobachtete seine Auserwählte, während sich Simon und Ricky rechts und links neben ihrer Freundin positionierten.

«Danijel», stellte er sich vor und streckte ihr eine Hand entgegen. Das Mädchen ergriff sie sofort und schaute ihm dabei in die Augen. Danny erkannte die Überraschung in ihrer Miene.

Gewonnen!

«Wer mich mag, nennt mich Danny.»

«Und wer dich nicht mag?»

Gut gekontert. Beeindruckend!

«Jeder mag mich!» Er setzte sein charmantestes Lächeln auf. Sie starrte ihn noch immer an, und sein Lächeln wurde automatisch breiter. Es war doch immer wieder lustig, wie die Mädchen auf ihn reagierten. Danny wartete kurz, bis sie sich wieder gefangen hatte. «Hast du auch einen Namen?»

«Jessica», sagte sie knapp.

«Jessica», wiederholte er. Ein schöner und passender Name, der ihm ebenso gut gefiel wie das Mädchen selbst. «Hast du Lust, dich ein bisschen mit mir zu unterhalten?»

Sie ignorierte seine Frage. Ihre Augen hafteten minutenlang an seinen, bevor ihr Blick über sein Gesicht nach unten zu seinen Armen wanderte. Danny richtete seine Aufmerksamkeit auf Rickys Gespräch und bekam mit, dass Jessicas Freundin Vanessa hieß. Sie schien von Ricky nicht weniger angetan zu sein als Jessica von ihm.

Nach einer Weile wurde ihm klar, dass von Jessica keine Antwort kommen würde. Sie schien in einer völlig anderen Sphäre zu schweben. Er musste sich bemühen, nicht zu auffällig zu grinsen. Stattdessen schnippte er mit Daumen und Mittelfinger vor Jessicas Gesicht, um ihre Aufmerksamkeit zu erregen.

«Noch anwesend?», fragte er belustigt.

«Ja», sagte sie und schwieg erneut.

«Nerve ich dich?» Die Frage war rhetorisch. Danny wusste, dass er nicht nervte. Sie suchte offenbar verzweifelt nach einer weiteren schlagfertigen Antwort. Aber seine Anwesenheit schien ihr die Sprache verschlagen zu haben. Ein Umstand, der ihr ganz offensichtlich nicht vertraut war und ihr deswegen nicht passte.

«Ähm», sie rutschte nervös auf der Holzbank herum, «es ist nur so, dass ich lieber mit meiner Freundin allein gewesen wäre.»

«Aha», machte er und schaute kurz zu Vanessa, die sich angeregt mit Ricky unterhielt. «Wenn das so ist …» Danny schwang sein linkes Bein über die Bank und lehnte sich mit dem Rücken an den Biertisch. Automatisch begann er, die Menschen um sich herum zu fokussieren. Es war eine tiefverankerte Gewohnheit, sein Umfeld stets im Blick zu behalten.

«Was hast du denn da gemacht?», fragte Jessica plötzlich und zeigte mit dem Finger auf seine Wange. Für eine Sekunde war Danny verwirrt. Normalerweise sprachen ihn die Leute darauf niemals an. Dass Jessica es doch tat, sprach für ihre direkte Art, die er bereits jetzt an ihr mochte.

«Du meinst das?» Danny fuhr sich mit dem Zeigefinger über die Narbe. Er wollte ihr genauso offen antworten, wie sie gefragt hatte. «Das war mein Vater. Hat mir mal eine Flasche ins Gesicht geschlagen.»

«Wie bitte?» Ihre Augen weiteten sich vor Schreck, und Danny bereute seine Worte sofort. Die Menschen kamen mit der Wahrheit einfach nicht klar.

Er lächelte, um seine Worte zu entschärfen. «Aus Versehen. Es war ein Unfall.»

«Trotzdem schlimm», beharrte sie. Es bildete sich eine steile Falte zwischen ihren Augenbrauen, und Danny konnte förmlich sehen, wie es hinter ihrer Stirn arbeitete. Natürlich glaubte sie ihm das nicht.

«Nicht schlimm. Ich bin auch so schön genug.» Arroganz schaffte immer eine gewisse Distanz. Jessica blieb wieder einmal stumm. Gerne hätte Danny sich mit ihr unterhalten, aber irgendwie schienen sie nicht auf einen gemeinsamen Nenner zu kommen, was dieses Gespräch anging. Er schaute sich weiter um und bemerkte zwei blonde, aufgetakelte Mädchen. Danny konnte nicht verstehen, wieso sie sich so zur Schau stellten. Beide trugen viel zu kurze Röcke, eine von ihnen hatte einen Pferdeschwanz, die andere trug ihre Locken offen. Insgesamt sahen sie sehr nuttig aus. Maximal gut für einen kurzen Flirt, aber nichts, was ein Mann dauerhaft zu Hause haben wollte. Zumindest er wollte das nicht.

«Das schaffst du nicht!», rief Simon in seine Überlegung hinein. Er schien Dannys Blick vollkommen falsch interpretiert zu haben.

«Wetten, dass …?», gab Danny zurück. Die Mädchen interessierten ihn nicht die Spur, aber er konnte es nicht leiden, wenn man ihm sagte, was er konnte und was nicht. So etwas weckte sofort seinen Ehrgeiz.

«Drei zu eins», sagte Simon und streckte die Hand über den Tisch. Ricky unterbrach sein Gespräch mit Vanessa, um ebenfalls die beiden Mädchen zu betrachten.

«Ich halte auch dagegen. Vier zu eins.»

Danny stand auf und schlug ebenfalls bei Ricky ein.

«Zwanzig Minuten.» Länger würde das bestimmt nicht dauern. Auf dem Weg zu den beiden Blondinen bemerkte er, dass er überhaupt keine Lust auf einen Flirt mit ihnen hatte. Eigentlich wäre er viel lieber bei Jessica geblieben.

«He, ihr beiden», grüßte Danny und stellte sich dicht zu ihnen. Er schaute erst die eine und dann die andere mit aufgesetzter Verzweiflung an. «Könnt ihr zwei Hübschen mir wohl einen Gefallen tun?»

Sie wechselten einen kurzen Blick und brachten keinen Ton heraus.

«Bitte», fügte er mit einem betont langsamen Augenaufschlag hinzu. «So nette Mädchen helfen mir doch bestimmt.»

«Wie denn?», wollte die mit den lockigen Haaren wissen.

Danny zeigte unauffällig in Richtung Jessica. «Seht ihr die mit dem grün-weißen Pullover? War bis vor zwei Minuten noch meine Freundin und hat mich plötzlich zum Teufel gejagt.» Er seufzte schwer und fügte dann hinzu: «Sie meinte, ich finde nie wieder ein Mädchen, das mit mir ausgehen will.»

Noch während er sprach, schielten die beiden viel zu auffällig zu seiner angeblichen Ex hinüber und liefen puterrot an. Die mit dem Pferdeschwanz begann zu kichern. Ihre Freundin fiel in das Gelächter mit ein. Um zu vermeiden, dass Jessica das bemerkte, legte Danny seine Arme um jeweils ein Mädchen und zog sie ein Stück beiseite.

«Jetzt möchte ich ihr eins auswischen», fuhr Danny fort, als sie außer Sichtweite von Jessica waren. «Helft ihr mir?»

«Was sollen wir machen?» Das Mädchen mit den Locken wurde noch röter, falls das überhaupt möglich war.

«Gebt mir eure Telefonnummer. Damit wir uns verabreden können. Sie soll einfach nicht recht behalten mit ihrer Aussage.»

«Okay.» Die mit dem Pferdeschwanz griff in ihre Handtasche und zog ihre Visitenkarte und einen Kugelschreiber hervor. Zögernd reichte sie beides der Freundin. Diese schrieb Namen und Nummer hintendrauf.

«Danke schön», sagte Danny höflich. Es amüsierte ihn, dass er so schnell zum Ziel gekommen war, ohne viel Zeit vergeuden zu müssen. Hastig nahm er die Karte und drückte erst der einen und dann der anderen einen Kuss auf die Wange. Dann hob er die Hand zum Abschied und marschierte zurück zu seinen Freunden und Jessica und Vanessa.

Triumphierend knallte er die weiße Karte auf den Tisch. «Beide!», verkündete er stolz.

Ricky hob die Hände über den Kopf und klatschte dreimal. Simon pfiff anerkennend durch die Zähne und schob ihm ein Geldscheinbündel zu. Auch Ricky griff in die Tasche und legte einen Schein auf den Tisch. Danny steckte die Scheine samt Karte ein und freute sich, dass er sich wieder zu Jessica setzen konnte.

«Wo waren wir stehengeblieben?», fragte er freundlich.

«Was zur Hölle macht ihr da eigentlich?», fuhr sie ihn an.

Sie ist zu Recht sauer! Natürlich fühlte sie sich von ihm auf den Arm genommen. Er bereute es schon, die Mädchen angeflirtet zu haben, beschloss aber, sich nichts anmerken zu lassen.

«Wir spielen», erklärte er betont unschuldig, «es nennt sich Nummernjagd. Spielen wir jedes Wochenende.»

«Wie lustig!» Der Sarkasmus in ihrer Stimme war nicht zu überhören. Plötzlich tat es Danny unheimlich leid, sie so vorgeführt zu haben.

«Mir ist langweilig», log er hauptsächlich deswegen, um eine Reaktion von ihr zu provozieren.

«Geh doch heim!», blaffte sie ihn an. Genau auf so etwas hatte er gehofft. Hier konnte er einhaken und aktiv werden.

«Ich hab eine bessere Idee, komm mit!» Er sprang auf, packte sie ungefragt am Handgelenk und zog sie hinter sich her. Notgedrungen folgte sie ihm. Danny gab Ricky ein Zeichen, um ihm zu verstehen zu geben, dass sie gleich wieder zurückkämen.

«Wo willst du hin?», keuchte sie atemlos.

Zielstrebig steuerte er den Free-Fall-Tower an und blieb stehen. Seine Augen suchten ihre, und Danny versuchte, seinem Blick die nötige Durchschlagskraft zu geben.

«Da gehen wir jetzt rein», bestimmte er. «Anschließend gibst du mir deine Telefonnummer.»

«Nein zu beidem!» Ihre Stimme war trotzig, und die Falte zwischen ihren Brauen wurde noch steiler, als sie ihn grimmig anstarrte und die Hände in die Hüften stemmte.

Sie wäre genau die Richtige für dich, schoss es ihm durch den Kopf. Ein Mädchen, das nicht sofort auf ihn ansprang, nur weil er ihr gefiel, was er offensichtlich tat. Sie hielt ihn auf Abstand. Eine wohlige Wärme entstand in seinem Bauch und machte sich in seinem Innern breit.

«Du bist anders als die anderen», stellte er verblüfft fest. «Das gefällt mir.»

«Ich laufe mich eben erst warm.»

Danny lachte leise. Allmählich schien sie ihre verlorengegangene Sprache wiederzufinden. Er legte den Arm um ihre schmalen Schultern und zog sie an sich. Ihre Haare rochen frisch gewaschen nach Shampoo, sie selbst nach einem schwachen, unaufdringlichen Parfüm, dessen Duft er nicht beschreiben konnte. Unwillkürlich atmete er tiefer ein.

Jessicas Augen waren dunkel und erinnerten ihn an die eines Rehs. Sanft, aber frech – und immer in Lauerstellung. Nur mühsam gelang es ihm, seine hypnotischen Fähigkeiten an die Oberfläche zu befördern.

«Du. Gehst. Da. Jetzt. Mit. Mir. Rein.» Er sprach betont langsam, jedes Wort wie einen einzelnen Satz, um sein maximales Überzeugungspotenzial auszuschöpfen.

«Okay», stimmte sie leise zu.

Danny unterdrückte den Impuls, sich johlend auf den Oberschenkel zu klopfen. Bei Jessica war er sich nicht sicher gewesen, ob das ebenso funktionierte wie bei allen anderen.

Die Schlange an der Kasse hielt sich zum Glück in Grenzen, und kurz darauf gingen sie gemeinsam zum Free-Fall-Tower. Jessica tat ihm fast leid, als sie sich kreidebleich neben ihn setzte. Ein Mitarbeiter kam, sammelte die Fahrchips ein und schloss erst ihren und dann Dannys Sicherheitsbügel.

Dieser Moment kostete Danny wie immer seine volle Konzentration; er musste sich aktiv bewusst machen, dass er nicht wirklich gefangen war.

Danny schloss für eine Sekunde die Augen und atmete tief in den Bauch. Solange keine Wände mit geschlossenen Türen um ihn herum waren, konnte er seine Platzangst ganz gut in den Griff bekommen.

Reiß dich zusammen, wenn du nicht willst, dass sie beim ersten Treffen gleich deine Macken bemerkt.

Doch Jessica war viel zu sehr mit ihrer eigenen Panik beschäftigt, um die seine zu erkennen. Danny verwarf den Gedanken, der ihm gerade in den Sinn gekommen war. Schließlich hatte er gar nicht vor, sie wiederzusehen. «Hast du Angst?», fragte er, obwohl die Antwort offensichtlich war.

«Ja, verdammt!», schimpfte sie. Irgendwie erinnerte sie ihn an den kleinen Kater, den er vor Jahren einmal aufgepäppelt hatte. Wenn Mephisto Angst hatte, wurde er auch immer garstig und fing an zu fauchen und mit den Krallen um sich zu schlagen. Auf so niedliche Art, dass jeder sofort sehen konnte, dass von ihm keine Gefahr ausging.

Jessica kreischte, als der Free-Fall-Tower nach unten sauste, aber das taten Frauen immer. Sie war trotz ihrer Angst mit ihm hineingegangen, und nur das zählte. In Danny keimte eine tiefe Bewunderung und Respekt für das Mädchen. Erneut streifte ihn das flüchtige Gefühl, hier jemanden gefunden zu haben, der es tatsächlich schaffen konnte, trotz allem bei ihm zu bleiben.

Er schüttelte sich eine Haarsträhne aus der Stirn, hauptsächlich, um seinen Kopf wieder freizubekommen.

«War's denn so schlimm?», fragte er aufrichtig.

«Ich werde dich ewig dafür hassen!» Ihr Tonfall passte nicht zu den Worten, und Danny lächelte heimlich, als sie ihm zurück zu den anderen folgte.

«Wir wollen in die Achterbahn», empfing sie Jessicas Freundin. «Kommt ihr mit?»

«Gerne», antwortete Danny sofort und ignorierte, dass Jessica die Augen verdrehte. Ricky ging voraus, und sie folgten ihm.

Vanessa und Jessica saßen hinter Danny und Ricky, Simon war draußen geblieben. Die Bahn wurde auf Schienen nach oben gezogen, und Danny hörte, wie Jessica ihrer Freundin etwas ins Ohr zischte. Als die beiden Mädchen, kaum dass sie alle ausgestiegen waren, sofort auf der Toilette verschwanden, war ihm auch klar, was sie gesagt hatte.

Du musst aufpassen. Sonst macht sie sich schneller aus dem Staub, als du gucken kannst.

Obwohl sie ihn ganz offensichtlich anhimmelte, schien sie irgendein Problem mit ihm zu haben.

Sie mag es nicht, manipuliert zu werden. Jessica trifft gerne ihre eigenen Entscheidungen.

Spätestens jetzt wurde Danny klar, dass er sie mochte.

«Verdammte Weiber», motzte er, während er auf die Tür der Toilette starrte. «Wieso gehen die eigentlich ständig aufs Klo?»

«Und dann auch noch zu zweit», fügte Simon hinzu.

«Meinetwegen können sie zu zehnt aufs Klo. Ich finde Vanessa perfekt.» Ricky grinste breit. «Sie steht auf mich. Wir werden uns wieder treffen.»

«Super», antwortete Danny. Er musste so schnell wie möglich von Jessica weg. Normalerweise fürchtete er immer, dass sich die Mädchen zu schnell und zu heftig in ihn verliebten. Hier hatte er plötzlich die Sorge, dass es umgekehrt der Fall sein könnte. «Ich mag Jessica aber nicht. Sie nervt. Wie lange brauchst du noch für Vanessa?»

«Gib mir zwei Stunden», bat Ricky und schaute Danny prüfend an, als zweifle er an seinen Worten. «Dann suchst du dir noch eine andere aus, und wir verbringen den restlichen Abend mit ihr.»

«Okay», willigte Danny ein. Zwei Stunden lang würde er es doch noch hinbekommen, emotionalen Abstand zu Jessica zu halten.

Das Hüsteln vor ihm war eindeutig ein Zeichen.

«Frosch im Hals?», fragte Danny. Ohne dass er einen Grund dafür benennen konnte, versuchte er, ein Stück dichter an Jessica heranzukommen, aber eine Gruppe junger, betrunkener Männer drängte ihn plötzlich ab. Er warf einen kurzen Blick zu Ricky und Simon. Sie waren stehen geblieben, um die Typen vorbeizulassen. Sofort suchten seine Augen wieder Jessica – aber sie war verschwunden.

Sie ist mir weggelaufen!

Nun wusste er auch, wofür das Zeichen gestanden hatte. Während er noch immer nach ihr Ausschau hielt, schlossen Ricky und Simon zu ihm auf.

«Wo sind die Mädels?», fragte Ricky verdutzt.

«Abgehauen», schimpfte Danny und setzte sich in Bewegung. Eigentlich mochte er es nicht, sich rücksichtslos durch eine Menschenmenge zu bewegen, aber das hier war ein Notfall. Er packte mehrere Leute an der Schulter, um sie zur Seite zu schieben, oder stieß ihnen die Ellbogen in die Seite. Von Jessica und Vanessa keine Spur.

Am Ausgang blieb er atemlos stehen.

«Fuck», fluchte er und stellte sich auf die Zehenspitzen, um besser über die anderen Volksfestbesucher hinwegsehen zu können.

Ricky legte ihm eine Hand auf die Schulter. «Gib's auf. Die siehst du nicht wieder.»

«Du auch nicht», gab Danny ärgerlich zurück. «Deine ist schließlich auch weg.»

«Ja, aber ...» Sein Freund machte eine vielsagende Pause, bevor er ein Stück Papier mit einer Telefonnummer aus seiner

Hosentasche zog und triumphierend damit wedelte. «Sie hat mir ihre Nummer gegeben und mich eingeladen, sie mal in München zu besuchen.»

«Tja.» In Simons Stimme schwang Schadenfreude. «Das war's dann wohl für dich, Danny. Du hast verloren!»

Du hast verloren!

«Noch ist der Abend nicht um!» Unentschlossen schaute Danny erst nach rechts zu dem Parkplatz, auf dem sein BMW stand, dann nach links die Straße hinunter. Dort musste irgendwo die Bushaltestelle sein. Bestimmt wollten die Mädchen dorthin. Zu Fuß würde er die beiden mit Sicherheit nicht mehr einholen.

Danny zog seinen Autoschlüssel aus der Tasche. «Wir treffen uns später wieder hier», rief er und rannte los.

«Danny!», brüllte Ricky ihm hinterher. «Lass es!»

Doch daran dachte er nicht. Noch im Rennen entriegelte er sein Auto, ließ sich auf den Fahrersitz fallen und startete den Motor. Er sah, dass jemand ihm den Vogel zeigte, weil er viel zu schnell aus der Parklücke schoss, und hob entschuldigend die Hand. An der Kreuzung musste er sich kurz orientieren und entschloss sich dann, die Hauptstraße hinunter und den Fußgängerweg zur Bushaltestelle wieder hinaufzufahren. Mit etwas Glück kamen die Mädchen ihm auf dieser Strecke entgegen. Gerade als Danny auf den Fußgängerweg einbog, sah er Jessica. Sie ging ein paar Meter vor Vanessa her.

Er gab Gas, fuhr frontal auf sie zu und zog dann ruckartig die Handbremse. Das Heck des Wagens brach wie gewünscht aus, und der BMW kam quer auf der Straße zum Stehen.

Danny atmete kurz durch und versuchte, seine Souveränität zurückzugewinnen – sein Puls hatte sich unbemerkt auf das Doppelte beschleunigt. Dann ließ er die Scheibe hinunter und lehnte sich mit gespielter Gelassenheit aus dem Fenster.

«Hast du nicht etwas vergessen?», säuselte er. Betont langsam hob er den Blick, um Jessica von unten nach oben ansehen zu können. Sie schüttelte vollkommen perplex den Kopf, und Danny musste sich bemühen, nicht zu grinsen, sondern in seiner Rolle zu bleiben. Er streckte die Hand aus dem Fenster. «Telefonnummer, bitte!»

«Gott im Himmel», fauchte sie. «Du hast echt ein Problem!»

Oh ja! Und was für eins! Wenn du wüsstest ….

«Stimmt», gab er zu, «tut aber aktuell nichts zur Sache. Deine Nummer.»

«Wieso?», fragte sie lahm. «Nur damit du deine dämliche Wette gewinnst?»

«Genau.» Einzig und allein das war der Grund. Er setzte ein siegessicheres Lächeln auf.

«Vergiss es!» Jessica ging um die Motorhaube herum. Danny stieg aus und lief in die andere Richtung um das Heck des Wagens. Unterbewusst registrierte er, wie sich die Leute darüber beschwerten, dass er mitten auf dem Fußgängerweg parkte. Danny ignorierte es. Im Moment gab es Wichtigeres. Er stellte sich Jessica mit verschränkten Armen in den Weg. Sie blieb sofort stehen, er beugte sich zu ihr hinunter und flüsterte ihr zu: «Wir können das bis morgen früh machen. Ich werde nicht locker lassen – irgendwann gibst du mir deine Nummer.»

Jessica ging einen Schritt zur Seite, und Danny tat das Gleiche. Sanft legte er seine Hand auf ihre Schulter, um ihr zu verstehen zu geben, dass sie stehenbleiben sollte. Mit der freien Hand hob er ihr Kinn an, damit sie ihm in die Augen sah. Das war die Grundvoraussetzung, um sein Ziel zu erreichen. Danny fesselte Jessicas Blick an seinen und versuchte mit Hilfe von Gedankenübertragung, ihr die Wichtigkeit seines Anliegens zu vermitteln.

Ihr Geruch stieg ihm in die Nase, und für eine Sekunde verlor er sich in ihren Rehaugen, die einerseits sanft und doch so wild und unzähmbar wirkten.

Konzentrier dich, Danny!

Erwartungsvoll öffnete sie die Lippen, stellte sich auf Zehenspitzen und reckte sich ihm entgegen.

Leise lachte er in sich hinein, als er erkannte, dass er erneut gewonnen hatte.

«Erst deine Telefonnummer», hauchte er ihr ins Ohr und zog sein Handy aus der Hosentasche. Jessica nannte ihm stockend ihre Nummer, und Danny speicherte sie sorgfältig ab. Nicht, um sie anzurufen, sondern um seinen Triumph vor seinen Freunden zu beweisen.

«Danke sehr», sagte er und beugte sich zu ihr hinunter, um ihr den gewünschten Kuss zu geben.

Vorsicht, schoss es ihm durch den Kopf. *Du magst sie.*

Er entschied sich für einen flüchtigen Kuss auf die Stirn. Es war immer besser, bei Menschen, die man mochte, aber nicht kannte, auf Distanz zu bleiben. Schnell stieg er ins Auto, legte den Rückwärtsgang ein und gab Gas.

Du machst gerade echt einen Fehler!

Der Gedanke kam aus dem Nichts, war aber doch so stark, dass er ihm Beachtung schenken musste. Danny hielt den Wagen auf Jessicas Höhe an und streckte ihr seine Visitenkarte entgegen.

«Damit es fair bleibt», erklärte er.

«Wozu?», fragte sie resigniert. «du wirst mich doch sowieso nicht anrufen.» Trotzig fügte sie hinzu: «Und ich werde dich ganz sicher auch nicht anrufen!»

«Ich werde dich anrufen», sagte er, während er die Scheibe bereits wieder hochließ. «Versprochen.»

Warum versprichst du ihr das, du Idiot?

Jetzt musste er sie anrufen, denn er wollte nicht so werden wie sein Vater, der immer und immer Dinge versprach, die er niemals einhielt …

Danny war wütend auf sich selbst über seine unbedachten

Worte, die ihm einfach über die Lippen gekommen waren, und ihm war klar, dass er spätestens morgen Abend am Telefon hing.

Fast fluchtartig fuhr er rückwärts aus der Anliegerstraße wieder hinaus.

Seine Gedanken überschlugen sich. Er würde sie anrufen, aber er durfte sie auf keinen Fall wiedersehen, denn irgendetwas an Jessica reizte ihn. Sie war tiefgründig, und sie versuchte, das in ihm zu sehen, was er wirklich war. Somit entsprach sie genau dem Typ Frau, den Danny sich wünschte. Deswegen musste er sie von sich fernhalten. Es war einfach nicht fair, jemanden in sein völlig verkorkstes Leben hineinzuziehen. Niemand hatte so etwas verdient. Er hätte sich schon bei Kathi nicht von Christina dazu überreden lassen sollen, es mit einer Beziehung zu versuchen. Selbst die Affäre mit ihr war zu viel gewesen. Zudem hatte er sich bereits geschworen, sich auf niemanden mehr einzulassen, um sich selbst und auch Christina weitere Enttäuschungen und negative Erfahrungen zu ersparen.

Nachdenklich parkte er sein Auto und lief in die Nacht.

* * *

Maddox schaltete hastig sein Handy aus.

Fast euphorisch lief er zu seinem Wagen, so sehr freute er sich darauf, Christina wiederzusehen.

Sie wartete bereits an der Bushaltestelle, als er mit seinem Cadillac vorfuhr. Noch bevor er aussteigen konnte, um ihr die Tür zu öffnen, saß sie schon neben ihm im Wagen.

«Hey», sagte sie schnell. «Ich wollte mich schon letzte Woche melden, aber es kam mir was mit Danny dazwischen.»

Für einen Moment sah es so aus, als wolle Christina ihm um den Hals fallen. Maddox hatte keine Zeit, sich darüber zu freuen, denn sie ließ von ihrem Vorhaben ab. Die Stimmung im Wagen war plötzlich angespannt. So lange hatten sie sich nicht gesehen, und nun wussten sie nicht, was sie zuerst sagen sollten.

«Und? Darfst du dich nun offiziell mit mir treffen? Oder musst du immer noch Danny um Erlaubnis fragen?» Die Möglichkeit, dass sie heimlich in seinem Wagen saß, gefiel ihm nicht.

«Ich habe sozusagen Freigang bekommen», antwortete sie ausweichend, strahlte aber über das ganze Gesicht. «Ich hab Danny gesagt, dass ich dich gerne wiedersehen und mit dir ausgehen würde, also hat er es mir erlaubt.»

«Soso. Erlaubt hat er es dir. Der edle Ritter.» Sofort ärgerte Maddox sich darüber, diesen Satz ausgesprochen zu haben. Er musste selbst zugeben, dass es klug von Danny war, auf sie aufzupassen und sie nicht sofort allein in die Welt zu entlassen. Wo das endete, hatte er ja nun bereits mehrfach gesehen. «Dann hast du ihm bestimmt versprochen, anständig zu sein. Du solltest dich daran halten.»

«Ich habe es vor. Aber ich musste dich einfach sehen.»

Sein Herz setzte einen Schlag aus, aber er ließ sich nicht aus der Ruhe bringen.

«Wo möchtest du hin?», fragte Maddox, während er seinen Sportwagen bereits zurück auf die Straße lenkte.

«Ist mir egal – irgendwohin, wo der Bär steppt.»

Kurz schielte Maddox zu ihr hinüber und musste erneut feststellen, dass sie unverschämt gut aussah. So gut, dass er sie am liebsten sofort mit in seine Wohnung genommen hätte. Aber er beschloss, sich das für später aufzuheben. Nun wollte er mit ihr das gemeinsame Date genießen, auf das er schon seit Monaten wartete. Obwohl er sie so sehr vermisst hatte, war er sie nicht ein einziges Mal besuchen gekommen. Es wäre einfach nicht fair gewesen, ihr durch seine Anwesenheit zu verdeutlichen, wie nah sie den Drogen war. Und vermutlich hätte es ihr die Therapie unnötig schwergemacht.

«Ich fahre mit dir ins Palazzo, und anschließend können wir eine Weile zu mir, wenn du magst.» Er zwinkerte ihr zu, und ihrem Lächeln entnahm er, dass sie auf dieses Angebot gewartet hatte. «Wann musst du denn wieder daheim sein?»

Ihr warnender Blick traf ihn wie ein Lichtblitz. «Ich bin erwachsen. Mir schreibt niemand etwas vor. Danny sorgt sich nur um mich, weil er mich mag.»

«Ist er denn nicht eifersüchtig, wenn du dich mit mir triffst?»

Christinas Verwunderung schien echt. «Nein, wieso sollte er? Danny und ich sind doch nicht zusammen.»

«Das eine schließt ja das andere nicht aus. Wenn man so aneinanderhängt wie ihr beide, könnte das ja dennoch sein.»

«Anfangs war ich tatsächlich eifersüchtig, aber das ist vorbei. Denn Eifersucht ist eine Leidenschaft, die mit Eifer sucht, was Leiden schafft.»

«Was?» Verblüfft starrte er sie an. «Wirst du jetzt intellektuell?»

«Poetisch nennt man das.» Sie grinste. «Aber wenn ich ehrlich bin, hab ich das aus einem Donald-Duck-Heft. Schlimm genug, dass sich Danny jeden Sonntagmorgen die englische Variante der Gummibärenbande reinzieht, er hat auch noch einen ganzen Stapel Comics aus Kindheitstagen aufgehoben.»

«Und er zwingt dich, sie zu lesen?»

«Ich hab sie letzte Woche in einem Karton unter seinem Bett gefunden. Er war noch joggen, und ich konnte nicht mehr schlafen …»

«Du schläfst in seinem Bett?» Maddox' Stimme klang lauter als beabsichtigt.

«Oh, also, das war so, ich …» Christina brach mitten im Satz ab und starrte aus dem Fenster, während sie sich offenbar eine Ausrede zurechtzulegen versuchte.

«Du musst dich vor mir nicht rechtfertigen. Das ist eure Sache.» Maddox schickte die ungewollten Gefühle zurück ins Nirwana. «Ich hab schon gemerkt, dass ihr eine echt seltsame Beziehung habt.»

Christina ließ seinen Satz unkommentiert und schien nicht vorzuhaben, ihre begonnene Erklärung fortzusetzen. Im Prinzip hätte es Maddox auch egal sein können, wäre da nicht tief in seinem Innern der Wunsch gewesen, dauerhaft mit Christina zusammen zu sein.

«Erzähl mir doch, wie es in der Kur war.»

«Gut», erklärte sie knapp. «Ich bin clean.» Ganz offensichtlich war auch das nicht das Thema, über das Christina sprechen wollte, also schwiegen sie die restliche Fahrt.

Sie stellten das Auto im Parkhaus nahe der Disco ab, und Maddox nahm sich vor, anschließend mit dem Taxi nach Hause zu fahren.

Mit etwas Glück treffe ich drinnen auf Micah …

Maddox' langjähriger Bekannter war in der Szene berühmt dafür, dass er einem die tollsten Dinge ins Getränk mischen konnte. Wenn Micah anwesend war, gab es auf jeder Party zwangsweise gute Laune, Stimmung und keinerlei Zurückhaltung. Genau das, wonach Maddox nun der Sinn stand.

Die Musik dröhnte plötzlich lauter und eindringlicher als vorhin. Das lag aber nicht am DJ, sondern am Koks. Vielleicht auch an dem Gemisch, das Micah ihm in seinen Cognac getan hatte. Was genau das war, wollte Maddox gar nicht wissen. In all den Jahren hatte er ihn noch nie danach gefragt. Sein Blick schweifte die Theke entlang zu Christina. In der letzten Stunde war sie zusehends nachdenklicher geworden, und nun bekam Maddox Sorge, dass sie im Anschluss gleich nach Hause und nicht mehr mit zu ihm wollte. Das wollte er nicht riskieren, dazu hatte er zu lange auf sie gewartet.

Frag sie einfach, was sie bedrückt.

Noch bevor er sein Vorhaben in die Tat umsetzen konnte, verwarf Maddox seinen Plan wieder. Es war hier einfach viel zu laut, um eine derartige Unterhaltung führen zu können. Das musste bis zur Taxifahrt warten, am besten sogar, bis sie bei ihm auf der Couch saßen.

«Micah», zischte er, «kannst du mir noch mal das gleiche Zeug ins Getränk mischen? Das war super.»

Sein Bekannter nickte, und Maddox bestellte an der Bar zwei Getränke. Während er sein Bier austrank, rührte Micah etwas in sein Glas. Maddox nahm die Cola und gab sie Christina, während er selbst seine Mixtur in sich hineinschüttete. Schon nach wenigen Minuten merkte er, wie sich seine Sinne schärften. Er fühlte sich hervorragend.

«Gehen wir tanzen?», fragte er Christina, die an ihrer Cola nippte. Sie nickte ihm zu, stürzte das Glas hinunter und folgte ihm. Maddox schwankte kurz, als er seinen Arm um sie legte. Wenn er nicht komplett die Kontrolle über sich verlieren und seinen gesunden Menschenverstand behalten wollte, dann sollte er spätestens jetzt mit allen Rauschmitteln aufhören.

«Mir ist schlecht!», rief Christina plötzlich.

«Wovon denn?»

Sie zuckte die Achseln. Maddox bemerkte, dass Christinas Gesichtsfarbe bedrohlich grün wurde. Er nahm sie am Ellbogen und führte sie hinaus an die frische Luft.

«Wird es besser?», fragte er besorgt.

Unmerklich schüttelte sie den Kopf.

Scheiße! Das war's dann mit eurem gemeinsamen Abend! Das geht niemals gut aus.

«Lass uns ein paar Meter laufen. Dann geht es bestimmt gleich wieder.» Er legte ihr einen Arm um die Hüfte, um sie zu stützen, und führte sie quer über den riesigen Parkplatz. Ihre Schritte wurden immer unsicherer.

Normale Übelkeit sieht anders aus.

«Tina? Wann hat das angefangen? Nach dem Drink? Oder war das davor schon so?»

Sie gab keine Antwort, also blieb Maddox stehen und drehte ihren Kopf zu sich, um sie ansehen zu können. Von ihren grünen Augen war kaum noch etwas zu sehen, sosehr waren ihre Pupillen vergrößert. Tiefe, blaue Ringe bildeten sich in Christinas grünlichem Gesicht. Die Unterlippe hing leblos herunter, als wäre sie nicht mehr Teil ihres Körpers.

«Tina? Scheiße, Tina, was hast du?»

Maddox sah gerade noch, wie sich ihre Augäpfel so weit nach oben drehten, dass ihre Pupillen nicht mehr zu sehen waren. Dann sackte sie in seinem Arm zusammen.

* * *

Danny sprang auf, als hätte er sich auf einen Skorpion gesetzt.

Jessica!

Er verwarf den Gedanken. Warum sollte sie ihn bereits nach drei Stunden anrufen?

Wenn um diese Uhrzeit in der Nacht sein Handy klingelte, dann war definitiv etwas passiert. Als hätte er es bereits geahnt, lag es direkt vor ihm auf dem Tisch, seit er nach Hause gekommen war.

«Ja?», fragte er hektisch. «Was ist los?»

«Danny?» Maddox' Stimme klang verwirrt. «Bist du das?»

«Nein, es geht immer Charly Brown an mein Telefon! Wo ist Tina?»

«Sie hatte einen Zusammenbruch. Wir sind in Freiberg auf dem Parkplatz vom Palazzo und brauchen dringend einen Krankenwagen! Kannst du einen schicken?»

«Dazu rufst du Vollpfosten mich an?», brüllte Danny. Er wartete die Antwort nicht ab, sondern unterbrach das Telefonat, um den Notruf zu wählen. Es meldete sich eine freundliche Frauenstimme: «Notruf-Leitzentrale. Wo ist der Unfallort?»

«Freiberg. Bei der Discothek Palazzo auf dem Parkplatz», sagte Danny atemlos. «Ein Mädchen hatte einen Zusammenbruch. Überdosis Drogen.»

«Wissen Sie, um welche Drogen es sich handelt? Ist das Mädchen ansprechbar?»

«Ich habe keine Ahnung, ich bin nicht dort. Es ist nur eine Vermutung. Schicken Sie sofort einen Rettungswagen hin!»

«Moment.» Die Leitung wurde unterbrochen und Danny in die Warteschleife gestellt. Rastlos lief er im Wohnzimmer auf und ab, bis sich die Dame wieder meldete: «RTW ist unterwegs. Ich brauche noch die Angaben zu Ihrer Person.»

«Danijel Taylor. Besigheim. In welches Krankenhaus wird man sie bringen? Stuttgart?»

«Wenn sie ins Krankenhaus muss, dann wird es Stuttgart sein. Ich habe mir Ihre Telefonnummer für Rückfragen notiert. Danke für Ihren Anruf.»

«Danke auch», sagte Danny, während er bereits aus dem Haus zu seinem Auto stürmte.

* * *

Maddox beugte sich zu Christina hinunter und legte ihr zwei Finger an den Hals. Ihr Puls wurde mit jeder Sekunde langsamer.

«Halte durch, Hilfe kommt gleich.» Er zweifelte nicht daran, dass Danny sofort den Ernst der Lage begriffen und einen Krankenwagen gerufen hatte. Obwohl Maddox komplett zugedröhnt war, hatte er es geschafft, Christina in die stabile Seitenlage zu positionieren. Mit etwas Glück würde der Notarzt in wenigen Minuten eintreffen.

Micah, du Hurensohn. Was hast du ihr ins Getränk getan? Warte nur, wenn ich dich erwische …

Vielleicht war es hilfreich, wenn die Ärzte wussten, was Christina zu sich genommen hatte. Er musste nur einen Weg finden, es ihnen dann mitzuteilen …

… und erst danach Micah eins auf die Schnauze hauen!

Mitten in Maddox' Gedanken hinein setzte Christinas Atmung schlagartig aus.

«Scheiße», fluchte er laut, zog seine Finger von ihrer Halsschlagader und drehte sie auf den Rücken.

Dreimal drücken und zweimal beatmen? Oder dreißigmal drücken und zweimal beatmen?

Hilfesuchend blickte er sich um, aber es war niemand in der Nähe, der ihm hätte helfen können. Sein Handy piepste und kündigte damit einen Anruf an.

Maddox ignorierte das Vibrieren des Telefons in seiner Hosentasche, legte seinen rechten Handballen auf Christinas Brustbein, die linke Hand darauf und entschied sich für dreißigmal. In rhythmischen, schnellen Abständen drückte er mit seinem gesamten Gewicht ihren Brustkorb gut sechs Zentimeter nach unten und bemühte sich, ihr dabei nicht die Rippen zu brechen.

Anschließend streckte er ihren Kopf nach hinten, hielt ihr die Nase zu und presste seine Lippen auf ihre. Er atmete zweimal seine Luft in ihren Mund und fuhr dann mit der Herzmassage fort.

… vierzehn, fünfzehn, sechzehn, siebzehn …

Maddox lief bereits jetzt der Schweiß in Strömen über das Gesicht. Lange würde er das nicht durchhalten können.

Atme, Tina! Atme, verdammt noch mal!

Wo um alles in der Welt blieb der Krankenwagen?

Danny, du Depp!

«Tina, bleib bei mir …», keuchte er.

Atme!

Nach fünf Durchläufen setzte Christinas Atmung wieder ein. Im selben Moment fuhr der Notarztwagen auf den Parkplatz.

Zeit, zu verschwinden.

«Du schaffst es, Tina», rief er ihr zu, bevor er aufstand und über den dunklen Parkplatz zurück in die Disco rannte. Er konnte nicht riskieren, dass jemand ihn bei einem bewusstlosen Mädchen fand, während er selbst high und betrunken war, sondern er musste in Deckung bleiben, damit ihm und Johnnys Leuten auch weiterhin niemand auf die Schliche kam. Außerdem musste er Micah finden.

* * *

Danny hatte kein Zeitgefühl mehr. Es war einfach verschwunden und für ihn nicht mehr zugänglich. Wie ein schwerer Stein, der in ein tiefes Wasser fiel und den man nicht mehr greifen konnte. Die große Uhr im Krankenhausflur zeigte an, dass es kurz vor halb zwei war. Aber das tat sie schon seit Stunden. Vielleicht auch erst seit fünf Minuten. Möglicherweise schon seit vielen Tagen oder sogar Wochen. Er probierte ein weiteres Mal, sein Handy wieder einzuschalten, aber der Akku war leer. Auch ein erneuter Versuch würde nicht zum gewünschten Erfolg führen. Kurz spielte er mit dem Gedanken, ein paar Flure weiterzulaufen, um zu schauen, ob es dort eine andere Uhr gab oder ob er auf jemanden traf, den er fragen konnte. Dann beschloss er, dass es gleichgültig war, welche Zeit irgendein Ziffernblatt anzeigte. Die Ärzte ließen ihn dadurch nicht eher in Christinas Zimmer. Also trabte er weiterhin kontinuierlich zwischen dem Fenster und dem längst geschlossenen Frühstückraum hin und her, bis er fast mit einem Mann zusammenstieß.

«Weißt du, wie es Tina geht?», wollte Maddox wissen.

Ungläubig starrte Danny ihn an. Maddox, der sonst immer

unnahbar und selbstsicher wirkte, machte einen verwirrten und besorgten Eindruck. Seine normalerweise stets ordentlichen Haare sahen zerrauft aus. Er roch nach Alkohol, was Dannys Wut unweigerlich verstärkte. Danny packte ihn am Kragen und schlug ihm mit der Faust ins Gesicht.

«Einen Abend lang solltest du auf sie aufpassen!», brüllte Danny ihn an. «Einen einzigen Abend das hinbekommen, was ich seit Monaten mache. War das wirklich zu viel verlangt?»

«Ich hatte nichts damit zu tun, es war ein Unfall!»

«Du hast gleich einen Unfall!» Danny schlug ihm ein weiteres Mal gegen das Kinn. «Und wieso hast du mich angerufen, verdammt noch mal, und nicht den fucking Krankenwagen?»

«Weil ich mit Drogen handle! Schon vergessen? Ich kann nicht mal eben meine Daten nennen und sturzbesoffen mit einem ohnmächtigen Mädchen ins Krankenhaus fahren!»

«Eine Hirnzelle weniger, und du wärst eine Pflanze geworden! Das hätte uns allen eine Menge Ärger erspart!»

«Es muss etwas in ihrem Drink gewesen sein. Ich weiß nicht, was es war!», schrie Maddox zurück und hob schützend die Hände vors Gesicht, aber Dannys Faustschlag erwischte ihn trotzdem.

Eine blonde Nachtschwester kam um die Ecke gerannt.

«Auseinander!», rief sie. «Ich werde sonst die Polizei rufen!»

«Nicht nötig», sagte Maddox schnell und wischte sich das verräterische Blut von seiner aufgeplatzten Lippe. «Das ist ein Freund von mir.»

Die Schwester schaute ihn skeptisch an, aber sie ließ das Telefon in ihrer Hand wieder sinken. «Sind Sie sicher?»

«Absolut sicher. Wir sind auch schon fertig. Nicht wahr, Danny?»

«Yeah, sind wir.» Er löste seinen Griff um Maddox' Pullover und stieß ihm mit dem Handballen gegen die Schulter, um ihn von sich wegzubekommen. «Zumindest für den Moment.»

Maddox zupfte sich seine Kleidung wieder in Form und wischte erneut das Blut aus seinem Gesicht. «Wissen Sie, wo Christina Schneider ist? Und wie es ihr geht?»

«Tut mir leid, ich bin nicht zuständig für diese Station, ich habe nur Krawall gehört und bin gekommen …»

«Tina ist in diesem Zimmer.» Danny deutete mit dem Daumen auf eine Tür. «Sobald sie ihr den Magen ausgepumpt haben, können wir rein.»

«Wie ist ihr Zustand? Weißt du das?»

«Sie hatte akute Vergiftungserscheinungen und befand sich in einem bewusstlosen Tiefschlaf, als sie eingeliefert wurde. Mehr haben sie mir nicht gesagt.»

Die Nachtschwester blickte skeptisch vom einen zum anderen. «Kann ich Sie beide hier wirklich allein lassen? Ich muss wieder rüber in meinen Bereich und …»

«Gehen Sie», ordnete Maddox an. «Ich sagte doch, wir sind Freunde.»

Sie machte kehrt und verschwand, ohne sich noch einmal umzusehen.

«Was hat sie genommen?», wollte Danny wissen. «Was hast du ihr gegeben?»

Maddox seufzte tief. «Von mir hat sie es nicht. Es muss ihr jemand heimlich ins Getränk gemischt haben. Ich hab versucht herauszufinden, was es war, aber der Typ, den ich im Verdacht habe, war schon weg.»

Danny ließ sich auf den Boden sinken, lehnte sich mit dem Rücken an die Wand und vergrub das Gesicht in den Armen, fest dazu entschlossen, sich so lange aus der Welt auszuklinken, bis sie ihn ins Zimmer ließen.

* * *

Christina spürte einen Luftzug im Gesicht, einen winzigen Moment, als sich die Tür öffnete. Dann war er wieder verschwunden. Kurz flackerten ihre Augenlider, ein helles Licht schwebte über ihr, dann versank sie wieder in der alles umfassenden Dunkelheit.

Meine Hände zittern, als ich sie gegen die durchsichtige Scheibe lege. Immer wieder lasse ich sie innen an dem riesigen Aquarium entlangwandern, das sich rauschend und schwallartig mit klarem, kaltem Wasser füllt. Es gibt keinen Riss und keine undichte Stelle. Ich werde hier drin ertrinken. Sterben, in dem Element, das mich am meisten fasziniert und das ich zugleich so sehr fürchte. Ich fürchte es, obwohl ich es nie wirklich kennengelernt habe. Wo auch? Ich bin erst neun Jahre alt, und mehr als von weitem gesehen habe ich so gewaltige Wassermassen noch nie. Bestimmt machen sie mir deswegen solche Angst. Diese Macht, die Wasser hat, ist für mich befremdlich. Kein Element ist mächtiger. Zwar hat auch Feuer eine enorme Zerstörungsgewalt, aber es lässt sich bekämpfen. Wassermassen hingegen kann man nicht aufhalten. Sie hinterlassen eine Schneise der Verwüstung, in die alles hineingesogen wird, was im Weg steht.

Es ist eine Ehre für mich, auf diese Weise aus dem Leben gerissen zu werden …

Doch plötzlich zerbirst das Glas mit einem lauten Knall. Die Fluten reißen mich mit und spülen mich in einen dunklen Raum. Verzweifelt versuche ich, mit den Händen die letzten Tropfen festzuhalten, aber es gelingt mir nicht. Das Wasser verschwindet im Boden, versickert in den Wänden und lässt mich allein. Ich bin nicht gut genug für das Wasser. Jetzt hat es gemerkt, dass es auf meine Gesellschaft verzichten kann. Deswegen bin ich nun allein mit dem blonden Mann und dem roten Licht. Es verfolgt und jagt mich in die Ecke, die Wände hinauf. Ich renne und renne, aber Licht ist immer schneller. Ich kann es nicht loswerden. Mein Atem schmerzt bereits, als es mich erwischt, mich schmerzhaft zu Boden schlägt und mich zwingt, die Augen zu öffnen. Das dunkle Blau, das mir entgegenstarrt, lähmt meinen Verstand. Es ist besitzergreifend und emotionslos und zeigt mir allein durch seine Farbe, warum ich es niemals wert sein werde zu leben. Ich bin schlecht. Der Abschaum, der alle ins Verderben reißt. Meine Mutter und Caroline …

Die Kulisse bricht, als ich an sie denke. Vor meinen Augen entsteht eine neue Szene. Plötzlich bin ich älter und befinde mich mitten auf einer Blumenwiese. Vergissmeinnicht. Ich hasse diese Blumen. Allein durch ihren Namen machen sie mir permanent eine Vorschrift, die ich nicht einhalten will. Denn ich will vergessen, was ich sowieso nie wiedersehe. Doch plötzlich taucht sie vor mir auf. In ihren strohblonden Haaren befindet sich ein Kranz aus geflochtenen Gänseblümchen. Freundliche Blumen mit einer freundlichen Farbe und ohne anklagende Botschaft. Sie passen zum sanften Wesen meiner geliebten Schwester, die immer auf mich aufpasste und für mich da war. Bis zu jenem Tag, an dem das blonde Monster anfing, sein Gift in sie zu pumpen, um sie damit seelenlos zu machen und zur Flucht zu zwingen. Doch nun ist sie wieder da! Und ich renne auf sie zu. Strecke meine Kinderhände nach ihr aus. Das weiße Kleid weht im Wind. In dem Moment, als ich meine Finger in ihren Rockzipfel graben möchte, öffnet sie die Augen. Ich bleibe stehen und erstarre: Sie sind nicht mehr leuchtend grün, sondern weiß wie ein Laken. Verzweifelt rufe ich ihren Namen. Der Himmel über mir reißt auf. Große Hände kommen aus den Wolken und greifen nach Caroline. Wütend und ängstlich blicke ich nach oben und sehe Blau: jenes Blau, von dem ich weiß, es gehört zu dem Menschen, der laut einem Stück Papier mein Vater sein soll. Meine Rufe verwandeln sich in ein schrilles Kreischen, doch es nützt nichts. Caroline wird nach oben gezogen, verschwindet im Himmelsblau, und ich weiß, sie kommt nie wieder zu mir zurück.

Tränenüberströmt lasse ich mich auf den Boden fallen, schlage gegen die Erde, dieses verfluchte Element, das mir keine Freude mehr schenken kann. Erst als etwas Eisiges meine Schultern berührt, blicke ich auf; in das Gesicht meiner Mutter. Ich recke ihr flehend die Hände entgegen, bitte stumm, dass sie mich aufhebt, stützt und mir Halt gibt. Sie stößt mich weg und schnalzt böse mit der Zunge. Wie kann ich es wagen, sie zu berühren? Dafür bin ich nicht gut genug. Ich muss warten, bis sie sich meiner erbarmt. Doch das tut sie nicht. Meine Mutter wendet sich ab. Sie macht nicht einmal den Versuch, Caroline zurückzuholen, sondern geht einfach davon. In eine andere Richtung, in ein anderes Leben, weg von ihren Töchtern. Weg von mir. Absichtlich lässt sie mich allein. Alle lassen mich allein.

Und wieder schlage ich auf den Boden. Immer fester und fester. Er soll aufgehen, mich verschlingen, mich zermahlen und mich nie wieder ausspucken. Ich will versinken in dem Dreck, in den ich gehöre, und ich will nie wieder fühlen müssen. Endlich, als ich schon nicht mehr daran glaube, öffnet sich die Erde einen Spalt und zieht mich hinein, wirbelt mich durch Raum und Zeit und spuckt mich mitten in ein freundlich gestaltetes Zimmer. Hier habe ich keinen Körper mehr, bin stiller Beobachter längst geschehener Ereignisse.

Ein etwa siebzehnjähriger Junge, der die gleiche Haarfarbe hat wie meine Schwester, sitzt auf dem Bett und weint. In seiner linken Hand hält er noch das Telefon, mit dem er mich damals in meinem irdischen Leben angerufen und um mein Kommen gebeten hat. Ich habe ihn nie gefragt, wie viele Male er es hat versuchen müssen. Außer zum Essen bin ich nie im Wohnheim gewesen. Doch jemand hat mir sein verzweifeltes Flehen weitergeleitet, und nun bin ich hier, sitze dicht bei ihm, streichle seinen Rücken und seine Arme und weine mit ihm. Ich bin für ihn da, wie es für mich noch nie jemand gewesen ist. Mit dem Anruf von seinem Vater vor gut achtundvierzig Stunden kam für ihn die Flut. Seitdem stirbt seine Welt. Zurück bleibt ein Berg aus Gräbern und Trümmern, von dem er sich nicht zu befreien weiß. Selbst sein Betreuer und Vaterersatz kann ihm den Weg dahinaus nicht zeigen. Er braucht mich!

Und nun weinen wir zusammen. Versuchen, etwas zu begreifen, was es nicht geben darf. Fast sechs Wochen lang sind wir Tag und Nacht zusammen. Er bleibt die gesamte Zeit im Bett. Ich bringe ihm selbstgekochten Nudelauflauf, Reispfannen und Pudding, scheuche ihn ins Bad, lese ihm die Tageszeitung vor und versuche, seine Lethargie zu unterbrechen. Der Vaterersatz und der beste Freund kommen ebenfalls jeden Tag, bringen ihm Informationen aus der Medizin und der Pharmaindustrie und versuchen, ihn aus seinem Loch zu ziehen. Aber es gelingt uns nicht. Der Junge will nicht. Besser gesagt: Er will nicht mehr. Sein ganzes Leben lang musste er sich durch das Feuer kämpfen, besiegte ein Inferno nach dem anderen, stand lachend in seiner brennenden Welt und arrangierte sich mit der Glut und den Funken um ihn herum. Dann kam die alles zerstörende Flut und hinterließ ein Schlachtfeld aus Schmerz und Verzweiflung.

Und er ruft mich an. Weil er mich braucht. Dann irgendwann wird mir klar, dass es andersherum ist: Ich brauche ihn. Weil er mir das Gefühl gibt, es wert zu sein, zu leben und geliebt zu werden. Das sage ich ihm auch. Ich sage ihm, dass ich ihn brauche. Das ist die Wende. Er zieht sich an den Haaren aus dem Sumpf und macht weiter. Für mich.

Und ich? Was mache ich? Weglaufen. Wie immer. Die Erkenntnis, geliebt zu werden und einen Freund zu haben, ängstigt mich zu sehr, um sie aushalten zu können. Die Angst, wieder verlassen zu werden, ist zu groß, um das Risiko einer so engen Freundschaft eingehen zu können. Aber ich kehre zurück. Weil ich ihn wieder brauche. Ich brauche ihn. Ich liebe ihn.

Wieder berührt jemand meine Hand. Es fühlt sich warm und angenehm an. Plötzlich weiß ich nicht mehr, warum ich eben noch in diese kalte Erde wollte. Immer wieder höre ich jene Worte, die dem Jungen damals das Leben retteten. Ich höre sie. In meiner und in seiner Sprache.

Ich brauche dich. I need you.

* * *

Maddox registrierte anhand eines kalten Luftzugs, dass sich die Zimmertür öffnete.

«Wer von Ihnen beiden gehört zu Frau Schneider?», fragte der Arzt freundlich.

«Ich!», riefen sowohl Danny als auch Maddox, während sie genau in derselben Sekunde aufsprangen, um dem Arzt entgegenzutreten. Verwirrt schaute der vom einen zum anderen.

«Was ist mit ihr?», hakte Danny nach. «Sie können es uns beiden sagen.»

«Es war eine Vergiftung. Wir haben Spuren von Kokain und Ecstasy in ihrem Blut gefunden. Dazu noch verschiedene andere toxische Stoffe. Es war ein Wunder, dass sie es bis ins Krankenhaus geschafft hat. Meistens setzt bei so was einfach die Atmung aus, und wenn dann keine Hilfe kommt, war's das.»

«Wie geht es ihr?» Maddox wurde zunehmend ungeduldiger.

Gott sei Dank kein Heroin! Sonst wäre möglicherweise der gesamte Entzug umsonst gewesen.

«Wir haben eine Magenspülung vorgenommen. Das Gift ist draußen. Es gab keine Komplikationen in Form von Blutungen oder Erbrechen.» Der Arzt klappte seine Unterlagen zusammen. «Jetzt heißt es abwarten. Wenn sie in den nächsten zwei Stunden aufwacht, dann ist sie auf jeden Fall über den Berg und kann in achtundvierzig Stunden nach Hause.»

«Was, wenn nicht?» Maddox' Ungeduld verwandelte sich in Zorn. Es fiel ihm schwer, den Arzt nicht mit einem Kinnhaken gegen die Wand zu befördern.

«Dann werden wir weitersehen», erklärte der Arzt.

«Sie wird aufwachen, Maddox», sagte Danny überzeugt. «Sie wird auf jeden Fall aufwachen!» Er ging hinter dem Arzt vorbei ins Zimmer, und Maddox folgte ihm. Eine weitere Krankenschwester nickte ihnen kurz zu, bevor sie den Raum verließ. Der Arzt warf noch einen prüfenden Blick ins Zimmer, bevor er die Tür von außen schloss.

Maddox' Blick fiel auf Christina. Sie trug eine durchsichtige Atemmaske, zusätzlich steckten zwei Schläuche in ihrer Nase, und ihre Haut war fast so weiß wie die Bettdecke, unter der sie lag und zu der ihre schwarzen Haare einen unheimlichen Kontrast bildeten. Ihre Arme lagen schlaff neben ihrem Körper, und die Apparate neben ihr piepsten in regelmäßigen Abständen.

«Danke, Maddox», sagte Danny, als er sich vor das Bett kniete und Christinas Hand in die seine nahm. «Dass du erste Hilfe geleistet hast, bis der Notarzt kam.»

Hab ich ihm das erzählt?

«Woher weißt du das?»

«Ich glaube nicht an Wunder.»

«Du liebst sie sehr, oder?» Maddox zog sich einen Stuhl heran und setzte sich dicht neben Danny an Christinas Bett.

«Über alles. Mehr als mein Leben.»

«Sie ist nicht deine Freundin und auch nicht deine Schwester.

Wieso also liebst du sie so sehr?» Maddox konnte sich das nicht vorstellen. Die Liebe, die von diesem Typen ausging, war fast körperlich spürbar, und das, obwohl er weder der Liebhaber noch der Bruder war.

«Sie ist meine Familie.» Danny zuckte die Schultern. «Ich kann nur leben, wenn sie lebt.»

«Magst du mir das erklären?»

Das gleichmäßige Piepsen der Maschine erschien laut in dem sonst vollkommen stillen Raum. Die grünlichen Ziffern und Zahlen tauchten alles in unwirkliches, diffuses Licht.

«Mein Leben war nicht immer ganz einfach», begann Danny leise. «Angefangen hat das Dilemma, als ich zehn war und meine hochschwangere Mutter ihr Baby verlor. Anschließend war meinem Vater alles egal, und er hat angefangen, mich zuerst regelmäßig zu vergewaltigen und später mit Vergnügen halb tot zu schlagen. Jahre später kam er dafür in den Knast, meine Mutter wurde für geistig unzurechnungsfähig erklärt – und mich steckten sie in ein Heim. Dann lief mir Tina über den Weg.» Er unterbrach sich kurz und sah fragend zu Maddox hoch. «Hat sie dir jemals etwas über ihre Vergangenheit erzählt?»

Stumm, weil von den Worten perplex, schüttelte Maddox den Kopf, und Danny fuhr fort: «Ihre Kindheit ist meiner ganz ähnlich. Zum Glück hat ihr Alter sie nicht geschlagen. Allerdings hat er nicht gewartet, bis sie zehn Jahre alt war. Tina war sieben, als ihr Vater angefangen hat, sie in sein Bett zu holen. Irgendwann ist sie von daheim weggelaufen, auf der Straße und auf dem Strich gelandet und dann bei mir aufgeschlagen. Und ich habe bemerkt, dass sie etwas hat, was ich niemals haben werde: eine Zukunft. Das hat mir Hoffnung gegeben. Zudem brauchte sie mich. Das war mein Antrieb, irgendwie mit den Ungerechtigkeiten des Lebens fertigzuwerden. Immer wieder aufzustehen und weiterzukämpfen, obwohl es eigentlich längst keinen Sinn mehr machte.»

Am liebsten hätte Maddox Dannys Atempause genutzt, um auszusprechen, was ihm auf der Zunge brannte.

Keine Zukunft? Warum hast du keine Zukunft?

Es schien ihm unangemessen, diese Frage zu stellen. Wenn Danny es ihm sagen wollte, so würde er es tun. Und wenn nicht, dann war das auch in Ordnung, und er musste seine Neugier im Zaum halten.

«Du identifizierst dich sehr mit ihr», stellte Maddox fest.

«Ja», gab Danny zu. «Es ist sogar mehr als das. Eines Tages wird ein Teil von mir in ihr weiterleben. Dem Schicksal zum Trotz wird sie das Leben führen, das mir mit aller Kraft und aus reiner Bosheit verwehrt wurde.»

Danny geht davon aus, kein langes Leben zu haben.

Warum? Wer ist schuld daran? Sein Vater, das Schicksal oder das Universum?

Spielt das überhaupt eine Rolle? Viel wichtiger ist doch, ob das stimmt, was er befürchtet: Hat er wirklich keine Zukunft?

Maddox' Gedanken überschlugen sich, und er sah auf den Jungen hinab, der noch immer auf dem Boden vor dem Krankenhausbett kniete und in dieser Position unheimlich verletzlich wirkte. Dannys Atemzüge waren ruhig und gleichmäßig, sein dünner Sweatpullover schmiegte sich eng an seine Schultern und ließ deutlich werden, dass Danny eher zierlich als muskulös war. Der Gedanke daran, dass dieser Typ, der eigentlich noch ein halber Teenager war, ihm vorher schon zum zweiten Mal auf die Fresse gehauen hatte, erschien Maddox auf einmal vollkommen absurd.

Wie alt war Danny überhaupt? Bisher hatte Maddox ihn auf fünfundzwanzig geschätzt, aber mit der Offenbarung seines Seelenlebens fiel ein Teil von Dannys Schutzwall von ihm ab, und seine Jugend wurde sichtbar.

Danny ließ Christinas Hand los, stützte die Arme auf die Matratze und legte das Kinn darauf. Nach einer Weile schien er Maddox' Blicke zu spüren, denn plötzlich schaute er zu ihm auf und fixierte ihn. Seine Augen wirkten in dem schummrigen Licht fast schon unheimlich. Maddox lief ein Schauer den Rücken hinunter.

«Sie ist meine Hoffnung», erklärte Danny knapp. «Die Hoffnung darauf, dass es so was wie Gerechtigkeit auf dieser Welt gibt. Wenn die Hoffnung stirbt, dann stirbt auch das Leben.»

«Ich verstehe», sagte Maddox, ohne zu wissen, ob das stimmte.

«Und du? Liebst *du* sie?»

Ja, ich liebe sie.

Maddox wusste, dass das der Wahrheit entsprach. Aber wenn er an Christina dachte, dann kam ihm als Allererstes der Geschmack nach ihren Lippen in den Sinn. Wie weich sich ihre Brust in seinen Händen anfühlte, ihr Schweiß und ihr Atem, der sich mit seinem vermischte, und ihr Stöhnen, wenn sie gemeinsam zum Höhepunkt kamen.

«Ich mag sie sehr.» Nachdenklich fügte er hinzu: «Ich würde sogar behaupten, dass ich sie liebe. Aber nicht so wie du.»

Danny sah ihn wieder an, und plötzlich hatte Maddox das Gefühl, dass er dabei war, ihn mit seinem Blick zu beschwören.

«Dann geh!»

«Wie meinst du das?»

«Solange du da bist, wird Tina immer zu dir zurückkehren, weil sie ebenfalls sehr an dir hängt. Nicht genug, um dauerhaft bei dir zu bleiben, aber genug, um immer zu dir zurückzukommen. Zu dem Mann, der die Macht hat, sie zu zerstören.» Danny ließ ihn keine Sekunde aus den Augen. «Wenn du sie also wirklich liebst, dann sei so fair und gib sie frei, indem du gehst.»

Maddox benötigte ein paar Minuten Zeit, um das Gehörte abzuspeichern und zu verarbeiten.

Er hat recht.

Eine Wahrheit, die schmerzte. Was hatte Richard Nixon gesagt?

Mit großer Macht kommt große Verantwortung.

Vielleicht war es an der Zeit, einmal nicht an sich zu denken und einfach nur das Richtige zu tun. So wie echte Helden.

«Ich werde für eine Weile verschwinden.»

Danny nickte.

Leise schob Maddox seinen Stuhl nach hinten und stand auf. «Du sagst ihr nicht, dass ich hier war, okay? Lass sie denken, dass sie mir egal ist. Dann ist es für sie einfacher.»

«Okay», stimmte Danny zu.

«Und schreib mir eine Nachricht, ob sie alles unbeschadet überstanden hat.»

«Ich schick dir eine SMS, sobald ich was weiß.»

Maddox trat hinter ihn und legte ihm eine Hand auf die Schulter. «Ich muss dir nicht sagen, dass du auf sie aufpassen sollst», sagte er leise. «Ich habe bereits gesehen, dass du es tust!»

«Ich werde sie mit meinem Leben beschützen!» Danny legte seine Hand auf die von Maddox und drückte sie kurz. «Versprochen.»

«Das weiß ich.»

Langsam wandte sich Maddox von Danny ab und ging zur Tür.

«Maddox?», rief Danny ihm nach.

«Ja?»

«Ich danke dir!»

Maddox beobachtete, wie Danny sich wieder über das Bett beugte und Christinas Hand anhob, um sie erneut in seine zu nehmen.

«Ich brauche dich», sagte er leise zu ihr. «I need you.»

Maddox verließ das Zimmer und schloss geräuschlos die Tür hinter sich. Eine Tür, die sich für ihn nie wieder öffnen würde.

* * *

Danny bemerkte das Flattern ihrer Lider und sprang auf. Automatisch drückte er ihre Hand fester und beugte sich über Christina, als sie die Augen öffnete.

Ihr Blick fiel sofort auf die sich schließende Tür.

Verdammt. Sie hat alles mitbekommen.

Jetzt war es zu spät, daran etwas zu ändern. Danny spürte ihren beschleunigten Puls und sah die Panik in ihrem Gesicht.

«Tina», sagte Danny ruhig. «Du bist wach! Wie fühlst du dich?»

Erleichterung machte sich in ihm breit, und er versuchte, gelassen zu wirken. *Christina wird trotzdem wissen, wie ich mich wirklich fühle. Sie muss meine Angst nahezu riechen können.*

«Du bist da», flüsterte sie tonlos. Ihre Stimme klang seltsam gedämpft unter der durchsichtigen Sauerstoffmaske. «Was auch passiert, du wirst an meiner Seite sein.»

«Oh Gott, Tina! Ich bin so froh!»

«Es geht mir gut», beantwortete sie seine Frage von vorher. «Mein Bauch fühlt sich an, als würde ein Panzer darauf wenden, und den Rest meines Körpers spüre ich nicht. Aber ansonsten geht es mir gut.»

«Du wirst bald wieder in Ordnung kommen.»

«Danke, dass du bei mir geblieben bist.»

«Maddox war auch bis eben da», sagte Danny. «Er wollte gehen, bevor du aufwachst, damit es nicht zu viel für dich wird.»

Sie nickte. «Er kommt nicht wieder.» Tränen standen in ihren Augen, und Danny konnte ihre Gedanken darin lesen:

Er ist gerade nicht nur aus dieser Tür, sondern auch aus meinem Leben verschwunden …

«Nein, er kommt nicht wieder.» Dannys schlechtes Gewissen meldete sich schmerzhaft. «Maddox' Wunsch war, dir nicht zu sagen, dass er überhaupt da war, aber ich finde, du sollst es wissen.»

Damit du weißt, dass er dich nicht im Stich lassen wollte!

«Du hast ihn weggeschickt, um mich zu beschützen.» Auch dieser Satz war keine Frage, sondern eine Feststellung.

«Maddox hat dir das Leben gerettet», fuhr Danny fort. «Er ist rein aus Liebe zu dir verschwunden. Um dir zu ermöglichen, von den Drogen loszukommen.»

«Es ist mir egal, dass er weg ist, denn ich brauche ihn nicht.» Lüge und Wahrheit in einem Satz. «Ich brauche dich.»

Vorsichtig setzte sie sich ein Stück weit im Bett auf, zog die störende Atemmaske von ihrem Gesicht und warf sie auf den Nachttisch.

«Lass die mal lieber auf …», warnte sie Danny.

«Mir geht es gut.» Fast beschwörend sah sie ihn an, als versuche sie, ihrem Blick genauso viel Durchschlagskraft zu geben, wie er es immer tat. «Mir ist heute so vieles bewusst geworden. Ich bin so dankbar für diese zweite Chance … für mein neues Leben. Ohne Drogen.»

«Das freut mich. Ehrlich, das bedeutet mir sehr viel.»

«Ab heute werde ich kämpfen, Danny. Für mein Leben – und für deins!» Sie griff in seinen Pullover und zog ihn so dicht an sich, dass sich ihre Nasenspitzen berührten. «Ich verspreche es dir», sagte sie und drückte ihm einen Kuss auf den Mundwinkel. «Denn du brauchst mich!»

«Ja», bestätigte er. «Ich brauche dich. Und deswegen werde ich Jessica nicht anrufen, denn außer dir brauche ich niemanden.»

«Jessica?»

«Ich hab ein Mädchen kennengelernt.»

Christina richtete sich noch ein Stück weiter auf. «Erzähl mir von ihr.»

«Sie ist anders als die anderen.» Danny zuckte die Schultern. «Tiefgründig und gleichzeitig offen. Ich weiß nicht, warum, aber irgendwie habe ich das Gefühl, wenn ein Mädchen dich akzeptieren kann, dann sie.»

«Du sollst nicht nach mir schauen.» Vorsichtig legte sie ihre Hand auf seine Brust, dorthin, wo sich sein Herz befand. «Hier ist das Entscheidende. Wenn dein Herz sich nach ihr sehnt, dann ruf sie an.»

«Und wenn sie mich auch vor eine Wahl stellt?»

Entschlossen schüttelte Christina den Kopf. «Dann war es nicht die Richtige. Wenn sie dich wirklich liebt, wird sie dich nicht zwingen, zwischen uns zu wählen.»

* * *

Christina stand am Eingang des Krankenhauses und wartete darauf, dass Danny sie abholte. Sobald sie zu Hause waren, wollte sie ihn fragen, ob er Jessica angerufen hatte, und ihn notfalls dazu zwingen, sich mit ihr zu treffen. Sie spürte, dass er sie wirklich mochte, und war überzeugt von dem, was sie zu Danny gesagt hatte: Niemand besaß das Recht, einen anderen Menschen vor eine Entscheidung zu stellen. Jetzt musste es Christina nur noch hinbekommen, dass Danny es diesmal klüger anstellte als bei Kathi. Er durfte Jessica nichts von seiner Krankheit erzählen, nichts von seiner Vergangenheit oder seinen Problemen. Sie durfte nichts erfahren, was sie in irgendeiner Weise abschrecken konnte. Nicht bevor sie gemerkt hatte, was Danny für ein wundervoller Mensch war. Danach durfte sie alles über ihn wissen. Wenn sie das erst einmal erkannte, waren die anderen Dinge nur noch nebensächlich. Aber bis dahin musste Christina ihr Vertrauen gewinnen. Denn falls Dannys Krankheit ausbrach, musste Christina eine Stütze für Danny sein – und eine Vertrauensperson für seine Freundin. Gemeinsam konnten sie es schaffen. Jessica würde bei Danny bleiben. Dafür würde sie sorgen. Und sie würde die Beziehung der beiden mit Freude beobachten in dem festen Wissen, dass Danny ihr von Jessica nicht weggenommen werden würde.

Denn mit Freunden war es anders als mit anderen Dingen: Sie wurden durch das Teilen nicht weniger, sondern mehr.

Ein Lächeln stahl sich auf ihr Gesicht, als ihr die klugen Worte von Konfuzius einfielen: *Was du liebst, lass frei. Kommt es zu dir zurück, gehört es dir – für immer.*

Danny musste nicht zu ihr zurückkommen, denn er war immer bei ihr. Als ihr Freund, ihr Seelenverwandter und ein Teil von ihr. Enger konnte eine Verbindung zwischen zwei Menschen nicht sein. Das würde weit über seinen Tod hinaus so bleiben – bis in alle Ewigkeit.

EPILOG

Christina und Danny gingen Anfang 2001 gemeinsam für zehn Wochen in das Therapiezentrum. Während Christina ihren Entzug festigte und in die Arbeitswelt eingegliedert wurde, nahm auch Danny ein Therapieangebot in Anspruch, um an seinen Defiziten zu arbeiten.

Patrick, den Christina im Drogenentzug kennenlernte, wurde ein langjähriger Freund von Danny und ihr.

Im Herbst 2001 begann Christina ihre Ausbildung zur Einzelhandelskauffrau in einer Modeboutique. Ungefähr zur selben Zeit begann Danny, Vorträge über HIV an Schulen zu halten, bei denen er auch offen seine Vergangenheit zur Sprache brachte. Sein Wunsch war es, seine Geschichte zu erzählen, damit Menschen aufmerksam werden und hinsehen, um Schicksale wie seins und das seiner besten Freundin zu vermeiden.

Entgegen ihrem brennenden Verlangen schaffte es Christina nie, ihren Vater im Gefängnis zu besuchen. Sie hat auch ihre Mutter und ihre Schwester Caroline nie wiedergesehen. Von Caroline gibt es bis heute keine Spur. Ob sie tatsächlich tot ist, wie Christina glaubte, kann niemand bestätigen.

Maddox erkundigte sich zweimal bei Danny nach Christinas Befinden, kehrte aber nie mehr zu ihr oder seinen Leuten zurück. Er ließ den Drogenhandel hinter sich und versöhnte sich nach vielen Jahren Funkstille wieder mit seiner Schwester. Seinen Cadillac verkaufte er und begann ein Fernstudium zum IT-Berater. Nebenbei jobbte er als Autohändler.

Danny blieb dauerhaft in Deutschland. Zum einen wegen Christina und Jessica, mit der er tatsächlich eine Beziehung begann, zum anderen, weil er sich hier eine berufliche Existenz aufbaute.

Jörg unterstützte Danny weiterhin, wo er nur konnte, und blieb, genau wie Jessica, zeitlebens an seiner Seite.

DANKSAGUNG

Vielen Dank an meine Eltern, dass mein Sohn so viele Wochenenden bei euch verbringen durfte und ich die Nächte durchschreiben konnte. Danke an Steffi Mayer und Cherryl Leiz fürs Kindersitten, Bügeln, Fensterputzen und alle weitere Unterstützung!

Vielen lieben Dank an meine Vorableserin Mandy Magdlung für deine Zeit, deine Freundschaft und die langen Telefonate über dieses Buch.

Tausend Dank an meine Danny-Expertin und Administratorin Elina Marcioch, die Danny mittlerweile besser kennt als ich selbst! Danke auch an meine drei Admin-Mädels Jeanette Skomrock, Katharina Stein und Eileen Kammer dafür, dass sie meine Texte vorablesen und unsere Danny-Gruppe mit Hingabe und Liebe moderieren und mir überall helfen, wo sie nur können! Ohne euch wäre ich verloren!

Danke, Janina, dass du dich dazu bereit erklärt hast, unseren chaotischen Haufen von nun an ebenfalls zu unterstützen!

Alleine würde ich es auch niemals schaffen, die unendlichen Fragen meiner Leser zu beantworten!

Danke an meine allererste Testleserin Nicole Weiche.

Danke an Sam White, die auch in diesem Buch für die Gedichte zuständig war.

Ein ganz herzliches Dankeschön geht an meine liebe Kollegin Simone Olmesdahl, die mir die Szenen zwischen Danny und Kathi geschrieben hat und alles, was mit Erotik zu tun hatte. Davon habe ich nämlich so viel Ahnung wie ein Pferd vom Segelfliegen.

Wie immer ein dickes Dankeschön an meine Lektorin Sandra Schindler.

An dieser Stelle auch ein riesiges Dankeschön an Tim Rohrer vom FeuerWerke-Verlag, der von Anfang an meine Geschichte geglaubt und dies alles erst möglich gemacht hat.

Und – last, but not least: Das allergrößte und wichtigste Dankeschön geht an meine Leser, die mich unterstützen und immer hinter mir stehen. Ohne euch wären meine Bücher wertlos! Danke, dass es euch gibt und dass ihr so seid, wie ihr seid!

MIX
Papier aus verantwortungsvollen Quellen
FSC® C083411

Das für dieses Buch verwendete Papier ist FSC®-zertifiziert.